CHRISTIAN AMLING * DER HEXENTRUNK

Christian Amling

Der Hexentrunk

Kriminalroman

mit Zeichnungen
von Jochen Müller

dr. ziethen verlag
Oschersleben

Bibliografische Information der Deutschen Nationalbibliothek:
Die Deutsche Nationalbibliothek verzeichnet diese Publikation
in der Deutschen Nationalbibliografie; detaillierte bibliografische
Daten sind im Internet über http://dnb.d-nb.de abrufbar.

Alle im Buch vorkommenden Ähnlichkeiten mit lebenden Personen sind zufällig und nicht beabsichtigt. Die Namen aller Personen sind erfunden.

Friedrichstraße 15a, 39387 Oschersleben
Telefon 03949 4396, Fax 03949 500 100
www.dr-ziethen-verlag.de
email: info@dr-ziethen-verlag.de
2. Auflage 2015

Satz & Layout dr. ziethen verlag
Umschlaggestaltung: Karen Teßmer
Autorenfoto auf dem Umschlag: Magdalena Dreysse
Satz mit QuarkXPress auf Macintosh
Schrift: GillSans, Frutiger
Druck: Halberstädter Druckhaus GmbH
ISBN: 978-3-86289-047-7

Prolog

Gleichgültig blickte der Drache über das kleine Menschlein hinweg in eine trübselige Ferne jenseits der Zeiten. Das tonnenschwere Haupt ruhte scheinbar wackelig auf einem meterlangen Hals, hinter dem sich der gezackte Körper des Wesens in den Nachthimmel erhob. Die Silhouette mochte der eines urzeitlichen Brontosaurus gleichen. Dunkelheit und scharfe Lichtkontraste gaben der Szenerie magische Dimensionen. Ein voller Mond dominierte den wolkenlosen Himmel im Osten und strahlte trügerisch mildes Licht auf die kahle Erhebung mit der bizarren Gestalt, die hier seit vielen Millionen Jahren ruhte. Ein gewaltiges Urtier aus Quarz, einem harten Verwitterungsgestein, dem Körper des Drachen, der sich an diesem Platz entäußert hatte. Die Menschen in diesem Gebiet nannten die Formation „das Kamel", der Name stammte aus einer Zeit vor dem Bekanntwerden merkwürdiger Knochen von versteinerten Sauropoden. In Wirklichkeit handelte es sich hier nicht um ein versteinertes Wüstentier, sondern um einen echten und wilden Drachen.

Emsig formte der Mann ein Häufchen trockenes, aus dem Vorjahr stammendes Heidekraut vor dem Gesicht des Tieres, darauf schichtete er harzige Kiefernholzzweige, die er an den Abhängen der Hügelkette gesammelt hatte. Der Boden war felsig, sandig und karg bewachsen, ein geeigneter Platz für eine kleine Feuerstelle. Hin und wieder warf der Mann einen flüchtigen Blick auf die helle Mondscheibe wenige Handbreit neben der tiefschwarzen Gestalt des liegenden Ungeheuers.

Er musste sich beeilen, denn hinter ihm im Westen schob sich von den Flanken des Brockenmassivs eine Regenfront heran. Erste wolkige Ausläufer würden die Mondscheibe bald erreichen. Endlich hielt er ein flackerndes Zündholz an den niedrigen Stapel. Ein einziges Hölzchen und ohne die Zuhilfenahme von Papier, so sah es sein Ritual vor.

Aufgeregt schaute er auf die winzige Flamme. Der Wind hatte sich gelegt. Die Strünke des Heidekrauts fingen Feuer, rotgelbe Zungen breiteten sich aus. Die Sache stand gut. Eine Minute später loderten die Flammen. Der Mann warf Holz nach, größere Äste. Verzückt starrte er auf sein Werk. Die Äste waren sehr trocken, es qualmte nur wenig. Heller Widerschein ließ die Strukturen des stummen, teilnahmslosen Tieres erkennen. Er verharrte in einem tranceartigen Zustand solange, bis sich ein Glutbett herausgebildet hatte. Die Wolkenfront war nun über ihm angelangt und hatte den Mond fast erreicht. Er musste sich beeilen. „Ihr Götter!", stammelte er: „Helft mir! Bitte!"

Er erhob sich und ging zu dem einige Meter entfernt auf dem Boden stehenden Weidenkorb mit Deckel. Vorsichtig zog er den Verschluss auf und griff in den Behälter. „Fritzi!", lockte er leise. Kalte Tropfen rannen über seine Wangen. Das Tier antwortete mit einem anklagenden Seufzer, als ob es zu ahnen schien, was ihm bevorstand. Hart, aber behutsam griff seine Hand nach dem warmen Körper des Katers. Er zog ihn aus dem Korb. Fritzi strampelte ein wenig, aber der Mann presste ihn an seine breite Brust. Er richtete sich auf und streichelte das verstörte Tier liebevoll. Sie beide waren die besten Freunde.

Das fahle Licht des Mondes ließ die kurzen Haare des Mannes weiß erstrahlen, auf den strengen Gesichtszügen glänzten Tränen. Fritzi schnurrte verhalten. Die Wolkenfront stand unmittelbar vor der strahlenden Himmelsscheibe. Gespenstige Schatten segelten über die Landschaft.

Der Mann kniete sich in den Sand. Kleine Flammen züngelten aus der Kirschrotglut. Das Messer lag bereit. Er unterdrückte ein Zittern. Fritzi wurde von der heißen Lohe unruhig und begann, sich in den Armen zu winden. Der Mann griff jetzt hart zu und presste das Tier an sich, den flauschigen Bauch zum Feuer gekehrt. Fritzi maunzte empört. Der Mann fasste das Messer, hob es sehr schnell in Brusthöhe. Mit der linken Hand presste er den kleinen Körper an sich und murmelte: „Verzeih mir, alter Junge!" Dann trennte er dem Kater blitzschnell die Kehle durch. Der Schnitt war so heftig, dass er beinahe den Kopf ablöste. Ein heftiger Krampf durchlief das Tier, Krallen bohrten sich durch die Jeans des Mannes. Dann sackte der warme Körper zusammen. Etwas Blut rieselte über die Hände.

Der Mann hielt das tote Tier dem Mond entgegen und dann dem Haupte des Drachens. Seiner Kehle entrang sich ein trockenes Stammeln: „Helft mir! Gebt mir meinen Körper wieder! Nehmt dieses Opfer entgegen und lasst mich am Leben! Bitte!"

Stumm hielt er für einen Moment inne. Als der erste Fetzen der Wolkenfront den Mond erreicht hatte, legte er den schlaffen Kadaver Fritzis auf die Glut. Hektisch stapelte er weiteres Holz darüber. Anschließend starrte er noch wenige Minuten in die wild lodernden Flammen, schwarzer Qualm stieg den Göttern entgegen. Wind hatte sich aufgemacht. Sein Magen schmerzte heftig.

Der Mann taumelte den Abhang hinab. Wolken schoben sich vor den ersten Frühlingsvollmond. Der Wind frischte weiter auf. Er erreichte den Feldweg und stieg in den alten, weinroten Opel Kadett – gerade als die ersten Regentropfen herabprasselten.

I

Die Heizung war zu weit aufgedreht. Es war heiß, und es staubte. Vicky war der Meinung, dass sie nach Schweiß stank wie ein Puma. Dabei handelte es sich natürlich um reine Einbildung, das schwarze Shirt sandte immer noch den Duft von Ariel aus und ebenso die schwarzen Jeans. Vickys Körper war kompakt gebaut, schlank und gut durchtrainiert, ein dunkler Typ mit braunen Augen und schwarzbraunen Haaren, die bis über die Schultern herabhingen.

Noch viermal hievte sie einen Stapel uralter, in Leder gebundener Folianten hinüber zu den Kartons, dann war auch diese Ecke des Raums endlich leer. Bestimmt hatte seit über hundert Jahren niemand mehr eins dieser Bücher aufgeschlagen. Vicky hatte längst aufgegeben, die Titel anzuschauen, denn für sie war dies hier eigentlich alles Schrott, Bücher mit Inhalten, die heutzutage selbst die kauzigsten Wissenschaftler nicht mehr interessierten.

Sie nieste und rieb die tränenden Augen, bestimmt fing sie sich hier eine Schimmelpilzallergie ein. Stockschimmels Sporen schwebten in der Luft und verbreiteten einen muffigen Geruch. Aber sie galt als zuverlässige Frau, und deshalb stellte man sie auch für diese Arbeit ein. Ein letzter Blick schweifte über das leere Holzregal.

Halt, was war das? Dort, wo sie mit abgewandtem Gesicht, um nicht so viele Schimmelsporen einzuatmen, den letzten Schwung Bücher entnommen hatte, befand sich noch etwas. Hinter dem alten, leeren Holzbord gab es eine Mauernische, und darin stand eine größere Schachtel.

Vicky beugte sich vor und zog das Teil aus der Nische auf die Regalbretter. Es handelte sich um eine quadratische Schachtel, deren braun gelackte Pappe einen brüchigen Eindruck machte. Sie konnte darauf noch die Reklame in altdeutscher Schrift lesen:

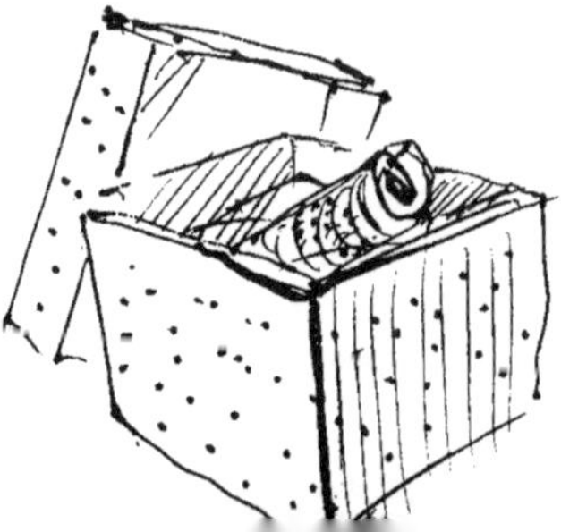

Ihlefeld & Kramer
Tuchmanufaktur-, Mode-, Leinen- und Seidenwaren Handlung.
Atelier für Anfertigung von Herren- und Damengarderobe.
Fertige Kleider, Morgenröcke, Blusen,
Jupons, Ballkragen, Boas, Fichus
Damen- und Kindermäntel
Châles, Tücher, Reisedecken
---------- **Regenschirme** --------
Markt 3 Quedlinburg Markt 3

Das interessierte sie. Behutsam nahm sie die staubige Schachtel und stellte sie auf dem zentralen Tisch ab. Was mochte darin aufbewahrt sein, ein vergessenes Ballkleid oder ein fescher Damenhut?

Ein Blick auf den Deckel brachte Ernüchterung. In akkurater Schreibschrift, ausgeführt mit Kopierstift, einem Bleistift, wie es ihn heute nicht mehr gab, der, wenn man ihn befeuchtete, blau schrieb, stand dort – und das konnte selbst Vicky entziffern: Briefwechsel der Adelheid von der Sommerschenburg mit Hildegard von Bingen. Das war ja ein Ding!

Sie öffnete die Schachtel nicht, sondern drehte sich zur Tür und rief: „Adelheid! Komm schnell her! Hier ist was für dich!"

Ihre Kollegin war zwei Räume weiter mit dem Beschriften und Bereitstellen der Umzugskartons beschäftigt. Doch nachdem Vicky noch einmal gerufen hatte, eilte sie durch die offenen Türen mit den altertümlichen Eisenklinken herbei. Außer Atem rief sie: „Was gibt es denn so Wichtiges?"

„Zum Beispiel eine Hutschachtel für Adelheid! Ich habe sie soeben gefunden!", kicherte Vicky und grinste triumphierend. „Ich habe sie noch nicht geöffnet."

„Oh!", sagte Adelheid, und ihre graugrünen Augen wurden neugierig. „Zeig mal her!" Sie besaß eine etwas kehlige Stimme, die man am besten mit dem unnormierten Ausdruck „knörgelig" beschreiben konnte. Meist besaß diese Stimme einen gepressten Unterton, der an ein unterdrücktes Nörgeln erinnerte oder an eine zurückgehaltene Kritik. War sie allerdings lustig, erklang ihre Stimme heller und klarer. Charakteristisch für diese Frau war allerdings das Knörgeln.

Überhaupt unterschieden sich die beiden Frauen ziemlich stark. Neben der von den ersten Strahlen der Frühlingssonne gebräunten, leicht athletisch gebauten Vicky wirkte Adelheid betont hellhäutig, ja filigran. Die Gestalt war sehr schlank, schön anzusehen, aber eher schmächtig. Sie trug fast immer Röcke, auch heute einen aus hellbraunem Cord, und dazu ein quergestreiftes gründunkles Sweatshirt. Die lang herabfallenden Haare waren blassblond, früh ergraut und umwebten ein schmales Gesicht mit sinnlichem Mund.

„Nun komm!“, lachte Vicky ungeduldig. „Ein nagelneuer Damenhut für dich! Steht auf dem Karton.“

Adelheid hatte die Aufschrift bereits gelesen und gedanklich geordnet. Sie war eine sehr intelligente Frau. Auch sie stieß nun ein glucksendes Lachen aus: „Na, dann lass mich das Schmuckstück mal anprobieren!“

Mit einem Ruck riss sie den Deckel von der Schachtel. Eine mittlere Staubwolke stiebte durchs Zimmer. Die Frauen wandten die Köpfe mit zugekniffenen Augen ab. Dann wagten sie den ersten Blick.

„Nö!“, knörgelte Adelheid, und Vicky schaute erheitert zwischen Kollegin und Schachtel hin und her. In dem ehemals opulenten Behältnis befand sich natürlich nur wieder Papier. Altes Papier, davon gab es hier wahrlich genug.

Doch plötzlich begannen Adelheids Augen zu leuchten, und sie zog etwas aus der Box und hielt es ihrer Mitstreiterin vors Gesicht. Es war eine Rolle, die betagt und verschrumpelt aussah.

Begeistert sagte sie: „Das ist ein uraltes Pergament. Schau nur! Es steht ein Text darauf!“

Vorsichtig öffneten die Frauen die Haut und schauten auf einen in feiner Schrift gemalten lateinischen Text. Adelheid, die einstmals Rechtswissenschaften studiert hatte, beherrschte die Grundzüge der lateinischen Schriftsprache. Andächtig intonierte sie mit hellem Klang: „Das ist tatsächlich ein originaler Brief der Äbtissin von Quedlinburg Adelheid von der Sommerschenburg. Sie war die zehnte Äbtissin, wenn ich mich nicht irre. Adelheid die Dritte. Wow!“

„Was steht drin?“, drängelte Vicky voller Ungeduld.

„Es geht um Pflanzen“, erwiderte Adelheid bedächtig. „Aber übersetzen kann ich es aus dem Stegreif nicht. Der Brief ist an Hildegard von Bingen gerichtet. Die war ebenfalls Äbtissin. Von Rupertsberg! Sie ist berühmt um ihr botanisches Wissen.“

Nun fasste auch die Dunkelhaarige in die Schachtel. „Schau nur! Hier sind auch Zettel aus Papier. Irgendjemand hat diese Briefe bereits übersetzt.“

„Klar!", rief Adelheid. „Ansonsten läge das Ganze nicht in diesem Behältnis. Zeig mal her!"

Sie nahm den Zettel entgegen. In gestochen scharfer, aber sehr kleiner, deutscher Schreibschrift stand dort die Übersetzung eines Textes oder besser gesagt, nur einer Textstelle. Adelheid konnte diese Schrift relativ fließend lesen und erläuterte nach einigem Schweigen: „Es scheint fast so, als hätten sich die beiden Frauen über Hexenwissen ausgetauscht. Das ist ja unglaublich! Der Übersetzer schreibt von Mixturen, die den Geist des Menschen beflügeln, ihm merkwürdige und erschröckliche Bilder vorgaukelten, aber zugleich einen Zustand der Zufriedenheit einleiten täten. Ob der Genuss derartiger Tinkturen ein förderliches oder verdammungswürdiges Unterfangen sei, müsse erkundet werden. In den Harzbergen gäbe es wohl noch einiges von diesem Wissen der Altvorderen zu erfahren, insbesondere bei derart versierten steinalten Weibern …"

„Schau her, hier ist noch viel mehr!", unterbrach Vicky sie aufgeregt. Behutsam hielt sie eine weitere Pergamentschrift und einige Zettel empor. „Weißt du was? Wir sollten das Zeug mit nach Hause nehmen. Ich ahne irgendeine Sensation."

„Nö!", knörgelte Adelheit erschrocken. „Wenn das die Chefin mitkriegt, fliegen wir hier hochkant raus! Ich brauche das Geld."

„Nun hab dich nicht immer so pimpelig!", spottete Vicky und legte das Papier wieder in die Schachtel. „Erstens weiß kein Mensch, dass diese Kiste existiert, zweitens ist die Chefin schon in den Osterferien, drittens ist heute Gründonnerstag, und wir haben auch gleich Feierabend, viertens sagt mir mein untrügliches Gespür …"

„Ist ja gut, ist ja gut!", lachte Adelheid. „Mich interessiert der Inhalt auch. Aber wie kriegen wir die Schachtel hier raus?"

„Na, in deinem Öko-Rucksack", befahl die andere und sah sich bereits danach um. „Die passt da genau rein und niemand traut dir Engelchen diese Missetat zu."

Adelheid verdrehte die Augen, war aber bereits überredet – für dieses eine Mal.

Eine halbe Stunde später radelten die beiden Frauen temperamentvoll über das Kopfsteinpflaster des Schlosshofes. Sie hatten es ziemlich eilig, die Mauern der Burg hinter sich zu lassen. Adelheids praller Rucksack drückte auf ihrem schmalen Rücken, und sie bildete sich ein, dass der Inhalt der Hutschachtel klapperte und raschelte. In derartigen Situationen zog sich ihr zarter Magen zu einer Zitrone zusammen.

Die Quitilingaburg thronte weithin sichtbar über der mittelalterlichen Stadtanlage. In wenigen Jahren würde Quedlinburg seinen 1100sten Geburtstag feiern. Heinrich I. erwähnte die magische Stätte am Nordrand des Harzes erstmals am 22. April des Jahres 922, und seine Gattin, Königin Mathilde, begründete dort nach seinem Tode das Freie Weltliche Damenstift, eine Ausbildungsstätte für Frauen des europäischen Hochadels im blühenden Hochmittelalter, ein halbes Jahrtausend vor Hexenwahn und der Entdeckung Amerikas.

Heutzutage lebten in Quedlinburg knapp 22.000 Menschen. Es waren einmal wesentlich mehr gewesen, denn die Stadt hatte den Zweiten Weltkrieg unbeschadet überstanden, genauso die Abrisswut der Nachkriegszeit. So kam es, dass an dieser Stelle das größte Ensemble von Fachwerkhäusern, Mauern, Türmen, Kirchen und Wallanlagen erhalten war, das die Welt zu bieten hatte, was die Stadt prompt auf die Welterbe-Liste der UNESCO brachte. Beträchtlich viele und vor allem junge Leute kehrten der Stadt allerdings den Rücken und zogen in die Welt, denn besonders mannigfaltige Möglichkeiten zum Gelderwerb fand man im Fachwerk-Mekka Deutschlands nicht.

Die notorisch verschuldete Stadt lebte zu weiten Teilen von Fördermitteln, Zuwendungen und Stiftungsgeldern. So hatte auch die bedeutende Historische Stiftsbibliothek viele Jahre den verstaubten Schlaf der Gerechten geführt, nach Kräften gehegt und bewahrt von einer weiblichen Seele, die alles über das Stift und seine 39 Herrinnen wusste. Diese bekleideten den Rang von Äbtissinnen, mit Ausnahme der Stifterin Mathilde, die Königin war, und der Pröpstin Aurora von Königsmarck, einer wunderhübschen Frau, deren Lebenswandel wohl nicht recht in das Bild ihrer Zeit passen wollte. So kam es, dass man die gegenwärtige Wächterin über die bibliophilen Schätze des ehemaligen Stiftes durchaus als Äbtissin Margrid, die 40. Stiftsfrau auf der Quitilingaburg, bezeichnen konnte!

Dann plötzlich, zu ihrem zweifelhaftem Vergnügen, erhielt die Stadt Fördermittel des Bundes für einen Umzug der Büchersammlung in ein externes Bauwerk, das mit dem Stift rein gar nichts zu tun hatte, dafür aber funktional, modern und feuerwehrtechnisch perfekt eingerichtet war. Für den Umzug dorthin wurden Helferinnen mit hinreichendem Feingefühl für die Materie benötigt, und da man dies beliebigen Ein-Euro-Jobbern nicht zutraute, leistete sich die Verwaltung den vorübergehenden Luxus von zwei halbwegs versierten Honorarkräften.

Und dadurch kam es, dass Vicky und Adelheid seit Wochen altes Papier schleppten und verpackten unter der Anleitung von „Äbtissin Margrid“, die heute allerdings schicksalhafterweise in ihrem wohlverdienten Osterurlaub weilte.

Nachdem sie über den abschüssigen Schlossberg gerast waren, kamen die Fahrräder der Frauen am Finkenherd mit kochenden Bremsen zum Stehen. Der Finkenherd war natürlich ebenfalls ein mystischer Ort. Herzog Heinrich soll hier mit seinen Söhnen Thankmar und Otto beim Vogelfang mit Leimruten gesessen haben, als ihm Reiter des fränkischen Königs die Botschaft überbrachten, er solle zum neuen König gewählt werden.

Heinrich der Erste war einer der letzten Recken Europas, er besaß die Kraft, die man Fortuna cum noblissimis moribus nannte – „das Königsheil“. Folgerichtig wurde Heinrich der Vogler zum „Begründer des Reiches“.

Das wussten die beiden Frauen zwar, aber sie dachten, wie übrigens auch fast alle anderen Quedlinburger, so gut wie nie daran. Ebenso richteten sich ihre Blicke nicht bewundernd auf die weit über den Dächern schwebenden Zinnen des Schlosses und die romanischen Türme der Stiftskirche, des sogenannten Quedlinburger Doms, in dem die Gräber von König Heinrich und Mathilde ruhten. Nein, sie blickten neugierig auf den braunen Öko-Rucksack, den Adelheid gerade abgesetzt und auf den Sattel des grünen Bikes gestellt hatte. Dann lachten sie befreit auf.

„Geschafft!", rief Adelheid mit euphorischer Stimme.

„Und?", fragte Vicky. „Was machen wir jetzt mit unserem Schatz?"

„Wir müssen die Papiere genau sondieren", knörgelte Adelheid, nun wieder ernst, und zog eine Falte in den grünen Wollstrumpfhosen glatt, die sie unter dem Rock trug. „Vielleicht ist das alles Pillepalle, aber möglicherweise finden wir auch was total Interessantes."

„Und wie ...?", fragte Vicky, die sich irgendwie in die Defensive gedrückt fühlte. „Und wann sichten wir die Papiere? Jetzt gleich? Vielleicht bei mir?"

„Nö!", erwiderte die andere. „Ich habe keine Zeit mehr. Morgen ist Karfreitag. Hast du da Laune?"

„Hm!", machte Vicky. Eigentlich hatte sie ja die Schachtel gefunden und wollte sich nun nicht abwimmeln lassen. „Morgen würde passen. Das Wetter soll sehr ungemütlich werden. Doch dann wäre auch Franz zu Hause, aber der guckt sowieso immer nur in seinen Computer. Allerdings ... müsstest du mir versprechen, nicht schon vorher in die Schachtel zu schauen. Der Fund gehört uns sozusagen beiden, und ich möchte gleichberechtigt bei allen Entscheidungen sein. Wenn du das ..."

Adelheid setzte ein liebenswertes Koboldlächeln auf und sagte: „Der Wunsch sei dir gewährt, liebe Vicky! Ich werde den Rucksack unangetastet bis morgen in die Ecke stellen."

Vicky grinste erleichtert: „Okay, dann komm nach dem Frühstück, und wir legen los."

Sie hatten die Fahrräder ein Stück weit geschoben. Am Carl-Ritter-Platz vor der Stadtmauer trennten sich ihre Wege.

„Tschüss!", sagte Vicky. „Was machst du heute noch?"

Adelheid saß bereits auf dem Bike. Sie wandte den Kopf, warf einen merkwürdigen Blick und rief: „Das geht dich nichts an! Ciao!" Dann verschwand sie dort, wo einmal das Hohe Tor gestanden hatte.

Verdutzt blickte die Zurückgebliebene ihr nach, dann fuhr sie in eine andere Richtung davon, ein Stück vorüber an Geschäften in der Innenstadt, vorbei an der Post und am neogothischen Bahnhof, querte die Bode, das Flüsschen, das vom Brocken herab auf verschlungenem Lauf durch den Harz und dann durch Quedlinburg floss. Sie achtete nicht auf die Menschen, sondern sinnierte über Adelheids letzte Bemerkung. In den Wochen der Zusammenarbeit waren sie so etwas wie Freundinnen geworden. Oftmals faszinierte sie Adelheids lebhafte Intelligenz, ihre charakteristische Mimik und Gestik, aber immer dann, wenn sie sich mit dieser Frau sehr vertraut fühlte, wurde sie von ihr durch Abweisung brüskiert. Dieses „das geht dich nichts an" ging ihr sehr zu Herzen. Selbst wenn Adelheid ihr großes Geheimnis nicht preisgeben wollte, konnte sie solch eine Information auch anders vermitteln.

Verstimmt stieg Vicky in der Einfahrt des Grundstücks an einer stark befahrenen Zufahrtsstraße zur Süderstadt, einem Neubaugebiet aus DDR-Zeiten, vom Sattel.

In der Wohnung saß Franz nicht am Computer, sondern hockte in der Küche, vor sich eine Flasche Bier. Offenbar hatte er auch geraucht. Konsterniert riss Vicky das Fenster auf. Früher einmal hatte sie diesen Mann sehr geliebt. Aber seit er dauerarbeitslos war, veränderte sich sein Wesen zusehends. Sie selbst hatte meistens Arbeit, wenn auch oft nur Jobs wie diesen in der Historischen Bibliothek. Franz war eifersüchtig, er dachte ständig, andere Männer würden sie ihm abspenstig machen. Dieser Wahn machte ihn krank. Seine Haare wurden weiß, und er trank zu viel. Ganze Arbeitsverhältnisse hatte er ihr mit seiner Eifersucht schon gecancelt. Und er war lasch geworden, er kümmerte sich um nichts mehr.

Mit wütenden dunklen Augen blickte sie auf die gekrümmte Gestalt. Franz sah trotzig zur Seite. Seine Augen waren gerötet. Sie vermisste den Kater, er begrüßte sie sonst immer nach dem Dienst. Barsch fragte sie: „Wo ist Fritzi?"

„Weiß ich nicht!", knirschte der Mann.

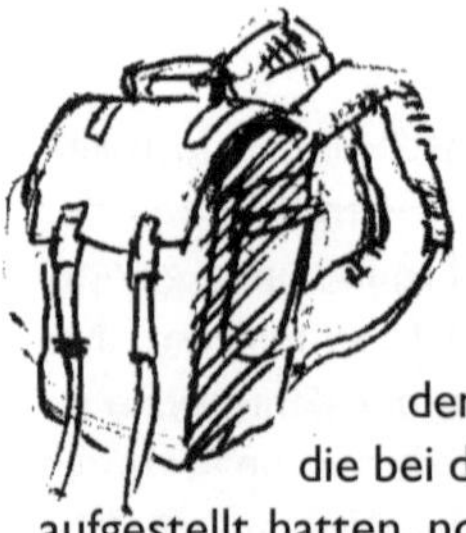

II

Adelheid strampelte mit dem Fahrrad über den Marktplatz. Sie beachtete weder die Cafés, die bei dem tristen Wetter noch kein Außengestühl aufgestellt hatten, noch das Rathaus, dessen Fassade ebenfalls winterkahl aussah. Nur das Portal und der kleine Roland, Wahrzeichen der Handelsfreiheit im Mittelalter, stachen dem Betrachter ins Auge. Sie schlängelte sich durch die Ansammlungen von Touristen, die offenbar bereits zum Osterfest in Quedlinburg angereist waren.

Einige Minuten später kam sie zu Hause an.

Nach der Beendigung einer langen Partnerschaft wohnte sie allein in einem großen, alten Bürgerhaus in der Schmalen Straße, dessen Innenleben ein wenig überrestauriert war. Sie stellte das Fahrrad ab und stieg die Treppen bis zum Obergeschoss empor, zu ihrer kleinen Wohnung. Hier gab es zwar noch zwei zierende Balken, aber ansonsten erinnerte nicht mehr viel an mittelalterliche Wohnverhältnisse. Erschöpft ließ sie den Rucksack in eine Ecke gleiten und setzte Teewasser auf. Dann brachte sie das Corpus delicti ins angrenzende „Zimmer", das eigentlich zum gleichen Raum gehörte, und stellte es auf den Fußboden. Unschlüs-

sig umkreiste sie den Rucksack. Etwas später setzte sie sich mit einer großen Tasse Tee bewaffnet auf das Sofa und wärmte die kalten Hände. Draußen vorm Fenster, das auf das gegenüberliegende Fachwerkhaus schaute, wurde es zunehmend ungemütlich. Adelheid fiel in eine Starre, einen Zustand, den sie sich nur leistete, wenn sie allein war. Was sollte sie heute noch anstellen? Bestimmt war irgendwo etwas los, eine Disco oder ein Konzert, vielleicht auch eine Ausstellungseröffnung. Sie wohnte erst seit drei Jahren in Quedlinburg und kannte nur ein paar Menschen. Möglicherweise würde sie einen Mann kennenlernen.

Aber nein, sie hatte kein Glück mit Männern, immer verließen die sie nach einigen Monaten. Irgendwas machten diese Männer allesamt falsch bei ihr, sie waren zu aufdringlich und verstanden ihre zarte Seele nicht. Auch bei Vicky war das heute so gewesen. An sich hätten sie Freundinnen werden können, aber was ging diese Frau an, was sie heute noch vorhatte? Sicher, sie hatte nichts vor, aber wozu sollte sie das der anderen erzählen? Diese Information stand niemandem zu.

Adelheid raffte sich aus ihrer Starre empor. Sie umkreiste noch einmal den Rucksack, dann beschloss sie, ihn unangetastet zu lassen. Sie würde versuchen, ein wenig mehr über Hildegard von Bingen und Adelheid von der Sommerschenburg zu erfahren. Aus ihren Büchern, denn einen Internetzugang besaß sie privat nicht.

Vorerst jedoch hatte sie Hunger.

Am Vormittag des Karfreitags radelte sie zu Vicky, die ein Stück hinter dem Bahnhof wohnte. Sie hatte sie vorher angerufen. Draußen war es nur einige Grad kalt, und Adelheid klapperte mit den Zähnen, als sie die warme Wohnung betrat.

Das waren wenige Räume, wie sie sofort sah, nichts Originelles, eher etwas spießbürgerlich eingerichtet. Vicky führte sie in die Küche, die von Funktionalmöbeln dominiert wurde, und fragte als erstes, wie Adelheid es voraussah: „Und, hast du mit der Durchsicht gewartet?"

„Ja, habe ich!", knörgelte die Befragte. „Es fiel mir zwar schwer, aber ich konnte mich bezwingen."

„Macht es dir was aus, wenn wir hier in der Küche bleiben?", fragte Vicky mit unterwürfiger Stimme. „Franz sitzt drin am Computer, und wir stören ihn, wenn wir neben ihm sitzen."

Es machte Adelheid zwar etwas aus, allein aus prinzipiellen Gründen, trotzdem antwortete sie: „Nein, nein, wir können gern hierbleiben. Aber schließ wenigstens die Tür, damit wir uns ungestört unterhalten können."

Vicky wandte den Blick ab und sagte leise: „Das hat er auch nicht gern. Er …"

Adelheid stand stillschweigend auf und schloss die Tür zum Nebenzimmer, ohne hineinzublicken. Dann forderte sie: „Komm, lass uns arbeiten!"

Vicky grinste etwas verstört, nickte aber zustimmend. Während sie sich mit der Kaffeemaschine zu schaffen machte, legte Adelheid los. Natürlich hatte sie bereits geforscht: „Über Adelheid von der Sommerschenburg habe ich nichts gefunden. Sie stammt auch nicht mehr von den Ottonen ab. Weißt du, dass die ersten Äbtissinnen die Ehefrauen, Töchter, Schwestern und Enkelinnen der ottonischen Könige und Kaiser waren? Zum Beispiel war Mathilde I. die Enkelin der Königin Mathilde, der Gattin von Heinrich dem Vogler, sie war gleichzeitig die Tochter von Kaiserin Adelheid, der zweiten Frau Otto des Großen."

Adelheid wusste natürlich alles auswendig, denn sie war tatsächlich keine Dumme: „Leider starb Mathilde I. schon mit 45 Jahren, gerade so alt wie wir jetzt sind, am 7. Februar 999 an einem hitzigen Fieber. Ihre Nachfolgerin wurde Adelheid I. Du wirst es nicht glauben, Vicky! Das war die Urenkelin Heinrich des Voglers und Mathildes, die Enkelin Otto des Großen und Adelheids, die Tochter Ottos II. und Kaiserin Theophanos und die Schwester des jugendlichen Kaisers Otto III. Wow! Sie war die zweite Äbtissin von Quedlinburg und 45 Jahre lang im Amt. Ihre Schwester Sophie war Äbtissin von Gandersheim.

Diese Frauen bildeten in einem Freiweltlichen Damenstift auf der Quitilingaburg die jugendlichen Töchter des Hochadels aus dem Reich ihrer Väter und Brüder aus. Sie gaben ihnen das nötige Weltbild an die Hand, das sie später an ihre Gatten weitergeben sollten, die wiederum die Mitstreiter und Vasallen des Kaisers waren. Es war ein geniales System der Vetternwirtschaft, dagegen sind Christian Wulffs Finanzeskapaden waisenknabenhaft, also ..."

„Mit Zucker oder ohne?", fragte Vicky und warf einen amüsierten Blick auf die andere, die sich total in Rage geredet hatte.

„Ohne!", rief diese und fuhr fort: „Erst nach dem Niedergang der Ottonen kamen andere Frauen an die Macht. Adelheid III. hatte einen ganz anderen historischen Hintergrund."

Vicky stellte zwei geblümte Sammeltassen aus vergangenen Zeiten auf den Tisch. Nachdem sie Kaffee eingegossen und Adelheid Luft geholt hatte, meinte sie: „Ich habe ebenfalls ein wenig recherchiert. Sommerschenburg ist eine Ortschaft ganz in der Nähe von Marienborn an der A2, dort, wo früher die Grenze verlief. Da steht auch noch eine Burg. Die Äbtissin Adelheid III. war von 1161–1184 an der Macht, also 150 Jahre nach Adelheid I. Immerhin war die von der Sommerschenburg Pfalzgräfin. Ihre Lebenszeit überschnitt sich eindeutig mit der Hildegards von Bingen."

„Stimmt genau!", rief Adelheid begeistert. „Hildegard von Bingen lebte von 1098 bis 1179. Sie war die Äbtissin von Kloster Rupertsberg und ist steinalt geworden. Sie wurde sogar heilig gesprochen, hat Bücher geschrieben und sich lebhaft in Wissenschaft und Politik eingemischt."

„Heilig gesprochen?“, fragte Vicky dazwischen. „Wofür das denn?“

„Hm …!“, machte ihre Besucherin. „Das ist so ein Problem mit den tausend Jahre alten Quellen. Die meisten Angaben stammen von Männern und Frauen, die das ganze nur vom Hörensagen kannten, es erst viele Jahre später niederschrieben und dann immer im Dienste irgendeiner speziellen Ideologie. Die Heilige Hildegard hatte Visionen, in denen ihr das Zusammenspiel aller Dinge des Erdenkreises detailliert beschrieben wurde. Darüber verfasste sie ihre Bücher. Sie sah aber auch gleißende Lichterscheinungen … Moderne Ärzte meinen, sie litt unter schwerer Migräne oder einem Skotom, einer krankhaften Veränderung des Augenhintergrundes.“

„Oder sie war einfach high“, überlegte Vicky. „Es geht um Kräuterwissen. Los, lass uns jetzt endlich die Hutschachtel öffnen! Ich bin schon ganz versessen darauf.“

Adelheid lächelte wieder koboldhaft und öffnete gehorsam den Öko-Rucksack. Endlich stand die Hutschachtel auf dem Küchentisch. Gemeinsam, wie bei einer symbolisch rituellen Handlung, hoben die Frauen den Deckel ab. Diesmal gingen sie systematischer vor. Sie spähten in das Innere der Box und sahen zuerst, dass ihr Inhalt ziemlich durcheinander geraten war. Alte Dokumente und neue erklärende Zettelchen lagen wild verwurschtelt vor ihnen.

„Ich glaube, da lässt sich nichts mehr zuordnen“, stellte Adelheid fest und zog mit spitzen Fingern einen Zettel ans Tageslicht.

„Dann lass uns doch einfach altes und neues trennen“, schlug Vicky vor. „Die alten Dokumente können wir ja sowieso nicht entziffern.“

Gesagt, getan. Einige Zeit später lagen die verschrumpelten Lederröllchen auf der einen und die vergilbten Papierzettel auf der anderen Seite. Die Frauen begann zu sortieren. Nach einer

Stunde waren sie bereits klüger. Inzwischen kannten sie den Finder dieses Briefwechsels geheimnisvoller Frauen. Es handelte sich um einen gewissen Gottfried Basse. Mit diesem Namen konnten sie natürlich überhaupt nichts anfangen.

Vielleicht wichtiger waren auch die Übersetzungen der Briefe, aber gerade, als sie sich dieser Sichtung widmen wollten, ging die Tür zum Nebenzimmer auf.

Adelheid sah, dass die andere Frau sich erschrocken aufrichtete. Ihre Gesichtszüge nahmen einen gequält unwilligen Ausdruck an. In der Türöffnung erschien ein Mann, den Adelheid nicht kannte. Er besaß eine kräftige Statur, war in Jeans und Pullover gekleidet, durchaus eine attraktive Erscheinung. Allerdings blickten seine dunklen Augen strafend in die Runde, die Mundwinkel waren herabgezogen, und eine Hand fuhr genervt durch die kurzen, eisgrauen Haare, deren Farbe seinem Alter von unter fünfzig eigentlich nicht entsprach.

Vicky wollte irgendetwas sagen und stützte sich dabei auf der Tischplatte ab, doch blitzschnell legte Adelheid ihre kleine Hand über die der anderen Frau und drückte kräftig zu. Sie sah, dass der Mann diese Bewegung sah, und warf ihm einen ihrer scharfen, richterlichen Blicke zu. Der Mann drehte den Kopf und zog sich zurück, die Tür ließ er halboffen stehen. Vicky sank langsam auf den Stuhl zurück.

„Franz?", fragte Adelheid.

Vicky nickte und legte einen Finger auf den Mund.

Die Untersuchung des Materials aus der Hutschachtel nahm viel Zeit in Anspruch. Bald vergaßen die Frauen den Mann im Hintergrund und vertieften sich in den spannenden Inhalt. Bei den Originaltexten handelte es sich um wirkliche Briefe der Heiligen Hildegard, die restlichen Schriften waren Duplikate. Offenbar war dieser Briefwechsel Adelheid III. so wichtig gewesen, dass sie ihre eigenen Briefe vor dem Absenden kopiert hatte. Der Fund an sich war eine äußerst wertvolle Rarität, jedoch gingen die Frauen die stillschweigende Übereinkunft ein, das „Wert-Problem" erst einmal hintan zu stellen.

Sie wollten den Inhalt der Übersetzung studieren. Diese war, wie sie nach und nach feststellten, nicht besonders gut. Das war auch kein Wunder, denn beide Frauen schrieben in einem halblateinischen Kauderwelsch, wobei Adelheid von der Sommerschenburg noch die besseren Kenntnisse zu besitzen schien, währenddessen Hildegards Briefe wohl von jemand anderem niedergeschrieben und in einem Zustand waren, dass es einen Hund graute. Auch hier traf wieder die Erkenntnis zu, dass jedwede Übersetzungen hochmittelalterlicher Texte, die man heute als Laie zu Gesicht bekam, vielfach überarbeitet und nach jeweiligem Duktus interpretiert worden waren.

Insofern hatte sich dieser unbekannte Herr Basse sehr viel Mühe gegeben mit der Entzifferung der Originale. Insgesamt bestand das Werk aus zwei Komponenten, den Kommentaren der uralten Frauen und dem Inhalt des ausgetauschten Kräuterwissens.

Dabei schälte sich nach Stunden folgende Quintessenz heraus: Die beiden Äbtissinnen hatten sich über Kräutergemische und die Extraktion ihrer Wirkstoffe ausgetauscht. Das enthaltene Wissen stammte weniger von ihnen, als vielmehr von einfachen Menschen innerhalb ihres Hoheitsgebietes, insbesondere aus den Wäldern des Harzes.

Es ging um Rezepturen von Trünken und Salben, die ihrem Anwender „Erleuchtung" brachten. Akribisch hatte der Übersetzer die Namen der einzelnen Pflanzen ausfindig gemacht. Eine zentrale Bedeutung kam einer Pflanze namens Pestwurz zu.

Verhalten beschrieben die Äbtissinnen das Phänomen der „Erleuchtung". Sie machten keinen Hehl aus ihren Zweifeln und Skrupeln darum, ob der Genuss der mysteriösen Tinkturen Gottes- oder Teufelswerk war. In einem nur waren sie sich einig gewesen: Nach deren Einnahme befiel sie ein Gefühl tiefer Inspiration, sie fühlten sich glücklich, hatten Visionen, die nicht nur licht waren, sondern auch Ängste heraufbeschworen, deren Inhalte diffus und schwer erklärbar waren. Beide Frauen schienen ihr Wissen hochgeheim zu halten, denn in einem waren sie sich unmissverständlich einig: Wer diese Drogen mehrmals einnahm, den zog es immer wieder zu ihnen hin.

Außerdem wurde im Verlauf der Studien klar, dass es sich bei den Rezepturen jeweils um Kombinationen ähnlicher Komponenten handelte, die in unterschiedlicher Dosierung miteinander gemischt werden konnten.

„Sieh mal!", meinte Vicky. „Es gibt hier Trünke entsprechend der Jahreszeit."

„Klar!", sagte Adelheid mit dem ernsten Gesicht einer Forscherin. „Alle Pflanzen, Pilze und Früchte wachsen ja nicht immer. Ich glaube, ich habe hier gerade einen Frühlingstrunk gefunden. Dieser Basse nennt ihn jedenfalls so. Vielleicht sollten wir uns darauf konzentrieren."

„Zeig her!“, rief die Gastgeberin und vergaß sogar den Albtraum im Nebenzimmer. „Tatsächlich. Die jungen Triebe von Pestwurz und Bilsenkraut, vermengt mit …“

In diesem Moment ging wieder die bewusste Tür auf, und Franz kam in die Küche. Adelheid blickte empört auf. Für sie waren Männer, die sich in die Privatangelegenheiten von Frauen einmischten, die von der übelsten Sorte.

Doch Franz hatte wahrscheinlich genug Zeit zum Nachdenken gehabt. Kein bisschen albtraumhaft, fragte er mit zaghafter Stimme: „Na, kommt ihr voran? Ihr seid ja richtig aufgeregt. Was gibt es denn so Wichtiges? Weiht ihr mich ein, oder ist es geheim?“

Adelheid, die bereits ein vorgefasstes Urteil über den Mann parat hatte, wollte gerade losknörgeln, da kam ihr Vicky schnell zuvor: „Wir studieren altes Kräuterwissen. Wir haben ein paar interessante Schriften gefunden, mit Übersetzung, und nun sind wir gerade dabei, uns ein Bild zu machen. Die Wirkungen der Rezepturen sind ganz schön spektakulär …“

Die Augen von Franz begannen zu leuchten. Er erkundigte sich mit bescheidener Wissbegier: „Sind es Heilmittel gegen Krankheiten?“

„Das weniger“, antwortete Vicky und lächelte ihm freundlich

zu. „Es scheinen geheime Mixturen zu sein, die den Menschen high machen.“

Diese Interpretation missfiel Adelheid so sehr, dass sie sich in das Gespräch einmischte: „Es handelt sich womöglich um Trünke, die leicht halluzinogen wirken, also, die zumindest den Geist beeinflussen.“

„Altes Hexenwissen“, konstatierte Franz mit freundlicher Stimme. „Soll ich euch einen Kaffee machen? Oder möchtet ihr lieber ein Glas Wein? Ihr sitzt ja schon seit Stunden.“

Ohne die Antwort abzuwarten, zauberte er von irgendwoher blitzschnell eine Flasche Rotwein hervor und öffnete sie. Vicky erklärte ihm allerlei Details ihrer Recherche. Adelheid sah das mit Missfallen, musste aber das über den Mann gefällte Urteil revidieren, zumindest für den Moment. Derartiges fiel ihr stets schwer. Immerhin musste sie zugeben, dass sich Franz an diesem Nachmittag als netter Kerl gab.

Doch nicht nur seine Zurückhaltung, sondern auch sein ausgedehntes „hexistisches" Wissen machten aus ihm einen interessanten Teilnehmer an ihrem Unterfangen. Aus dem Stegreif erzählte er den Frauen von der Umstilisierung der „Großen Mutter" zur bösen Hexe. „Das Wissen über heilende Pflanzen und mannigfaltige andere Substanzen zieht sich aus einer fernen schamanischen Vergangenheit bis in unsere Gegenwart. Hexenmedizin ist die Heilkunst des Untergrundes. Sie ist verbotene, geächtete, staatlich und kirchlich unterdrückte 'alternative Medizin', denn sie entscheidet über Leben und Tod. Und sie bewirkt mehr als körperliche Gesundheit, sie bringt Lust und Erkenntnis, Rausch und mystische Einsicht. Es gibt Aphrodisiaka, Verhütungs- und Abtreibungsmittel, Gifte, Rauschmittel und lebensverlängernde Drogen. Diese wilde Medizin ist unkontrollierbar und stark weiblich besetzt."

Vicky und Adelheid starrten ihn fasziniert an. Woher wusste er das alles? Franz setzte seinen Vortrag gelassen fort. „Die 'Große Mutter' entäußerte sich in den verschiedenen Kulturen in unterschiedlichen Variationen. Die Hexengöttin Hekate steht neben der nordischen Freya, deren Gefährt von Katzen gezogen wird. Andere göttliche Frauen heißen Minerva, Aphrodite, Diana, Persephone, Demeter, Nemesis, Ischtar oder Astarte. Besonders berühmt ist die altägyptische Isis mit dem Horus-Kind, deren Kult in späteren Jahrtausenden in den Marienkult mit dem Gottessohn umgebildet wurde.

In einer christlichen Männerwelt war weibliches Wissen nicht gefragt. Unkontrollierte Rauschzustände, wilde Sexualität, Heilung, Geburtenkontrolle und Giftmischerei waren im späten Mittelalter reines Teufelswerk. Schamanen und Weiberbünde wurden zum Schlimmsten und Heidnischsten erklärt, was in Gottes Welt überhaupt existierte."

„Und welche Position nehmen Hildegard und Adelheid III. in diesem Gefüge ein?", wollte Adelheid wissen. „Weißt du das auch?"

„Wartet, ich recherchiere", erwiderte Franz aufgeregt und verschwand eilig im Nebenzimmer. Vicky grinste, und ihre Freundin sah nachdenklich vor sich hin.

Nach einiger Zeit kam er wieder und verkündete voller Stolz: „Aufgemerkt! Auf einer Quedlinburger Internet-Seite steht: Hildegard von Bingen schrieb Bücher über Heilpflanzen und deren Wirkungen auf Körper und Geist. Sie verwob darin antikes Wissen, christlichen Glauben und germanisches Weltbild miteinander. Von heute gesehen, wagte sie eine Gratwanderung zwischen Heiliger und Ketzerin.

Adelheid von der Sommerschenburg war 1152 Äbtissin von Gandersheim und von 1161 bis zu ihrem Tode Äbtissin von Quedlinburg. Sie wurde im Kloster Rupertsberg erzogen, dem Hildegard von Bingen als Äbtissin vorstand. Ihre Tante, Richardis von Stade, war eine enge Vertraute Hildegards. Zwischen den Familien von Stade und von Bingen gab es eine starke Verbindung. Adelheid und Hildegard verband eine lebenslange Freundschaft. Und so erklärt sich auch euer Briefwechsel."

„Aha!", rief Vicky und gab Franz einen Kuss. „Nun wissen wir es! Sehr schön hast du das gemacht,"

Franz lächelte und fragte: „Was fangt ihr nun an mit diesem Wissen? Wollen wir solch eine Mixtur nachbrauen?"

Adelheid registrierte sehr wohl das „wir" in der Frage, ihr Urteil über den Mann hatte sich allerdings inzwischen erheblich aufgehellt. Auch sie dachte bereits über diese Möglichkeit nach: „Wir könnten es mit dem Frühjahrs-Extrakt versuchen. Ostern ist genau der richtige Zeitpunkt."

„Wir nennen es Wässerchen der Ostara, der heidnischen Göttin, die ebenfalls eine Entäußerung der Großen Mutter ist", schlug der Mann vor.

„Heissa!", schrie Vicky auf. „Das machen wir! Die Kräuter haben wir dank Gottfried Basse schon fast alle identifiziert."

„Aber bedenkt", warnte Franz, „dass dies gefährlich ist. Nicht wenige sind an derartigen Drogen schon gestorben."

„Wie sagte Paracelsus?", dozierte Adelheid. „Es kommt auf die Dosierung an."

Nun saßen die drei bis spät in die Nacht und vervollständigten ihr Wissen. Sie tranken Wein, Kaffee und Kräuterschnäpschen. Als sich Franz und Vicky in ihr Schlafzimmer zurückzogen, fühlten sich alle so, als hätten sie bereits von Ostaras Wässerchen gekostet. Adelheid sank, ohne sich zu entkleiden, auf das Sofa im Wohnzimmer und fiel in einen unruhigen Schlaf.

Am Morgen des Ostersonnabends konsultierte Adelheid eine moderne Kräuterfrau, mit der sie einigermaßen gut bekannt war, über mögliche Standorte, an denen man die Pflanzen finden könnte. Die Frau lachte am Telefon und gab eine erschöpfende Auskunft.

Adelheid und Vicky waren begeistert. Gegen Mittag setzten sie sich auf die Fahrräder und fuhren in den Brühl-Park, zur oberen Bodeaue in Richtung Thale, von dort aus in die Wälder von Altenburg und Eselstall.

Problemlos fanden sie das Himmelschlüsselchen, das gerade zu blühen begann. Man sollte es nicht glauben, dass es sich bei dieser Blume um eine ausgemachte Hexenpflanze handelt. Das Zwölfgötterkraut, Primel oder Schlüsselblume benannt, ist von Nixen, Elfen, Undinen und Najaden belebt. Keltische Druiden benutzten die Pflanze als Zugabe für den „Saft der Begeisterung". Neue, junge Priesterinnen erhitzten den Trank durch ihren Hauch, bis er zu qualmen begann. Ein gewisser Arzt Johannes Hartlieb schrieb im ausgehenden Mittelalter: „Das Kraut heißt auch Teufelspisse, weil es in der Würzel Löcher hat, die der Teufel da durch gepisst hat. Wer das Kraut in einer Lauge kocht und das Haupt dareintunkt, dem vertreibt es die Unsinnigkeit und stärkt das Gehirn über die Maßen ..."

Natürlich gruben die Frauen einige Exemplare samt Wurzel aus der Erde. Sie fanden ebenso die sprießenden Pflänzchen des Pestwurzes jenseits der alten Kratzenstein'schen Getreidespeicher. In einem Wettergemenge aus Regen, Graupel und Sonnenschein suchten sie wie Besessene nach Kräutern. Besonders schwierig gestaltete sich die Suche nach den ersten Blättern der Herbstzeitlosen, mit deren Gift Cholchizin man extrem behutsam umgehen musste. Sie wird auch Eintagsblume genannt, weil ihr Gift innerhalb eines Tages zum Tode führen kann. Medea, eine griechische Göttin, nutzte es zum Einschläfern des Drachens, der das Goldene Vlies bewachte, hinter dem die Argonauten herjagten. Die nackten, blassblauen Blüten dieser Pflanze erscheinen erst im Herbst und besitzen eine eindeutig sexuelle Zuordnung. Im Volksmund nennt man sie deshalb auch „Dacke", „Nackte Jungfer", „Nacktarsch", „Faule Fotze", „Tittenzwecke", „Hundshoden" oder „Ochsenpinsel".

Diese Informationen hatte ihnen Franz zugearbeitet. Vicky war begeistert. Ihr Partner hatte sich an einem Tag von einem internetbesessenen Spiegeltrinker in einen tatkräftigen Hexenmeister verwandelt. Es schien, als würde eine innere Feder ein plötzlich freigesetztes Räderwerk treiben.

Franz hatte die Kräutersuche im Norden der Stadt übernommen. Er fuhr mit dem alten weinroten Opel Kadett zum Lehof-Felsen, in die Heidberge und durch das Sülzebruch.

Am Tag der Ostara war das Wetter erträglich, die Sonne schien von einem leicht bewölkten Himmel, es war mäßig warm und regnete nicht. Am Nachmittag hatten die Frauen die Stadt im Süden umrundet. Vom Eselstall, einer uralten Kultstätte mystischer Vorfahren, wanderten sie durchs Grüntal und überquerten den Langenberg. Ohne es zu ahnen, näherten sie sich dabei den ausgeglühten Knochen des geopferten Katers Fritzi bis auf wenige Meter. Vorbei an der unteren Bruchmühle und Grusdorfs Wäldchen erreichten sie endlich am frühen Nachmittag das Steinholz. In diesem felsigen Waldgebiet soll es einst ein Kloster gegeben haben. Am Südabhang stand damals eine Kathedrale, direkt neben der stadtähnlichen Siedlung Marsleben. Im Wald klafften die Wunden alter Steinbrüche, wo kräftige Männer, wie es sie heute nicht mehr gibt, die Sandsteinquader für Marslebens und Quedlinburgs unzählige Mauern gebrochen hatten. Adelheid hätte nicht einen dieser postpaketgroßen Mauersteine auch nur einen Zentimeter anheben können. Wie bewegten die Leute Millionen von diesen Bauklötzen durch die Landschaft? Welch einen Verschleiss von Mensch und Tier hatte das gefordert?

Die Frauen trugen pralle Rucksäcke und radelten singend

durch eine sonnige Umgebung, die vom ersten grünen Hauch des Frühlings zum Leben erweckt wurde. Sie waren sich an diesem Osterwochenende nähergekommen und vertrauten sich Geheimnisse der Seele an, die sie sonst nicht preisgaben. Allerdings stellten sie auch fest, wie unterschiedlich ihre Charaktere veranlagt waren und dass sich ihre Sicht auf Mensch und Materie grundlegend unterschied.

Endlich erreichten sie die Steinholz-Warte, einen Turm, der aus ebendiesen schweren Sandsteinquadern bestand. Er gehörte zum Quedlinburger Feldwartensystem. Das waren ursprünglich zehn Türme gewesen, rings um die Stadt, von denen aus die Türmer über das umliegende Land wachten und beim Nahen von Freund oder Feind der Stadt ein optisches Signal übermittelten.

Die Steinholz-Warte präsentierte sich frisch restauriert, fünf Kilometer vom Marktplatz entfernt, mit einem schönen Ausblick über die nördliche Harzvorlandschaft. Ein paar Meter neben der Mauer loderte ein kleines, rauchloses Feuer. Hier saß Franz und wartete. Er war entspannt, rauchte und trank ein Bier. Freudig begrüßte er die Frauen, als die mit ihren Fahrrädern den schmalen Pfad emporkamen.

„Unser Osterfeuer", sagte er lustig und deutete bei beiden eine Umarmung an. Er hatte vorgesorgt, es gab eine Flasche Sekt, Ostereier, frisches Brot, Käse und Schinken. Die Frauen kicherten vergnügt.

„Das haben wir uns jetzt redlich verdient", sagte er, als sich Adelheid und Vicky auf einer Decke niederließen. „Wir preisen die Göttin Ostara und speisen ihr zu Ehren. Hier ist frischer Bärlauch!"

Ein kühler Wind wehte den fast unsichtbaren Qualm durch das kahle Geäst der Eichen. Doch an der Warte war es geschützt und erschien wärmer als auf dem Thermometer gemessen.

Beim lustigen Mahl nahm Adelheid wahr, dass Franz eine kaum merkliche Spannung abstrahlte. Obwohl er scherzte und lebhaft von seiner Pflanzensuche erzählte, schien ihn dennoch etwas Ernstes zu bedrücken, ja, irgendein Leid zu quälen. Dieser Umstand nahm sie einerseits für ihn ein, andererseits bedeutete er auch eine Warnung, Abstand zu halten vor geistiger Vereinnahmung durch das mentale Feld dieses Menschen. Sie beschloss, wachsam zu bleiben.

Vicky dagegen war froh. Sie war begeistert über den Sammelerfolg. Sie hatten alle Pflanzen gefunden. Das bedeutete, dass es seit tausend Jahren keine so tiefgreifende Veränderung in der Natur, keine derart drastische Beeinträchtigung der Lebensbedingungen gab, die diese Arten ausgerottet hätte. Die Temperaturen des sogenannten hochmittelalterlichen Klimaoptimums bewegten sich auf demselben Niveau wie die heutigen. Damals lag die Nordgrenze des Weinanbaus in Südschweden.

„Wir müssen die Pflanzen kühl lagern", sagte Adelheid und schlürfte voller Inbrunst den Sekt.

„Wird morgen gebraut?", erkundigte sich der Mann und legte etwas trockenes Eichenholz auf das Feuer. „Ich kann es kaum noch erwarten. Übrigens habe ich die weiteren Zutaten besorgt. Spiritus, Öl und Honig."

„Mit äußerster Vorsicht", mahnte Adelheid. „Wir bewegen uns auf völlig unbekanntem Terrain."

„Wir sind jetzt Hexen!", riefVicky und hielt ihr Glas in die Höhe.

„Im letzten Jahr der uns bekannten Weltgeschichte", knörgelte Adelheid mit ernstem Gesicht und hielt ebenso das Sektglas gen Himmel. „Am Ende des Kali Yuga."

„Wie meinst du das?", erkundigte sich Vicky mit besorgt dunklen Augen.

„Sie meint, dass Weihnachten die Welt untergeht", grinste Franz und seine Augen glänzten. „So sagen es die Kalender aus grauer Vorzeit, die von längst untergegangenen Zivilisationen erstellt wurden. Man hat sie gerade wieder entdeckt. Eigentlich ist es ein Gerücht …"

Am Ostermontag wurde gebraut. Den ganzen Tag über wogen, maßen, pressten, schnitten und dampften die drei Hexenköche die Zutaten eines höllischen Ostara-Wässerchens. Letztendlich gab sich die übersetzte Anleitung von Gottfried Basse doch ziemlich mager, so dass einige Details der Zubereitung improvisiert werden mussten. Alles wurde präzise dokumentiert. Nach und nach bildete sich in einer Auflaufform aus Jenaer Glas auf Vickys Gasherd ein rotbräunlicher Sud, der einen merkwürdigen Geruch abgab. Mal roch es wie Katzenpisse, mal wie alter Knoblauch, dann wieder wie Boonekamp.

Am Abend war alles verkocht und eingedampft. Der Mann und die beiden Frauen wurden sich einig, den Prozess der Ostara an diesem Punkt für beendet zu erklären. Im Gefäß schwamm eine Flüssigkeit, die auf den ersten Blick aussah wie die Soße eines besonders kräftigen Rinderbratens. Wenn man aber genauer hinsah …

„Seht mal!", flüsterte Vicky, die schon ein wenig vom Rotwein beschwipst war. „Es funkelt, wenn man den Kopf bewegt."

Adelheid setzte ihr Koboldgesicht auf und schaute genau in den Topf: „Das sind Schlieren. Sie schillern bunt. Das kommt von dem hinzugefügten Hanföl und den ätherischen Substanzen aus den Kräutern."

„Lasst mal sehen!", bat Franz, der noch erstaunlich nüchtern war. Sie hatten beim Kochen etliche Gläschen Rotwein vernascht.

„Das ist eine monomolekulare Schicht. Sie schillert in den Spektralfarben. Durch sie werden leichtflüchtige Inhaltsstoffe am Verflüchtigen gehindert."

Je mehr der Sud abkühlte, umso intensiver wurden die farbig irisierenden Reflexionen darauf.

„Es kommt nun die Stunde der Wahrheit", meinte der Mann. „Wir müssen von unserer Ostara-Mixtur eine Kostprobe nehmen."

„Nö!", knörgelte Adelheid mit hoher Stimme. „Das getraue ich mich nicht! Auf gar keinen Fall!"

„Sei kein Frosch!", rief Vicky und kicherte freudig. „Es kommt nur auf die Dosierung an. Das hast du selber gesagt."

„Also, hört mal zu, Frauen!", ermahnte sie Franz. „Wir füllen das Ganze jetzt in eine schöne Flasche. Und dann genehmigt sich jeder von uns einen einzigen Tropfen. Und danach warten wir ab, was passiert. Okay?"

Die Flasche hatte er bereits vorbereitet. Sie war aus blauem Glas, bauchig, und enthielt einst irgendein alkoholisches Getränk. In unterschiedlicher Gemütsverfassung, Vicky vergnügt und Adelheid kritisch, halfen die Frauen, den Ostara-Sud abzufüllen. Merkwürdigerweise, aber darauf achtete keiner von ihnen, gab es auf der Gefäßwand nicht den geringsten Absatz, der Tiegel sah so blank aus wie unbenutzt.

„Wie willst du die drei Tropfen verteilen?", erkundigte sich Adelheid.

„Auch darüber habe ich bereits nachgedacht", erwiderte der Mann eifrig. „Ich fülle genau dreißig Milliliter Osterwasser ab. Darin lösen wir die Tropfen. Und dann bekommt jeder von uns ein Drittel davon."

Adelheid registrierte wieder, dass sich der Mann mit ihrer Unternehmung total identifizierte. Offenbar besaß er bereits einen Plan im Kopf, der viel weiter reichte als ihre und Vickys Ideen. Ihr Magen zog sich bei diesem Gedanken zwar nicht zu einer Zitrone, aber kurzzeitig immerhin zu einer Apfelsine zusammen.

Draußen regnete es bereits den ganzen Tag, Osterwasser in Hülle und Fülle. Franz eilte mit einem Messbecher aus der Wohnung.

„Meinst du nicht, dass er uns die Sache aus der Hand nimmt?", zischte Adelheid der Freundin zu, die sich erschöpft am Küchentisch niedergelassen hatte.

„Ach wo!“, antwortete diese. „Er gibt sich oft so überschwänglich, aber das lässt schnell wieder nach. Da brauchst du wirklich keine Angst zu haben. Ich passe schon auf!“

„Aber er wirkt so fanatisch“, ereiferte sich Adelheid. „Ich befürchte ...“

Doch schon klappte die Wohnungstür, und ihr Hexenmeister kam zurück. Strahlend stellte er den Messbecher auf den Küchentisch. Es waren genau dreißig Milliliter klares Wasser darin. Ohne weiteren Kommentar griff er zur Flasche des Zaubertrunks. Auch die Frauen schauten schweigend zu. Bedächtig suchte er einen eisernen Löffel aus dem Besteckfach. Mit zusammengekniffenen Augen hielt er ihn in Kopfhöhe. Dann gelang es ihm tatsächlich, drei einzelne Tropfen auf dem Löffel zu platzieren.

„Und nun?“, fragte Adelheid leise.

Ohne zu antworten, rührte der Mann die drei Tropfen in das Regenwasser. Anschließend hielt er das Glas gegen das Licht der Küchenlampe. Draußen regnete es stärker. Trotz Sommerzeit herrschte eine sehr dämmrige Stimmung vor. Adelheid schien es, als hätte sich die klare Flüssigkeit ein wenig, wenig gelb getönt.

Franz nahm drei Schnapsgläser aus dem Schrank und verteilte akurat jeweils zehn Milliliter in jedes davon. Ohne ein Wort zu sagen, reichte er jeder Frau ein Glas Ostara-Wässerchen.

Adelheid und Vicky erhoben sich von den Stühlen. Sie ergrif-
 fen die Gläschen. Franz löschte das elektrische Licht. Die Küche erschien in einem fahlgrauen Dämmerschein. Der Regen schlug nun prasselnd gegen die Scheiben. Zufällig war es genau sechs Uhr. Sie hielten die Gläser in der Schwebe, so, als wagte niemand, die Initiative zu ergreifen. Schließlich war es Adelheid, die sprach: „Auf die Ostara!“ Die beiden anderen hoben ebenfalls ihre Gläser. Vicky sagte feierlich: „Auf uns!“ Und Franz wünschte: „Auf die Zukunft!“ Dann tranken sie. Es schmeckte nach gar nichts. Allerdings hatte Adelheid das Gefühl, als umwehte sie bald danach ein ganz leichter, warmer Odem.

Die drei befanden sich in einer seltsam feierlichen Erwartungsstimmung. Um dieses Gefühl nicht zu zerstören, wagte niemand, ein Wort zu sagen. Sie saßen in der zunehmenden Dämmerung und lauschten auf den Regen, der an die Scheibe prasselte.

Schließlich erwachte Adelheid als erste aus diesem autosuggestiven Zustand und sagte: „Ich verlasse euch jetzt und fahre nach Hause. Ich weiß gar nicht mehr, wie meine Wohnung aussieht."

Vicky hob den Kopf, und es sah für einen Moment so aus, als strahle ihr Gesicht ein fast unmerkliches Leuchten aus. Sie murmelte: „Wollen wir nicht beieinander bleiben? Vielleicht kommt die Wirkung noch."

„Nö!", wehrte die Besucherin ab. „Ich muss mal wieder allein sein. Wir sehen uns ja schon morgen wieder." Sie erhob sich und suchte ihre Sachen zusammen.

Franz erwachte nun ebenfalls zum Leben. Er sah in diesem Augenblick etwas einfältig aus. Seine große Hand legte sich auf Vickys Oberschenkel. „Ich glaube, wir müssen jetzt auch allein sein. Bestimmt spüren wir gar keine Wirkung. Trotzdem war es ein höchst interessantes Osterfest. Komm gut heim, Adelheid! Es war schön, dich kennenzulernen."

Adelheid hatte bereits ihre braune Regenjacke angezogen und den Rucksack in der Hand. Für einen Moment erschien es ihr, als zögen sich die Lippen des Mannes nach oben. Plötzlich sah er einem Wolf sehr ähnlich. Die Augen wurden zu seitlich gezogenen Schlitzen unter den grauweißen Haaren. Vicky schmiegte sich an Ihn und gab ein Schnurren von sich.

„Macht's gut, ihr beiden!", verabschiedete sich Adelheid. Abrupt drehte sie sich um und ging zur Wohnungstür hinaus. Sie fühlte gerade nichts. Ihr Kopf war wohltuend leer.

Drei Minuten später lenkte sie das Bike über die Bahnschienen in Richtung Innenstadt. Die Straßen waren am Abend des Ostermontags wie leergefegt. Nur der Regen plätscherte. Wie trübe Sonnen schienen die Straßenlaternen. Die Ampeln am Harzweg hatten sich wie die Schlangen der Göttin aufgerichtet. Ihre großen Augen schauten mal rot und mal grün auf die einsame Radfahrerin. Deren graublonde Haare klebten nass an Kopf und Jacke. Doch sie beachtete das nicht. Sie war glücklich über dieses wunderbare Osterfest.

Als sie am Bahnhof vorbeifuhr, sah sie das Blumenmädchen, das immer in der Mitte des Kreisverkehrs stand. Es leuchtete, und es lächelte ihr zu. Adelheid winkte, und das Blumenmädchen winkte zurück, es winkte mit der Hand, in der es die Blumen hielt, und rief ihr irgendetwas hinterher. Aber das war nicht möglich, dachte Adelheid, es ist ja nur ein Denkmal.

Beschwingt radelte sie über die Bahnhofsbrücke und durch die kleine Parkanlage, vor ihr glitzerte magisch eine Regenwasserpfütze. Adelheid lenkte einen Schlenker. Und dann flog sie plötzlich, ja, sie konnte fliegen wie ein Vogel oder eine Fledermaus. Es war so ein Raunen um sie her. Sie hatte die Arme ausgebreitet und glitt zwischen den Wipfeln der Bäume und über den Dächern uralter Häuser. Die Tiere verneigten sich vor ihr. Es waren Hasen, Raben, Katzen, Störche und Hunde. Unter ihr am Boden galoppierte ein Pferd. Freudig wieherte es zu ihr empor. Und sie flog …

Adelheid fühlte sich so wohl wie seit ihrer Kindheit nicht mehr. Alles um sie herum war feucht und kuschelig warm. Langsam öffnete sie die Augen. Tageslicht drang durch das Küchenfenster. Sie war nackt, die Haare, weich und nass, klebten auf dem Kopfkissen. Die Bettdecke lag nur teilweise über ihrem sehr schlanken, weißhäutigen Körper.

Ohne Mühe hob sie den Kopf. Er erschien leicht und klar. Sie blickte um sich und nahm das Bild ihres Zimmers wahr. Verstreut lagen ihre Kleidungsstücke auf dem Laminatfußboden herum. Sie sahen nass und verdreckt aus.

Adelheid erhob sich und schob das Zeug unbeeindruckt mit dem nackten Fuß beiseite. Sie stieß ein glucksendes Lachen aus.

Es schien zu funktionieren …

III

Einige Tage später. Inzwischen säuselte milde Luft, duftend von unzähligen Blüten. Die Nacht vom letzten Tag des April zum ersten Mai nahm ihren Anfang, die sogenannte Beltane-Nacht. Welch gottesfürchtiger Mensch es in dieser Nacht nicht schafft, an einem schützenden Ort, zum Beispiel unter zwei gegeneinander gestellten Eggen, zu verharren, läuft leicht Gefahr, den Mächten der Finsternis zu verfallen:

In der ersten Nacht des Maien
Läßt's den Hexen keine Ruh.
Sich gesellig zu erfreuen,
Eilen sie dem Brocken zu …

Vor über tausend Jahren war die Heilige Walpurga, eine fromme Nonne aus dem Kloster Heidenheim, eine eifrige Gegnerin dieses teuflischen Treibens. Ausgerechnet nach ihr nannte man diese mystische Nacht bei uns Walpurgisnacht.

Irenäus Moll wusste das alles. Er beschäftigte sich intensiv mit alten Riten, mystischen Überlieferungen und streifte durch magische Landschaften, von denen es am Nordrand des Harzes nicht mangelte. Sogar ein Buch hatte er darüber geschrieben, die Geschichte eines vor 5.000 Jahren begrabenen Mannes, des toten Recken Krrrsan im Steinkistengrab.

Die Dämmerung setzte ein, und erste Maikäfer flogen um die blühenden Kirschbäume auf dem abgelegenen Grundstück. Irenäus saß in den letzten Strahlen einer rötlichen Sonne und überlegte, was er an diesem Abend beginnen könnte. Die Walpurgisnacht war zu einem touristischen Spektakel degeneriert, die uralte Austreibung der Wintergeister, der Eisdämonen, war nun zum Klamauk geworden. Danach stand ihm nicht der Sinn. Lustlos trank er einen Schluck Bier.

Irenäus Moll war ein Mann in mittleren Jahren, 1,85 Meter groß, er war nicht besonders schlank, aber keineswegs fett, worauf er viel Wert legte. Heute schauten seine wachen, blauen Augen besonders tiefsinnig in die Welt. Der Bart wirkte ziemlich ungestutzt, und die schulterlangen Haare waren zwar frisch gewaschen, stellten aber trotzdem eine graubraune Mähne dar, die um sein Gesicht zottelte. Heute trug er ein dunkelgrünes Hemd und Jeans, an den Füßen Teva-Sandalen, denn es war noch sehr warm draußen.

Titus, sein schwarzer, langhaariger Altdeutscher Schäferhund, lag auf der Seite und hechelte. Er und Herrchen hatten bereits einen ausgedehnten Hundegang durch den Eselstall-Forst absolviert. Das Grundstück befand sich direkt am Südrand dieses ausgedehnten Waldes, der sich noch im Stadtgebiet von Quedlinburg erstreckte. Von hier aus sah man den Brocken, den mystischen Berg der Hexen, die steil aufragende Felsformation der Teufelsmauer, direkt vor der Harzkante, und das sagenhafte Tal der Bode, den größten Canyon nördlich der Alpen, in dessen Umfeld ständig überirdische Wesen umgingen.

Über derartigen, dem Charakter der Nacht angepassten Gedanken, war die Dunkelheit hereingebrochen. Irenäus saß immer noch in seinem Gartensessel und blickte hinauf zu einem klaren Sternenhimmel. Ein Stern hatte es ihm besonders angetan. Seit dem Ende des Winters beobachtete er ihn. Dieser Stern funkelte heller als alle anderen, ja, es schien, als sähe man auf der glänzenden Oberfläche das Wabern einer Struktur. Merkwürdigerweise stand dieser Himmelskörper abends bereits am Firmament, wenn

es noch taghell war, er schimmerte selbst durch die Wolken, wenn alle anderen Lichter bedeckt wurden. Und er veränderte seinen Standort nicht. Er erschien am Westhimmel seit über zwei Monaten – da war er Irenäus erstmals aufgefallen – und wanderte dann langsam, entsprechend der Erddrehung, dem Horizont entgegen, hinter dem er nach Mitternacht verschwand.

Gab es wirklich nur die simple Erklärung, es handele sich um Venus amathusia, den Abendstern? Aber wäre es die Venus, würde dieser Planet nicht am Himmel wandern? Irenäus wollte keinen Experten fragen. Er scheute davor zurück, denn in seinem Innersten begeisterte ihn dieses Phänomen. Vielleicht kam irgendetwas auf die Erde zugerast, ein riesiger Eisklumpen oder ein Asteroid. Möglicherweise handelte es sich gar um ein interstellares Raumfahrzeug, und man sah das Feuer der abbremsenden Hecktriebwerke. Letztens soll in Amerika ein Teil niedergegangen sein, so groß wie ein Kühlschrank. Die Häuser haben gezittert. Vielleicht haben die schon einen Kühlschrank voraus geschickt, mutmaßte man in Irenäus' Stammkneipe, dem Irish Pub Nase …

Irenäus begann zu frösteln. Er erhob sich und ging in das kleine Haus, das im Erdgeschoss zwei Zimmer besaß, darüber ein abgeschrägtes Schlafgemach. Titus lag bereits auf dem Sofa und wedelte verträumt mit dem Schwanz.

Was anfangen mit dieser Nacht? Sollte er die Hexen ziehen lassen und einfach durchschlafen? Er fühlte sich unbefriedigt. Irenäus konnte als geselliger Einzelgänger bezeichnet werden, er kannte zwar viele Leute und führte mit denen gern lange Gespräche, aber er blieb auch oft allein und wollte völlig frei über sein Leben entscheiden. Er überlegte. Auf Belustigung an einem der Feuer stand ihm nicht der Sinn, ein wenig Saufen mit wildfremden Menschen, die nie ein Wort von der Heiligen Walpurga gehört hatten, das ewig gleiche Gequatsche. Nein, dafür war er bereits zu alt.

Allerdings gab es da noch die Wiperti-Disco, fiel ihm gerade ein. Sein Freund, Karl Wabenmond, hatte ihm erzählt, dass dort in dieser Nacht eine halbprivate Oldie-Disco stattfände. Unter Oldie-Discos verstand man in Quedlinburg regelmäßige Veranstaltungen für ältere Menschen, die so zwischen 1945 und 1975 das Licht der Welt erblickten. Dementsprechend rankte sich die Musik von Marianne Rosenbergs „Jugendliebe" über die Pudhys, Rolling Stones, Beatles und Status Quo bis hin zu Abba und Modern Talking (für die ganz Jungen). Die beiden DJs, die seit fast vierzig Jahren diese Musik zum besten gaben, wurden „Die Saurier" genannt.

'Das könnte man sich ja vielleicht antun', dachte Irenäus und schaute zur Küchenuhr. Er würde vor Mitternacht dort sein, wenn er sich beeilte. Noch etwas unschlüssig, warf er einen Blick auf Titus, der die Lefzen zu einem matten Lächeln fletschte. Dann kämmte er sich die Haare, zog eine Jeansjacke an und sagte zum Schwarzen: „Mach's gut, Alter!"

Die Haustür blieb unverschlossen. Der Hund passte auf und konnte zur größten Not das Haus selbstständig verlassen. Man wusste nicht, was in solch einer Nacht mit einem geschah. Irenäus führte ein ziemlich gefährliches Leben, das hatten die Götter so eingerichtet, und in gewagte Situationen schlitterte er zumeist schneller, als er denken konnte.

Zehn Minuten später stellte er den armygrünen Daimler Kombi, ehemals ein Fahrzeug der Bundeswehr für den Afghanistan-Einsatz, auf einem spärlich beleuchteten Flecken der Innenstadt ab. Eine uralte Regel besagte nämlich: Parke dein Auto nie vor dem Etablissement, in dem du feierst, und vor allem nicht in der Walpurgisnacht.

Also bewegte er sich einige hundert Meter weiter, die Altetopfstraße hinauf zum Wipertihof. Der Name Wiperti ging wahrscheinlich auf den Heiligen Wigbert zurück, aber über den genauen Zusammenhang machte sich Irenäus gerade keine Gedanken. In Quedlinburg war schließlich alles heilig – mehr oder weniger ... Der zunehmende Mond stand über dem Münzenberg, ebenfalls einer heiligen Stätte, der funkelnde Stern war bereits im Westen hinter dem Strohberg versunken.

Durch eine Glastür betrat Irenäus die Wiperti-Scheune, in deren Eingangsraum eine Bar thronte. Ein Seitenblick zeigte ihm zwei Frauen, die dort eifrig Gläser auffüllten. Alle Barhocker waren von laut redenden Gästen besetzt. Etwas überfordert nach des Tages Einsamkeit, versuchte er, sich zu orientieren. Bekannte grüßten ihn, und Frauen warfen neugierige Blicke auf den Ankömmling.

Irenäus trug eine Papptüte mit sich. In ihr lagen einige Exemplare seines Erstlingswerkes, des „Steinkistengrabes". Ständig wurde er danach gefragt und verkaufte es gern bei jeder sich bietenden Gelegenheit.

Mit einem „Hallo!" nach rechts und links betrat er den Saal. Im Hintergrund war die Disco aufgebaut. Hinter bunt blitzenden Lichtern hantierten Uwe und Torsten, die beiden vollbärtigen „Saurier". Martialisch dröhnte der Sound alter Weisen.

Ein Aufschrei übertönte den Lärm der Rockmusik: „Irenäus! Komm zu mir!"

Irritiert blinzelte Irenäus ins Geflacker. Dann sah er die Stimme, sie gehörte Gitti. Das war seine Startänzerin. Er tanzte gern und lange, aber ausschließlich nach Rockmusik, alles andere konnte ihm gestohlen bleiben. Gitti ging das ebenso. Sie war eine

der schönsten Frauen Quedlinburgs, und sie wusste das. Mit wehenden blonden Haaren und strahlenden blauen Augen tanzte sie auf Irenäus zu. Es gibt immer nur einige Frauen, mit denen ein Mann wirklich gern und gut tanzt. In diesem Fall überblickten die „Saurier" die Lage sofort, schließlich waren alle im Saal „gute Bekannte", und legten als Anheizer „Satisfaction" auf, anschließend „Jumping Jack Flash", danach noch etwas „Stairway to Heaven". Zur Erholung folgten „Mother's Little Helper" und „Locomotive Bress". Den Abschluss der amüsanten Einlage bildete natürlich „Jugendliebe", und das gleich zweimal, weil es Gittis Lieblingslied war.

Naja, sie waren nicht mehr die Jüngsten. Lachend gab ihm die Frau einen Kuss und zog sich zurück. Irenäus wischte den Schweiß von der Stirn und ging zur Theke, um etwas zu sich zu nehmen. Ein wenig außer Atem, setzte er sich auf einen gerade frei werdenden Barhocker und schaute suchend in die Runde. Die beiden Frauen, die er vorhin peripher wahrgenommen hatte, bemühten sich emsig, die Wünsche der Anwesenden zu befriedigen.

Eine der beiden nahm sofort Blickkontakt zu ihm auf. Sie war hübsch anzuschauen, gut gebräunt und schwarz gekleidet. Zwischen langen, fast schwarzen Haaren sahen ihn dunkelbraune
Augen prüfend an: „Was möchtest du?"

„Ein Glas kalten Sekt", erwiderte Irenäus und betrachtete verstohlen den durchtrainierten Körper. Sie mochte in den Vierzigern sein. Die Frau schenkte Sekt ins Glas und kassierte sofort. Dabei schaute sie ihn wieder an und sagte: „Zum Wohl!"

Irenäus fasste diese schlichte Bemerkung als Einladung zu einem Gespräch auf. Deshalb fragte er schnell: „Auf was für einer Party bin ich hier eigentlich?"

„Ach, da haben einige Leute eine kleine Walpurgis-Alternativ-Feier organisiert", antwortete die Frau und hatte gerade nichts zu tun. „Wir beide sind nur für die Bar engagiert. Unser Job ist es, die Gäste zu berauschen."

„Nette Idee!", rief Irenäus. „Also bist du eine moderne Hexe, und ich war wiedermal zu inkonsequent, die beiden Eggen mit mir herumzuschleppen."

„Eggen?" Die Frau blickte ihn halb skeptisch und halb belustigt an. „Ich kann dir nicht folgen …"

„In der Literatur steht geschrieben“, begann Irenäus und reichte ihr das leere Sektglas zur Wiederauffüllung, „dass sich ein frommer Christ in der Walpurgisnacht vor lästerlichem Hexenwerk schützen kann, indem er sich unter zwei aneinandergelehnte Eggen hockt.“

„Oh, wie aufwändig“, meinte die Frau und kassierte das frische Sektglas ab. „Glaubst du an Hexen?“

„Ich glaube, dass es Frauen gibt, die durch ihr Charisma andere Menschen stark beeinflussen können“, überlegte er und nahm einen kleinen Schluck. „Meistens sind sich diese Frauen des Effektes bewusst. Manche nutzen ihn in positiver oder negativer Art und Weise aus. Eine Frau kann von einem Mann viel Hilfe erhalten, wenn sie ihre Reize spielen und ihn dabei bis an eine gewisse Grenze auffahren lässt.“

„Auffahren!“ Die Dunkelhaarige lachte und sagte: „Aber damit ist sie doch noch keine Hexe. Fast jede attraktive Frau verhält sich so.“

„Richtig!“, erwiderte er. „Aber wenn die Frau dazu mentale Verstärker einsetzt, könnte es sich um eine Hexe handeln ...“

„Mentale Verstärker!“, rief sie und legte ihm drei Chipsletten auf den blanken Tisch. „Was ist das denn?“

Irenäus grinste. Er wollte sie ein wenig provozieren: „Neben Sex sind die stärksten mentalen Verstärker Geld und Besitz. Gelingt es einer Frau, einen Mann aus – wohlgemerkt eigennützigen Motiven, nicht etwa aus Liebe – in ein Geflecht aus Begierde, Sexualität und Geldgier zu locken, sind mehrere Bedingungen für eine Hexe erfüllt. Manchen Frauen gelang es, ganze Völkerscharen politisch zu beeinflussen, sicherlich noch vor Nofretete oder der Königin von Saba. Aber es gehört noch mehr dazu.“

„Du malst ja ein sehr negatives Bild von diesen Frauen“, ereiferte sich die Dunkelhaarige. „Gibt es denn keine positiven Hexen?“

„Ich war ja noch nicht fertig“, grinste Irenäus und wartete geduldig, bis die Frau sich ihm wieder zuwenden konnte. Dabei fiel ihm zum ersten Mal auch die zweite Bardame auf. Sie stand über Eck und unterhielt sich mit einem Mann, den Irenäus noch nie gesehen hatte. Es war ein schlanker, fast hagerer Typ mit langen, schwarzen Haaren. Das Gesicht wurde von sehr dunklen Augen und einer markanten Nase dominiert. Lebhaft redete er auf die Frau ein und nieste dabei zwei- oder dreimal heftig.

Die Frau gab lachend Antwort und gestikulierte mit den Händen. Sie war auffallend hellhäutig und ziemlich mager. Allerdings besaß sie schöne Brüste, die sich unter dem weinroten T-Shirt recht prägnant hervorschoben. Der lange, mit einem blassroten Muster bedruckte Rock sah irgendwie altmodisch aus. Ihr Gesicht wirkte beim Lachen sehr einnehmend, in die langen, graublonden Haare waren rote Strähnen eingefärbt, wahrscheinlich aus gegebenem Anlass. In Irenäus Wahrnehmung ergab dies einen dissonanten Kontrast.

Langsam leerte sich der Saal, die erste Nacht des Maien war seit geraumer Zeit angebrochen. Wilhelm Buschs Gedicht ging übrigens so weiter:

… Dorten haben sie ihr Kränzchen.
Man verleumdet, man verführt,
Macht ein lasterhaftes Tänzchen,
Und der Teufel präsidiert.

Gitti umarmte ihn von hinten und gab ihm einen Kuss: „Ich muss jetzt ins Bett!“

Zehn Sekunden später sagte die Dunkelhaarige: „So, was macht eine Frau nun wirklich zur Hexe?“

Sie füllte das Sektglas erneut, und Irenäus griff den Faden wieder auf: „Nun ja, sie verfügt über Hexenwissen. Sie kann zaubern, sie kann Dinge verändern und Menschen ihren Willen aufzwingen. Vielleicht benutzt sie dazu Hilfsmittel wie magische Rituale oder gar bewusstseinsverschiebende Drogen. Jedenfalls …“

„Lass dich von ihm nicht bequatschen“, wurde er plötzlich unterbrochen. „Er ist Schriftsteller.“

Der Typ am anderen Ende der Bar rang gerade mit einem Niesanfall, und die blasse Frau stand nun hinter seiner Gesprächspartnerin. Diese lachte auf: „Er erzählt ganz verrückte Dinge über Hexen.“

Die Rotgesträhnte musterte Irenäus mit graublauen Augen: „Und wie sind sie, die Hexen, gut oder böse?“

„Kommt drauf an!“, konterte er. „Es gibt bestimmt auch gute Hexen, Heilerinnen, Hebammen und solche, die kleinen Kindern den Weg aus dem tiefen Wald zeigen. Aber eigentlich hat Hexerei etwas mit Machtausübung zu tun, einer schwer kontrollierbaren Macht. Und deshalb ist das Hexenwesen ja auch bis in unsere Tage so verpönt."

„Ist das nicht eine ziemlich konservative Sichtweise?", fragte die Frau mit einem Koboldlächeln. Ihre Stimme klang etwas gepresst, aus dem Kehlkopf heraus. „Sie als Schriftsteller dürften doch eigentlich nicht derartigen Vorurteilen anhängen."

„Schriftsteller?", fuhr die Dunkle dazwischen und sah ihn mit großen Augen an. „Was schreibt er denn?"

„Ach, so ein Zeug über alte Recken, die vor ewigen Zeiten hier durchgezogen sind und die Frauen verrückt gemacht haben. Wie hieß diese Steinzeitschönheit gleich? Dulzinea?", fragte die Dünne und kicherte glucksend.

„Schön, dass Sie mein Buch gelesen haben." Irenäus ging auf ihr Spiel ein. Es war unbestreitbar, dass die Frau einen gewissen Eindruck auf ihn machte. „Aber Sie wissen auch ganz genau, dass es sich um die Bronzezeit handelt, eine hochentwickelte Ära. Und die Frau heißt Dunja. Und was das Hexentum betrifft, bewegen wir uns hier auf sehr dünnem erkenntnistheoretischem Eis. Mir sind zwar schon öfter Frauen begegnet, die behaupteten, dass sie Hexen wären, aber noch keine, die diesem Anspruch wirklich gerecht werden konnte."

Die beiden Frauen tauschten einen tiefsinnigen Blick aus. Der Langhaarige vom hinteren Ende der Bar erhob sich in diesem Moment. Peripher sah Irenäus, wie er vom Barhocker glitt und dabei mit einer seltsamen Verrenkung etwas zu tief in die Knie ging. Doch kurz darauf war er verschwunden.

„Was müsste die wirkliche Hexe denn tun?", fragte die Dunkle. Es waren jetzt immer weniger Trinker im Saal. Die Oldies hielten nicht mehr so lange wie früher durch. Die „Saurier" spielten unverdrossen weiter, gerade ertönte wie auf paranormale Bestellung „... Can't you see the witch

can't you see the witch
can't you see the witch by my side ..."

„Naja, sie müsste geheimnisvoll sein, sie müsste über bestimmtes Wissen verfügen, zum Beispiel von Zaubersprüchen, magischen Praktiken und Derartigem", sinnierte Irenäus. „Eine weibliche Hexe verfügt über verborgenes Wissen, das anderen Menschen nicht zugänglich ist. Damit kann sie auch Politik betreiben. Vielleicht pflegt sie sogar Kontakte zu den Wesen der Anderswelt. Das wäre dann die höchste Stufe des Hexenwissens. Der Kuss der Hexen auf das Gesäß des Teufels."

„Oh, nö!“, rief die Dünne, halb geekelt und halb wohlig erregt. „So etwas kann sich doch nur ein Mann ausdenken.“

„So steht es in der Literatur“, verteidigte sich Irenäus lachend und hielt der Dunklen das leere Glas hin. „Und was noch sehr wichtig ist: Die hexistische Grenzsituation! Die Hexe braucht für ihr Werk einen mentalen Resonanzboden, ihre Klienten müssen empfangsbereit sein, verliebt, neugierig oder leidend. Dann funktioniert es am besten.“

„Interessante Theorie“, sagte die Dunkelhaarige ernst und kassierte das neue Glas nicht ab. „Woher hast du die so schnell hervorgezaubert?“

Er nahm einen Schluck und erwiderte: „Ich habe mir darüber schon oft Gedanken gemacht. Ich halte mich gern an uralten Kultstätten auf, ich lese viel über Grenzwissenschaften. Ich würde gern einmal eine Hexe kennenlernen, aber das wird wohl nichts werden …“

Er schaute die Frauen abwechselnd an. Bewusst setzte er dabei seinen Dackelblick auf. Die beiden kicherten und warfen einander amüsierte Blicke zu. Plötzlich sagte die Dünne: „Dann ist heute dein Glückstag. Du sitzt zwei leibhaftigen Hexen gegenüber.“

„Behaupten kann das jeder“, schmunzelte Irenäus. „Nur mit dem Beweis hapert es meistens. Oder? Könnt ihr mich verzaubern?“

„Wir könnten es schon“, meinte die Frau. „Willst du es wirklich wissen?“

„Ja!“, antwortete Irenäus. Er war ein wenig erstaunt über die Siegesgewissheit der Frau und gespannt, welchen Gag sie wohl auf Lager hatte.

Immer noch war die Schmächtige am Zuge. Sie lächelte ihn nun sehr koboldhaft an und zog irgendwoher ein Glasröhrchen hervor. Sie entkorkte es blitzschnell und goss den Inhalt in sein halbvolles Sektglas. Die Dunkle blickte etwas erschrocken drein und streckte einen Arm aus, wie um die Tat zu verhindern. Aber sie schwieg.

„Trink es!“, befahl die Dünne mit gepresster Stimme. „Du brauchst keine Angst zu haben. Dafür wirst du um eine wesentliche Erfahrung reicher sein. Irgendwann. Eins verrate ich aber schon: Hexen kommen manchmal ganz anders daher, als es sich ein normaler Mensch vorstellt.“

„Aber er ist ja Schriftsteller, kein normaler Mensch“, sagte die Dunkle, und ihre schwarzen Augen glänzten.

„Okay! Auf euer Wohl!“ Irenäus trank das Sektglas in einem Zuge leer. Es schmeckte wie Sekt. Mit einem kleinen Seufzer wischte er den Bart trocken. „Und nun?“

„Nichts ist nun“, meinte die Dünne. „Du bist der Letzte. Wir schmeißen dich jetzt raus, damit wir in Ruhe aufräumen können. Die Nacht ist kurz.“

„Moment!“, begehrte er auf. „Einen Scheidetrunk gewährt mir noch, edle Damen, wenn ich schon das Versuchskaninchen für eure Hexenmedizin spiele. Oder was habt ihr mir da eben ins Glas geschüttet?“

„Nichts Besonderes! Mach dir keine Sorgen“, sagte die Dunkle und goss ihm noch ein wenig Sekt ins Glas. Die Flasche war genau leer. Sie blickte ihn skeptisch an. „Es war nur ein Tropfen Kräuterextrakt zur Stärkung von Leib und Seele. Du wirst es überleben.“

Sie räumten bereits die Theke auf. Irenäus trank aus und erhob sich. Er fühlte sich munter und hellwach. „Na, wenn ihr meint“, redete er etwas konfus daher, „dann überlebe ich eben. Auf Wiedersehen, ihr süßen Hexlein!“

Die Frauen standen nebeneinander hinter der Theke und lächelten ihm zu, blaugrau und schwarzbraun. Die Dünne hatte ein weißes Kappi auf dem Kopf mit dem Zeichen der Blauen Schneeflocke, die andere schnalzte mit ihrer großen, roten Zunge.

„Wir werden dich wiedersehen, Irenäus! Komm gut nach Hause!“, riefen sie im Chor.

Irenäus ergriff seine Papiertüte mit „Steinkistengräbern“, von denen er natürlich kein einziges verkauft hatte, winkte ihnen zu und verließ das Gebäude durch den gläsernen Windfang. Beschwingt schlug er die Richtung zu seinem Auto ein. Wo stand es eigentlich?

Egal! Ehe er in die Altetopfstraße einschwenkte, warf er einen Blick auf die halbgefüllte Mondscheibe, die über den Häusern des Münzenbergs schwebte. Und genau in diesem Moment flog dort etwas vorbei, es bewegte sich kurzzeitig vor dem leuchtenden Halbkreis. Irenäus stutzte. Der Morgen dämmerte noch nicht, ein Vogel konnte es nicht gewesen sein. Oder vielleicht doch, eine Eule oder eine Fledermaus?

Gerade wollte er sich wieder abwenden, da flog wieder etwas vorbei, diesmal waren es zwei Objekte. Sie bewegten sich sehr langsam. Er kniff die Augen zusammen. Dann sah er es besser. Es waren zwei Frauen. Zwar sahen sie auf die Entfernung

winzig aus, trotzdem konnte er sie merkwürdigerweise ausgesprochen klar erkennen.

Es handelte sich um überaus scharfe Schattenrisse, kleinste Details waren auszumachen, wie zum Beispiel die Brustwarzen oder die Wölbung der Bäuche und Hintern. Die Haare der Frauen flatterten in einem fernen Flugwind. Aber sie glitten nicht einfach so dahin, nein, sie ritten, die eine auf einem großen Hund und die andere auf einem Besen. Ja, tatsächlich, auf einem Besen.

Sie flogen vor dem Mond, aber irgendwie kamen sie nicht von der Stelle. Sie waren weit entfernt, ihre Bilder trotzdem so präzise, als schaue er sie von ganz nah an. Sie winkten ihm zu. Ihre Ärmchen ruderten grüßend in der Luft. Und nun wusste er auch, dass das die beiden Bardamen waren. Die Dünne besaß größere Brüste als die Athletische. Jetzt hatten sie den Mond passiert. Weg waren sie.

Irenäus rieb sich die Augen. Was war das gewesen? Schlief er bereits und träumte? Dann könnte er vielleicht hinterherfliegen! Er machte einen Sprung und ruderte mit den Armen. Der Sprung war hoch und weit! So weit war er noch nie gesprungen. Seltsam! Aber Hinterherfliegen gelang ihm nicht, dafür reichte es nicht. Einen Augenblick lang war er betrübt.

Jetzt bemerkte er, dass ihm der Sprung so heftig gelungen war, dass er sich in einer völlig anderen Gasse wiederfand. Wo war er überhaupt? Lauter Fachwerkbalken und kleine Butzenfenster, hinter denen es schnarchte, röchelte und wisperte.

Ihn befiel ein menschliches Bedürfnis. Die Flasche Sekt wollte wieder hinaus aus seinem Leib. Wohin? Zur Linken führte eine schmale Gasse zwischen den Häusern ganz sanft bergan. Im Handumdrehen stand er vor einer hohen Mauer aus alten Sandsteinquadern, sehr geeignet zum Dagegenpinkeln. Über ihm erhob sich ein Turm, umgeben von einem Geflecht dicker, schwarzer Ranken. So etwas Monsterhaftes hatte er noch nie gesehen. Geschwind stellte er die Papiertüte mit „Steinkistengräbern“ ab und öffnete die Hose. Ein gleißender Strahl ergoss sich gegen das dunkle Rankenwerk. Das tat gut …

Plötzlich stöhnte ein Mensch. Mit einem Rest von Verstand blickte Irenäus in diese Richtung. Und tatsächlich, dort umklammerten die Ranken einen Körper. Aber es waren gar keine Ranken, es waren Tentakel, gewaltige Fangarme, in denen sich ein armer Mensch schwach hin und her wand. Irenäus wollte nähertreten, doch da prallte einer der Tentakel gegen ihn. Er fühlte, dass er an den Haaren gerissen wurde. Das war gar keine Mauer aus Sandsteinquadern, sondern die schuppige Haut eines gierigen Ungeheuers! Und er hatte es angepinkelt. Das blanke Entsetzen nahm von ihm Besitz.

Dunkelgrüne Angst griff von allen Seiten mit feuchtkalten Krallen nach ihm. Ein Glück, dass er fliegen konnte. Das war jetzt seine letzte Rettung. Mit einem Ruck riss er sich los und erhob sich in die Lüfte. Am Osthimmel zeichnete sich die erste Morgenröte ab.

Lärm ohne Ende, dröhnender Krach. Hustend und keuchend riss Irenäus die Augen auf. Er hatte so laut geschnarcht, dass es ihn selbst geweckt hatte. Sein überanstrengter Rachen verspürte leichte Halsschmerzen. Um ihn her raschelte und klopfte es. Viele Augen starrten ihn an. Entsetzt drehte Irenäus den Kopf.

Es war blendender Tag. Lauter Kinder sprangen rings um seinen Daimler und klopften gegen die Scheiben. Dahinter standen

lachende Erwachsene, Männer und Frauen. Sie schienen sich über ihn lustig zu machen. Die Kinder pochten auf die Motorhaube, dass es in den Ohren schmerzte, offenbar unternahm die Waldorf-Schule einen 1. Mai-Ausflug. Sein Schnarchen hatte sie angelockt, ging es ihm durch den Sinn. Verkrümmt lag er hinter dem Lenkrad. Mühsam und um Haltung bemüht, schraubte er sich ein wenig in die Höhe.

Interessiert beobachteten ihn die Erwachsenen, die Kinder schrien wie eine freigelassene Affenschar. Es war tatsächlich die Waldorf-Schule. Frustriert drückte Irenäus auf die Hupe. Diese war besonders laut bei einem ehemaligen Fahrzeug der Bundeswehr. Erschrocken wichen die Leute zurück, ihre Gesichter verzogen sich missbilligend.

Irenäus wusste nicht wirklich, in welcher Lebenslage er sich eigentlich befand, aber er hatte in seiner Verweilzeit auf diesem Planeten schon so viele Abenteuer durchlebt, dass er auch diese etwas peinliche Situation mit Gelassenheit ertrug. Zu seiner größten Freude stellte er fest, dass der Zündschlüssel steckte.

Er ließ den Motor an und manövrierte sich vorsichtig aus der angeblich völlig gewaltfreien Kinderschar, die nun schon wütend auf sein Auto einschlug. Aber was konnten zarte Kinderhände, die bisher nur Topflappen gehäkelt und Meerschweinchen gestreichelt hatten, schon an einem Armeefahrzeug kaputtmachen …

Als der Motor knurrend ansprang, seine Auspuffanlage war auch nicht die neueste, wich die Horde erschrocken zurück, so dass er den Parkplatz verlassen konnte, ohne noch Scherereien zu bekommen.

Abgesehen von jener minimalen Störung erfüllte ihn ein nie gekanntes Glücksgefühl. In dieser Stimmung verließ er wenige Minuten später die Stadt.

IV

Als Irenäus am weltweiten Kampftag der Arbeiterklasse endlich sein einsames Grundstück erreichte, kam ihm der Schwarze bereits entgegengewedelt. Aus einem gewissen Bedürfnis heraus hatte er sich die Haustür geöffnet und schaute ein bisschen konsterniert drein. Herrchen streichelte ihn versöhnlich und nahm ein Glas Halberstädter Würstchen aus dem Schrank. Das war ihrer beider Lieblingsgericht. Titus lächelte erwartungsvoll. Einige Zeit später saßen sie im sonnigen Garten. Der Mann trank einen überstarken Kaffee und aß gedankenversunken zwei Bockwürste mit viel Mostrich. Der Hund schaute in die Büsche, denn er hatte seinen Pflichtanteil in drei Sekunden verschlungen.

Was war ihm eigentlich in der vergangenen Nacht widerfahren? Irenäus empfand im tiefsten Inneren immer noch dieses seltsame Glücksgefühl, dass in gewisser Weise an frische Verliebtheit erinnerte. Aber er war nicht frisch verliebt. Vage besann er sich zwar auf die beiden Frauen an der Bar und an das Gespräch über Hexenwissen. Danach konnte er sich an nichts mehr erinnern. Obwohl, exakt war dieser Filmriss nicht beschrieben. Irenäus wusste, er ahnte, dass in dieser Nacht höchst seltsame Ereignisse stattgefunden hatten. Das war das Gefühl eines Traums, dessen Inhalt man sich unbedingt merken wollte, und doch hatte man ihn vergessen.

Hexenwissen. Die Frauen behaupteten, Hexen zu sein. Es gab eine Diskussion. Und dann gaben sie ihm einen Trunk. War es so? Er wusste es nicht mehr genau. Irenäus schlurfte ins Haus. Trotz Glücksgefühl und überstarkem Kaffee hatte ihn eine elementare Müdigkeit befallen. Die Nacht musste wohl doch ziemlich heftig verlaufen sein …

Neben der Küche lag der Salon, sein Arbeits- und Studierzimmer. Er kramte ein Lexikon hervor. Ein bisschen alt war es schon, noch aus der DDR, Meyers Lexikon A bis Z. Er suchte darin den Begriff Hexe. Und er konnte es kaum glauben, dieses Wort gab es nicht! Die Ideologie hatte das Wort Hexe nicht vorgesehen, sicher, es ließ sich nicht ohne weiteres erklären. Gehörten Hexen zu einer von klerikalen Ausbeutern unterdrückten Minderheit oder waren sie doch eher eine elitäre antimaterialistische Vereinigung? Irenäus war enttäuscht über soviel Borniertheit.

Etwas munterer geworden, wühlte er im Bücherschrank und fand ein Buch über „Die Hexen des alten Weges". Und hier bekam er eine denkwürdige Erkenntnis. Irenäus hatte sich schon oftmals als Mittler zwischen den Welten bezeichnet. Gemeint hatte er damit seine Fähigkeit, zwischen verschiedenen Menschen im mentalen Zwiespalt zu vermitteln, sie miteinander zu versöhnen, ihre Sicht der Dinge anzunähern. Die schamanische Rolle „zwischen den Welten", „die auf dem Zaun Sitzende/Reitende" bedachte das Althochdeutsche mit den Begriffen „hagazussa" beziehungsweise „hagzissa", woraus später das Wort „Hexe" entstand.

War er eine Hexe oder ein Hexer? Die Müdigkeit kehrte zurück. Mit letzter Kraft erklomm er die Treppe in sein Schlafgemach …

An diesem Tag geschah nicht mehr sehr viel. Und auch am zweiten Tag des Maien beschäftigte sich Irenäus mit den einfacheren Dingen des Lebens, legte Kartoffeln und ging mit dem Hund spazieren. Das Glücksgefühl aus der Walpurgisnacht flaute langsam ab, aber es blieb doch ein Rest dieser eigenartigen Stimmung, der wie eine Sehnsucht nach „mehr desselben" in ihm schlummerte.

Am Abend erschien wieder sein abbremsendes Raumschiff am Himmel, als noch die Sonne schien. Spontan setzte er sich in den Daimler und lenkte ihn in die Stadt. Titus nahm er mit, denn der gab eindeutig zu verstehen, dass er nicht schon wieder allein zu Hause bleiben wollte. Das Ziel war wohl definiert. Irenäus parkte auf dem Carl-Ritter-Platz. Das war ein ziemlich neuer Parkplatz zwischen Innenstadt und Schlossberg. Die Stadt der Bürger war seinerzeit mit einer Stadtmauer umgeben, die hier noch in voller Schönheit bewundert werden konnte. Das Schloss der Äbtissinnen befand sich auf einem Felsen aus Sandstein, wenige hundert Meter vor den Toren, und glänzte ebenfalls prachtvoll in der Abendsonne.

Irenäus und der Schwarze gingen eine kurze Strecke, dann erreichten sie das Pub „Nase", ein Irish Pub der sehr angenehmen Sorte. Es war herrlich mild, und Herr und Hund setzten sich an einen Tisch des kleinen Biergartens ins letzte Sonnenlicht. Der Wirt hieß Steffen. Er begrüßte die beiden freundschaftlich, und das war auch kein Wunder, denn sie kannten sich schon viele Jahre und konnten sich durchaus als Freunde bezeichnen. Im Inneren lief ein Musik-Video, und die rockige Folkmusik rieselte verhalten ins Freie.

Irenäus saß so, dass er die vor ihm liegende Straße und das gegenüberliegende griechische Restaurant im Auge hatte. Titus lag zufrieden unterm Tisch auf warmen Steinen, und der Wirt erzählte ihm etwas über die fatalen Auswirkungen einer missratenen Quedlinburger Lokalpolitik.

Genau zu diesem Zeitpunkt fuhr vor ihnen auf dem Bürgersteig ein Fahrrad vorüber. Darauf saß eine Frau, deren Haare im Fahrtwind flatterten. Diese Sequenz dauerte etwa drei Sekunden, und Irenäus konnte gerade noch „Hey!" rufen, dann war das Bild hinter der Ecke des Pubs verschwunden.

„Kennst du die?", fragte Steffen. „Sie fährt schon zum dritten Mal hier vorbei."

„Es war ein Reflex", grinste Irenäus. „Irgendwoher kenne ich sie, weiß aber nicht, wie sie heißt."

Der Wirt verdrehte die Augen: „Du musst doch wissen, hinter wem du hier her schreist. Oder machst du das bei jeder? Ich kenne das Mädchen jedenfalls nicht …"

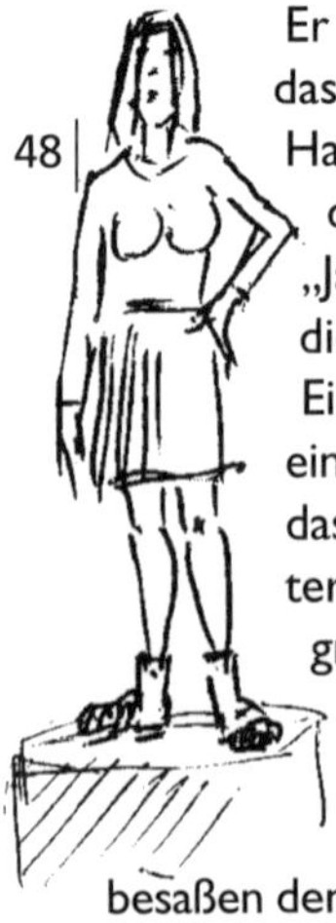

Er konnte seinen Gedanken nicht zu Ende führen, denn das Mädchen kehrte zurück. Es schob sein Bike um die Hausecke und warf einen zögernden Blick auf die beiden Männer: „Habt ihr mich gerufen?"

„Ja doch! Setz dich zu uns!", rief Irenäus erfreut, denn die Frau kam ihm sehr bekannt vor.

Ein Mädchen war sie gerade nicht mehr, auch wenn sie eine ausgesprochen zierliche Gestalt besaß. Sie stellte das Bike in einen Ständer und kam auf den Tisch zu, hinter ihr strahlte die Abendsonne. Heute trug sie ein grasgrünes, kurzärmliges T-Shirt und einen hellbraunen Faltenrock, dazu merkwürdigerweise Wanderstiefel. Ein bisschen ausgefallener Look, ging es Irenäus durch den Kopf. Ihre Ärmchen und Beine waren frei und besaßen den ersten Hauch sommerlicher Bräune. Alles an ihr war ziemlich dünn, bis auf ihre Brüste. Sie stachen hervor und wirkten fast eine Idee zu groß für ihren Körper. Diese Frau bewegte schon etwas in einem Mann, und er sah sofort, dass ihr das völlig bewusst war. „Hallöchen!", sagte sie, ein Wort, das Irenäus übertrieben kindlich empfand. Ihre blassblauen Augen schauten gespannt von einem zum anderen, der sinnliche Mund verzog sich zu einem sympathischen Lächeln. Die Stirn war hoch und von langen, ergrauten blonden Haaren umrahmt. Er erinnerte sich jetzt wieder gut an sie. Die roten Walpurgis-Strähnen waren verschwunden.

„Hallo!" Irenäus lachte sie an und wies mit der Hand auf den Stuhl neben sich.

In diesem Moment betraten andere Leute das Lokal, und der Wirt eilte zu ihnen. Die Frau setzte sich auf dessen freigewordenen Platz und sagte mit etwas gepresster Stimme: „Der ist bestimmt angewärmt."

Wenn man so dünn ist, braucht man wahrscheinlich viel Wärme, dachte Irenäus, sagte aber laut: „Schön, dass wir uns so bald wiedersehen. Ehrlich gesagt, wusste ich gar nicht mehr so genau, wie du aussahst. In jener Nacht ist irgendwas mit mir geschehen, aber es muss schön gewesen sein. Mein Gefühl danach war sehr gut."

„Du hast eine ganze Flasche Sekt getrunken", kicherte die Frau. „Ist doch klar, dass du danach hinüber warst."

Er setzte ein belehrendes Gesicht auf: „Also, wenn es eins nicht war, dann die Flasche Sekt. Die hat das Alkoholäquivalent von dreieinhalb Flaschen Bier, und die vertrage ich schon noch in einer Nacht, ohne völlig die Kontrolle zu verlieren. Nein! Ich erinnere mich jetzt, dass du mir einen Hexentrunk in den Sekt geschüttet hast. Ja, so war's! Und danach …"

„Was war danach?", fragte sie und bedachte ihn mit einem forschenden Blick, der ziemlich streng wirkte.

„Ich weiß es nicht", erwiderte er lapidar. „Bin erst am nächsten Morgen in meinem Auto wieder aufgewacht. Aber eins muss ich sagen: Dieser Trank hat mich sehr glücklich gestimmt! Ich bin sicher, ich würde es noch einmal riskieren …"

„Hm!", machte die Frau mit zweifelnder Stimme und brachte ihren Kopf sehr nahe an ihn heran. Leise sagte sie: „Das ließe sich einrichten. Aber nur unter einer Bedingung. Du müsstest mir garantieren, es unter keinen Umständen weiterzuerzählen."

„Was?", raunte Irenäus ohne Spott. „Heißt das, ich würde in einen geheimen Hexen-Coven aufgenommen?"

Die Frau lehnte sich wieder zurück und setzte ihr charmantes Lächeln auf: „Noch ist es kein Hexen-Coven. Aber ehe ich weiterspreche, müsstest du dich entscheiden. Ja oder nein."

Irenäus sank auf seinem Stuhl nach hinten und atmete hörbar aus. Die Sonne berührte als blutrote Scheibe den First des

Fleischhofes, eines sehr alten Quedlinburger Stadtbauerngehöftes. Er fühlte, dass er gerade wieder einmal in ein Netzwerk mysteriöser Ereignisfäden gezogen wurde. So etwas passierte ihm nicht zum ersten Mal. Es erzeugte einen wohligen Schauder in seinem Innersten. Andererseits wurde er von dieser Frau offensichtlich verdingt, er sollte ein Versprechen abgeben und das blanko. Er schaute sie an. Ihr Gesicht war schmal, hel, und ihre Augen blickten konzentriert zurück. Sie gefiel ihm.

„Warum gebührt gerade mir diese Ehre?“, fragte er unvermittelt.

„Du bist ein kluger Mann. Du bist Schriftsteller. Dein Steinkistengrab-Buch hat mir gut gefallen. Und ich denke mir, dass du eine integre Person bist. Also …?“, antwortete sie und schob langsam ihre schmale Hand über die Tischplatte.

„In Ordnung!“, sagte er und schob ihr seine Hand entgegen. „Aber unter einer Bedingung. Wenn du mich aus Eigennutz bescheißt, dann schlage ich zurück. Ich bin nicht dein Sklave.“

„Abgemacht!“ Die kleine Hand ergriff die seine. Ihr Gesicht sah jetzt sehr streng und amtlich aus. Irenäus fragte sich, ob dieser Pakt wirklich sinnvoll sei, aber er liebte das Abenteuer. Und so schlug er ein und drückte klar und eindeutig die niedliche, zarte Fingerschar. Inzwischen war die Sonne hinter den Dächern verschwunden, hoch droben loderten jedoch die Hecktriebwerke des bremsenden UFOs.

„Hast du dieses Licht am Himmel schon gesehen?“, fragte Irenäus unvermittelt.

„Es ist die Venus“, lächelte die Frau, ohne hinzusehen.

„Bist du sicher?“, hakte er enttäuscht und ohne ihr zu glauben nach.

In genau diesem Augenblick bremste vor dem kleinen Biergarten ein kobaltblauer VW Golf älterer Bauart. Irenäus' Sinne wurden sofort von seiner Gesprächspartnerin abgelenkt, denn er kannte dieses Fahrzeug seit vielen Jahren. Allerdings hatte er es längere Zeit nicht mehr gesehen. Um so größer war der innere Schreck, der ihn bei dessen Anblick durchfuhr. Das Bild der Frau am Tisch wurde sozusagen innerhalb einer Mikrosekunde ausgeblendet.

Aus dem Fahrzeug stieg ein Mann und kam strikt auf ihren Tisch zu. Er war mittelgroß, in mittleren Jahren, trug mittelblondes, schütteres, nach hinten gekämmtes Haar und besaß ein mittelmäßiges Gesicht, das man schnell wieder vergaß. In starkem

Kontrast dazu standen sein buntes Hemd und die Bluejeans, die er über kobaltblauen Markensportschuhen trug. Er pflanzte sich unverzüglich vor ihrem Tisch auf und sagte mit relativ leiser Stimme: „Herr Moll, ich muss mit Ihnen sprechen."

„Guten Abend, Heinz!", erwiderte Irenäus und lächelte etwas gequält. „Warum so formell? Um was geht es denn?"

„Okay, Irenäus! Das sage ich dir gleich in der Dienststelle", meinte der Mann mit dem mittelmäßigen Gesicht und warf einen kurzen Seitenblick auf die Frau. „Fährst du bei mir mit oder kommst du gleich hinterher? Ich lasse dir die Wahl, aus alter Freundschaft."

„Ich bin in zehn Minuten dort", knurrte Irenäus. „Reicht das?"

„Natürlich! Bis gleich!" Er musterte die Frau noch einmal für Sekunden und sagte: „Schönen Abend noch!"

Die dünne Frau hatte diesen Vorgang mit irritierter Miene verfolgt, ihre fast nicht vorhandenen Augenbrauen stark gekräuselt. „Wer war denn das?"

„Hauptkommissar Heinz Schropel", antwortete er und erhob sich. „Leider muss ich gehen. Wir sehen uns bestimmt bald wieder."

„Ein Bulle …?", flüsterte sie fassungslos. „Was hast du mit denen zu tun?"

„Ich weiß nicht, was er von mir will." Irenäus legte drei Euro auf den Tisch. Die Antwort war ausweichend. Er sah die flackernden Augen der Frau. So cool wie sie tat, schien sie gerade nicht zu sein. „Tschüss! Wie heißt du eigentlich?"

„Adelheid", stammelte sie und warf einen letzten Blick in seine Augen.

„Nehmen Sie Platz!", forderte ihn der Hauptkommissar auf. „Ab jetzt sind Sie Herr Moll und ich Hauptkommissar Schropel. Ist das klar? Ich wollte vor dieser Frau keine weitere Diskussion."

Irenäus schwieg. Das war ihm zu bescheuert. Sie hatten manche Situation, bei der es um Leben und Tod ging, gemeinsam durchgestanden, und er hatte sich in den letzten Jahren nach und nach an diesen zweifellos intelligenten Blödmann gewöhnt. Aber offenbar konnte der ihn niemals wirklich leiden, obwohl sie viele Stunden miteinander verbracht hatten, in schönen und in schlechten Tagen.

Sie saßen in einem kleinen Zimmer mit vergilbter Tapete. Früher hingen hier gerahmte Blätter aus einem DDR-Blumenkalender, jetzt zierten bunte Südsee-Panoramen die tristen Wände. Die Rahmen waren noch die gleichen. Schropel schien auf etwas zu warten.

Plötzlich ging die Tür auf. Eine Frau kam herein. Aus ihren grünen Katzenaugen warf sie einen frustrierten Blick auf die beiden Männer und lehnte sich grußlos an die Zimmerwand. Grußlos, so hatte er sie auch bei ihrem ersten Zusammentreffen erlebt, dachte Irenäus wehmütig – und wütend. Das war damals gewesen, als er die Leiche von Tommy Katzengold gefunden hatte.

Die Frau war zweifellos schön, was man von einer Hauptkommissarin nicht unbedingt erwarten konnte, wenn man sich nicht in einem Fernsehspiel befand. Sie war stark, durchtrainiert und etwas über 1,70 Meter groß. Besonders prägnant erschienen ihre dunkelroten Haare, die bis weit über die Schultern herabfielen und das ein wenig herbe Pferdegesicht mit den bereits erwähnten forschenden grünen Katzenaugen einrahmten. Grün war überhaupt ihre Farbe, vielleicht als Kontrast zu den roten Haaren. Sie trug ein dunkelgrünes Sweatshirt der Polizei und hellgrüne Jeans. Heute sah sie fast mager aus, fand Irenäus, sie trug wie immer keinen BH, und ihre Brüste zeichneten sich schwach unter dem derben Stoff ab.

„Herr Moll", begann endlich der Hauptkommissar. „Touristen haben am ersten Mai eine Leiche gefunden. Die Todesumstände sind ungeklärt. Der Tote lag unterhalb des sogenannten Pulverturms an der Stadtmauer in einer kleinen Nebengasse, die selten begangen wird, weil fast jeder denkt, das wäre Privatgelände. Die Spurensicherung fand dort auch eine Papiertüte mit zehn Exemplaren Ihres Erstlingswerkes. Was haben Sie dazu zu sagen?"

Irenäus war erstaunt. Damit hätte er jetzt nicht gerechnet. Vorsichtig fragte er: „Wann soll dieser Mann gestorben sein?"

„Bitte keine Gegenfragen", knurrte die Hauptkommissarin von der Wand neben der Tür her. „Schminken Sie sich endlich mal Ihren komischen Privatdetektiv ab, Herr Moll! Wir wollen nur wissen, ob Sie Auskunft über den Toten und Ihre Papiertüte geben können."

Mit diesem Spruch drückte sie bei Irenäus genau den Knopf, der ihn seine Selbstbeherrschung verlieren ließ: „Sprichst du mich jetzt auch schon mit Sie an, Rita? Ich finde das ziemlich makaber, nachdem wir mindestens fünfhundert Mal miteinander gevögelt haben. Und von eurer Leiche weiß ich nichts!"

„Nun bleiben Sie mal locker, Herr Moll!", fuhr ihn Schropel an. „Ihre Affäre mit der Frau Hauptkommissarin steht hier nicht zur Debatte. Die Lage ist ernst für Sie."

„Also weißt du was, Heinz …", stieß Irenäus hervor.

„Duzen Sie mich bitte nicht, Herr Moll", wies ihn der Mann zurecht. „Benötigen Sie vielleicht einen Anwalt?"

„Und wenn ich dich doch weiter duze, Heinz, nach so vielen gemeinsamen Erlebnissen?" Irenäus sah dem Beamten sehr tief in die grauen Augen. „Was dann?"

„Hör auf damit!", schrie jetzt Rita. Er wusste, dass er nun bei ihr den Knopf gedrückt hatte. „Willst du dich total in die Scheiße reiten? Wenn du so weiter machst, gehst du hier nicht wieder raus!"

„Na, es geht doch", grinste Irenäus versöhnlich. „Ich weiß nichts von dem Toten, und ich habe auch niemanden umgebracht. Aber wenn ihr mir vielleicht ein Bild zeigt und die Todeszeit ein wenig eingrenzt, fällt mir möglicherweise etwas ein."

„Heißt das, du weißt etwas?", fragte Rita streng und zog die dunkelroten Brauen zusammen, wie er es bei ihr liebte. „Spielst du etwa schon wieder den Privatdetektiv? Bloß das nicht …!!!"

„Ich weiß zum Beispiel, dass ich meine Papiertüte in der Walpurgisnacht irgendwo verloren habe", gab sich Irenäus kooperativ, schließlich war er ein hagazussa. „Bekomme ich die Bücher übrigens wieder? Sie sind einiges wert."

„Möglicherweise, falls sie nicht als dringende Beweisstücke benötigt werden", nuschelte der Hauptkommissar und ging dann doch zum jahrelang gepflegten Du über. „Das ist doch schon mal ein Ansatz. Du hast die Büchertüte also verloren? Wie konnte das passieren? Warum erinnerst du dich nicht?"

„Es war die Walpurgisnacht, und ich hatte mich kurz vor Mitternacht entschlossen, noch in die Wiperti-Disco zu gehen", begann Irenäus mit seiner Geschichte. Schon zu diesem Zeitpunkt stand sein Entschluss fest, das lange Gespräch mit den Bardamen nicht zu erwähnen, und zwar nicht nur, weil er gerade ein Gelöbnis abgelegt hatte, sondern auch aus dem Grund, dass er das Geheimnis dieser Nacht, insbesondere, was eigentlich mit ihm geschehen war, selber ergründen wollte. „Ich habe getanzt …"

„Mit wem?", fragte die Hauptkommissarin dazwischen.

Irenäus musste heftig grinsen: „Mit Gitti."

„Na ja, dachte ich mir", kommentierte die Frau und wies ihn mit einem grünen Blick an, weiter zu sprechen.

„Ich habe mich ein wenig unterhalten und ziemlich viel durcheinander getrunken“, setzte er seinen halbwahren Bericht fort. „Irgendwie stimmte wohl die Kombination der Getränke nicht. Jedenfalls ging es mir im Anschluss saudreckig. Ich habe nur noch einen Platz zum Pinkeln gesucht, und dann hatte ich einen Filmriss.“

„Einen Filmriss“, wiederholte Schropel nachdenklich. „Das kommt doch bei dir sonst nicht vor. Hast du noch etwas anderes genommen?“

„Die Droge Alkohol reicht mir“, erwiderte Irenäus. „Falls mir niemand etwas ins Glas geschüttet hat, brachte mich wirklich nur der Cocktail zu Fall. Bis etwa vier Uhr habe ich noch gewisse Erinnerungen, dann bin ich erst morgens um zehn im Auto wieder aufgewacht.“

„Du bist in diesem Zustand noch Auto gefahren“, erkundigte sich Rita mit sehr strafendem Blick. „Irenäus, übertreib es ja nicht!“

„Nein, nein!“, rief dieser, innerlich belustigt. „Ich erwachte auf dem Parkplatz. Kinder klopften an die Scheiben.“

Die Hauptkommissarin lehnte sich konsterniert zurück: „Und wie kommt nun die Büchertüte an diesen Stadtturm?“

„Ich erinnere mich jetzt dunkel, an eine alte graue Sandsteinmauer gepinkelt zu haben“, überlegte Irenäus, diesmal rangen seine Gedanken tatsächlich um Klarheit. „Dabei habe ich die

Tüte ganz sicherlich abgestellt. Und dort werde ich sie auch vergessen haben. Danach muss ich instinktiv zum Auto gewankt sein. Ja, und der Tote muss dann irgendwann neben die Tüte gesunken oder gelegt worden sein. Eine zufällige Verknüpfung voneinander unabhängiger Ereignisse …“

„Die Tüte stand auf dem Toten!“, zischte ihn Rita grün blitzend an. „Sag endlich, was du mit diesem Mann zu tun hattest!“

„Oh!“, meinte Irenäus, ein wenig aus der Fassung gebracht. „Nun, ich sage es ungern, aber es besteht die Möglichkeit, dass ich den Toten gar nicht bemerkt habe. Falls er etwas im Schatten lag … Es war ziemlich dunkel. Könnt ihr mir nicht mal ein Bild von ihm zeigen oder mir wenigstens die Todesursache nennen. Ist er erstochen oder erschlagen oder erschossen worden?“

Die beiden Kriminalisten schauten sich unschlüssig an. Rita verzog resigniert den Mund, und Schropel rang sich durch: „Er starb an einem allergischen Schock. Er ist erstickt. Der Mann litt sehr stark unter Heuschnupfen. Das Ergebnis der Feinautopsie muss noch abgewartet werden.“

„Achsooo ...!“ Irenäus fiel ein Stein vom Herzen. „Dann habt ihr mich also nur geholt, weil meine Tüte auf der Leiche stand? Ich streue ja Asche auf mein Haupt, aber ich war wirklich so hinüber, dass ich ihn nicht bemerkt habe. Oder wollte die Frau Hauptkommissarin nur mal ihren alten Bettgenossen wiedersehen?“

„Du kriegst von mir gleich eine wegen Beleidigung eines Beamten dran, du Arsch!“, rief Rita wütend und griff in eine auf dem Tisch liegende Mappe. „Hier, schau dir wenigstens das Foto des Toten an.“

Schweigend griff Irenäus nach dem Foto. Darauf war ein hageres Gesicht mit langen, dunklen Haaren abgebildet. Irenäus hatte diesen Menschen nie gesehen. Oder doch? Immerhin hatte er tatsächlich einen Filmriss gehabt. Ernsthaft fragte er: „Weiß man, wer das ist?“

„Bis jetzt noch nicht. Eine seltsame Sache“, knurrte Schropel. „Er scheint nicht aus dieser Gegend gewesen zu sein.“

Irenäus erhob sich. „Na gut! Kann ich jetzt gehen? Der Hund wartet im Auto.“

„Bitte!“, sagte Schropel.

Die Hauptkommissarin fügte mit zornigen Augen hinzu: „Und lass dir ja nicht einfallen, wieder den Privatdetektiv zu spielen! Diesmal werden wir mit aller Härte ...“

Irenäus musste lachen: „Deine ganze Schönheit vergeht, wenn du so sinnlos herummeckerst, meine Liebe. Wollen wir nicht bald mal einen Kaffee zusammen trinken?“

„Verpiss dich jetzt endlich!“, sagte Rita in ihrer stets drastischen Art und schob ihn zur Tür hinaus. Dabei berührte ihre Hand seinen Rücken, und er empfand das als ziemlich angenehm.

Titus saß auf dem Fahrersitz hinter dem Lenkrad und schaute ihn an, als wäre er ein halbes Jahr weggewesen. „Ist ja gut!“, sagte Irenäus und schob ihn behutsam auf den Beifahrersitz. „Ich war bei Frauchen.“ Der Schwarze wedelte euphorisch mit der Rute.

Irenäus hatte für heute keine Lust mehr auf andere Menschen. Versonnen lenkte er den Daimler nach Hause und nahm dabei den Weg durch die Feldflur. Das war zwar in Deutschland nicht erlaubt, aber er machte sich in dieser Nacht einen Dreck daraus. Er warf einen Blick auf die funkelnden Triebwerke des abbremsenden Raumschiffes am Himmel und dachte wehmütig an Rita. Sie beide waren ein Traumpaar gewesen, obwohl die Hauptkommissarin fast zwanzig Jahre jünger war als er.

Kennengelernt hatten sie sich bei seinem ersten Fall im Dunstkreis des dubiosen Projektes „Quitilinga History Land", einer bronzezeitlichen Schaulandschaft für Touristen. Das war vor sieben Jahren gewesen. Damals begann für ihn ein Lebensabschnitt, von dem die dünne Adelheid keinen blassen Schimmer besaß, und er hatte auch nicht vor, sie darüber aufzuklären. Sicherlich auch durch Ritas Bekanntschaft animiert, war Irenäus zum selbsternannten Privatdetektiv mutiert, ohne Lizenz und Waffe versteht sich. Fortan war er immer wieder in neue Fälle geschlittert.

Rita und ihr Dienstpartner Heinz Schropel sahen das anfangs überhaupt nicht gern. Es gab schwere Auseinandersetzungen. Aber als Irenäus die schöne Hauptkommissarin immer mehr in seinen Bann zog und sie gar eine sehr intensive Liebschaft entwickelten, wurden seine mehr oder weniger illegalen Aktivitäten stillschweigend geduldet.

Irenäus war nicht allein. Sein Freund, der Förster Karl Wabenmond, war in alle Fälle mitverwickelt. Es waren außergewöhnliche Fälle gewesen, es gab zwar Tote, aber niemals einen Mord. Die beiden Männer und Rita waren enge Freunde geworden, ja, sie stellten stillschweigend ein Team dar.

Allerdings war diese Konstellation zu schön, um wahr zu sein oder zumindest von langer Dauer. In ihrem letzten Fall, der sich um ein sehr mysteriöses Attentat in den Wäldern des Harzes spann, verliebte sich Rita in den Mann, den sie eigentlich verfolgte – in einer anderen Angelegenheit – den Mühlgrabenripper. Der Riese Ewald, ein sehr kluger, aber ziemlich verhaltensgestörter Sonderling in einem einsamen Waldgasthof, verdrehte der rothaarigen Frau den Kopf dermaßen, dass sie nicht mehr aus seinem Bette kam.

Damit konnte Irenäus nicht umgehen. Selbst als Rita das Bett endlich wieder verließ, kriegten sich die Hauptkommissarin und der Privatdetektiv nicht wieder ein. Seitdem herrschte zwischen ihnen eine sehr tiefe Eiszeit. Keine Nachricht drang durch die aufgetürmten Gletscherflanken, so dass ihm der momentane Stand von Ritas Privatleben völlig unbekannt war.

Derartige Grübeleien verdrängten die Gedanken an die Walpurgisnacht, an Adelheid und an den unbekannten Toten, auf dem seine Papiertüte stand. In der Küche öffnete er eine Flasche Rotwein. Inzwischen war es schon sehr spät …

V

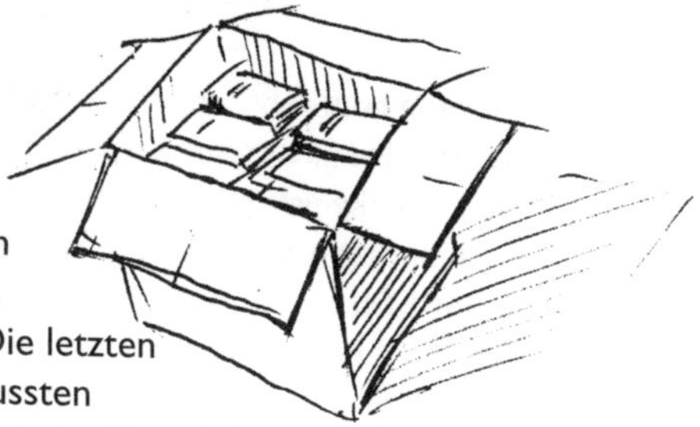

Als Adelheid am nächsten Morgen auf der Burg ankam, herrschte schwere Hektik. Die letzten Ladungen mit Umzugsgut mussten abtransportiert werden. Äbtissin Margrid war aufgeregt und wachte angespannt über die Behandlung ihrer Bücherschar. Vicky kam aus irgendeinem Grunde eine halbe Stunde zu spät und fachte mit ihrer gestammelten Entschuldigung die allgemeine Nervosität weiter an. So kam es, dass sich die beiden Freundinnen erst am Nachmittag über die letzten Neuigkeiten austauschen konnten. Sie tranken ihren ersten Kaffee an diesem Tag.

„Was war denn?", fragte Adelheid und holte einige Schokoladenriegel aus dem braunen Rucksack.

„Wir haben einen Tropfen genommen", erwiderte Vicky leise. „Und da bin ich etwas zu spät aus dem Bett gekommen."

„Wer wir?", erkundigte sich Adelheid begriffsstutzig.

„Na, Franz und ich!", erklärte die Dunkle. „Wir haben am Abend jeder einen Tropfen eingenommen und haben gewartet."

„Und dann?" Adelheid war neugierig.

„Und dann", Vicky kicherte verträumt, „haben wir uns gepaart wie die Nerze. Die ganze Nacht durch … Ich glaube jetzt auch, dass dieses Zeug sehr glücklich macht. Und möglicherweise süchtig!"

„Hm!" Ihre graublonde Partnerin tat abgeklärt. „Vielleicht sollte man unser Wässerchen der Ostara vermarkten. Ich könnte mir schon eine gewisse Kundschaft vorstellen."

„Willst du damit dealen? Wir kommen in Teufels Küche! Man merkt, dass du aus Westberlin kommst …"

„Schrei doch nicht so!", flüsterte Adelheid. „Ich glaube nicht, dass unser Hexentrank unter das Betäubungsmittelgesetz fällt …"

„So, ihr Lieben, wir begeben uns jetzt in die Endkurve der Umzugsrallye!", unterbrach Äbtissin Margrid, die sichtlich beglückt den Raum betrat, das Gespräch. In diesem Moment begriffen die beiden Frauen, dass die Chefin sie sehr mochte und ihre Arbeit zu schätzen wusste. Also gingen sie ans Werk. Zwischendurch raunte Vicky der anderen zu: „Wollen wir die Idee nachher bei mir zu Hause ausklamüsern?"

„Okay, ich bin einverstanden", tuschelte Adelheid zurück.

Gegen Fünf saßen sie in Vickys Küche am Tisch, und die Gastgeberin sagte: „Ich öffne ein Weinchen. Ist das Recht?"

„Ich denke schon", gluckste Adelheid. „Beim Ausbrüten großer Ideen kann eine flüssige Inspiration nicht schaden. Wo ist eigentlich Franz?"

„Keine Ahnung", erwiderte Vicky leichthin. „Lass uns das Ding erstmal allein verhandeln! Das ist schon gut so!"

Kurz darauf hoben sie die Weingläser und prosteten einander schweigend zu. Dann forderte Vicky die Freundin auf: „Nun erläutere endlich deine Geschäftsidee! Ich kann mir nicht vorstellen, was du damit vorhast."

„Naja, heutzutage wird doch aus jedem Kram Geld gemacht", begann Adelheid vorsichtig. „Unser Absud ist wirklich etwas Einmaliges. Sollten wir nicht einfach eine winzige Testkundschaft heranzüchten?"

„Testkundschaft heranzüchten …!", unterbrach sie Vicky lachend. „Wie du dich immer ausdrückst! Und hast du schon konkrete Kunden im Auge? Bis jetzt haben doch nur wir drei das Elixier ausprobiert. Willst du dich hinstellen und rufen: Hey, wir haben hier eine geile Hexenmedizin?"

„Es sind fünf Probanden", antwortete ihre Freundin ernst. „Ich habe diesem Langhaarigen an der Bar auch einen Tropfen gegeben. Er hat mich ziemlich genervt."

„Waaas? So was machst du?", schrie Vicky lachend. „Und was ist aus ihm geworden?"

„Keine Ahnung", grinste Adelheid, „er war nicht von hier. Aber es kam bis jetzt keine Reklamation."

„Das waren vier", konstatierte Vicky und schenkte Rotwein nach. „Und wer war die fünfte Person? Dieser Schriftsteller?"

„Genau, du hast gut aufgepasst", grinste die dünne Frau. „Und ich habe ihn sogar wiedergetroffen."

„Nun lass dir doch nicht alles aus der Nase ziehen!", befahl Vicky. „Berichte!"

Adelheid schien die aufgebaute Spannung zu genießen. Dann gab sie ihren Bericht ab: „Ich habe ihn zufällig in seiner Stammkneipe getroffen. Er empfand die Wirkung als beglückend. Und er wollte mehr desselben. Er sagte, er beschäftige sich viel mit mysteriösen Dingen. Da habe ich ihm ein Gelübde abgenommen …"

„Das wird ja immer verrückter", meinte Vicky skeptisch und zog die schwarzen Brauen in die Höhe. „Hast du ihm alles erzählt?"

„Traust du mir das zu?“, fragte Adelheid ein wenig pikiert. „Natürlich nicht! Aber ich habe ihm eine erneute Gabe angeboten, allerdings unter dem feierlichen Schwur des Stillschweigens.“ Was anschließend geschah, verschwieg sie wohlweißlich und ebenso, dass die Begegnung nicht zufälliger Art gewesen war.

Das Öffnen der Küchentür enthob sie weiterer Erklärungen. Franz kam herein. Seine Augen glänzten euphorisch, und er begrüßte die Frauen mit einer Umarmung nebst Kuss, bei seiner Partnerin von der heißen Sorte, bei der Besucherin auf die Wange, denn sie drehte den Mund schnell zur Seite. Dann sprach er: „Hallo, ihr Schönen! Was heckt ihr gerade aus?“

„Er ist ein guter Beobachter!“, erklärte seine Partnerin lobend. Und dann erzählte sie ihm ihre Überlegungen.

„Nicht schlecht“, überlegte der Mann. „Aber wie wollt ihr die richtigen Leute finden? Und wollt ihr denen einfach ein Gläschen geben und dann Tschüss?“

„Ich stelle es mir so vor“, erklärte Adelheid, „dass wir zuerst nur zwei bis drei Leute einladen. Sie müssen bereits das nötige Feeling mitbringen. Dann nehmen wir alle zusammen eine winzige Prise und werden ja sehen, was passiert. Vielleicht sollten wir über eine geeignete Örtlichkeit nachdenken …“

„Ich habe da eine Idee“, meinte Franz und goss sich einen Rotwein ein. „Einen Hexentrunk sollte man vielleicht in der authentischen Umgebung zu sich nehmen. Es gibt in der Nähe von Quedlinburg einige alte Kultstätten. Dort wurden die Götter verehrt, mit denen die Hexen nach christlichem Glauben gebuhlt haben. Ich las da gerade so ein Buch von einem gewissen Walter Diesing. Er beschreibt eine riesige Kultstättenanlage im Harzvorland. Das sind prägnante Felsstrukturen, die nachweislich als Heilige Plätze gelten und auf wohl definierten astronomischen Linien liegen. An solch einer Stelle könnten wir uns versammeln. Dann wird die Seele entsprechend eingestimmt.“

„Keine schlechte Idee“, resümierte Adelheid und erhob sich vom Tisch. „Und welche Kultstätte nehmen wir?“

„Keine Ahnung.“ Der Mann sah sie etwas verwirrt an. „Wann soll denn dieses Hexentreffen überhaupt stattfinden?“

„Am Sonnabend“, entschied Adelheid und setzte den braunen Rucksack auf.

„Was?“, rief ihre Freundin. „Das ist ja übermorgen. Bis [redacted] wissen wir doch gar nicht, wo und wen … Und wohin [redacted] eigentlich auf einmal?“

„Genau das klären: Wo und wen!“ Adelheid lachte glucksend, winkte den beiden zu, und ehe die sich besinnen konnten, schloss sie die Tür hinter sich und eilte ihrem Fahrrad entgegen. Es würde noch fast drei Stunden lang hell sein.

VI

„Prost!", sagte Karl Wabenmond und hob das Glas Hasseröder dem Freund entgegen. Seine blauen Augen blickten schelmisch unter dem blond gelockten Haarschopf hervor. Der von einem Einigetagebart umrahmte Mund verzog sich zu einem Grinsen. „Wo warst du eigentlich in den letzten Tagen?"

Irenäus setzte das Glas ab und betrachtete den Förster skeptisch. Dessen schlanke Gestalt steckte in einem grünen Jägerhemd und rustikalen Trekkinghosen. Ein Koppel hielt sie in der richtigen Höhe, daran hing ein Waidmesser in der Lederscheide. Auf einem der wildledernen Wanderschuhe saß Birka, die alpenländische Dachsbracke, und betrachtete kokett Titus, der sich vor seiner Freundin in Position gebracht hatte.

„Meistens zu Hause", antwortete Irenäus ausweichend. „In der Walpurgisnacht habe ich mich allerdings unter die Hexen gemischt. Von den Nachwirkungen erhole ich mich eben noch."

Karl lachte laut auf: „So schlimm war es? Was für Hexen bist du denn begegnet?"

„Es waren zwei", erzählte Irenäus geheimniskrämerisch. „Sie haben mich etwas durcheinander gebracht."

„Oh, das kann ich verstehen", meinte der Förster und schaute betont aufmerksam in das Bierglas. „In deinem Alter braucht man danach ein wenig Erholung."

„Ganz so, wie du denkst, war es nicht", rang sich sein Freund durch. „Aber ich kann dir davon nicht erzählen."

„Hast ein Gelübde abgelegt, was?", frotzelte Karl und setzte sich auf einen Gartenstuhl mit abblätternder Farbe. „Dann sag lieber nichts. Ich werde es noch früh genug erfahren."

Irenäus war nicht sonderlich erstaunt über den Spürsinn des anderen, denn sie hatten gemeinsam schon viele Abenteuer bestanden und kannten einander ausgesprochen gut. Trotzdem, er hatte der Mageren ein Versprechen gegeben und wollte es nicht nach wenigen Stunden brechen, auch wenn es ihn, ehrlich gesagt, juckte, seinem alten Mitstreiter die ganze Story zu berichten.

Doch Karl verstimmte diese Schweigsamkeit nicht. Sie unterhielten sich über prosaischere Dinge wie das Legen von Kartoffeln und die Wanderungen großer Wildschweinrotten, die von Rapsfeld zu Rapsfeld zogen. Dabei schauten sie auf die röter werdende Abendsonne und genehmigten sich ein weiteres Bier, denn Karl musste nur noch durch den Wald zu dem in der Nähe gelegenen Forsthaus fahren, und Irenäus hatte ohnehin vor, nicht mehr in die Welt zu schweifen, jedenfalls nicht in dieser Nacht.

Gestört wurde diese Idylle schließlich durch das Klappern einer Fahrradkette an einem Schutzblech.

„Oh, jetzt kommt eine deiner Hexen", folgerte der Förster messerscharf. „Die kenne ich jedenfalls noch nicht."

„Wo denn?" Irenäus drehte sich zur Seite, um in die Blickrichtung des Gefährten zu schauen. Tatsächlich kam eine Gestalt durch die Büsche, die seine Einfahrt säumten und erste Blüten trugen. Die Gestalt trug ein grünes Sweatshirt und einen hellbraunen Rock, darunter Wanderschuhe, und sie schob ein Bike. Ein wenig zaghaft bewegte sie sich an dem Jeep mit der schwarzen Türaufschrift auf gelbem Grund „Stadt Quedlinburg Forstamt" vorbei und kam auf den Gartentisch zu.

„Nett!", sagte Karl leise und erhob sich. „Ich wollte sowieso nur kurz bleiben." Er ging an der Frau vorbei, grüßte mit einem schnellen, taxierenden Blick und stieg in den Suzuki, der fast ein Vierteljahrhundert alt war. Birka sprang eilig hinterher, dann waren sie zwischen den Büschen davongerattert.

„War das jetzt meinetwegen?", erkundigte sich die Frau statt einer Begrüßung. Verlegen stellte sie das Fahrrad ab.

„Nein, nein, er wollte sowieso nur kurz bleiben!", beeilte sich Irenäus zu antworten. „Hallo, Adelheid! Wie hast du mich denn gefunden?"

„Hallöchen!", grüßte die Frau, was ihn wiederum unangenehm berührte. „Ich wusste, wo du wohnst. Habe es mal auf einer Wanderung mitbekommen."

Das ist bestimmt nicht wahr, dachte er und sagte: „Das ist aber eine sehr angenehme Überraschung. Komm, setz dich. Möchtest du ein Glas Bier?"

„Oh ja!" Sie lächelte. „Die Fahrt war ziemlich anstrengend."

„Hat dein Besuch einen besonderen Grund?", kam er gleich zur Sache und stellte ihr ein schäumendes Glas Hasseröder unter die Nase. Er fand diese Frau ziemlich aufreizend, diese Mischung aus zartem Getue und forschem Auftreten. Trotzdem konnte das auch einen unangenehmen Zwiespalt ihrer Seele kaschieren. Zweifellos war sie intelligent, aber der schmale Körper besaß möglicherweise zu wenig Energie, um anderen Menschen gegenüber loyal zu bleiben. Wahrscheinlich ließ sie niemand und nichts wirklich an sich herankommen. Er würde sich vor ihr in acht nehmen müssen.

„Ach, das ist schön!", schwärmte sie, sah sich begeistert um und trank gierig Bier. „So möchte ich auch wohnen."

Irenäus grinste: „Jetzt im Mai ist alles besonders romantisch. Aber oft, in der kalten Jahreszeit, wenn es ständig regnet und schneit, dann ist das Leben hier ganz schön hart."

„Sicher", erwiderte sie versonnen. Dann richtete sie die blassblauen Augen auf ihn. „Ich habe eine Idee, wegen der ich zu dir gekommen bin. Meine Freundin Vicky, die du schon von der Walpurgisnacht kennst, und ich wollen mit einigen Menschen eine Kostprobe von unserer Hexenmedizin nehmen. Es soll nur eine winzige Probe sein und auch nur ganz wenige Menschen. Hättest du Lust, dabei zu sein?"

Irenäus schwieg. Diese Idee war riskant. Andererseits verspürte er ein Verlangen nach Wiederholung dieses einmaligen mentalen Zustandes, den er in der Walpurgisnacht erlebt hatte. Dann fragte er: „Wie viele Menschen genau?"

„Wir vier, Vicky, ihr Freund, der maßgeblich an der Mixtur mitgewirkt hat, ich und du. Dazu würde ich maximal drei weitere ausgewählte Menschen hinzuziehen. Hättest du da jemanden?"

Irenäus dachte kurz an Karl und antwortete: „Nein, von meiner Seite niemand."

„Okay!", sagte sie bestimmt. „Dann wären wir maximal sieben Leute. Vickys Freund heißt Franz. Er beschäftigt sich viel mit Internet-Recherche. Von ihm stammt die Idee, das Treffen an einer alten Kultstätte, irgendwelchen Felsen, abzuhalten. Es entspräche dem hexistischen Ambiente." Sie lächelte etwas verschämt. „Wüsstest du eine geeignete Örtlichkeit, wo uns nicht unbedingt jemand sieht?"

„Oh, Gaia!", rief Irenäus aus. „Das ist ja ganz schön harter Tobak. Habt ihr keine Angst, in eine unangenehme Lage zu geraten? Irgendetwas könnte schiefgehen und wahrscheinlich verstoßt ihr gegen mannigfaltige Gesetze."

„Ich glaube eher nicht", murrte die Frau und machte Anstalten, sich zu erheben. „Wenn du allerdings Bedenken hast, dann betrachte dieses Gespräch als nicht stattgefunden. Hauptsache, du hältst dich an unsere Vereinbarung."

„Nun sei nicht so amtlich!", sagte er. „Bleib sitzen! Du solltest mir schon gestatten, mich mit diesem Gedanken anzufreunden. Prinzipiell würde ich gerne mitmachen. Doch! Ich sage zu!"

„Und die Örtlichkeit?", fragte sie und stieß einen fast unhörbaren Seufzer der Erleichterung aus. „Kennst du eine abgelegene Kultstätte?"

„Eigentlich ist es eine Pseudo-Kultstätte, aber sie liegt hier ganz in der Nähe und wäre von der Stadt aus zu Fuß zu erreichen", überlegte Irenäus und goss Bier in die Gläser.

Die Frau erkundigte sich skeptisch: „Pseudo-Kultstätte? Was soll das denn sein?"

Er schaute sie amüsiert an. Sie konnte wohl ganz schön stringent sein und vertrug bestimmt nur eine sehr begrenzte Art von Humor. „Es handelt sich um einen Stein. Ich nenne ihn den Gesichtsstein. Vor genau zehn Jahren haben wir diesen Brocken dort aufgestellt, nachdem er geklaut worden war; eine interessante Geschichte. Noch komischer ist allerdings, dass neuerdings immer mehr Menschen zu dieser Stelle pilgern, weil sie denken, es handele sich um ein uraltes Zeichen. Irgendwer hat den Stein ins Internet gestellt, und inzwischen bauen die Esoteriker bereits kleine Feldaltäre daneben auf. Es ist ziemlich hanebüchen. Der Stein ist zwar mystisch, steht an dieser Stelle aber reichlich willkürlich. Wir wollten damals nur verhindern, dass man ihn so ein-

fach wieder klauen kann, und deshalb haben wir ihn auf diesen Berg verpflanzt, der Schosserkopf heißt."

„Was machst du nur für Sachen!", stieß sie hervor. „Und dort sollten wir uns treffen? Ich glaube, ich müsste mir das vorher anschauen …"

„Wir hätten gerade noch Zeit, bei Tageslicht dorthin zu gehen", meinte Irenäus und erhob sich. „Es ist nicht weit. Außerdem – was macht man nicht alles für eine hübsche, kleine Lady!"

Adelheid zog die semmelblonden Brauen in die Höhe: „Verschone mich bitte mit derartigen Anspielungen. Ich bin keine kleine Lady. Wir können aber gern gute Freunde sein, wenn du willst."

Manno, wie zickig sie war! Er hatte Lust, ihr das auszutreiben. Vernehmbar sagte er: „Ist schon gut! Wollen wir gehen? Von dort aus kannst du gleich nach Hause fahren."

Adelheid schob ihre aufreizenden Brüste ein Stück über die Tischplatte und blickte ihn noch einmal strafend an, dann knörgelte sie: „In Ordnung. Lass uns aufbrechen!"

'Ist sie so eine frigide Tussi oder bin ich nicht ihr Typ oder beides', dachte Irenäus und gab Titus das Zeichen zum Aufbruch. Die Frau schob das Bike neben ihm her, und sie erreichten den Stein in weniger als einer Viertelstunde.

„Wow!", gab sie von sich, als sie auf der Anhöhe angekommen waren. Der Platz war klein, das Gelände fiel nach Norden steil ab und war mit Eichen bewachsen, im Westen befand sich eine Fichtenschonung, im restlichen Drittel des Runds standen Birken, Kiefern und Brombeergestrüpp. Auf dem höchsten Punkt der Erhebung, die ohne diesen Bewuchs eine sehr markante Stelle in der Landschaft abgegeben hätte, thronte der Gesichtsstein, ein harter Quarz mit sehr prägnanten Strukturen. Betrachtete man das Gebilde, das etwa die Körperhöhe von Irenäus besaß, von der kleinen Holzbank aus, die der Förster dort vor einigen Jahren aufstellen ließ, fiel die Form eines Charakterkopfes ganz klar ins Auge, eine klobige Nase, das energische Kinn, die tiefe Augenhöhle und ein von steinernen Wülsten geprägtes Hinterhaupt, das man entweder als Haarflechten oder als freiliegendes Gehirn deuten konnte. Wer einmal an einem der großen Ozeane auf unserem Planeten war, an einem der langen Sandstrände, über denen sich das Wasser von Ebbe und Flut bewegt, der kennt auch die Einmündungen von kleinen Wasserläufen und die bizarren verhärteten Muster im Sand. Der Bruchteil eines derart versteinerten Abdrucks einer fernen Ära stand an diesem Ort vor ihnen, ein Relikt der irdischen Frühzeit.

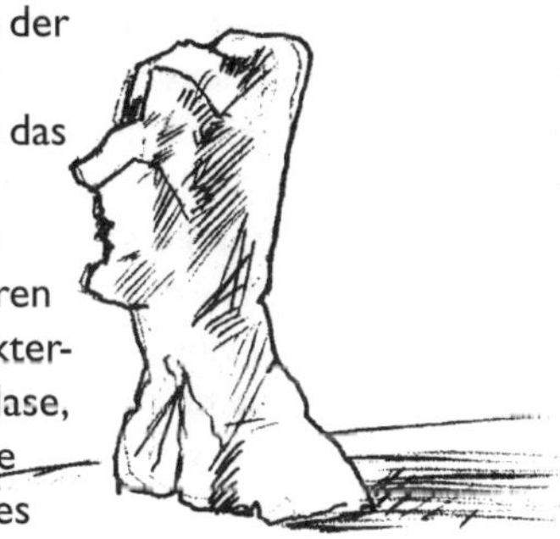

Irenäus erwähnte mit keinem Wort, dass sich hier in unmittelbarer Nähe sein erster Fall ereignet hatte. Auf einer verbuschten Feldinsel fand er damals die verweste Leiche von Tommy Katzengold, der im Zusammenhang mit den Ereignissen um das Projekt „Quitilinga History Land" sein Leben ausgehaucht hatte. Aber das brauchte die Frau nicht zu wissen, überhaupt musste sie nicht erfahren, wie sein Verhältnis als selbsternannter Privatdetektiv zu den staatlichen Organen gestaltet war. Sie würde nur auf komische Gedanken kommen, die, wenn man es recht besah, auch gar nicht so abwegig sein mussten, denn die Beschäftigung mit diesem Fall von angewandter Hexenmedizin entsprang durchaus seiner detektivischen Neugier. Was würde aus dieser Ereigniskonstellation erwachsen? Das war doch hier die Frage!

Stattdessen erklärte er: „Das Gesicht wurde genau so ausgerichtet, dass es auf die Quitilingaburg blickt. Das war garantiert auch einst eine Kultstätte. Du kannst die Türme dort zwischen den Blättern der Eichen erahnen. Etwa zur Tagundnachtgleiche geht gerade dort die Sonne auf. Wie gefällt dir dieser Ort?"

Die Frau hatte scheinbar gar nicht zugehört. Sie stand in sich versunken vor der Formation, hatte die Stirn an den kalten Stein gelegt und umklammerte ihn mit den Händen. Doch dann antwortete sie: „Der Platz ist märchenhaft. Sehr mystisch. Das Gesicht spricht zu mir! Etwas Besseres hättest du nicht vorschlagen können, Irenäus."

Er lächelte vage: „Das freut mich. Die starke Ausstrahlung des Steines wird von vielen Menschen empfunden, insbesondere von Frauen. Möglicherweise gehört er ja zu dieser sagenhaften Asenstal, der Stelle, an der die Asen, die alten nordischen Gottheiten verehrt wurden. Der Volksmund hat daraus das Wort Eselstall gemacht, eine Verballhornung des weihevollen Namens. So etwas tun die Leute gern, um dem Machtanspruch der Oberen, seien es Herrscher oder gar Götter, die Spitze zu nehmen. Ansonsten lebte man ja nur noch unter herrschaftlichem Zwang ... Es verhält sich wie mit dem DDR-Witz, den mir neulich ein älterer Herr erzählte: Ein Mann kommt zum Standesamt und möchte sich umnennen lassen. Ich heiße Erich Hitler ..."

„Kannst du mich bitte mit deinen Witzen verschonen!", rief die Frau mit verzogenem Gesicht. „Ich kann Witze nicht ertragen und kann auch nicht darüber lachen, schon gar nicht hier! Ich ..."

„Okay, ich höre schon auf", erwiderte er äußerlich gelassen. 'Dumme Kuh', dachte er, 'sollte ich mich mit ihr wirklich befassen oder sie einfach in den Wind schießen? Na, vielleicht wird es ja noch.' „Ich zeige dir jetzt den Weg nach Hause. Die Sonne ist gerade untergegangen, aber du schaffst die Fahrt noch spielend im Hellen. Komm!" Er drehte sich um und stieg von der Anhöhe zum Weg hinab.

Adelheid beeilte sich, hinterher zu kommen. Leise grummelte sie: „Na ja, es war nicht so gemeint. Mein Großvater hat uns die ganze Kindheit mit Witzen attackiert. Deshalb ..."

„Schon gut!", sagte er versöhnlich. „Du bist eine etwas schwierige Frau."

„Also, das steht dir nun gar nicht zu, ein Urteil über mich abzugeben", war sie sofort wieder am Keifen.

Darauf erwiderte er nichts, es war ihm zu blöd. Wie können nur Optik, Intellekt und Charakter bei einem Menschen derart auseinander klaffen? Sie erreichten den Hüttenweg, der geradewegs nach Quedlinburg führte. Das Licht der nahenden Nacht glänzte fahl zwischen dem frischen Grün der Bäume. Irenäus zeigte nach Osten: „Immer geradeaus, dann bist du bald am Ziel. Mach's gut und ruf mich an, wenn du weißt, wie der Abend laufen soll. Ich bin bereit." Zum Test beugte er sich zu ihr, um ihr einen Abschiedskuss zu geben.

„Das machen wir! Vielen Dank und Ciao!", zwitscherte sie und hielt ihm die blasse Wange hin.

Er gab ihr einen Kuss, mehr aus Routine. Ihre Haut fühlte sich weich und kalt an. Er schaute ihr nach, wie sie durch die Bäume davonradelte. Einen schönen kleinen Arsch hatte sie ja …

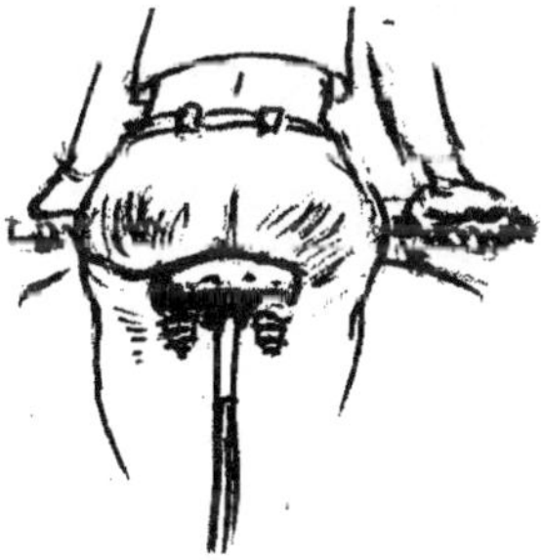

VII

Zwei Tage später. Sonnabend. Adelheid hatte nicht angerufen, und Irenäus gab sich nicht die Mühe, ihre Telefonnummer herauszubekommen. Überhaupt stimmten ihn das Auftreten und das Vorhaben der Frau sehr zwiespältig. Ihr Verstand und die Zielstrebigkeit bei der Verwirklichung ihrer Pläne beeindruckten ihn, auch musste er sich eingestehen, dass ihm diese Frau nicht gleichgültig war. In ihrem Auftreten lag ein gewisser, nicht unerheblicher Charme. Andererseits schien ihre Psychostruktur ausgesprochen kompliziert gestrickt zu sein. Bei der geringsten von der Norm abweichenden Bemerkung drohte der Eklat. Das war nicht seine mentale Preislage, er bevorzugte eher rustikal denkende Frauen, die in ihrer Lebensweisheit schwelgten, ohne sich von jeder kleinen Anmache aus der Ruhe bringen zu lassen.

Irenäus hatte in seinem Leben einige wenige Joints geraucht, die man ihm anbot, ansonsten ließ ihn der Konsum jedweder Rauschgifte kalt. Alkohol sah er als eine Zivilisationsdroge, über deren zersetzende Nebenwirkungen er sich im Klaren wähnte, die er sich aber dennoch in einer jenseits der von der WHO empfohlenen Dosis einverleibte. Eine Zigarette rauchte er gern, verzichtete jedoch wegen des Preises quasi völlig auf Nikotingenuss. Insofern war die Erfahrung von „Hexenmedizin“ etwas wahrhaft Neuartiges. Ob es den Metabolismus des Menschen schädigte, war eine spannende Frage, das Zentralnervensystem schien auf jeden Fall nachhaltig beeinflusst zu werden, ansonsten würde er nicht solche Lust verspüren, den Hexen-Trip zu wiederholen.

Im Laufe des Abends begann ihn, eine prickelnde Unruhe zu erfassen. War es die Lust, Adelheid wiederzusehen, war es der wachsende Hunger auf Hexenmedizin oder war es die schiere Sorge, ein wesentliches Abenteuer zu verpassen?

Als die rote Sonne nur noch eine Handbreit über dem Brockenmassiv hockte, gab er Titus einen Wink. Der Schwarze erhob sich schwanzwedelnd, und gemeinsam verließen sie das Grundstück in Richtung Asenstal. Sie bewegten sich schneller als beim letzten Mal und näherten sich dem Gesichtsstein noch kurz vor dem Sonnenuntergang. Wahrscheinlich würden sie ins Leere laufen und ein wenig enttäuscht wieder heimkehren. Aber so war das mit den meisten Menschen, sie erzählten viel und taten fast nichts.

Doch dann miekste der Hund leise. Irenäus gab ein kurzes Handzeichen, sie waren ein gut eingespieltes Team. Und nun roch auch er das Feuer, sehr schwach, aber der Qualm verbreitete sich zwischen den Bäumen. Leise schlichen sie auf die Pseudokultstätte zu. Der Schwarze hielt sich dicht neben ihm, er wusste, worauf es ankam. Schließlich sahen sie den Gesichtsstein. Eingehüllt von Schatten stand er in der einsetzenden Dämmerung. Dicht daneben loderte ein kleines Feuer. Davor saßen zwei Männer und unterhielten sich.

Vorsichtig bewegte sich Irenäus durch die Fichtendickung, bis er auf etwa zehn Meter an die Feuerstelle herangekommen war. Die Männer wandten ihm die Profile zu, das Knistern des kleinen Feuers ergab eine hilfreiche Geräuschkulisse. Titus und sein Herrchen standen in sehr günstiger Position. Irenäus gefiel diese Art der Annäherung, es war wichtig zu wissen, auf welche Ereignisse man sich hier einließ. Entspannt betrachtete er das Geschehen.

Einer der beiden Männer besaß eine kräftige Statur. Aus seinem Habitus ließ sich schließen, dass er der Eingeweihte war, also wahrscheinlich jener Franz, von dem Adelheid gesprochen hatte. Er bediente das Feuer ausgesprochen umsichtig, das heißt niedrig und fast rauchlos. Seine auffallend weißen Haare stachen ins Auge, sein Gesichtsausdruck, soweit der Beobachter ihn sehen konnte, wirkte irgendwie leidend, ja krankhaft. Der Mann war zwar stark, aber irgendein Übel zehrte an ihm. Sein Begleiter war ein stämmiger Bursche ebenfalls älteren Jahrgangs, mit schwarzen Haaren und dunklen Augen. Irenäus hatte diesen Menschen bereits irgendwo kennengelernt. Er war ein Hobby-Heimatforscher, dem die sogenannten Fachleute nur selten Gehör schenkten. Warum dieser Mann ausgerechnet zu den sieben Erwählten gehörte, war Irenäus nicht ganz plausibel, aber man würde ja sehen. Er gab Titus noch einmal ein warnendes Zeichen und schob sich einen Meter näher an die ins Gespräch vertieften Männer heran.

„... ja, weißt du, so kamen die Frauen an die Rezeptur des Getränkes“, erläuterte dieser Franz gerade. „Zu Ostern haben wir das Gebräu zum ersten Mal nachgemixt. Hildegard von Bingen und Adelheid von der Sommerschenburg wären stolz auf uns gewesen.“

Der Heimatforscher lachte: „Da bin ich ja mal gespannt. Aber wie konnten die Frauen den alten Text überhaupt entziffern? Das Geschriebene von Hildegard kann doch kein Mensch mehr lesen. Heutzutage!“

„Das war eben der Clou!“, rief der andere. „Die Texte waren bereits übersetzt. Ein gewisser Gottfried Basse hatte im neunzehnten Jahrhundert minutiöse Vorarbeit geleistet. Dieser Mann muss richtig bewandert gewesen sein, wer auch immer er war …“

„Gottfried Basse war ein Quedlinburger Verleger“, unterbrach ihn der Heimatforscher, beglückt über sein eigenes Wissen. „Er hat eine Schmähschrift gegen Goethe veröffentlicht, wegen der dieser niemals die Stadt betreten hat, obwohl er mehrmals ganz in der Nähe war. Der große Dichter war nämlich ausgesprochen selbstherrlich und eitel, so etwas konnte er gar nicht vertragen.“

Da hatte der Mann wohl Recht, schweiften Irenäus' Gedanken ab. Er hatte sich öfter mit einer interessanten älteren Dame, einer Nachkommin des Verlegers Basse darüber unterhalten. Gottfried Basse war offenbar ein sehr streitbarer Mann gewesen. Gleich am Anfang hatte er sich mit Napoleon und dessen Bruder, dem Luderjan Jérôme, angelegt. „Fackeln“ und „Dornenstiche gegen Napoleon“ hießen seine Schmähschriften, die ihm gnadenlose Verfolgung einbrachten. Nach dieser Episode legte er sich mit dem Dichterfürsten aus Weimar an. Irenäus kannte sich da besser aus als der Heimatforscher, schließlich war er inzwischen selber zum Literaten mutiert. Im Jahre 1821 sorgte Basse für einen Eklat, der die gesamte deutschsprachige literarische Welt in helle Aufregung versetzte! Bei der Leipziger Frühjahrsmesse brachte er das Buch „Wilhelm Meisters Wanderjahre“ heraus. Endlich war sie da, die schon lange aus Weimar erwartete Fortsetzung von Wilhelm Meisters Lehrjahren. Man stürzte sich auf den Roman. Einige anerkannte Literaturzeitschriften brachten lobende Rezensionen, Goethes Stil und Sprache wurden gerühmt. Aber wie groß war das Entsetzen, als man erfuhr, dass diese Veröffentlichung überhaupt nicht von Goethe war! Ein anonymer Verfasser hatte sich auf das Parkett gedrängt, noch ehe Goethes eigene Wanderjahre bei Cotta herausgekommen waren. Diese Ungeheuerlichkeit sorgte in Zeitschriften, in den Salons und den so häufig geführten Briefwechseln für heiße Erregung. Die literarische Szene spaltete sich in zwei Lager, das eine in höchster Empörung, das andere in lächelnder Genugtuung. Die „Bassianer“, denn in Ermanglung eines Autors nannte man die Kritiker nach dem Verleger, genossen die Revolte gegen den Titanen. Die Goetheverehrer empörten sich in Wort und Schrift und suchten fieberhaft nach dem anonymen Verfasser. Goethe kam bis an sein Lebensende über diesen Angriff nicht hinweg. Gleich zu Beginn meinte er verärgert:

Was will aus Quedlinburg heraus
ein zweiter Wandrer traben?
Hat doch der Walfisch seine Laus,
kann ich auch meine haben!

Und wirklich! Man spürte den Autor auf! Ein Pfarrer namens Dr. Johann Friedrich Wilhelm Pustkuchen, an dessen ungewöhnlichen Namen man sich jetzt schadlos hielt, war der Urheber dieser Streitschrift, in der er, Stil und Sprache Goethes nachahmend, dessen Moral, seine Leichtfertigkeit, seine religiöse Einstellung anprangerte. Basse soll an Pustkuchen geschrieben haben: „Soviel kann ich Ihnen sagen, das Büchelchen wird viel Sensation erregen …"

Irenäus konnte sich zweihundert Jahre später auf keine der Seiten schlagen, er empfand Goethe tatsächlich als zu schwülstig, Pustkuchen wäre aber sicherlich auch nicht sein Ding gewesen mit seinen moralisierenden Attitüden. Basse und Pustkuchen hatten zumindest erreicht, dass Goethe das bedeutende Quedlinburg niemals aufsuchte, was ihn indirekt ebenso als Kleingeist entlarvte. Der Basse-Verlag blieb stets spektakulär, indem er versuchte, mit trivialen Ritter- und Räuberromanen das Geld für die Herausgabe wirklich wissenschaftlicher Werke zu erwirtschaften.

Das Hauptproblem, das Irenäus selbst beschäftigte und das letztendlich auch Basses Nachfolger zur Aufgabe bewogen hatte, war jedoch, dass die alte Kaiserstadt in einem imaginären geistigen Regenschatten lag, der es sehr erschwerte, hier wirklich groß herauszukommen …

An dieser Stelle seiner Betrachtungen neigte sich sein Sensorium glücklicherweise wieder der Wirklichkeit zu. Frauenstimmen hatten sich bis dorthin vorgekämpft. Sie schallten aus der Nähe zwischen den Bäumen. Sie kamen – die Hexen. Hastig überlegte er, ob er aus seinem Hinterhalt hervortreten und so tun solle, als träfe er gerade ein. Doch schnell verwarf er die Idee und zog sich einige Meter ins Dickicht zurück. Sein detektivischer Instinkt ließ ihn in der Jägerposition verharren.

Vorneweg schritt Adelheid die leichte Neigung zwischen den Bäumen empor. Sie trug ihren braunen Rucksack auf einem grünen Pullover, darunter keinen Rock, sondern Trekkinghosen. Der Abend war mild, trotzdem schien sie sich auf eine lange Nacht vorbereitet zu haben. Sie begrüßte die beiden Männer mit ihrem üblichen „Hallöchen!“, das an dieser Stelle besonders unangebracht erschien. Suchend schweiften ihre Blicke in die Runde, so dass Irenäus schnell den Kopf einzog, doch die fortgeschrittene Dämmerung machte ihn unsichtbar. Witterte sie ihn?

Die drei anderen Frauen in ihrem Schlepptau verlagerten den Fokus des Geschehens wieder zu seinen Gunsten. Auch sie waren jetzt bis auf Höhe des Gesichtssteins gekraxelt. Die Vorderste kannte Irenäus bereits, denn es war die Frau aus der Bar. Sie sah spannend aus. Der braune Teint ließ ihr Gesicht mit der dunklen Umgebung verfließen, ebenso das schwarze Hemd und die gleichfarbige Hose. Sie war eindeutig die Göttin der Unterwelt – dachte er. Die beiden Unbekannten gaben ein recht ambivalentes Paar ab. Es handelte sich um eine hochgewachsene Frau in bäurischer Ausführung, das breite Gesicht von langen strohblonden Haaren eingefasst, die Bekleidung in Braun gehalten, große Brüste wogten vor ihr her. Die letzte im Bunde besaß einen leptosomen Habitus. Das Gesicht wirkte schmal und ein wenig ausgemergelt, die langen, braunen Haare waren zu einem Pferdeschwanz gezurrt, die durchweg dünne Gestalt war in graubraune Kleidung gehüllt. Sie gehörte eindeutig zu einem anderen Typ dünner Frauen als Adelheid.

Die beiden Männer erhoben sich von der Feuerstelle und begrüßten die Damen mit verhaltener Begeisterung. Auch in Irenäus war das Gefühl der Zwiespältigkeit eher angewachsen. Sollte er sich das wirklich antun? Sollte er sich inmitten dieser ihm eigentlich fern stehenden Menschen eine Hexenmedizin einverleiben, ohne zu wissen, wie und wo das enden würde? Mit einem Ruck fasste er einen Beschluss.

Drei Minuten später betrat er leise vom Pfad her das Areal. Als erster erblickte ihn der Weißhaarige. Dessen Augen zogen sich leicht zusammen, und sein Körper versteifte sich für einen Moment. Das sah Adelheid und drehte sich blitzschnell um. Auf ihrem Gesicht erschien ein schönes Lächeln, als sie ihn begrüßte: „Oh, Irenäus, das ist aber schön. Ich habe schon auf dich gewartet. Entschuldige, dass ich mich nicht mehr gemeldet habe … Aber ich dachte, du witterst unsere Zusammenkunft sowieso.“

„Natürlich!“, erwiderte er und vermied einen Gruß in die Runde. „Du hast es gesagt, und ich habe darauf vertraut.“

„Kommt!", forderte Adelheid die anderen Damen auf, fürsorglich wie eine Mutter. „Wir setzen uns ans Feuer, und ich stelle euch einander vor." Etwas linkisch in Ermanglung von Sitzgelegenheiten folgten die Frauen ihrem Beispiel und ließen sich wie die beiden anwesenden Männer im frischen Gras nieder. Vicky setzte sich neben ihren Partner und Irenäus neben Adelheid, die hier eindeutig die Rolle der Anführerin übernahm. Die beiden unbekannten Frauen kicherten ein wenig und nahmen neben dem Heimatforscher Platz. In dieser Weise bildeten sie eine Runde von tatsächlich sieben Personen. Adelheid erzählte, wer hier wer war. Die große Bäurische hieß Hannelore und die Magere mit dem Pferdeschwanz Sylvia, der Heimatforscher hörte auf den Namen Heino.

Irenäus empfand die Personen einfach als zu blass. Er hatte sich etwas ganz anderes vorgestellt, mysteriöse Charaktere oder zwielichtige Heilige, aber nicht eine derartige Wandergruppe. Was sollte er hier? Das konnte ja was werden! Er beschloss, vorerst als schweigender Betrachter aufzutreten. Doch gleich darauf musste er dieses Vorhaben wieder aufgeben.

„Und nun könnten wir uns alle ein wenig näher vorstellen, damit jeder von uns weiß, mit wem er in der Runde sitzt", knörgelte Adelheid in leutseligem Schulmeisterinnentonfall.

„Auf keinen Fall!", rief Irenäus dazwischen. Die Frauen schauten ihn erschrocken an. „Je weniger der eine vom anderen weiß, um so besser. Das ist ein Grundelement jeder geheimen Zusammenkunft. Wir haben uns doch hier nicht versammelt, um einen netten Plauderabend abzuhalten. Oder sehe ich das falsch? Dann gehe ich wieder …"

„Ist ja gut!", seufzte die Anführerin, nun ziemlich ungehalten. „Aber eine gewisse Einführung möchte ich dennoch geben …"

„Er hat völlig recht“, wurde sie diesmal von Franz unterbrochen. „Wir sollten uns auf die Durchführung des Rituals beschränken. Es ist die erste Zusammenkunft dieser Art. Wir sollten sowohl den Vorgang erklären, als auch kontemplativ in uns gehen. Warum bist du zum Beispiel hier, Sylvia? Das würde mich interessieren, ohne dein Leben näher kennenzulernen.“

Adelheid klimperte nervös mit den Augen. Sie fühlte sich in ihrer Rolle übergangen. Irenäus stellte fest, dass es dieser Frau beständig um Machtfragen ging. Sylvia kam ihr jedoch mit der Antwort zuvor: „Also, ich bin über den Sinn unseres Treffens hinreichend informiert. Mich interessiert – auch wenn sich das vielleicht etwas geschwollen anhört – zum einen der kulturhistorische Hintergrund einer derartigen Zeremonie, der Einnahme einer Hexenmedizin. Andererseits kann ich mir vorstellen, dass es ausgerechnet in diesem Jahr kein Zufall sein kann, dass wir unsere Seelen in einen erweiterten Raum fließen lassen.“

„Unglaublich! In einen erweiterten Raum fließen lassen, das hört sich fantastisch an!“, lachte Heino und warf zwei Holzscheite ins Feuer. „Spielst du damit auf den Weltuntergang kurz vor Weihnachten an?“

„Weltuntergang würde ich es nicht gleich nennen“, erwiderte die Frau, „aber eine Umstrukturierung der bestehenden Ordnung wurde uns eindeutig angekündigt und zwar eine tiefgreifende! Vor einem solchen Kataklysmus sollte man sein Gehirn und den Körper durchaus neu justieren.“

„Glaubst du etwa an dieses blöde Orakel?“, erkundigte sich die stämmige Hannelore und verzog den Mund abwertend. „So etwas kann doch gar nicht vorhergesagt werden. Ich halte das für Quatsch!“

Sylvia rieb irritiert die Handflächen aneinander und überlegte sich eine passende Antwort, als sich endlich Adelheid wieder ins Gespräch einklinken konnte: „Das ist eine prächtige Idee! Eine bessere hätten wir für unser Vorhaben gar nicht aufgreifen können. Der Weltuntergang! Fantastisch! Bald werden viele Menschen Hexenmedizin einnehmen wollen.“

„Ganz schön spektakulär“, mischte sich Irenäus nun doch wieder ins Gespräch und gab damit die geplante Zurückhaltung endgültig auf. „Aber auch mir gefällt dieser Blick auf unsere Zusammenkünfte, falls es denn mehrere werden sollten. Schließlich müsste irgendein tieferer Sinn dahinterstehen, als sich nur blindlings zu berauschen. Außerdem bin ich der Meinung, dass es sich hier keineswegs nur um ein blödes Orakel handelt." Genug geschwatzt, sagte eine innere Stimme zu ihm, nicht du bist hier der Initiator. Immer wieder verfiel er in denselben Fehler, als Mentor aufzutreten.

„Ich halte es trotzdem für Quatsch, dass in diesem Jahr die Welt untergehen wird", ereiferte sich Hannelore und lachte offen in die Runde. „Ihr könnt mich ja gern eines Besseren belehren!"

„Das ganze Internet ist voll von diesen Sprüchen", meldete sich Franz nun wieder zu Wort. Sein Tonfall war leicht aggressiv. „Das ist ein ziemlich sicheres Zeichen dafür, dass es sich um Quatsch handelt."

„Ich bin zwar kein Internet-Fan, aber es ist inzwischen auch immer öfter das Gegenteil der Fall. Die internationale Gemeinde erzwingt die Offenlegung geheimer Maßnahmen", konnte sich Irenäus nicht enthalten einzuwerfen. „Zum Beispiel wird seit Jahren über die Chemtrails diskutiert. Das sind systematisch von Flugzeugen ausgestoßene Chemikalien wie Aluminiumpulver und synthetische Polymere zur Erhöhung des Rückstrahlvermögens der Atmosphäre, die am Himmel als Kondensstreifen erscheinen. Das wurde lange als verschwörungstheoretischer Hokuspokus abgetan. Erst vor wenigen Wochen gaben seriöse wissenschaftliche Zeitschriften und das Bundesverteidigungsministerium bekannt, dass seit einigen Jahren sogenannte klimaaktive Substanzen ausgebracht werden, um dem erhöhten Treibhaus-Effekt entgegenzuwirken. Es gibt sogar ein Zitat, das heißt: Besser einige Generationen nachts die Sterne nicht sehen, als auf die Wohltaten menschlicher Errungenschaften zu verzichten. Wie sich das herabrieselnde Material auf die Gesundheit auswirkt, wurde allerdings nicht erörtert."

Franz hob gerade an aufzubegehren, als Heino ihn daran mit einer Armgeste hinderte: „Also diese Chemtrail-Theorie sehe ich genau wie Irenäus. Was die Weltuntergangsprophezeiung betrifft, hätte ich gern ein paar mehr Informationen von Sylvia."

„Aber Freunde!", drängelte Adelheid ziemlich unruhig. „Wollen wir denn jetzt über all diese negativen Dinge sprechen?"

„Was ist daran negativ?", fragte Sylvia zurück, und Irenäus vermerkte positiv deren konsequentes Auftreten. „Auch die Aussagen über das Ende unseres Weltzeitalters sind nicht erst mit dem Internet zur Diskussion erhoben. Die Leute, lieber unbekannter Franz, die sich heute über das Für und Wider auslassen, sind doch nur Trittbrettfahrer, die davon noch vor kurzer Zeit keinen blassen Schimmer hatten. Wir müssen nicht in die Zeit des Nostradamus zurückgehen und auch nicht auf die biblische Apokalypse zurückgreifen, die allerdings beide eindeutig ein Ende der bestehenden Ordnung vorhersagen. Was ich viel wesentlicher empfinde, sind jüngere Neubewertungen der uralten Aussagen über die Folge von Kataklysmen. Das sind schlagartige Katastrophen, die das Alte fast vollständig zerstören und in deren Gefolge eine gänzlich neue Weltordnung entsteht. Der bekannteste Kataklysmus war die sogenannte Sintflut, bei der die bestehende Welt durch Wasser zerstört wurde."

Irenäus bewunderte, dass sich die hagere Frau wirklich gut in diesem Metier auszukennen schien, und er begann, sein Anfangsurteil über die versammelte Runde zu revidieren. Derweil setzte die Frau ihre Rede fort: „Natürlich versucht man intensiv, die Prophezeiung lächerlich zu machen. Würde man sie anerkennen, bedeutete das eine Massenpanik, die Katastrophe würde sich sozusagen selbst herbeiführen. Niemand möchte nur noch wenige Monate zu leben haben. Also, alles abstreiten!

Die Konfusion beginnt schon damit, dass der Kalender wohl von den Mayas stammt, der immer wieder gezeigte Kalenderstein aber von den Azteken. Das Untergangsdatum, der 23. Dezember 2012, das allerdings auch der 21. Dezember sein könnte, selbst da herrscht Konfusion, wurde von den Mayas als Ende der Fünften Sonne berechnet, der Stein aber ist aztekisch, denn die Kultur der Mayas war schon längst untergegangen, als die Spanier Mittelamerika eroberten. Mayas und Azteken waren zwar unterschiedliche Kulturen, lebten aber räumlich dicht beieinander. Als Hernán Cortéz mit 80 weißen Konquistadoren im Februar 1519 die Stadt Tenochtitlán im Hochland von Mexiko erreichte, wohnten dort 300.000 Menschen in einer der modernsten Metropolen auf diesem Planeten. Weil die Augen der Spanier von Ignoranz, Bigotterie und Gier getrübt waren, löschten sie nach ihrer Ankunft bei den Azteken und wenig später bei den Inkas wertvollste Teile des geistigen Vermächtnisses der Menschheit aus. Es ist eines der ganz großen, nicht wieder gut zu machenden Verbrechen, die Menschen an Menschen begangen haben.

Mühsam entziffert man heute die verbliebenen Textfragmente und findet hochentwickelte astronomische und mathematische Informationen. Eben danach soll das Zeitalter der Fünften Sonne, welches 3114 vor Christus begann, in diesem Jahr, kurz vor Heiligabend, beendet sein."

„Oha!", rief Heino dazwischen und klatschte verhalten Beifall. „Du kennst dich aber wirklich gut aus. Ich bin sehr beeindruckt."

Auch die anderen schauten Sylvia mit erstaunten Augen an. Diese fügte hinzu: „Ich habe das alles deshalb erzählt, damit ihr versteht, dass diese Geschichte nicht irgendein barbarisches Märchen zur Grundlage hat, sondern eine hochentwickelte Naturbeobachtung, die sich auf Überlieferungen aus fernster Vergangenheit stützen konnte, und der unsere heutige Wissenschaft nicht so viel entgegenzusetzen hat, wie uns manch einer weismachen will. Ich würde diese Gedanken übrigens gern weiter vermitteln ..."

„Das sollten wir tun", meinte Irenäus, der die Frau nun in einem neuen Lichte sah. „Es wäre noch festzustellen, dass stets verschwiegen wird, dass dieser Kataklysmus auch in den indischen Veden für dieses Jahr festgelegt wird. In diesen uralten Schriften wird das Ende des Kali Yuga beschrieben, des Ehernen Zeitalters. Hier dominiert das Element Eisen – das Waffenmaterial! Wie von den Mayas und Azteken wird auch bei den Indern die vergangene Ära als von grausamem, blutgierigem und grobem Geist definiert. Es dominieren Krieg, Missgunst, Hass und Trivialität. Da helfen auch Wissenschaft und Technik nicht viel weiter. Übrigens ist auch interessant, dass selbst die jüdisch-christliche Tradition mit dem astronomischen Übergang des Frühlingspunktes vom Sternbild Fische ins Sternbild Wassermann eine einschneidende Veränderung vorsieht, vielleicht sogar die Apokalypse."

Es war inzwischen völlig dunkel geworden. Das stillschweigend von Franz genährte Feuer warf einen flackernden Schein an die Umgebung ab, der ihre Schatten in geheimnisvollem Tanze wiegte. Ohne es beabsichtigt zu haben, versanken die Anwesenden in eine Situation mystischer Andacht. Nur Adelheid und Hannelore schien dieser wundersame Dialog nicht recht zu begeistern. Irenäus hatte den Eindruck, die beiden Frauen scheuten zu stark davor zurück, ihre Seelen dem nahen Weltuntergang zu öffnen. Sie hatten einfach Angst und das bereits vor der Vision. Er warf einen Blick auf Vicky und sah, dass die dunkle Frau ihn versonnen anschaute, die Augen glänzten wie schwarze Löcher. Sie schien diese Angst nicht zu verspüren, sondern an anderes zu denken.

Unterbrochen wurde diese kurze Blicksequenz durch Adelheids knörgelnde Stimme: „Ich finde, wir sollten nun auf den eigentlichen Grund unserer Zusammenkunft kommen. Wir wollen vom Wasser der Ostara kosten, einem wundersamen Gebräu, das uns die Götter sozusagen zugespielt haben. Alles andere wisst ihr bereits, und ich will es nicht wiederholen, denn es ist schon ziemlich spät." Sie schaute verstohlen auf ihre Armbanduhr. „Für euch, Heino, Hannelore und Sylvia, wird dieses Erlebnis neu sein, aber bestimmt wunderschön. Ich würde vorschlagen, wir mischen jetzt …"

„Nun mach es mal nicht so amtlich!", wurde sie von der resoluten Hannelore unterbrochen. „Stehen wir etwa unter Zeitdruck? Es ist noch nicht einmal Mitternacht. Ich bin hier eher hergekommen, um mich der Göttin zu öffnen, die alles Leben spendet. Der Platz ist sehr gut ausgewählt, der Stein besitzt eine wahnsinnige Ausstrahlung. Wenn es sich um einen echten Kräutertrank handelt, dann begeben wir uns damit sehr tief in das Reich der Natur. Deshalb sollten wir auch zuerst mit ihren Kräften in Kontakt treten." Sie senkte den Kopf und blickte starr ins Feuer.

Adelheid kramte in dem braunen Rucksack, scheinbar ohne sich um diese erneute Unterbrechung zu scheren. Sie brachte eine flache Holzscheibe zum Vorschein, legte sie vor sich auf den Boden und drapierte darauf sieben schlichte Gläschen, eine Glasflasche mit einem durchsichtigen Getränk und ein sehr kleines braunes Fläschchen mit irgendeinem Inhalt. Dann sagte sie gereizt: „Danke, liebe Hannelore, selbstverständlich werden wir uns nun mit der Göttin vereinen. Ich bereite nur ganz langsam und voller Andacht unsere Zeremonie vor."

VIII

Die Sonne war schon vor einer Weile untergegangen, die Luft war mild und fast unbewegt, so dass das Wild sicherlich gern noch einmal aus den Verstecken ins Freie treten würde. Dachsbracke Birka saß vor ihrem Herrchen auf dem Küchenfußboden des Forsthauses und signalisierte mit schiefgelegtem Kopf, dass ihr eine kleine abendliche Pirsch nicht unangenehm wäre.

„Na ja!", war die geistreiche Erwiderung Karl Wabenmonds. Schwerfällig von des Tagesmühen, erhob er sich und holte den Suhler Drilling aus der Waffenkammer. Bedächtig ließ er die Schlösser schnappen und suchte eine Schachtel Munition hervor. Dann zog er festes Schuhwerk an und setzte den dunkelgrünen Hut auf. Einige Minuten später bewegten sich die beiden Jäger leisen Schrittes durch den Forst, vorerst auf einem Fahrweg, einer wildreichen Nebenstrecke, die unterhalb von Irenäus' Grundstück entlangführte. Birka nahm hier und da eine Fährte auf, doch wirklich warm war keine davon. Offenbar waren Rehe und Sauen auf einer anderen Party.

Es wurde dunkel, doch Karl verzichtete auf das Licht der
Taschenlampe. Der Mond schien verhalten durch die Bäume, er kannte sein Revier aus dem Effeff, und die Augen arbeiteten auch noch passabel. Nach einer ausgedehnten Runde stießen sie wie zufällig auf das Grundstück von Irenäus. Einmütig gingen sie zum Eingangstor, das meist unverschlossen war. Als sie auf dem Hof ankamen, wurde ihnen schnell klar, dass niemand zu Hause war. Auch Titus sagte keinen Ton hinter der Haustür. 'Wo war dieser Mensch schon wieder?', dachte der Förster und warf einen Blick um die Hausecke. Der Daimler stand auf seinem Platz. Irenäus und Titus zu Fuß? Um diese Zeit? Merkwürdig!

Karl hatte sofort die richtige Idee. Er beugte sich zu Birka hinab und flüsterte: „Wo ist denn der liebe Titus? Na, such, such …!"

Der Hund zog bereits seit geraumer Zeit unruhig an der Leine. Jetzt gab es kein Halten mehr. Birka zerrte sein Herrchen hinter sich her, geradewegs zum Waldrand und zielstrebig weiter durch die Dunkelheit. Die Spur von Irenäus und dem Altdeutschen war für eine Hundenase offenbar so intensiv, dass es Nullproblemo gab. Zehn Minuten später näherten sie sich bereits dem Gesichtsstein.

In Karls Gehirn formierten sich erste Fragezeichen. Er gebot der Dachsbracke Maßhaltung und ging etwas langsamer voran. Dann stieg ihm der Geruch eines Feuers in die Nase. In der Windstille legten sich die Rauchgase wie ein feiner Schleier zwischen die Bäume. Mit äußerster Vorsicht pirschte sich der Förster in Richtung Stein. Es lag in seinem Blut, erst einmal zu sondieren, was dort vor sich ging. Dass Irenäus ihn außen vor gelassen hatte, gab ihm zu denken. Hatte es etwas mit diesen Hexen zu tun, die ihm seit dem letzten Gespräch nicht wirklich aus dem Gehirn gegangen waren?

Endlich gelang es ihm, etwas zu sehen. Er hielt Birka nun sehr kurz und stand fast an der Stelle, wo vor einigen Stunden sein Freund Irenäus gestanden hatte. Mitternacht war gerade vorbei. Karl überlief eine leichte Gänsehaut, als er die vor ihm ablaufende Szene mit wachen Sinnen aufnahm. Um ein kleines loderndes Feuer scharte sich eine Gruppe von sieben Menschen. Er sah sofort, dass irgendetwas in ihrem Verhalten nicht stimmte. Betrunken waren sie nicht. Aber was dann?

Offenbar hatte er die Versammlung genau in dem Moment erreicht, als irgendeine Veränderung eintrat. Eine große, starke Frau und eine kleinere, schmächtige stimmten einen Gesang an.

Karl konnte kein Wort verstehen, es war ein disharmonischer, leiser Singsang von archaischem Charakter. Er hatte so etwas in Filmen über Urvölker gehört. Die beiden Frauen erhoben sich in einer fließend schwankenden Bewegung, fassten sich an den Händen und verließen plötzlich den Lichtkreis auf dem kleinen Trampelpfad, der vom Gesichtsstein weg führte.

Ein dunkelhaariger Mann erhob sich mit einiger Verspätung aus seiner Sitzhaltung und streckte die Hände nach den schon nicht mehr anwesenden Frauen aus. Er rief etwas in einer unverständlichen Sprache, die Karl nie gehört hatte. Dann eilte er den imaginären Entschwundenen nach, aber in eine völlig andere Richtung. Er verschwand nach Osten zur Stadt, wo sich alsbald dem Eichenwald ein frisches Getreidefeld anreihte. Mit leicht wie zum Fluge angewinkelten Armen sprang er durch die niedrigen Brommbeerranken und wurde von der Dunkelheit verschluckt.

Oh Mann, dachte Karl, was ist denn hier los? Eilig ließ er den Blick schweifen. Dort im Schatten, auf der von ihm aufgestellten Holzbank stand ein kleines, rundes Tablett. Darauf reflektierten mehrere Gläschen und zwei niedrige Flaschen das Licht der Flammen. Sie hatten also etwas zu sich genommen. Aber nach einem Gelage sah es nicht aus. Nirgends war die Idee eines Essens auszumachen, und die üblichen Behälter alkoholischer Getränke fehlten ebenfalls vollständig. Sollte es sich tatsächlich um einen Hexensabbat handeln, fuhr es ihm durch den Kopf. Das war ja der Hammer! Er fühlte sich übergangen. Warum hatte sein alter Kampfgefährte Irenäus ihn nicht eingeweiht? Wegen seines bescheuerten Gelübdes? Karl begann, sauer zu werden.

Doch sein Sensorium wurde vom weiteren Geschehen abgelenkt. Mit einem tänzerischen Schritt erhob sich die schlanke Frau, die bis jetzt neben Irenäus saß. Sie schwang verhalten die Arme im Kreis und tänzelte zum Steingesicht. Dort verneigte sie sich in theatralischer Pose und presste sodann nach einem eleganten Sprung den Körper gegen den Felsen. Mit einer sanft erotischen Bewegung schmiegte sie sich an den kalten Quarz.

Der Förster schnaufte leise. Hatte ihn sein Freund vielleicht von dieser Frau fernhalten wollen? Wie zur Bestätigung regte sich nun auch Irenäus, der bisher ziemlich teilnahmslos dagesessen hatte. Titus war kurz neben ihm an eine Birke geleint und hatte die beiden Beobachter offenbar noch nicht bemerkt. Irenäus erhob sich mit großer Leichtigkeit und schwebte fast auf die in scheinbarer Trance befindliche Frau zu. Sehr zärtlich legte er die Arme um ihren Körper und den des Steingesichts. Doch nach wenigen Sekunden bekam er einen derart harten Stoß, ob von der schwächlichen Frau oder gar dem Steingesicht oder beiden gemeinsam, konnte Karl nicht ausmachen. Ihm wurde sowieso schon ganz schwummrig im Kopf von diesen mystisch anmutenden Begebenheiten. Jedenfalls taumelte sein Freund durch diesen Stoß zurück und wäre um ein Haar ins Feuer gestürzt, aber irgendwie schwebte er darüber hinweg und kam nicht allzu weit vom Förster entfernt zum Stehen.

Eigentlich wäre nun die Zeit reif gewesen, dass sich Karl und Birka zu erkennen gegeben hätten. Aber die folgenden Geschehnisse behinderten diesen Vorsatz. Am Feuer saßen schweigend zwei weitere Personen. Ein weißhaariger Mann hatte bisher vornübergebeugt vor den Flammen gehockt. Jetzt richtete er den Oberkörper plötzlich auf und ließ sich mit weit offenen Augen nach hinten fallen. In dieser Pose blieb er im Grase liegen und schaute scheinbar empor in die Weiten einer rätselhaften Milchstraße.

Neben ihm saß eine schwarzhaarige Frau, die bisher mit großen glänzenden Augen in die lodernden Flammen geblickt hatte. Sie war eine schöne Frau, die das Geschehen um sie herum aber völlig unberührt zu lassen schien. Nun plötzlich hob sie den Kopf und schleuderte einen blitzenden Blick auf Irenäus, der in einer seltsamen Starre zwischen den heimlichen Beobachtern und dem Feuer stand. Dann erhob sie sich mit einer geschmeidigen Bewegung in den Stand, führte eine irgendwie einladende Geste in die Richtung von Irenäus aus, drehte sich schnell um und entfernte sich in eine völlig unvermutete Richtung von dieser Kultstätte. Sie tauchte nämlich innerhalb weniger Sekunden hinter der Kante der nördlich gelegenen, ziemlich steilen Flanke des Schosserkopfes zwischen den dort stehenden Eichen in der nächtlichen Finsternis ab.

'Ob sie das schafft?', überlegte Karl. Gleichzeitig registrierte er, dass inzwischen der fast volle Mond über den Bäumen stand, denn alles spielte sich ja etwa einen Monat nach dem Ostervollmond ab. Er tauchte den Wald in ein fahles, silbernes Licht, so dass die Frau eine reelle Chance besaß, im Tal anzukommen.

Das Feuer war inzwischen ziemlich niedergebrannt, so dass dieses mystische Naturlicht die Oberhand zu gewinnen begann. Irenäus erwachte sofort aus seiner Starre. In merkwürdig geduckter Haltung, fast wie ein Tier, stürzte er hinter der Frau auf den Abgrund zu. 'Scheiße', dachte Karl, 'das geht nicht gut.' Er löste sich aus seinem Versteck und eilte mit Birka dem Freunde nach, vorbei am Feuer und dem wie somnambul daliegenden Weißhaarigen. Von oben aus sah er, dass Irenäus wie von Geisterhänden gesteuert den Hang fast bewältigt hatte, einmal strauchelte er und stürzte um ein Haar. Lautes Gebell ließ den Förster innehalten. Titus!!! Er drehte sich um. Der Schwarze hatte sie nun endlich entdeckt und zerrte aufgebracht an seiner Leine. Karl fasste einen schnellen Entschluss. Er ging zurück und befreite den Altdeutschen von der Strippe. Der begrüßte zuerst überschwänglich seine kleine Freundin, dann jagte er seinem Herrchen nach.

Das Herrchen war inzwischen fast außer Sichtweite. Vage nahm Karl den Schatten im Talgrund wahr. Eilig machte auch er sich an den Abstieg. Sofort stellte er fest, dass seine Sinne nicht übersensibilisiert waren und er nicht fliegen konnte. Strauchelnd kämpfte er sich durch Brombeerranken und Unebenheiten zum Weg hinab. Dort wartete bereits Titus, der scheinbar ein Problem mit seinem Herrn und Meister hatte, denn Hunde haben zu Berauschten oftmals ein sehr gebrochenes Verhältnis, insbesondere wenn diese sich außerhalb der gewohnten Wirklichkeit begeben.

Doch es musste nun geschehen, was geschehen musste! Karl und die Hunde folgten dem Freund, der wiederum wie ein außer Kontrolle geratener Zombie der Frau nachzuhecheln schien. Alle liefen gen Westen durch den Wald auf einer relativ komfortablen Fahrspur, die im weiteren Sinne direkt zu Karl Wabenmonds Forsthaus führte. „Blödmann!", murmelte Karl voller Unverständnis vor sich hin und verfiel in Schritt. Einige Minuten später langte auch er an der Einmündung des Weges auf der sogenannten Waldautobahn an. Dieser Begriff stammte von Irenäus. Er bezeichnete die gut ausgeschotterte Fahrbahn, die durch den gesamten Eselstallforst vom stadtnahen Höhenzug der Altenburg über das Forsthaus bis ins nächstgelegene Dorf Westerhausen führte.

Als der Förster und die beiden Hunde – Titus hatte sich ihnen nun endgültig angeschlossen – auf dieser Schotterpiste anlangten, war von Irenäus und der flüchtigen Frau nicht der geringste Schatten wahrzunehmen. Karl fingerte frustriert an seinem Gewehr herum, das ihn während dieser Aktion ziemlich behindert hatte. Birka war angeleint, denn der Jagdtrieb der kleinen Bracke war so ausgeprägt, dass sie freigelassen oft für lange Zeit hinter einer Beute in weiter Ferne verschwand. Beide Hunde saßen nebeneinander und schauten besorgt nach rechts. Endlich bemerkte das auch ihr Mensch.

Rechts befand sich im Wald eine Erhebung, auf der eine für den flüchtigen Beobachter unsichtbare Felsformation emporragte. Der Westerhäuser Steinkundige Werner Körner vermutet an dieser Formation die wahrhaftige Asenstal unserer fernen Vorfahren, nach der dieser Wald seinen Namen bekam. Wie auch immer, genau in diese Richtung warfen die Hunde ihre kritischen Blicke, so dass es endlich auch Karl Wabenmond auffiel.

„Hm!", brummte dieser, denn er fand das reichlich unwahrscheinlich. Doch in diesem Augenblick tönte von dort ein Schrei durch die Fichten. Die Hunde wurden unruhig. Der Stimmlage nach wurde der Schrei von einer Frau ausgestoßen. Aber es handelte sich nicht um eine Entäußerung von Angst, sondern eher um einen fröhlichen Schrei. Zwiespältig in der Seele, entschloss sich Karl nachzusehen. Leise erklomm er den Hügel. Die Hunde gingen außergewöhnlich brav bei Fuß.

Von der Felsformation her erklangen undefinierbare Laute. Im nun hellen Mondlicht erfassten Karls Augen die weißen Körper zweier Menschen. Unschlüssig und doch neugierig pirschte er sich heran. Es handelte sich eindeutig um Irenäus. Der alternde Freund bewegte sich in dieser Nacht wie ein junger Wolf. Vor ihm an der Felswand stand die unbekannte Frau vom Lagerfeuer. Ihr nackter Körper prangte dunkel getönt im hellen Flutlicht des Erdtrabanten. Sie hatte den Kopf zurückgeworfen, und die langen schwarzen Haare lagen zum Teil auf dem Sandstein. Sie stieß keuchende Laute aus. Der Mann umkreiste sie in kurzem Abstand und berührte dabei immer wieder die Brüste, die Schenkel und die dazwischen liegende Zone. Genau dann stieß die Frau ihre kurzen Schreie der Lust aus. Irenäus kam ihr in immer kürzer werdenden Zeitabschnitten immer näher. Schließlich gelang es ihr, seinen steif ausgefahrenen Penis zu ergreifen und festzuhalten. Der Mann stöhnte kurz auf, und wenig später wälzten sich beide im Trockenrasen. Die Szene mutete außerordentlich animalisch an. Karl beschloss, sich zurückzuziehen und die beiden allein zu lassen. Sie verließen auch den Schwarzen, der sich an den Abhang gelegt hatte und der Dinge harrte, die da kommen würden.

'Was mochte inzwischen mit den anderen geschehen sein', dachte der Förster, als er wieder auf der Waldautobahn stand. Langsam ging er den Weg zurück. Als er den Gesichtsstein erneut erreichte, glomm dort das Feuer in mattem Rot. Karl warf ein paar herumliegende Äste auf, und es ward heller. Vielleicht war ja die schlanke Hexe noch in der Nähe, die beobachtete Szene hatte ihn angeregt. Aber die Walstatt war menschenleer. Sowohl die geil am Stein klebende Frau als auch der Weißhaarige waren nicht mehr da. Karl warf einen geübten Blick in die Runde. Sie waren weg. Es hatte keinen Sinn, weiter nach ihnen zu suchen. Er machte sich auf den Heimweg und dachte dabei über die merkwürdigen Ereignisse nach.

IX

In der gleichen Nacht, einige Stunden früher. Müde wischte der Mann die öligen Hände an einem Putzlappen ab. Genug für heute. Er hatte den alten Traktor fast wieder zum Laufen gebracht. Ohne Geld und ohne Werkstatt war das keine einfache Sache, aber er werkelte seit Jahren an seinem brüchigen Inventar und hielt es so am Laufen. Den Traktor würde er bald für die Heuernte brauchen, und dann musste er sich auf ihn verlassen können. Er schaltete das Licht aus und trat aus der Scheune ins Freie. Die Sonne ging gerade über den Höhenzügen der Rhön unter. Zwei Katzen kamen hungrig über das Kopfsteinpflaster des Hofes geschnurrt. Ein paar halb verrostete Landmaschinen standen herum. Das Fachwerkhaus neigte sich unter der Last der Jahre. Nie war sehr viel daran gemacht worden. Vierzig Jahre Isolation im DDR-Grenzgebiet, dann kam der Westen, und da wurde es auch nicht viel besser.

Hasso Germeyer war einer der wenigen Bauern, die Zeit ihres Lebens der kleinen Subsistenzlandwirtschaft treu geblieben waren. Aus Passion hatte er alle Mühen und Nöte getragen, um den väterlichen Hof am Leben zu erhalten. Nun lag das Anwesen im Grünen Band, dem ehemaligen Grenzgebiet des Eisernen Vorhangs, für das es in Deutschland besondere Regelungen gab. Alles war eigentlich ein riesiges Naturschutzgebiet, und es gab für einen extensiv betriebenen Landbau Fördermittel von der Bundesrepublik Deutschland und von der EU. Davon konnte man recht und schlecht leben.

Hassos Frau war vor ein paar Jahren gestorben, und ihm war nur der Sohn Viktor geblieben. Viktor war nicht der typische Vertreter des kernigen Bauern, sondern eher ein etwas verzärtelter Mensch, der noch dazu unter seinen Allergien litt. Er interessierte sich weniger für ländliches Leben und mehr für Kunst, Philosophie und sogenannte Esoterik, das Wissen innerhalb des Vorhangs. Er ließ seit vielen Jahren die Haare lang wachsen, aber er half dem Vater auf dem Hof, das musste man ihm lassen. Überhaupt bestand zwischen den beiden ein gutes, ja inniges Verhältnis, sodass es keinen objektiven Grund zum Klagen gab.

Hasso nahm die Katzen mit in die große, schon seit ewigen Zeiten nicht mehr renovierte Bauernhausküche und gab ihnen frische Milch und Katzenfutter aus dem Supermarkt. Dann zündete er eine Flamme seines mit Gasflasche betriebenen Herdes an und setzte die Kartoffelsuppe auf, die er bereits gestern gekocht hatte. Hasso war ein großer, hagerer Mann mit wettergegerbter bräunlicher Faltenhaut. Sein schmales Gesicht wurde von braunen Augen und einer langen Nase dominiert, drumherum hingen strähnige schwarze Haare, die selten einen Frisör sehen durften. Bei diesen Außentemperaturen trug er ein altes, öliges T-Shirt und eine mit Flecken übersäte Bluejeans, an den Füßen uralte Sportschuhe, die wahrscheinlich noch aus der DDR stammten. Er schnitt etwas Wurst in die Suppe und löffelte einige Minuten später die heiße Speise. Er hatte Hunger, für heute war Schluss. Dachte er …

Seine Gedanken schweiften von der Arbeit des Tages in Richtung Viktor ab. Eine innere Sorge breitete sich in seiner Seele aus. Der Junge meldete sich nicht mehr. Vor einigen Wochen eröffnete ihm sein Sohn, dass er mal „für 'ne Woche" Urlaub vom Bauernhof machen wollte, sich in der Welt herumtreiben. Damit meinte er natürlich nur die kleine Welt im Umkreis von hundert Kilometern. Vielleicht würde er mal in den Harz wandern. Das soll das schönste Mittelgebirge Deutschlands sein. Okay, hatte der Vater gesagt, wenn du bis zur Heuernte zurück bist. Viktor hatte bescheiden gegrinst über diesen Witz des alten Herren. Ende April war er losgezogen und hatte sich natürlich jeden Tag mit einem ausführlichen Reisebericht gemeldet, manchmal sogar mit zusätzlichen Sondernachrichten.

Hasso ging gegen die fünfzig, Viktor war sein einziges Kind. Der war auch schon fünfundzwanzig. Oftmals machte sich der Vater Gedanken über den weiteren Lebensweg des Sohnes. Band er ihn zu sehr an den Hof? Beschränkte er dessen Leben, dessen Entwicklung? Wie auch immer, seit einigen Tagen meldete sich Viktor nicht mehr. Das konnte auch ein positives Zeichen sein, möglicherweise waren die Erlebnisse so spannend, dass er einfach keine Zeit hatte, den Vater anzurufen. Vielleicht hatte er sich gar verliebt …

Im tiefsten Inneren glaubte Hasso nicht an diese Theorie. Hätte sich sein Sohn verliebt, würde er gerade überschwänglich davon berichten. So gut war ihre Beziehung, und darauf waren sie beide stolz. Sie hatten ausgemacht, dass der Vater dem Sohn nicht hinterher telefoniert. Trotzdem …

Hasso stellte den leeren Suppenteller in die Spüle. Eine Katze strich um seine Beine. Er ging in der Küche auf und ab und rekapitulierte: In der Nacht zum ersten Mai war die letzte Information gekommen, eine glückliche SMS. Darin stand, dass er sich in der Walpurgisnacht in Quedlinburg aufhält, an einer Bar sitzt und sich mit einem sehr netten Mädchen unterhält. Ganz neue Klänge, fand Vater, aber er freute sich für seinen Sohn.

Inzwischen waren vier Tage vergangen, und still schwieg der See. War das normal? Hasso kramte eine alte Zigarettenschachtel hervor und zündete sich eine Lunte an. So etwas tat er nur in größter Not. Nachdem er die Kippe ausgedrückt hatte, griff er zum Handy und wählte Viktors Nummer. Es klingelte am anderen Ende. Hasso war ungeduldig. Einmal, zweimal, dreimal, viermal, fünfmal, sechsmal …

„Hallo!", sagte eine forsche Frauenstimme. „Hier ist die Cindy!"

„Hier ist Hasso Germeyer", erwiderte Hasso, um Fassung bemüht. „Ich würde gern mit meinem Sohn sprechen. Ist der in der Nähe?"

„Ihr Sohn?", fragte die Frau, und ihre Stimme wurde eine Nuance schriller. „Der müsste doch längst zu Hause sein. Wer sind Sie?"

„Hasso Germeyer", antwortete Hasso bedächtig. „Ich habe eigentlich das Handy meines Sohnes angerufen, der gerade in Quedlinburg ist."

„In Quedlinburg? Sie sind hier in Allrode im Harz!", sagte die Frau, nun wieder mit freundlicher Stimme. „Sind Sie sicher, das Sie die richtige Nummer gewählt haben?"

„Ja", meinte Hasso. „Das ist das Handy meines Sohnes, von dem aus er mir vor vier Tagen die letzte SMS geschickt hat. Ich verstehe das jetzt auch nicht … Bitte um Entschuldigung, aber …"

„Ja, ich weiß nicht, das ist ja ein Ding!" Cindy schluckte hörbar am anderen Ende. „Das ist nämlich das Handy meines Sohnes, und ich habe es nur aus der Tasche genommen, weil er schon lange schläft."

„Ihres Sohnes?", fragte Hasso, ein wenig benommen. „Und wie alt ist der?"

„Neun Jahre“, antwortete die Frau bereitwillig. „Sagen Sie, kann es sein, dass Sie sich doch verwählt haben?“

„Nein“, erwiderte Hasso, nun wieder gefasster. „Ich vermisse meinen Sohn seit vier Tagen. Bitte legen Sie nicht auf. Das Problem könnte ernst sein. Seit wann besitzt Ihr Sohn dieses Handy?“

Die Frau schluckte wieder, und ihre Stimmlage wurde höher: „Nein, nein, ich lege nicht auf. Mein Sohn hat das Handy seit dem ersten Mai. Er hat es von einem Freund geschenkt bekommen, weil wir hier in dem kleinen Dorf immer so schlecht zu erreichen sind.“

„Aha!“, sagte Hasso, und dunkle Wolken begannen sich über ihm aufzutürmen. „Das würde ja passen. Mein Sohn hat die letzte Nachricht in der Walpurgisnacht abgeschickt. Würde es Ihnen etwas ausmachen, Ihren Sohn noch einmal zu befragen? Die Sache ist wirklich sehr wichtig!“

„Das können Sie jetzt aber nicht im Ernst verlangen!“, begehrte die Frau auf. „Mein Sohn schläft schon lange. Den kann ich jetzt nicht wecken. Können wir das nicht morgen regeln?“

„Morgen könnte zu spät sein“, verlangte Hasso fest. „Ich danke Ihnen sehr für die Gesprächsbereitschaft, aber ich müsste sonst die Polizei einschalten.“

„Ach Gott nee!“, rief Cindy und besann sich dann. „Na gut, ich tue es. Aber es dauert. Wollen Sie mich in zehn Minuten nochmal anrufen? Ich verspreche Ihnen, dann bereit zu sein. Okay?“

„Danke!“, erwiderte Hasso und legte auf. Was war passiert? Er war sicher, die richtige Nummer gewählt zu haben. Die Zeitfolge stimmte auch genau. Cindys Sohn telefonierte mit dem Handy seines Sohnes. Aber wieso? Wenn Viktor das Handy verloren hatte, würde er sich längst anderweitig gemeldet haben! Hasso kratzte mit der rechten Hand durch die schwarzen Haare. Scheiße!

Wenige Minuten später tüttelte sein Handy. Cindy rief von sich aus an: „Hallo, Herr Germeyer! Es ist mir furchtbar peinlich. Mein Sohn hat mir alles gestanden. Aber haben Sie bitte Verständnis! Sie wissen ja auch, wie diese kleinen Strolche sind. Ja? Er war am ersten Mai mit Schulkameraden in Quedlinburg. Er hat das Handy morgens auf dem Markt gefunden, an einer Hausecke. Er war so froh, dass er auch endlich so ein Ding hat. Jetzt liegt er im Bett und weint. Bitte vergeben Sie uns!“

„Ja, ja, schon gut!“, meinte Hasso freundlich. „Wenn er nicht pausenlos mit Australien telefoniert hat. Sagen Sie mir bitte noch

Ihre Adresse? Das wäre sehr freundlich. Meine Sorge ist jetzt eher, was mit meinem Sohn passiert ist …"

Cindy war wirklich eine nette Frau. Bereitwillig gab sie alle Daten und fragte dann: „Das ist ja schlimm! Und wie alt ist Ihr Sohn?"

„Fünfundzwanzig", antwortete Hasso und lachte leise. „Aber trotzdem ist sein Schweigen nicht normal."

„Oh!", machte Cindy. „Also, alles Gute und viel Glück!"

„Danke!", sagte Hasso und legte auf. Das war sehr beunruhigend!

Er zündete sofort noch eine Zigarette an und ging gebeugt im Zimmer auf und ab. Was war geschehen? Eine innere Stimme gab ihm die prompte Antwort: Etwas sehr Schlimmes. Alles Grübeln und Gedanken wälzen war hier nur noch Verdrängung. Nach etwa einer Viertelstunde beschloss Hasso, die Polizei einzuschalten. Er konnte jegliche Administration auf den Teufel nicht ausstehen und die Polizei schon gar nicht, aber in diesem Fall hatte er keine andere Wahl. Die Frage drehte sich nur noch um den Zeitpunkt. Inzwischen ging es auf dreiundzwanzig Uhr. Würde er jemanden erreichen? Andererseits, bis morgen warten ging nicht, er würde verrückt werden.

Hasso wählte die Telefonauskunft und ließ sich die Nummer des Polizeireviers in diesem Quedlinburg durchsagen, einer Stadt, von der er nur eine vage Vorstellung hatte. Sehr beklommen wählte er die Nummer. Er wusste nur zu gut, dass sich in dieser Nacht eine Lebensweiche für ihn stellte. So etwas kam immer unverhofft.

Am anderen Ende meldete sich ein Polizist mit Dienstgrad und irgendeinem Namen.

Hasso war plötzlich ganz ruhig: „Ich möchte eine Vermisstenanzeige aufgeben. Es scheint dringend zu sein, deshalb rufe ich mitten in der Nacht an. Es geht um meinen Sohn, fünfundzwanzig Jahre alt. Er hat sich das letzte Mal in der Walpurgisnacht aus Quedlinburg gemeldet. Kinder haben am ersten Mai sein Handy gefunden."

Hasso hatte sich auf eine längere und umständliche Befragung eingestellt, aber der Polizist sagte nur: „Augenblick bitte, ich verbinde Sie mit der diensthabenden Hauptkommissarin."

Ihm fiel das Herz in die Hosen. O Gott, das hörte sich so an, als hätten die nur auf seinen Anruf gewartet. Sekunden später meldete sich eine Frauenstimme, den Namen verstand er nicht: „Woher rufen Sie an, Herr Germeyer?"

„Aus der Rhön", erwiderte Hasso. „Von einem Bauernhof im ehemaligen Grenzgebiet der DDR." Dann erzählte er seine Geschichte. Die Beamtin am anderen Ende hörte ohne Zwischenfragen zu.

„Herr Germeyer", meinte sie dann, und ihre Stimme schien sich etwas gepresst anzuhören. „Unter diesen Umständen muss ich Sie bitten, nach Quedlinburg zu kommen."

„Er ist tot …!", stieß Hasso hervor, nun doch außer Fassung. „Ich habe es gefühlt!"

„Nicht so vorschnell, Herr Germeyer!", versuchte ihn die Hauptkommissarin zu beruhigen. „Ich hoffe, alles wendet sich für Sie zum Guten. Es wäre nur notwendig, dass Sie hierher kommen, um eine unbekannte Person zu identifizieren."

„Was ist mit ihm?", rief Hasso entnervt in den Telefonhörer. „Sagen Sie es mir! Ist er schlank und hat schwarze Haare?"

„Herr Germeyer, beim besten Willen!", sagte die Frau beschwörend. „Ich kann das nicht am Telefon abhandeln. Das könnte zu verhängnisvollen Missverständnissen führen. Haben Sie jemanden, der Sie morgen nach Quedlinburg fahren kann?"

„Nein!", antwortete er unwillig. „Ich fahre auch nicht erst morgen. Ich fahre sofort! Kann sowieso nicht schlafen. Sind Sie da, wenn ich komme?"

„Tun Sie das nicht, die Entfernung beträgt mehr als zweihundert Kilometer, und Sie sind aufgeregt", versuchte sie, ihn zu bremsen. „Morgen Vormittag reicht vollkommen."

„Ich danke Ihnen!", sagte Hasso. „Aber es hat keinen Zweck. Ich packe ein paar Sachen und komme. Im Morgengrauen bin ich bei Ihnen. Bis dahin!"

„Aber fahren Sie vorsichtig!" Die Frau besaß eine angenehme Altstimme. „Ich werde für Sie da sein. Viel Glück!"

Hasso fühlte sich von Eis eingeschlossen. Stocksteif stakste er zum Küchentisch und ließ sich auf einen Stuhl sinken. Er hatte es gewusst. Viktor war tot. Er schluchzte einmal trocken auf. Aber dann legte sich dieser vordergründige Schmerz. Vielleicht lebte Viktor ja doch noch. Schließlich hatte diese Frau nichts Definitives gesagt. Es war eine reine Vermutung.

Er riss sich zusammen. Es hieß, jetzt nach Quedlinburg fahren. Wo dieser Ort lag, hatte er sich bereits gestern im Autoatlas angeschaut. Er würde seinen Rucksack packen, Geld einstecken, den schweren Hirschfänger nicht vergessen und in den Harz fahren, über den Thüringer Wald, durch Erfurt und Nordhausen bis nach Quedlinburg. Sein Kopf war plötzlich ganz klar und gleichzeitig beängstigend leer.

Am Sonntagmorgen um sechs Uhr rief er die Hauptkommissarin an. Mit Sicherheit holte er sie aus dem Tiefschlaf, aber sie blieb sehr freundlich und bestellte ihn in einer Stunde in ihr Dienstzimmer.

„Guten Morgen! Na, Sie sind ja ganz schön früh!", begrüßte ihn die Frau. Sie war hübsch, ein wenig hager, mit langen, dunkelroten Haaren.

„Guten Morgen!", sagte Hasso, der sein dunkelblaues Hemd und eine Bluejeans angezogen hatte, dazu eine mittelbraune Wildlederjacke. Auch er sah richtig gut aus. „Es ließ mir keine Ruhe. Ich ahne, dass etwas Fürchterliches passiert ist. Bitte sagen Sie mir gleich die Wahrheit."

Die Rothaarige blickte ihn versonnen an, und Traurigkeit lag auf ihrem länglichen Gesicht. Sie seufzte und begann: „Was die Wahrheit ist, werden wir noch sehen. Am ersten Mai wurde in der Innenstadt von Quedlinburg ein Toter gefunden, ein junger Mann ohne Papiere, Handy et cetera. Er schien nicht von hier zu sein. Der Körper wies keine Spuren von Gewaltanwendung auf. Die Obduktion ergab, dass er an einem allergischen Schock starb. Offenbar nahm er Medikamente ein, die man allerdings ebenfalls nicht bei ihm fand. Er besaß kein Gepäck, keinen Ring, nichts …
Die Gerichtsmedizin diagnostizierte einen natürlichen Tod, was heißt, ohne fremdes Zutun. Bedauerlicherweise lässt sich die Ursache des allergischen Schocks nicht ausmachen. Er hatte Alkohol getrunken …"

„Haben Sie ermittelt, wo?", fragte Hasso hastig dazwischen.

„Es liegt kein Straftatbestand vor", erwiderte die Frau, erstmalig ausweichend, wie er registrierte. „In der Walpurgisnacht wird überall getrunken. Im Harz brennen hunderte von Feuern. Von hier kommen die Hexen …"

„Die Heilige Walpurga lebte im Kloster Heidenheim, und das liegt nicht im Harz", belehrte sie Hasso. „Aber Sie haben etwas ausgelassen, Frau Hauptkommissarin. Einen Hinweis gibt es doch. Verraten Sie mir den?"

Verwirrt zog die Frau die roten Brauen in die Höhe: „Wie kommen Sie denn darauf, Herr Germeyer?"

„Ich beobachte seit meiner Kindheit Menschen." Er leistete sich ein mattes Lächeln. „Ich bin, wenn Sie so wollen, ein Menschenflüsterer. Es war an einer Stelle unseres Gespräches unschwer zu erkennen, dass es eine Ungereimtheit gibt. Sagen Sie mir die auch noch?“

Die Frau setzte mit ihren langen Fingern einen kurzen Trommelwirbel auf die Tischplatte, dann sprach sie: „Herr Germeyer, ich hoffe, dass es sich nicht um Ihren Sohn handelt.“ Er sah an einem Blinzeln, dass sie bereits überzeugt davon war, und das stach tief in sein Herz. „Lassen Sie uns ersteinmal zum erkennungsdienstlichen Teil kommen. Es wird Ihnen nicht erspart bleiben, die Leiche anzuschauen. Fühlen Sie sich dazu in der Lage?“

„Was bleibt mir übrig?“, antwortete Hasso mit harter Stimme.

„Gut! Ich werde den Pathologen anrufen. Um acht Uhr. Der Tote liegt noch im Klinikum. So lange können Sie bei mir bleiben. Ich weiß, dass es für Sie sehr schwer ist.“ Mit ernstem Gesicht griff sie zum Telefonhörer und sprach kurzzeitig. Dann wandte sie sich wieder ihm zu: „Trinken Sie einen Kaffee mit mir?“

Er nickte stumm. Die Frau begann, an einer alten Kaffeemaschine zu hantieren.

„Theoretisch könnten Sie mir ja auch ein Foto zeigen“, redete Hasso drauflos, „aber ich glaube, ich will es gar nicht sehen. Obwohl, ich bin sicher, dass er es ist. Und Sie auch, Frau Hauptkommissarin. Wir sehen uns sehr ähnlich, und das haben Sie längst registriert.“

Die Frau sagte nichts und stellte ihm einen Becher Kaffee auf den Tisch. Es war erst sieben Uhr.

„Sagen Sie mir jetzt schon den weiteren Hinweis!“, meinte er mit leiser Stimme. „Ich bitte Sie darum!“

Die Frau schlürfte die heiße Brühe und sah dabei gar nicht wie ein weiblicher Bulle aus. Er bemerkte erst jetzt, wie intensiv grün ihre Katzenaugen waren, mit denen sie ihn prüfend musterte. Ziemlich hart stellte sie die Tasse ab: „Sie haben Recht! Auf dem Toten stand merkwürdigerweise eine Papiertüte mit Büchern. Das waren nicht irgendwelche Bücher, sondern es war der neue Roman eines Quedlinburger Autors. Den haben wir daraufhin vorgeladen und befragt. Er konnte uns glaubhaft darstellen, dass er mit dem Toten nichts zu schaffen hatte.“

„Wie?“, fiel er ihr erneut ins Wort. „Hat jemand anderes die Tüte darauf gestellt oder er? Wieso weiß er dann nichts von dem Toten?“

Die Hauptkommissarin konnte sich ein leichtes Grinsen nicht verkneifen: „Er war im Vollrausch. Der Tote lag an einer sehr dunklen Stelle vor einem Stadtturm. Der Autor hat dort gepinkelt, die Tüte abgestellt und sie vergessen."

„Und das glauben Sie ihm?", fragte Hasso entgeistert. „Ich hatte, ehrlich gesagt, mehr von Ihnen erwartet."

„Nun werden Sie doch nicht gleich komisch, Herr Germeyer!" Sie zog die roten Brauen bedrohlich zusammen. „In diesem Falle war der Autor dem Amte wohlbekannt. Wir konnten einen kriminellen Zusammenhang ausschließen."

„War er dem Amte sehr wohlbekannt?", erkundigte er sich spitzfindig.

„Sehr ...", meinte sie zögernd. „Ich glaube, wir müssen langsam zum Klinikum fahren."

„Sagen Sie mir bitte trotzdem noch den Namen dieses Autors?", fragte Hasso und blickte sehr direkt in ihre grünen Katzenaugen. „Es würde mir einige Arbeit ersparen."

„Wollen Sie auf eigene Faust ermitteln?", erkundigte sie sich misstrauisch. „Wir haben unsere Arbeit gut gemacht, Herr Germeyer."

„Nun werden Sie nicht komisch, Frau Hauptkommissarin", entgegnete er und lächelte sie an. „Nur für den Fall, dass der Tote mein Sohn ist, möchte ich vielleicht mit der allerletzten Kontaktperson noch einmal reden können. Mehr nicht."

„Okay!", erwiderte sie, wieder versöhnlich. „Er heißt Irenäus Moll. Das ist kein Geheimnis. Und wo er wohnt, erkläre ich Ihnen
unterwegs. Wir müssen jetzt einen schweren Weg gehen!"

Der Pathologe Hildebrandt war ein sehr freundlicher Mann im weißen Kittel. Er hatte naturgemäß ständig mit Leichen zu tun, aber auch, weniger oft, mit deren Hinterbliebenen. Der Tote war nicht in die Gerichtsmedizin überführt worden, da ein krimineller Akt scheinbar ausgeschlossen werden konnte. Als er Hasso Germeyer begrüßte, fiel bereits ein leichter Schatten über sein Gesicht: „Fühlen Sie sich in der Lage, den Verstorbenen anzuschauen? Sie müssen entscheiden, ob Sie ihn identifizieren können oder nicht."

„Ja!", ächzte Hasso und riss sich sichtlich zusammen. Nun kam der letzte Schritt, und ihm war klar, was das bedeutete. „Lassen Sie es uns bitte hinter uns bringen!"

Schweigend begaben sie sich in ein gekacheltes Untergeschoss des neuen WHO-Klinikums „Dorothea Erxleben", benannt nach der ersten deutschen Ärztin, die in Quedlinburg geboren wurde und hier gelebt hatte. Es war kalt. Hasso sah, dass die Hauptkommissarin fröstelnd die Schultern zusammenzog. Der Arzt zog einen langen Kühlbehälter aus der Wand, wie man es in Kriminalfilmen sieht. Auf der Unterlage bildete sich der Umriss einer menschlichen Gestalt unter einem weißen Tuch ab. Der Mann schaute Hasso fragend an: „Also?"

„Ja!", antwortete der mit gepresster Stimme.

Hildebrandt zog das Tuch vom Gesicht zurück. Hasso sah dort sich selbst liegen, mit ganz friedlichem Gesicht …

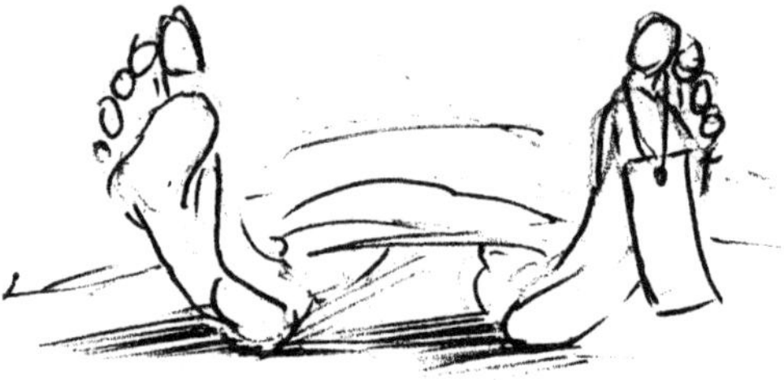

„Was werden Sie nun tun?", fragte die Hauptkommissarin, als sie ihn zu seinem Auto zurückfuhr.

Er war sehr gefasst. Eigentlich hatte er es ja bereits die ganze Zeit gewusst. Nun hatte er sich von Viktor verabschiedet für immer und alle Zeiten. Innerlich fühlte er sich leer. Trotzdem tat ihm die Gegenwart der Polizistin gut. Er hätte nicht gedacht, dass ihm eine solche Frau gefallen könnte. „Ich werde das tun, was der Doktor gesagt hat, alle Formalitäten für eine Freigabe und Überführung des Leichnams in die Rhön regeln. Ich hoffe, ich schaffe das alles morgen. Dann fahre ich schnellstens zurück und bereite das Begräbnis vor."

Die Frau blickte nach vorn auf die fast leere Sonntagmorgen-Straße: „Ich meinte eher den heutigen Tag. Suchen Sie sich eine Übernachtung? Wollen Sie wirklich noch Nachforschungen anstellen?" Die Hauptkommissarin bog in eine Straße ein, die von den berühmten Fachwerkhäusern gesäumt wurde. Plötzlich hielt sie an und fragte: „Wollen Sie den Ort sehen, an dem Ihr Sohn lag?"

„Oh, natürlich!", rief Hasso ganz überrascht.

Zwei Minuten später standen die beiden in der kleinen Sackgasse unterhalb der Stadtmauer. „Hier war es. Der Turm ist schon seit vielen Jahren eingerüstet. Ich habe mich darüber ein wenig kundig gemacht. Eigentlich sollte er restauriert werden, aber es fehlte bisher das Geld."

Hasso schwieg und schaute nach oben. Das Ganze sah ziemlich verwahrlost aus. Die Turmspitze besaß keine Deckziegel mehr und neigte sich bedrohlich zur Seite, so als wolle sie jeden Moment einstürzen. Maiengrün eroberte die Ruine.

„Er heißt Pulverturm", erklärte die Frau. „Früher gehörte das Grundstück der Verlegerfamilie Basse, deshalb wird der Turm auch Basseturm oder Sleker genannt. Heute ist das Grundstück hinter dieser Stadtmauer verkauft. Eigentlich müsste der Eigentümer sich verantwortlich fühlen."

„Hier lag er also", sinnierte der Mann und stieß mit dem Fuß einen Stein beiseite. „Ein merkwürdiger Platz. Und noch merkwürdiger ist, dass dieser Autor in der gleichen Nacht auch hier war. Wie finden Sie das?"

„Wir haben es ständig mit den außergewöhnlichsten Zufällen zu tun", erwiderte sie. „Es ist etwas merkwürdig, das gebe ich zu, aber wir schließen ein Verbrechen aus."

„Ein Verbrechen vielleicht", sagte Hasso und wandte sich zum Gehen, „aber einen anderweitigen Zusammenhang – den spüre ich ganz deutlich. Wo liegt übrigens der Markt?"

„Eine Straße weiter", antwortete die Hauptkommissarin. „Ich werde versuchen, die Frage nach dem Verbleib seines Gepäcks zu klären. Gleich nachher werde ich mich mal mit der Mutter in Allrode unterhalten. Ich ahne, dass die Kinder nicht nur das Handy gefunden haben. So, ich setze Sie jetzt beim Auto ab. Wo werden Sie Quartier nehmen?"

„Im Auto", erwiderte er lapidar. „Aber jetzt besuche ich erstmal den Autor."

Die Frau blickte ihn für einen Moment ziemlich skeptisch an, sagte aber nichts. Dann ließ sie ihn aussteigen: „Viel Glück!"

„Danke!", gab er zurück und druckte ihre Hand. „Es war richtig schön mit Ihnen. Hätten Sie Lust, heute Abend ein Bier mit mir zu trinken?"

„Oh!", lachte sie. „Das kommt auf meine Müdigkeit an. Hm! Ganz abgeneigt wäre ich nicht. Fifty fifty – ich rufe Sie gegen Abend an. Aber seien Sie nicht sauer, wenn ich dann schlafen muss!"

„Ich werde nicht sauer sein", erwiderte er und drehte sich zu seinem Volvo. „Bis bald, Frau Hauptkommissarin!"

Es war früher Vormittag, nicht ganz zehn Uhr. Hasso wartete, bis die Frau nicht mehr zu sehen war, dann startete er den Volvo. Sie hatte ihm doch noch erklärt, wo dieser Schriftsteller wohnt. Nachdem er sich einmal verfahren hatte, langte er an der Stelle an, wo der grasige Feldweg von der Straße zwischen Quedlinburg und dem kleinen Dorf Warnstedt nach rechts abzweigte. Es ging ein wenig bergauf, zwischen einem Acker und einem Waldstück. Betonmasten zeigten an, dass Grundstücke mit Elektrizität versorgt wurden, obwohl nirgends ein Haus zu sehen war. Schließlich erreichte er die Einfahrt, kurz vor dem Rand des ausgedehnten Forstgebietes, das er schon seit einer Weile von weitem wahrnahm.

Er parkte das Auto dicht neben der schmalen Fahrspur, aber nicht direkt vor der Einfahrt, und stieg aus. Abgesehen von der alles durchsetzenden Trauer um Viktor, beschlich ihn nun ein zusätzliches ungutes Gefühl. Langsam ging er den Weg weiter bis zum Rand des großen Kiefernforstes. Was wollte er hier eigentlich erfahren? Zwischen Wild- und Obstbäumen, Buschwerk und Stauden erahnte er jetzt in dem Grundstück die Umrisse eines Gebäudes. Es war ein nicht sehr großes Haus mit einem Nebengebäude. Das Grundstück schien sehr groß zu sein und war von einem Maschendrahtzaun umgeben. Nun gut, er würde sehen, was diese Begegnung bringen würde. Entschlossen durchschritt er die offen stehende Einfahrt. Die späte Morgensonne warf flirrende Schatten der Büsche auf den Fahrweg.

Plötzlich ertönte lautes Hundegebell. Gleich darauf stand ein schwarzer Altdeutscher Schäferhund vor ihm und stieß ein paar

Beller aus. 'Du hast mich aber spät bemerkt', dachte Hasso, der sich vor Hunden nicht fürchtete. Er ließ den Schwarzen an sich herankommen und sich beschnuppern. Ein Menschenhund, registrierte er, die taten einem nie etwas. Gemeinsam betraten sie den Hof hinter den Büschen. Nun sah er das Haus von der Nähe.

Davor standen ein rustikaler Holztisch und einige Sitzgelegenheiten. Auf einer davon saß ein kräftiger Mann mit gesenktem Kopf. Lange Haarsträhnen fielen so herab, dass man sein Gesicht kaum erkennen konnte. 'War das dieser Irenäus Moll?', dachte Hasso, irgendetwas stimmt gerade nicht mit ihm. Kam er zum falschen Zeitpunkt? Vorsichtig sagte er: „Guten Morgen! Herr Moll?"

Der Sitzende hob etwas schwerfällig den Kopf und warf einen verwirrten Blick auf Hasso. Seine Pupillen wirkten irgendwie unnatürlich. Er steckt in einem Rausch, dachte Hasso. Dann sagte der Mann: „Guten Morgen! Ja, der bin ich. Was ist Ihr Begehr?"

Nun ebenfalls etwas verwirrt, erwiderte Hasso: „Entschuldigen Sie bitte die Störung am Sonntag, aber ich muss Ihnen eine dringende Frage stellen. Haben Sie einen Moment Zeit für mich?"

„Ja, habe ich", meinte Moll und dehnte die Arme im Sitzen. Dann warf er einen Blick zum Himmel. „Oh, Gaia, es ist ja schon fast Mittag! Dann müsste ich doch erstmal etwas zu mir nehmen. Wollen Sie einen Kaffee? Ach nein, das dauert zu lange. Ich müsste erst den Herd heizen. Kommen Sie, trinken Sie ein Morgenbier mit mir. Sie sehen erheblich gestresst aus, wenn Sie mir die Bemerkung gestatten. Und: Des morgens in der Frie schmeckt das Bier wie Hienerbrieh!" Ohne auf eine Erwiderung zu achten, erhob er sich ächzend und ging ins Haus.

Hasso schwieg ergeben. Die Situation mutete zwar ziemlich skurril an, aber der Mann gefiel ihm, vielleicht deshalb, weil er ebenso ein einsamer Waldbewohner war wie er. Gleich darauf kam Moll wieder ins Freie, in den Händen zwei Flaschen Hasseröder und zwei Gläser, die er schweigend auf dem Tisch platzierte. Nachdem er eingegossen hatte, hob er kurz das Glas zum Wohle und trank es dann in einem Zuge aus.

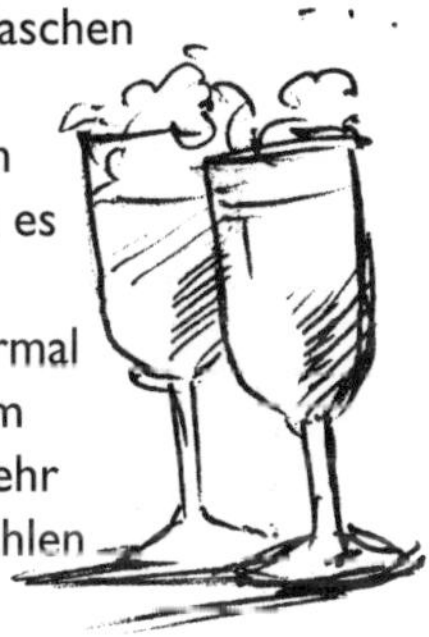

„Ah!", machte er. Seine Pupillen sahen nun normal aus. „Ich bin heute ein wenig indisponiert. Bitte um Entschuldigung! Die vergangene Nacht war von sehr merkwürdigen Ereignissen geprägt. Aber nun erzählen Sie bitte, Herr …?"

„Hasso Germeyer", beeilte sich dieser zu antworten. „Um es kurz zu machen. Mein Sohn wurde am Ersten Mai tot
aufgefunden, hier in Quedlinburg. Ich habe das erst in der letzten Nacht erfahren und war bis jetzt bei der Polizei und im Klinikum zur Identifizierung. Man sagte mir, dass Sie in gewisser Weise mit dem Toten, also meinem Sohn, in Berührung gekommen sind. Und da wollte ich …"

„Das kann Ihnen doch nur Rita erzahlt haben!", lachte Moll auf. „Entschuldigen Sie, noch mein herzliches Beileid! Aber die Frau Hauptkommissarin hat damit eindeutig ein Dienstgeheimnis ausgeplaudert. Sie müssen ihr wirklich gut gefallen haben, sonst hätte sie's nicht getan."

„Oh, ich wusste nicht, dass Sie sich so gut kennen", meinte Hasso verwundert. „Aber es geht hier schließlich um Menschen und um einen herben Verlust. Ich wusste nicht, dass die Frau Rita heißt. Jedenfalls erzählte sie mir von der Tüte mit Büchern, sie zeigte mir die Fundstelle und ist im Augenblick gerade dabei, den Rucksack meines Sohnes zu suchen. Er hatte ja nichts mehr bei sich. Kinder haben angeblich nur sein Handy auf dem Marktplatz gefunden. Soweit ist der Stand der Dinge. Und nun dachte ich, dass Sie vielleicht doch noch irgendeine andere Erinnerung haben. Ich habe das so im Gefühl …"

„Das ist wirklich traurig!", antwortete Moll mit echtem Mitgefühl in der Stimme. „Aber ich kann mich einfach nicht an Ihren Sohn erinnern. Zwar habe ich bei Ihnen so ein vages Gefühl, als wären wir uns schon einmal begegnet, aber vielleicht kommt das auch nur daher, dass Sie dem Foto Ihres Sohnes so sehr ähneln. Es kommt dazu, dass ich in dieser Nacht einen meiner ganz seltenen Filmrisse erlebt habe …"

„In welcher Kneipe waren Sie denn?", unterbrach Hasso seine Rede.

„In gar keiner", gab der andere bereitwillig Auskunft. „Es war eine halbprivate Disco im sogenannten Wipertihof. Ich weiß nur, dass ich ziemlich lange an der Bar stand."

„Das ist doch schon was!", rief Hasso aufgeregt. „Die Hauptkommissarin hatte nämlich keine Ahnung, wo mein Sohn in seiner Todesnacht gewesen sein konnte. Vielleicht kennen Sie ihn ja von diesem Wipertihof und haben ihn dort unterbewusst wahrgenommen! Wäre das möglich?"

„Hm!", machte der Mann gerade.

Da ertönte ein erstaunter Ruf von der Haustür her: „Viktor! Was machst du denn hier?"

Hasso fuhr wie von der Tarantel gestochen herum. In der Haustür stand plötzlich eine Frau, mit einem Arm an den Türpfosten gelehnt. Ihre Pupillen sahen ebenfalls unnatürlich geweitet aus, was die Wirkung der dunklen Augen noch erheblich verstärkte. Sie war hübsch anzusehen, mit dunklem Teint und schwarzen Haaren. Bekleidet war sie, wie es schien, nur mit einem langen jagdgrünen Männerhemd, das schief geknöpft war und bis zu den Schenkeln hinabreichte.

Die Frau kam an den Tisch und blickte ihn an: „Oh, Verzeihung, ich habe mich wohl geirrt, aber es besteht eine erstaunliche Ähnlichkeit mit einem Bekannten."

Hasso sah, dass Moll ebenso erstaunt dreinschaute wie er, und kam ihm schnell mit einer Frage zuvor: „Das ist schon richtig! Viktor war mein Sohn. Bitte sagen Sie mir, woher Sie ihn kennen!"

„Na so was!", sagte die Frau und ließ sich auf einen dritten Stuhl sinken. „Er stand in der Walpurgisnacht an unserer Bar. Wir haben uns ein bisschen unterhalten. Ich habe mir seinen Namen nur gemerkt, weil ich Vicky heiße. Viktor und Vicky, verstehen

Sie? Dann kam dieser Typ da, und ich habe Viktor aus den Augen verloren. Aber wieso war?"

„Wieso er mein Sohn war?", fragte Hasso traurig zurück. „Weil er in jener Nacht gestorben ist."

„Waaas?", schrie Vicky und sprang vom Tisch auf. „Das kann doch nicht wahr sein! Er war doch sehr lebendig, außer, dass er ständig geniest hat. Irenäus! Du warst doch dabei! Sag du mal was!"

Der Hausherr machte ein frustriertes Gesicht und knurrte: „Vicky! Wo kommst du eigentlich her?"

„Aus deinem Schlafzimmer, falls du dich nicht erinnerst. Was hast du mit mir angestellt, Mann?", fragte sie, halb lustig und halb unwirsch. „Was war heute Nacht? Ach, egal, das regeln wir später. Also, was geschah mit Viktor?"

Beide Männer berichteten der Frau, welche Tragödie sich abgespielt hatte. Dazu tranken sie ein weiteres Morgenbier. Es stellte sich heraus, dass Irenäus Moll den jungen Viktor zwar gesehen hatte, dass es aber zu keinem Kontakt kam. Eine Sequenz des Gesprächs kam Hasso allerdings ungereimt vor. Als er fragte: „Was passierte denn mit Viktor, nachdem Sie sich nicht mehr mit ihm unterhielten?"

Irenäus Moll antwortete: „Er unterhielt sich mit der anderen weiter."

„Mit welcher anderen?", hakte Hasso schnell nach.

Ehe der Mann etwas erwidern konnte, rief Vicky schnell, und
dabei flatterten ihre Augen ein wenig aufgeregt: „Er sprach dann mit irgendeiner anderen Frau und war bald darauf verschwunden. Da ich jedes Glas einzeln abkassiert habe, verlor ich ihn aus den Augen."

„Und wer war die andere Frau?", erkundigte sich Hasso eindringlich. Er schaute seine beiden Gegenüber an. Irenäus verzog das Gesicht kurzzeitig zu einer indifferenten Grimasse, und Vicky meinte mit sehr bestimmter Stimme: „Wirklich keine Ahnung, wer das war!"

Damit verlief das Gespräch langsam im Sande. Hasso bemerkte, dass die beiden etwas ungeduldig wurden. Sie schienen etwas miteinander besprechen zu wollen. Ehe er dazu aufgefordert wurde, erhob er sich und sagte: „Lieber Herr Moll, liebe Vicky! Es hat mir hier sehr gut gefallen, und Sie haben mir sehr geholfen. Nun weiß ich, wo mein Sohn die letzten Stunden seines Lebens verbracht hat. Ich breche jetzt auf. Morgen wird ein schwerer und anstrengender Tag für mich. Auf Wiedersehen!"

Das reichlich merkwürdige Pärchen verabschiedete ihn sehr freundlich und mit herzlichem Mitgefühl.

Es war inzwischen bereits früher Nachmittag. Er lenkte sein Auto auf einen einsamen Waldweg. Auf einmal merkte er, dass er todmüde war. Inzwischen hatte er fast sechsunddreißig Stunden nicht geschlafen. Irgendetwas fehlte an der Geschichte des Irenäus Moll, das spürte er sehr stark und lehnte sich zurück. Dabei schlief er bereits ein.

Ein Handygeräusch weckte ihn aus schweren Träumen. Es war sein eigenes Handy. Er zog es hervor und warf dabei einen Blick durch das Autofenster in die Umgebung. Die Stämme der Bäume wurden von einer niedrigen Sonne golden angestrahlt. Er hatte sehr lange geschlafen. Mit steifen Gliedern drückte er die grüne Taste: „Germeyer!"

„Hallo, Herr Germeyer!", sagte eine bekannte Stimme. „Ich hatte mich schon auf unseren Abend gefreut, aber leider wird nichts daraus. Ich sitze im Auto und fahre zu einer schweren Vergewaltigung. Damit ist der Tag gelaufen. Also, seien Sie mir nicht gram, aber so was ist Schicksal."

„Ich bin Ihnen nicht gram, Rita", erwiderte er mit ruhiger Stimme.

„Woher kennen Sie meinen Vornamen?", rief die Frau am anderen Ende. Dann lachte sie. „Sie haben tatsächlich diesen

Schwätzer Irenäus getroffen! Stimmt's? Dann nenne ich Sie eben jetzt auch Hasso."

„Es stimmt", sagte er. „Und ich habe eine ganze Menge erfahren. Viktor war am letzten Abend in der Wipertidisco. Das weiß ich allerdings von einer Frau, die in dieser Nacht dort Bardame war."

„Und wie haben Sie die kennengelernt?", erkundigte sich Rita neugierig.

„Sie kam aus Herrn Molls Behausung", lachte Hasso leise. Dass beide nicht ganz clean waren, verschwieg er aus Gründen der Loyalität zu seinen Gastgebern.

„Dieser unmögliche Kerl und seine ewigen Weiber!", ereiferte sich die Frau. „Na, egal! Ich muss jetzt gleich aufhören. Für morgen wünsche ich viel Glück, Hasso! Sehen wir uns mal wieder?"

„Ich glaube, ich kehre nach Quedlinburg zurück", meinte er. „Wir werden uns wiedersehen. Es war schön, dich kennengelernt zu haben, Rita!"

„Auf Wiedersehen, Hasso!", rief sie temperamentvoll, dann piepte das Handy desorientiert.

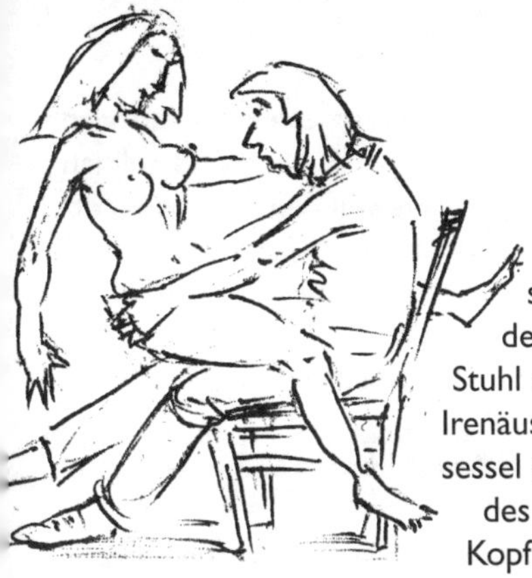

X

Als Hasso Germeyer zwischen den Büschen verschwunden war, sprang Vicky von ihrem Stuhl auf und umrundete den Tisch. Irenäus saß ruhig in seinem Gartensessel und blickte dem Phantombild des Gastes nach. Sie nahm seinen Kopf in beide Hände und küsste ihn schnell auf die Stirn. Dann fragte sie aufgeregt: „Erinnerst du dich wirklich nicht an die letzte Nacht?"

„Doch, ich erinnere mich jetzt wieder", lächelte er und legte einen Arm um ihre Taille. „Wir haben es miteinander getrieben."

„Wir haben es getrieben wie die Wahnsinnigen!", rief sie und versuchte, sich rittlings auf seine Oberschenkel zu setzen. Aber das ging nicht wegen der Sessellehne.

Er rutschte etwas nach vorn und umfasste ihren Hintern mit beiden Händen. Dann zog er sie auf seine Knie: „Ich weiß nur nicht, wie du hierher gekommen bist. Ich glaube, ich sitze schon seit Sonnenaufgang hier draußen."

Vicky beugte sich nach vorn und bewegte ihre Zunge kurz vor seinem Gesicht. Dann flüsterte sie: „Ich bin dir nachgeeilt, hab deine Spur gerochen. Und dann war ich in deinem Bett, da ging es weiter. Wir sind geflogen wie die Vögel!!"

„Oh!", murmelte Irenäus und erwischte ihre Zunge mit den Lippen. Sehnsüchtig drang sie in seinen Mund ein. Doch nach einer kurzen oralen Auseinandersetzung zog sie den Kopf nach hinten und machte sich von ihm los.

„Nichts ist!", befahl sie. „Ich muss sofort nach Hause. Wenn Franz das erfährt, bringt er mich um. Er ist extrem eifersüchtig." Aufgeregt lief sie um den Tisch. „Ich weiß gar nicht, was ich ihm erzählen soll. Los, erfinde eine Geschichte, du geiler Poet!" Sie langte wieder bei ihm an.

„Dein Hemd ist schief geknöpft", grinste Irenäus und ergriff sie blitzschnell. Mit einer Hand machte er die Knopfleiste auf. Ihr gebräunter Körper kam in aller Pracht zum Vorschein, die dunkelbraunen Nippel reckten sich ihm entgegen. Gerade als seine sensiblen Finger nach ihrer linken Brust griffen, klingelte das Handy in einer der Hemdtaschen. Nach einem wohligen Stöhnen, wand sie sich aus seinen Armen und sprang einen Schritt nach hinten. „Es ist bestimmt Franz!", rief sie in Panik. „Was soll ich ihm sagen? – Nein, es ist Adelheid. Was will die?" Sie nahm ab: „Adelheid? Was ist los? ... In was für einen Schacht? ... Oh, Scheiße! ... Wir kommen! Hast du Franz auch angerufen? ... Gott sei Dank! Dann tue es bitte nicht! Der braucht nicht zu wissen, wo ich bin! ... Bei Irenäus ... Adelheid!" Vicky wandte sich dem Mann zu: „Sie hat aufgelegt."

„Was war denn nun wieder?", fragte Irenäus und streckte die Arme verlangend nach ihr aus.

Sie stellte sich neben ihn, sodass er ihren nackten Körper umfangen konnte. „Sylvia ist in einen Schacht gefallen. Zum Glück hat Hannelore sie gefunden, bevor es jemand anderes bemerkt hat. Nun sollen wir sie sofort retten."

„Aaaach!" Irenäus stöhnte tief und tätschelte dabei ihre straffen Arschbacken. „Was für ein Schacht? Etwa die Höhlenentlüftung auf der Altenburg?"

„Ich kenne das alles nicht", erwiderte Vicky melancholisch. „Ich weiß nur, dass Franz mich ermordet, wenn er mich zu fassen kriegt. Ja, es war wohl die Altenburg."

„Ist doch prächtig!", frohlockte Irenäus. „Du warst bei der Rettungsaktion beschäftigt, nachdem du irgendwo im unbekannten Wald erwachtest. Bloß, wie kriegen wir die da raus? Das ist gar nicht so ..."

Er wurde in seinen Überlegungen unterbrochen, als Titus mit einem lauten Freudengeheul aufsprang und zum Eingangsgebüsch raste. Fiepend kam ihm Brackendame Birka entgegen. Resigniert sagte Irenäus, ohne die Tätschelei einzustellen: „Ich glaube, wir kommen heute nicht mehr dazu ..."

„Es waren schon mindestens achtmal", kicherte die Frau und wollte sich von ihm befreien.

Aber da trat bereits Karl Wabenmond durch die Büsche und musterte das Paar: „Oh, Verzeihung! Ich wusste nicht, dass du nicht allein bist ..." Seine Augen wanderten über Vickys Körper. Das grüne Männerhemd stand noch sperrangelweit offen. Dann blickte er schnell Irenäus an: „Störe ich?"

„Nein, überhaupt nicht", sagte der Freund grinsend und schloss Vickys Hemd mit einer theatralischen Handreichung. „Du kommst genau im richtigen Augenblick. Wir haben nämlich einen Notfall."

„Sieht ganz danach aus!", musste Karl laut auflachen. „Um was geht's denn?"

„Eine Freundin von uns ist wahrscheinlich in den Luftschacht auf der Altenburg gefallen", erklärte Irenäus etwas verlegen. „Nun müssen wir sie wieder rausholen."

„Ein typischer Fall für das Technische Hilfswerk", erwiderte Karl mit todernster Miene und zog sein Handy hervor.

„Ach, nun lass doch den Scheiß!", rief Irenäus schnell. „Sie möchte kein Aufsehen erregen! Kannst du das nicht verstehen? Es ist ihr peinlich. Wir wollten gerade hinfahren. Bloß – es wird nicht so einfach sein. Hilfst du uns?"

„Das verstößt aber gegen das Gelübde", sagte Karl spitz und steckte das Handy wieder ein.

„Was für ein Gelübde?", erkundigte sich Vicky und schaute die Männer mit großen Augen an. „Irenäus, was läuft hier eigentlich?"

„Nichts!" Irenäus lächelte sie liebevoll an. „Der Mann ist der Förster dieses Waldes und mein Freund. Wenn er uns nicht hilft, schaffen wir es vielleicht nicht, Sylvia zu retten. Er ist der Praktiker. Am besten, du ziehst dich jetzt an, und wir eilen dorthin, ehe Adelheid irgendeinen Schwachsinn anstellt."

„Na gut, der Förster", wiederholte die Frau, ein wenig pikiert. „Ich habe aber ein ganz anderes Problem." Die Männer blickten erwartungsvoll auf ihren schönen Körper. Vicky verschränkte die Arme über der Brust: „Hört doch auf zu glotzen! Dankeschön! Ich habe nichts anzuziehen … meine Klamotten sind weg! Ich weiß auch nicht …" Ihr Gesicht wurde noch dunkler.

„Ach ja!" Karl Wabenmond griff sich mit gespielter Geste an den Kopf. „Deshalb bin ich ja eigentlich hier. Ich habe da ein paar Kleidungsstücke im Wald aufgesammelt, und da ich euch beide so vertraut im Mondschein beieinander sah, dachte ich mir …"

Vicky bedachte den Förster mit einem konsternierten Blick, der gar nicht mehr aufhörte.

Irenäus musste heftig lachen, dann erklärte er ihr: „Es ist eben sein Wald. Da findet er so manches."

Karl war zur Einfahrt gegangen und kam gleich darauf mit einem Bündel Kleidung. Das überreichte er Vicky.

„Danke! Sehr aufmerksam!", meinte die und funkelte ihn spöttisch an. Dann verschwand sie im Haus.

„Oh, Mann!", fing Karl an, als sie verschwunden war. „Was treibst du da eigentlich, Irenäus? Bist du jetzt unter die Teufelsanbeter gegangen?"

„Ach, Quatsch!", sagte dieser und schaute fragend. „Wie kommst du darauf?"

„Wenn der ganze Wald nach Qualm riecht, fällt es ja wohl nicht schwer, euch zu finden“, erwiderte der Förster betont gelassen. „Ich kam gerade am Ende eurer Zeremonie an und bin dir dann gefolgt, um dich zu retten. Aber du benötigtest keine Hilfe.“

„Du hast alles gesehen“, flüsterte Irenäus. „Wie weit bist du hinter uns her? Hast du gesehen …“

„Du hast sie gerammelt wie ein Satyr! Aber ich bin dann gegangen“, grinste Karl. „Willst du deinen alten Freund nicht langsam mal einweihen, ehe du dich total in diese Welt verrennst?“

„Es ist ein Experiment“, versuchte ihn der Freund zu beruhigen. „Aber es wird wohl Zeit, dass wir dich einweihen. Es werden sowieso immer mehr Leute.“

Karl blickte sehr skeptisch drein: „Ich weiß gar nicht, ob ich das überhaupt wissen will.“

„Heute ist genau der richtige Zeitpunkt!“, beschwor ihn Irenäus. „Du hilfst uns bei der Rettung dieser Frau, und dann bist auch du unser Vertrauter. Es geht um Hexenwissen. Die beiden Frauen, die du schon gesehen hast, haben einen Trank nachgemixt …“

„Erzählst du ihm gerade alles?“, fragte Vicky von der Haustür her. „Bist du sicher, er sollte das wissen?“

„Ich wollte ihn sowieso als Nächsten einweihen“, antwortete

Irenäus fest. „Er ist zuverlässig und verträgt manche Härte, während ich mir da bei euren drei anderen Auserwählten nicht so sicher bin.“

„Los, lass uns fahren!“, sagte die Frau. „Ich habe niemanden ausgewählt. Das waren Franz und Adelheid. Ich halte mich da raus.“

Sie stiegen in Karls Jeep und rumpelten durch den Wald. Birka und Titus waren natürlich mit von der Partie. Einen Kilometer vor Quedlinburg ging der Eselstallforst in die sogenannte Altenburg über. Das war eine reine Definition, denn Wald blieb Wald. Auf der Höhe der Altenburg stand ein alter Wartenturm, und früher soll es hier vielleicht einmal eine bronzezeitliche Wallanlage gegeben haben, eben die Alte Burg. Oberhalb der Straße nach Quedlinburg schlummerte ein Höhlensystem im Sandstein. Hier hatte man im Zweiten Weltkrieg mancherlei eingelagert, unter anderem die Domschätze von Halberstadt und Quedlinburg. Das ist eine lange Geschichte. Nachdem die letzten Zugänge zu Beginn der achtziger Jahre des vorigen Jahrhunderts von der Staatssicherheit gesprengt wurden, existierten nur noch zwei Luftschächte, durch die man theoretisch in die Höhlen einsteigen konnte. Aber eigentlich nur theoretisch …

Doch Sylvia schien es auch praktisch geschafft zu haben!

Karl Wabenmond lenkte den Jeep zwischen den Ulmen einer alten Allee bis fast an den Luftschacht. Eilig stiegen sie aus. Irenäus sah sofort, dass Adelheid und Hannelore bereits vor Ort waren. Jemand anderes war nicht zu sehen. Das war ihm recht. Sie gingen auf die beiden Frauen zu und begrüßten sie. Hannelore lachte erleichtert auf, aber Adelheid musterte sie mit sehr kritischen Blicken. Ihre blassen Augen blitzten ihre Freundin Vicky an, danach schauten sie ungehalten auf Karl, und als der sich anschickte, den Luftschacht zu begutachten, drängte sie sich an Irenäus und zischte: „Musste das sein, dass du diesen Förster mitbringst?“

‘Es geht schon wieder los’, dachte Irenäus, ‘was bringt diese Frau nur immer so in Rage?’ Laut erwiderte er: „Ja, es musste sein. Es wurde sowieso Zeit, ihn einzuweihen. Er war heute Nacht Zeuge unseres Treibens. Der Rauch des Feuers hat ihn angelockt. Ich denke, in ihm werden wir einen guten Mitstreiter haben.“

Adelheid verzog übelgelaunt die sinnlichen Lippen: „Und wieso ist Vicky noch bei dir? Gehört die nicht nach Hause zu Franz? Du bringst hier alles durcheinander, Irenäus.“

„Höchstens deine Fasson der Dinge“, knurrte er zurück. „Du hast mich ja harsch von deiner Seite gestoßen. Daran kann ich
mich gerade noch erinnern.“

„Na, das wäre ja auch noch schöner gewesen!“, zischte sie und schüttelte empört die graublonden Haare.

Er wandte sich ab und trat an den Luftschacht. Dieses Gebilde ragte aus dem felsigen Waldboden wie ein seltsamer Schornstein, fast zwei Meter hoch, quadratisch und aus grauen Sandsteinen gemauert. Wenn man sich über den Rand lehnte und hineinschaute, sah man etliche Meter in die Tiefe und erblickte einen kleinen Ausschnitt des Höhlenbodens, auf dem heruntergefallenes Astwerk lag. Karl war vor mehr als fünf Jahren bereits in dieser Höhle gewesen. Damals ging es um den sehr merkwürdigen Fall der Superfrucht, einer von Professor Tackert gezüchteten Chimäre aus Tier und Pflanze. Irenäus und sein Freund waren damals nur knapp dem Tode entronnen. Zeitweise gab es zu jener Zeit sogar einen bequemen Zugang in die Höhle, der aber wieder verschlossen wurde. Gefahrenabwehr! Das war das Totschlagswort für alle extravaganten Situationen in dieser

Stadt. „Möchten Sie, dass Ihre Kinder sterben???“ Besonders ein Beamter, der jede zweite Gasse mit Pollern versah und jedwede Situation für gefährlich hielt, glänzte in der Nivellierung von Besonderheiten. Nun endlich, zwanzig Jahre zu spät, hatte man ihn in den Ruhestand versetzt.

Karl Wabenmond hatte bereits einen Fachdialog mit der gefangenen Sylvia aufgenommen. Irenäus mischte sich nur kurz ein, um ihr zu erklären, dass dieser Mann in ihrem Sinne wirkte. Die treue Sylvia war ihrem Gelübde nämlich mit absolutem Gehorsam gefolgt und hatte nicht panisch um Hilfe geschrien. Daher hatten die Götter ein kleines Wunder vollbracht, indem sie ihre Freundin Hannelore genau an diesen Ort lenkten. Oder? Hannelore hatte im Mondschein gesehen, wie die schmale Frau auf dem Rand des Luftschachtes balancierte. Mit ausgebreiteten Armen und dabei ein Lied singend. Allerdings hatte sie sich erst mehrere Stunden später wieder an diese fatale Situation erinnert. Dann war sie schnell dorthin zurück gelaufen. Und tatsächlich hockte Sylvia am Höhlenboden, fast unversehrt, nur ihr Fuß tat weh. Das kam sicherlich daher, dass die Energie beim Aufprall stark von der Körpermasse abhängt! Allerdings hätte Hannelore möglicherweise gar nicht durch den Schlot gepasst.

Karl kam inzwischen vom Jeep zurück. Er rief in das Loch hinunter: „Ich werfe dir jetzt ein starkes Seil zu. Das bindest du dir mit einer Schlaufe um den Hintern und hältst dich daran fest. Dann ziehen wir dich rauf. Okay?“

Ein etwas klägliches „Okay!“ tönte nach oben.

Karl hatte zum Glück auch eine schwere Brechstange dabei, die sie als provisorische Umlenkrolle auf die Randsteine legten. Dann wurde vorsichtig gezogen. Schließlich tauchte Sylvias Kopf mit ziemlich verbissener Miene über dem Rand der Öffnung auf. Irenäus konnte sich ein Grinsen nicht verkneifen und wurde dafür von Adelheid mit einem strafenden Blick bedacht. Doch dann war es geschafft. Alle gemeinsam hoben die dünne Frau auf den Waldboden. Nun musste auch die lachen. Sie stieß ein dankbares und sehr erleichtertes Gelächter aus, in das selbst Adelheid einstimmte.

'Na also, geht doch!', dachte Irenäus.

„Wie geht es deinem Fuß?", erkundigte sich Hannelore.

Die Gerettete zeigte den Knöchel, der zwar angeschwollen war, aber nicht gebrochen, wie ihr auch Karl als geübter Förster attestierte. Freudig sagte er: „Du bist eine echte Katze!"

Sylvia lachte ihn strahlend an mit ihren blauen Augen.

„Wir fahren dich gleich nach Hause", empfahl er, und sie legte kokett den Kopf schief. „Einen Platz haben wir noch im Jeep."

„Einen Moment!", unterbrach Adelheid diesen vertrauensseligen Dialog. „Liebe Sylvia, ich bin stolz auf dich! Du hast so tapfer ausgeharrt und unser kleines Geheimnis gewahrt. Wer weiß, ob das jeder von uns so gemacht hätte." Ein sehr kurzer Seitenblick traf Irenäus. „Die Gemeinschaft dankt dir dafür!" Leises Schmunzeln bei den anderen. „Und ich möchte noch schnell, ehe ihr abfahrt, unseren neuen Freund Karl begrüßen. Bestimmt hat dir Irenäus schon erzählt, dass wir uns ein wenig mit uraltem Wissen beschäftigen. Das ist manchmal ganz schön gewagt. Manche Leute würden das vielleicht nicht verstehen. Deshalb wäre es von Vorteil, wenn du all das, was du gesehen hast, für dich behalten würdest. Bist du damit einverstanden?"

„Lege ich jetzt das Gelübde ab?", grinste der Förster frech. „Und werde ich dann Mitglied der Gemeinschaft?"

„Nimm das nicht auf die leichte Schulter!", ermahnte ihn die schmale Frau. „Wenn du zu uns gehören willst wie dein Freund
Irenäus, solltest du jetzt Schweigen geloben! So haben wir es alle getan. Und es kann sein, dass die Gottheit Sylvia extra ausgewählt hat, um uns, ohne ihr ein tieferes Leid zuzufügen, zu zeigen, wie wichtig es ist, dass man diesem Gelübde auch treu bleibt, wenn man einmal in eine schwierige Lage gerät."

'Sehr gut gedreht', dachte Irenäus. Karl schienen ähnliche Gedanken durch den Kopf zu gehen, aber er machte ein ernstes Gesicht und intonierte: „Liebe Freunde, ich sage euch hiermit aus ganzem Herzen zu, dass ich über alles, was ich in dieser Gemeinschaft erlebe, Schweigen bewahren werde."

„Danke!", stieß Adelheid schlicht und befriedigt hervor.

„Wartet!", meldete sich da Sylvia zu Wort. „Zuerst möchte ich euch allen für die schnelle Rettung danken. Es war wirklich nicht so schlimm da unten, und ich habe etwas gesehen, was fast allen Quedlinburgern unbekannt sein dürfte – die Altenburghöhle von innen. Wow! Vor allem aber war diese Nacht für mich wunderschön! Ich würde diese Erfahrung am liebsten sehr bald vertiefen. Wie wäre es am nächsten Wochenende, vielleicht an einem anderen mystischen Ort?"

„Das geht aber ziemlich schnell!", mischte sich Vicky ein. „Wollen wir uns nicht einige Stunden Bedenkzeit gönnen?"

„Sie hat recht", befahl Adelheid. „Wir reden in der kommenden Woche darüber. Bist du einverstanden, Sylvia?"

„Ja, ja, das stimmt", lenkte diese schnell ein. „Es war nur so eine Idee."

„So!", sagte nun Karl und streckte der Verletzten den Arm hin. „Wir fahren jetzt zu Sylvia. Kommt ihr wieder mit, Irenäus und Vicky?" Die beiden schauten sich an. Vicky biss sich lächelnd auf die Lippe: „Ich muss jetzt sehr schnell zu Hause sein. Franz wird schon lange auf mich warten."

„Vicky!", knörgelte Adelheid plötzlich. „Wenn wir ganz schnell durch den Brühl laufen, sind wir in kürzester Zeit bei dir zu Hause. Ich wollte nämlich noch etwas mit dir besprechen. Was hältst du davon? Vielleicht nimmt Karl an deiner Stelle Hannelore mit. Die ist am längsten von uns auf den Beinen."

„Das wäre nicht schlecht", bestätigte Hannelore diese Idee.

„Wenn es sein muss!", gab sich Vicky geschlagen. Trotzig ging sie zu Irenäus und gab ihm einen schnellen Kuss auf den Mund. Dann drehte sie sich um und sagte zu Adelheid: „Komm, Chefin!"

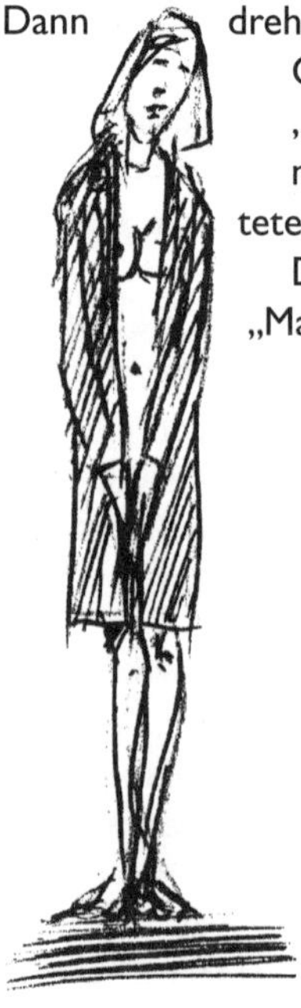

„Ich gehe auch zu Fuß nach Hause. Es ist ja nicht weit", rief ihr Irenäus nach und betrachtete einen Moment ihren schwingenden Hintern.

Dann sagte er zu den Zurückgebliebenen: „Macht's gut, Freunde!"

XI

Gemeinsam schweigend, traten die beiden Frauen den Heimweg an. Von der Altenburg führt eine schmale Spitzkehre hinunter zur Straße nach Quedlinburg. Adelheid schob ihr Bike vorneweg, und Vicky lief hinterher. Sie hatte Muskelkater von den Eskapaden der vergangenen Nacht, und außerdem war sie stinksauer wegen dieser versnobten Möchtegern-Chefin vor sich. Sie überquerten die Straße und erreichten kurz darauf die Straße neben der Brühlwiese. Einige Meter von ihnen entfernt floss die Bode, das Flüsschen, das von den wilden Schluchten des Harzes hinabrauscht und anschließend beruhigt das Quedlinburger Urstromtal durchplätschert.

Adelheid setzte sich nun neben Vicky: „Was ist los? Warum sagst du nichts?"

Vicky ließ sich etliche Sekunden mit der Antwort Zeit: „Als ich damals die Hutschachtel mit den Texten fand, sagte ich dir, dass wir beide gleichberechtigt damit umgehen werden. Also, mach mir nie wieder irgendwelche Vorschriften, wie ich mich zu verhalten habe. Ich bin jetzt nur des lieben Friedens Willen mitgekommen, um nicht vor den anderen herumzuzicken. Eigentlich wollte ich viel lieber so schnell wie möglich zu Hause sein."

„Ach, verzeih mir doch!", sagte Adelheid emotional. „Das wollte ich gar nicht! Eigentlich wollte ich mich nur mit dir über unsere Erkenntnisse und Erfahrungen austauschen. Ich habe gedacht, dir wäre auch daran gelegen. Wir sind doch Freundinnen, dachte ich jedenfalls."

Vicky bekam ein schlechtes Gewissen und lenkte ein: „Ach so? Was mich bei der Einnahme der Hexenmedizin beeindruckt – aber auch beunruhigt – ist, dass hinterher alle auseinander laufen und mehr oder weniger allein sind."

„Das finde ich gerade gut", rief Adelheid und brach in ein glucksendes Lachen aus. „Ich bin allein zurück in die Stadt geflogen, frei wie ein Nachtvogel. Ich habe hinunter auf die schlafende Landschaft geschaut und mich prächtig amüsiert. Der warme Wind pfiff um meinen Körper, und dann bin ich aufgewacht, als es hell wurde, und war ganz nackt. Die Nacht schlich sich zur

Tür hinaus, und ich sah nur noch ihren breiten Rücken. Puff, weg war die Nacht!"

„Wie?" Vicky wurde plötzlich aufmerksam. „War jemand bei dir?"

Die andere gluckste und blinzelte mit den Augen: „Nein, nein, das war nur eine Metapher, verstehst du? Und wie ist es dir ergangen?"

Vicky fühlte, dass diese Frage den eigentlichen Sinn des ganzen Gespräches ausmachte. Adelheid war gierig auf diese Information. 'Nun, dann soll sie sie haben', dachte Vicky verärgert und erwiderte: „Ich habe die ganze Nacht mit Irenäus gevögelt. Das Hexenelixier scheint bei uns beiden ungeahnten Sex hervorzurufen. Zuerst hat er mich bei diesen Felsen wie ein Tier ..."

„Nö! Erspare mir die Einzelheiten!", knörgelte Adelheid und legte noch einen seltsamen Kehllaut drauf. Sie hatten jetzt den Ausgang des Brühls erreicht, des großen Quedlinburger Barock-Gartens, der voller Bärlauch stand, der einen betäubenden Duft aussandte. Angeblich hatten die Äbtissinnen des Damenstiftes den Bärlauch dort pflanzen lassen, um die Kleider ihrer Zöglinge abzuriechen. Die jungen Damen trafen sich nämlich bevorzugt im Brühl mit ihren Galanen und – mit Mönchen. Der strenge Geruch verriet den Ort des Stelldicheins! Allerdings konnte das nur im Frühling funktionieren, aber da wallen ja die Triebe be-

kanntlich am heftigsten auf.

Adelheid bestieg abrupt ihr Bike und bog nach links ab: „Ich muss jetzt nach Hause. Wir können morgen im Museum weiter quatschen." Grußlos trat sie in die Pedale und preschte davon.

'Blödes Weib', dachte Vicky, 'wir werden niemals Freundinnen'. Dann wurde sie erneut von ihren Sorgen vereinnahmt. Sie hatte Angst – vor Franz. Der war bestimmt schon ausgeflippt, weil sie nicht zur Stelle war. Entschuldigungen zählten da nicht mehr, wenn er bereits auf Durchzug geschaltet hatte.

Eine Viertelstunde später öffnete sie die Wohnungstür und versuchte, absolut entspannt zu bleiben. Alles sah wie immer aus, und es war völlig still in der Wohnung. Sie atmete tief durch. Würde in wenigen Sekunden ein Orkan der Eifersucht losbrechen? Bitte helft mir, ihr Götter!

Aus dem Wohnzimmer ertönte ein leises, undefinierbares Geräusch. Vicky zuckte zusammen. Es begann. Sie stützte sich mit beiden Händen auf dem Küchentisch ab und wartete darauf, dass es über sie hereinbrechen würde. Doch nichts geschah, nur das merkwürdige Geräusch war wieder zu vernehmen. Entschlossen ging sie zur Wohnzimmertür und öffnete sie so leise wie möglich.

Sie konnte es nicht fassen, was ihre Augen dort registrierten. Die Götter, es gab sie tatsächlich, und sie hatten ihr beigestanden! So schlimm schienen sie also ihre Verfehlung nicht zu bewerten. Auf dem Bildschirm flimmerte ein Schonbild. Davor saß Franz, ein wenig zur Seite gekrümmt – und schnarchte leise. Ihr Herz machte einen Freudensprung. Lautlos schloss sie die Tür wieder.

Auch Vicky wurde nun von einer lähmenden Müdigkeit befallen, der sie aber keinesfalls nachgeben durfte. Sie wankte durch die Küche und setzte Kaffeewasser auf. Nach dem ersten Schluck des superstarken Gebräus, in das sie sich schnell noch einen nicht winzigen Schluck Whisky goss, ging es ihr schon viel besser. Ein stilechter „Café Amok", wie in alten Zeiten, als sie noch unbeschwert die Nächte durchgemacht hatte. „Café Amok", das war das Zauberwort, zwei Drittel Kaffee und ein Drittel Whisky.

Extrem frohen Mutes begann sie, ein deftiges Essen zu kochen, so schnell es Pfannen und Tiegel hergaben. Und es kam genau, wie sie es vorhergesehen hatte. Als sie die letzte Prise Gewürz in den Topf warf, öffnete sich langsam die Tür zum Wohnzimmer. Franz erschien mit triefendem Gesicht und verrutschter Kleidung. Seine Augen sahen rot gerändert aus, die weißen Haare wirr. 'Jammerlappen', dachte Vicky, und ihre Gedanken schweiften kurz ab zu Irenäus Moll.

„Gerade wollte ich dich wecken!", sagte sie, so fröhlich es ihr möglich war. „Ich habe etwas Wunderbares für uns gekocht. Ich habe Hunger wie eine Löwin. Du hoffentlich auch?"

„Ich glaube, ich kann nichts essen", stöhnte der Mann und ließ sich auf einen Stuhl sinken. „Mein Magen …"

„Was ist mit deinem Magen?" Echt besorgt war sie nicht, aber es tat ihr um das Essen leid. „Du beklagst dich in letzter Zeit öfter über deinen Magen. Hast du Schmerzen oder sind es die Nachwirkungen der Nacht? Ich habe dich extra lange schlafen lassen, obwohl es ziemlich unbequem aussah."

Jetzt musste es kommen: Wo bist du gewesen? Wieso kommst du erst so spät? Hast du irgendeine Scheiße gebaut, du Miststück? Mit wem hast du dich vergnügt? …

Aber es kam nicht! 'Was trieben die Götter da für ein Spiel', ging es ihr durch den Kopf.

Franz stocherte missmutig auf seinem Teller herum und schob einen Bissen in den Mund. Nach wenigen Minuten schob er den noch fast vollen Teller zurück und murrte: „Ich kann nicht. Hab keinen Appetit. Heute Vormittag ging es mir noch gut, wie immer, nachdem wir die Hexenmedizin eingenommen haben. Ach, ich weiß auch nicht …"

Vicky hatte es bereits aufgegeben, ihn zum Essen zu animieren. Ohne ein Wort zu erwidern, gab sie sich der Mahlzeit hin. Es schmeckte ausgezeichnet. Sollte der Alte doch herumbrasseln, der ewige Nörgler. Langsam kehrte die Müdigkeit zurück. Sie aß auch noch das von Franz Verschmähte auf. Dann lehnte sie sich auf dem Stuhl nach hinten.

Der Mann starrte vor sich hin, endlich wandte er ihr den Kopf zu: „Wir sollten bald wieder solch ein Treffen veranstalten. Das macht viel mehr Spaß, als wenn man es nur zu zweit zelebriert. Am besten, nächstes Wochenende. Was hältst du davon?"

„Nicht viel!", entfuhr es Vicky, und sie bereute sofort, widersprochen zu haben. Schnell setzte sie hinzu: „Wenn wir das zu oft machen, gehen wir Gefahr ein, auf uns aufmerksam zu machen. Außerdem bekommt das Ritual dann irgendwie inflationären Charakter. Adelheid meinte, wir sollten erstmal wieder zu uns kommen und erst in der kommenden Woche weitere Pläne schmieden. Das finde ich vernünftig."

„Adelheid?" Franz richtete sich aus seiner gekrümmten Haltung auf. „Wann hat die so was gesagt? Hast du sie etwa nochmal gesehen?"

Diese Diskussion wollte Vicky eigentlich vermeiden und schalt sich selber eine Trottelin. Hätte sie doch einfach zugestimmt und wäre schlafen gegangen. Nun war sie genötigt zu antworten: „Sie hat mich auf dem Nachhauseweg angerufen. Wir mussten Sylvia retten. Die war in einen Schacht gestürzt."

„Wann war das?", erkundigte sich ihr Freund konsterniert, und seine Augen blinzelten verunsichert.

Vicky registrierte das verwundert, war aber müde und wollte zum Schluss kommen: „Am frühen Nachmittag. Irenäus und Hannelore eilten auch zu Hilfe, so dass wir schnell handeln konnten. Die Lage war immerhin ziemlich prekär. Aber es hat niemand mitgekriegt."

„Was hat Adelheid sonst noch gesagt?", fragte Franz nach und beugte sich ihr über den Tisch entgegen.

'Was hat er denn nur?', dachte sie und versuchte, das Gespräch abzukürzen: „Nicht viel. Wir waren alle müde. Wie gesagt, nächste Woche … Ich gehe jetzt ins Bett, weil ich todmüde bin.

Ich habe mich nämlich heute Nacht ziemlich verlaufen. Also …“ Sie erhob sich.

„Verlaufen? Du warst auf einmal nicht mehr da und die anderen auch nicht“, begann er zu quengeln.

Nur das nicht! Vicky hatte keinen Nerv mehr für ein derartiges Gespräch. Aufmüpfig erhob sie sich vom Tisch. Es war ihr gerade alles gleichgültig: „Ich gehe ins Bett. Ich kann die Augen nicht mehr offen halten.“ Sie wandte sich von Franz ab und ging auf das Zimmer zu, sekündlich gefasst auf einen wilden Aufschrei in ihrem Rücken.

Aber der Aufschrei ertönte nicht.

XII

Hasso Germeyer fuhr am frühen Montagmorgen aus dem Wald. Niemand hatte seinen Schlaf gestört, und er fühlte sich einigermaßen frisch. Den tiefen Schmerz über Viktors Verlust drängte er weiterhin erfolgreich in eine finstere Kammer seines Unterbewusstseins und ließ nur soviel emporkommen, wie er verkraften konnte. Konzentriert erledigte er die ersten Punkte seiner Tagesliste. Um elf Uhr war er bereits erstaunlich weit gekommen. Deshalb beschloss er, nun dieses andere Problem anzugehen, das ihm seit gestern auf der Seele lag.

Etwas befangen wählte er die Telefonnummer der Hauptkommissarin. Als sich diese tatsächlich nach dem dritten Klingelzeichen meldete, versuchte Hasso, sein Gesuch in verständliche Worte zu fassen: „Hallo Rita, hier ist Hasso. Ich habe schon sehr viel erreicht und werde heute noch zurückfahren in die Rhön. Ich habe aber noch ein sehr dringliches Problem zu lösen. Vielleicht könntest du mir dabei helfen, vielleicht ist das aber auch zu viel verlangt …"

„Hallo Hasso! Du bist ja total aufgeregt!", rief die Frau freudig zurück. „Wo hast du denn geschlafen? Geht es dir gut? Was für ein Problem?"

„Nun ja! Ich erzählte dir gestern kurz von meinem Besuch bei Irenäus Moll und dieser Bardame. Dabei gab es einige Ungereimtheiten, zumindest kam mir das so vor. Könntest du vielleicht auf einfache Art und Weise herausbekommen, wer an diesem Abend im Wipertihof hinter der Bar stand?", sprudelte Hasso hervor und nässte das Handy mit seinem Handschweiß.

„Hm!", machte die Hauptkommissarin. „Das ginge vielleicht. Aber ich denke, du hast diese Bardame bereits kennengelernt?"

„Ja, aber erstens weiß ich nicht, wie sie heißt", erzählte Hasso, nun ruhiger, „und zweitens erschien es mir eindeutig so, als hätte es da noch eine zweite Bardame gegeben. Du weißt ja, ich bin ein Menschenflüsterer. Die Frau erwähnte sogar eine Zweite, die sie allerdings angeblich nicht kannte und dieser Irenäus auch nicht."

„Na gut, wenn dir soviel daran liegt", meinte Rita mit vertrauter Stimme, „kann ich es mal versuchen. Bist du in zwei Stunden noch in der Stadt?"

„Natürlich!", rief Hasso überschwänglich ins Handy. „Wollen wir noch einen Abschiedskaffee trinken?"

„Das ließe sich einrichten", kicherte die Kriminalistin. „Ich habe sowieso ab Mittag frei. Das Wetter ist schön. Wollen wir uns in dem Café auf dem Münzenberg treffen? Das liegt etwas abseits. Du musst nur westlich vom Schloss auf ein paar gelbe Sonnenschirme achten. Sagen wir, um halb zwei?"

„Du bist herrlich, Rita! Ich danke dir!", jubelte Hasso und vergaß kurzzeitig den unterdrückten Schmerz. „Auf dem Münzenberg! Um halb zwei! Bis dahin!"

„Tschüss!", sagte die Hauptkommissarin und legte auf.

Kurz nach ein Uhr stand er am Fuße des Münzenbergs. Alle Formalitäten, die er in Quedlinburg klären konnte, waren abgearbeitet. Die Bestattungsindustrie lief professionell und wie geschmiert. Er würde Viktors Leichnam in die Rhön überführen und dort bestatten lassen. Von einer Verbrennung, auch wenn diese wesentlich billiger ausfiel, hielt Hasso nichts. Trotzdem würde das Prozedere noch mindestens eine Woche dauern, und auch zu Hause gab es noch etliche Behördengänge.

Er überquerte den verkehrsreichen Stadtring und stand vor einem ansehnlichen Berg, umgeben von Sandsteinmauern und überwachsen mit Teufelszwirn, Ginster und Flieder. Von oben winkten ihm die bezeichneten gelben Sonnenschirme zu, dahinter erhoben sich die Mauern und roten Ziegeldächer vieler kleiner Häuschen. Hasso fand eine lange Treppe mit Granitstufen, die auf diesen seltsamen Berg führte. Während er langsam die mehr als hundert Stufen hinaufkletterte, begann sich vor ihm ein wunderbares Panorama auszubreiten.

Ein wenig außer Atem gelangte er auf eine Plattform, die anmutete wie der Balkon der nachfolgenden Bebauung. Er setzte sich an einen der Tische und bestellte bei einer Kellnerin ein Glas Hasseröder Bier, das Harzer Universalgetränk. In sehr andere Gedanken versunken, nahm er das Stadtpanorama vom nördlich gelegenen Lehof über die turmreiche Welterbe-Stadt und den sagenhaften Schlossberg bis hinüber zu den Wäldern des Harzes nur peripher wahr.

„Du bist ja schon da!", ertönte es plötzlich neben ihm.

Hasso fuhr beglückt herum. Vor ihm stand diese Hauptkommissarin, die er erst wenige Stunden kannte. Belustigt blinkten die grünen Katzenaugen zwischen den dunkelroten Haaren. Sie trug heute ein hellgrünes T-Shirt und einen lindgrünen Rock dazu, der sehr kurz war und die schlanken, braunen Beine hervorragend zur Geltung brachte.

Hasso sprang schnell auf und deutete eine Umarmung an. Er überragte sie um etwa zehn Zentimeter. Fasziniert blickte er sie an: „Du bist aber eine schöne Frau!"

„Oh, danke!", erwiderte sie, und das Gesicht wurde eine Nuance dunkler. Schnell setzte sie sich auf einen Stuhl und fragte: „Hast du schon alles bestaunt?"

„Ein bisschen", gab er zu. „Quedlinburg macht einen ganz besonderen Eindruck. Was hat es mit diesem Münzenberg auf sich?"

„Ein ehemaliges Kloster, das im späten Mittelalter zerstört wurde", erklärte die Frau und bestellte nebenbei einen Eisbecher und ein Glas Sekt. „Erst in den letzten Jahren hat hier ein Medizinprofessor mit sehr viel Engagement eine große alte Kirche ausgegraben, die seinerzeit der Stiftskirche auf dem Schlossberg in ihrer schieren Größe arge Konkurrenz gemacht haben muss. Er hat ein wundervolles Museum eingerichtet, das wir uns nachher noch anschauen können. Aber erstmal kann ich dir etwas berichten und du mir hoffentlich auch." Rita schmunzelte und warf ihm einen forschenden Blick zu.

„Sehr schön", meinte er und lächelte sie mit traurigen Augen an. „Ich danke dir. Fängst du an?"

„Okay! Und ich mache das nur, damit du weißt, wer wahrscheinlich mit deinem Sohn als letzte zusammen war", erklärte Rita und nahm ihre Bestellung in Empfang. Sie spannte ihn einen Moment auf die Folter, als sie ausgiebig von ihrem Eisbecher kostete. Dann hob sie ihm kurz ihr Sektglas entgegen und trank ein Schlückchen: „An jenem Abend bedienten zwei Frauen die Bar. Beide arbeiten normalerweise als Honorarkräfte bei der Stadtverwaltung und haben sich nur etwas Geld dazu verdient."

„Dachte ich mir's doch!", sinnierte Hasso. „Die eine ist diese Vicky, und verrätst du mir auch noch, wie die andere heißt?"

„Die andere heißt Adelheid Wörther", antwortete die Hauptkommissarin bereitwillig. „Mehr habe ich nicht erfragt, denn es ging hier nicht um eine polizeiliche Ermittlung."

„Ist schon klar. Ich danke dir sehr, Rita", sagte er und strich schnell über ihre langfingrige Hand. „Das reicht eigentlich schon. Es kommt meinem Gefühl entgegen."

„Kannst du das näher erklären", fragte sie und schob eine Portion Eiscreme zwischen ihre sinnlichen, ungeschminkten Lippen.

„Ich war, wie gesagt, bei Irenäus Moll", begann er. „Der machte einen etwas desolaten Eindruck …"

„War er betrunken?", erkundigte sich Rita mit angespanntem Gesicht.

„Nein, das glaube ich nicht", überlegte er. „Er befand sich eher in einem anderen Rausch. Er entschuldigte sich auch sofort damit, dass – ja, so sagte er – die vergangene Nacht von sehr merkwürdigen Ereignissen geprägt war."

„Irenäus nimmt aber kein Rauschgift", murmelte Rita vor sich hin. „Das ist sonderbar …"

„Es sah auch eher nach etwas anderem aus, so als hätten er und seine Freundin experimentiert", meinte Hasso. „Zum Beispiel konnte sich der Mann gar nicht daran erinnern, dass die Frau, die im Laufe unseres Gesprächs an den Tisch kam, in seiner Wohnung gewesen war. Und auch die sah etwas mitgenommen aus. Eigentlich wollte ich das aber gar nicht erzählen."

„Ich werde es nicht gegen die beiden verwenden", beruhigte ihn die Hauptkommissarin. „Es sei denn, es passiert noch irgendetwas …"

„Was mich stutzig machte, war", fuhr er fort, „dass sich dieser Irenäus nicht an Viktor erinnern konnte. Die Frau allerdings hielt mich zuerst für Viktor aufgrund unserer Ähnlichkeit, denn sie hatte sich mit ihm an der Bar unterhalten. Vicky und Viktor! Dann erinnerte sich auch Irenäus an meinen Sohn und dass der sich mit der anderen weiter unterhalten hätte. Diese Vicky verneinte jedoch nach einer gewissen Schrecksekunde die Existenz einer zweiten Bardame. Mein Gefühl sagte mir jedoch, dass es eine solche gegeben hatte. Und du bestätigst das jetzt. Was also, liebe Rita, soll ich von alldem halten? Warum belügen mich diese Leute?"

„Tatsächlich eine ziemlich merkwürdige Angelegenheit", knurrte Rita vor sich hin und nippte am Sektglas. „Irenäus und ich waren mehrere Jahre ein Paar, musst du wissen. Er versucht sich als Privatdetektiv à la Miss Marple, ist aber im Großen und Ganzen eine integre Persönlichkeit. Wir sind öfter aneinander geraten, wenn er der Polizei allzu arg ins Handwerk gepfuscht hat, aber das war nicht der Grund für unsere Entfremdung."

„Sollte es sich bei Viktor um einen seiner neuen Fälle handeln", überlegte Hasso aufgebracht, „den er heimlich lösen will? Würde er soweit gehen?"

„Nein, das glaube ich nicht", erwiderte die Frau bestimmt. „Er hat zwar manchmal gezickt, aber er war immer kooperativ.

Was viel schlimmer wäre, wenn er in diesen Fall verwickelt wäre. Nur, es gibt ja gar keinen Fall. Alle Anzeichen belegen einen zwar tragischen, aber natürlichen Tod Viktors." Hasso fühlte, wie nun Rita seine Hand ergriff. „Es ist schon Nachmittag. Lass uns gehen! Die Kathedrale schauen wir uns ein andermal an. Das wäre ein Grund für dich, wieder nach Quedlinburg zu kommen. Fährst du heute wirklich noch?"

„Es muss sein. Es gibt in den nächsten Tagen sehr viel zu tun." Hasso zahlte und erhob sich. „Es wäre sehr schön, wenn du die Angelegenheit nebenbei im Auge behalten würdest. Und ich komme garantiert wieder."

„Darüber würde ich mich freuen", sagte sie und schaute ihn mehrmals grün an, als sie die vielen Stufen hinabgingen. „Ach, ich habe ja noch eine Überraschung für dich. Die Kinder haben tatsächlich den Rucksack geklaut. Das hätte ich jetzt beinahe vergessen. Ich habe ihn mir gründlich angesehen. Nicht die geringste Auffälligkeit. Ich übergebe ihn dir gleich."

Unten stand an einer ziemlich unmöglichen Stelle ein kobaltblauer Golf. Sie nahm einen mittelgroßen Rucksack heraus und fragte: „Willst du nachschauen?"

Hasso schüttelte den Kopf und umarmte sie zum Abschied spontan. Er spürte kurzzeitig ihren biegsamen Körper unter dem grünen T-Shirt. Sie waren sich erstaunlich nahe gekommen. Die Frau stieg in den Golf, winkte ihm zu und tauchte im Verkehr unter.

Er nahm den Rucksack auf, schaute noch einen Moment in die Richtung der Entschwundenen. Dann blickte er suchend in die Runde und wurde sofort fündig. Gegenüber gab es eine Kneipe mit Bowlingbahn. Dort schaute er in ein Telefonbuch. Adelheid Wörther wohnte in der Schmalen Straße. Zwanzig Minuten später stand er vor ihrer Haustür. Es war ein größeres Fachwerkhaus mit mehreren Mietparteien. Entschlossen drückte er auf ihren Klingelknopf. Doch just in diesem Augenblick öffnete sich die Haustür, und eine sehr schlanke Frau mit einem Fahrrad trat auf die Straße hinaus.

Als sie ihn sah, veränderte sich ihr Gesicht. Erstaunt fragte sie: „Wollen Sie zu mir? Ich hätte Sie im ersten Moment fast mit jemandem verwechselt."

„Ich nehme an, mit meinem Sohn Viktor", antwortete Hasso und versuchte, ihre Miene zu deuten. „Ich glaube, Sie sind die letzte Person, die ihn lebend gesehen hat."

„Was ist mit ihm?“, fragte die Frau. Ihr Gesicht verschloss sich.

„Er starb in der Nacht zum Ersten Mai“, antwortete der Mann mit leiser, harter Stimme. „Angeblich ein allergischer Schock. Erzählen Sie mir, worüber Sie sich unterhalten haben?“

Die Frau blinzelte zwei Sekunden erschrocken. Dann sagte sie mit gepresster Stimme: „Das tut mir sehr leid. Wir haben uns nur kurzzeitig unterhalten. Ich musste die Bar machen. Belanglose Dinge, ich kann mich nicht mehr daran erinnern.“

Er sah, dass Adelheid Wörther Anstalten machte, sich abzuwenden und davonzufahren. Schnell sagte er: „Denken Sie noch einmal scharf nach. Mir liegt viel daran. Vielleicht ging es ihm nicht gut ...“

„Keine Ahnung! Ich habe es ziemlich eilig. Entschuldigung!“ Ihr ärgerlich verzogenes Gesicht signalisierte, dass sie das nicht ehrlich meinte. Ehe Hasso weiter nachhaken konnte, schob sie sich an ihm vorbei, sprang aufs Fahrrad und fuhr so schnell sie konnte um die nächste Straßenecke. Er war nicht erstaunt. So etwas hatte er erwartet, es war die logische Weiterentwicklung des bisherigen Geschehens. Diese drei Personen, Irenäus Moll, Vicky und Adelheid Wörther verbargen einen Fakt, der in direktem Zusammenhang mit seinem Sohn Viktor stand. Er musste dieser Spur folgen. Möglicherweise trugen diese Menschen eine Schuld am frühen Tode seines Sohnes. Wenn es so war, sollten sie dafür büßen, das stand für Hasso fest.

Einen Moment dachte er daran, noch einmal mit Rita zu reden, doch dann verwarf er diesen Gedanken wieder. Wenn er heute noch in der Rhön sein wollte, musste er sich beeilen.

XIII

Irenäus und Titus liefen durch den Forst. Nach einem längeren Spaziergang befanden sie sich auf dem Heimweg. Der Altdeutsche tollte im Gebüsch und zwischen den Bäumen umher. Er war froh darüber, dass sein Herrchen nicht mehr dieses unangenehme Gefühl der Fremdartigkeit abstrahlte, wie er es als Hund seit Tagen empfangen hatte. Das Herrchen ging in tiefe Gedanken versunken in lauwarmer Luft unter Kiefern und Eichen. Die frischen Düfte der Pflanzen wirkten auf seine angekränkelte Seele wie Balsam.

Ja, seine Seele war angekränkelt. Das fühlte er. Die Ereignisse der letzten sieben Tage gaben ihm schwer zu denken. In was für ein Beziehungsgefüge hatte er sich in der Walpurgisnacht hineinbegeben? War das, was er tat, noch vernünftig. Sein Verstand sagte ihm eindeutig: Nein! Menschen konsumierten eine bewusstseinsverschiebende Droge, begaben sich anschließend in unkontrollierbare Situationen, deren Folgen nicht unbedingt amüsant sein mussten. Außerdem bewegten sie sich am Rand des Gesetzes. Darauf, dass Hexenmedizin nicht unter das Betäubungsmittelgesetz fiel, würde er sich keinesfalls verlassen.

Sein Gefühl allerdings – oder seine Seele – signalisierte etwas

anderes: Eine einmalige Chance! Irenäus war ein Mensch, der sich selbst als milder Anarchist bezeichnete. Theoretisch war er global gebildet, aber er lebte fast ausschließlich lokal. Und die Verhältnisse, politisch oder rein menschlich, die er lokal wahrnahm, befriedigten ihn nicht. Sie nervten ihn. Es ging nur um Geld und um Macht und um Eitelkeit.

Global hielt er sich auf einem Planeten auf, der von Menschen überquoll, von denen weit mehr als die Hälfte unter zwanzig Jahren alt war, was aus der schieren Mathematik des Bevölkerungswachstums folgte. Alle diese Menschen, abgesehen von einigen vergessenen Ureinwohnern ferner, unzugänglicher Landstriche, waren inzwischen auf die Konsumgüterproduktion des Weißen Mannes eingestimmt: Geld und Ware, Ware und Geld. Dass viele von ihnen dabei hinten herunterfielen, das war Evolution, aber dass dabei auch ein ganzer Planet an seine Grenzen getrieben wurde, das fand Irenäus nicht erstrebenswert.

Lokal mochte man über diese Problematik zumeist nicht sprechen. Natürlich gab es einige Ähnlichdenkende, aber die hielten sich zumeist vornehm aus der Trivialpolitik zurück. Damit überließen sie das Feld des Handelns gierigen Politikern und überroutinierten Regulations- und Überwachungsorganen, die auch Verwaltungen genannt wurden. (Die Vorsilbe ver- drückt zumeist einen negativen Aspekt aus, wie zum Beispiel in verbrennen, verlieren, vergessen, verzerren, vernichten, verderben usw. oder einen zwiespältigen Anflug wie in verheiraten, verlieben und versehen. Walten bezeichnet die an sich positive Tätigkeit des sich aktiv und verantwortlich Kümmerns innerhalb eines Wirkungskreises. Das Wort ver-walten gibt dieser Tätigkeit nun von vornherein einen negativen Touch ...)

Befangen in diesem intellektuellen Gewissenskonflikt, frustriert von der Macht des Unabwendbaren, lechzte Irenäus geradezu danach, nichtkonventionelle, außergewöhnliche Erfahrungen zu machen. Die Hexenmedizin, die die beiden Frauen nachgebraut hatten, fand er total fremdartig. Es war, als hätten sie den Odem einer uralten, vergessenen Zeit auf geheimen Bahnen in die Gegenwart zurückgeholt. Das Wissen archaischer Menschen, transformiert in die Zeit des nebulösen Internets. Das war schon Wahnsinn. Nur, wo würde dieser Wahnsinn enden? Der Absturz Sylvias verlief noch einmal glimpflich. Wie aber verhielt es sich im Fall dieses Viktors? Warum hatte Vicky sofort abgewiegelt, ohne dem Vater die eingeforderte Information zu liefern, die sie zweifellos besaß? Er konnte sich die Antwort selber geben: Weil sie Angst vor einem Zusammenhang zwischen der Verabreichung von Hexenmedizin und dem Todesfall hatte. Angst aber zerfrisst Seele! Gab es diesen Zusammenhang? War Hexenmedizin gar nicht harmlos?

Das raschelnde Klappern eines Fahrrades im Rücken schreckte ihn aus seinen Gedanken. Schnell drehte er sich um und trat zur Seite. Doch die Fahrerin bremste scharf und hielt an. Ihr schmales Gesicht war gerötet, die graublonden Haare standen etwas wirr vom Fahrtwind. Sie trug ein grünes T-Shirt und einen braunen Faltenrock.

„Hallöchen!“, begrüßte ihn Adelheid. Erwartungsvoll schaute sie ihn an.

„Hallo, Adelheid!“, antwortete Irenäus und musste sich innerlich gestehen, dass er erfreut war über diese unvermutete Begegnung. „Willst du zu mir?“

„Na ja!“, murmelte sie und fummelte an ihrem Bremshebel. „Wenn du etwas Zeit hast, können wir ja einiges besprechen.“

„Besprechen?“, wiederholte er amüsiert. „Na, dann komm! Ich biete der erhitzten Fahrerin auch ein kühles Getränk ihrer Wahl an.“

„Ich fahre schon mal vor!“, wiegelte sie ab und warf ihm einen halbfreundlichen Blick zu. Dann schwang sie sich auf das Bike und ließ ihn allein weiterlaufen. Rhythmisch walkte der kleine Hintern den Sattel. ‘Was hat sie denn nun wieder?’, dachte Irenäus und ging schnell hinterher.

Etwas später saßen sie an seinem Gartentisch und hatten sich für eine kalte Flasche Rosé entschieden. Die sehr schlanke Frau hatte sich zurückgelehnt und verzog das Gesicht genießerisch beim ersten Schluck. Die Beine schauten bis weit übers Knie aus dem Rock hervor und waren sehr weiß. Ihre mageren Arme wiesen bereits eine gewisse Bräunung auf, die ihr gut stand.

Insgesamt bemühte sich Irenäus, sie nicht zu aufdringlich zu mustern, was ihr allerdings in diesem Moment nicht zuwider zu sein schien, eher sogar gelegen kam. Sie will etwas bei mir erreichen, zuckte es durch das männliche Gehirn. Er sagte: „Prost, Adelheid! Ich hoffe, wir haben den richtigen Wein ausgesucht. Was möchtest du mit mir besprechen?“

„Ja, weißt du“, knörgelte sie und drehte unschlüssig das Glas in der rechten Hand. „Es gibt da mehrere Dinge, über die ich mit dir reden will. Zum einen betrifft es unsere nächste Zusammenkunft. Wie wäre es mit dem kommenden Wochenende? Ich weiß, dass das sehr schnell hintereinander wäre, aber es hätte wesentliche Vorteile. Ich bin zu dir gekommen, weil ich hoffe, dass du mir bei einer weisen Entscheidung behilflich sein kannst. Die anderen sind mir dafür, ehrlich gesagt, entweder zu einfach gestrickt oder sie stehen mir zu fern.“

Irenäus zerdrückte einen Schluck Rosé zwischen Zunge und Gaumen: „Das ehrt mich zwar, aber begeben wir uns damit nicht in eine selbsternannte Sonderstellung? Bist du die Anführerin und ich dein Berater? Und ist die Folge nicht zu kurz? Wenn wir die beibehalten, könnten wir bald in Schwierigkeiten geraten …“

„Nö!“, unterbrach sie ihn etwas unwillig. „Ich würde die Ereignisse am Anfang gern in kurzen Abständen stattfinden lassen. Bis zum Weltuntergang sind es nur noch ein paar Monate. Wir sollten eine größere Schar versammeln, damit es sich lohnt und mächtiger wird. Eigentlich wollte ich beim nächsten Treffen auch einen gewissen Obolus erheben. Was meinst du dazu? Außerdem sind wir keine demokratische Vereinigung, sondern eher ein magischer Zirkel. Und wenn die Kräfte der Natur uns zu dem bestimmen, was du selber eben formuliert hast, dann ist das nun mal so."

„Du willst die Idee also vermarkten?", grinste Irenäus. „Du bist dir aber hoffentlich im Klaren darüber, dass wir uns damit in immer gefährlicheres Fahrwasser begeben?"

„Ach was!", wandte sie ein. „Ich würde einen Unkostenbeitrag von zwanzig Euro vorschlagen für diejenigen, die das Ereignis vorbereiten. Wer das nicht aufbringen will, kann sowieso fernbleiben. Vielleicht wird es später mal mehr. Immerhin besitzen nur ich und Vicky das Urheberrecht."

Er nahm noch einen tiefen Schluck und schenkte beide Gläser erneut voll. „So gesehen, hast du eindeutig Recht. Wer den Kick haben will, soll auch zahlen. Welche Rolle gedenkst du nun aber, deinem Medizinmann zu übertragen? Was möchtest du von mir wissen?"

„Bitte verschone mich mit diesen Anmaßungen, Irenäus!", rief sie aufgebracht. „Du bist nicht unser Medizinmann! Ich habe zusammen mit Vicky das Hexenelixier kreiert, und du kannst ein paar gute organisatorische Gedanken dazu beisteuern, zum Beispiel, wo wir das nächste Treffen abhalten könnten."

Irenäus regte sich zwar nicht auf, aber er musste diese kleine, rechthaberische Frau doch in ihre Schranken weisen: „Hör mal, meine Liebe! Es wäre besser, wenn du dich nicht derart aufspie-
len würdest. Ich bin ein magischer Mensch, und wenn ihr auch die Hexenmedizin kreiert habt, könnt ihr mir noch lange nicht das Wasser reichen. Ich bin der Hagazussa, um das nur mal klarzustellen. Du kannst dir deine amtlichen Ausführungen bei mir wirklich sparen!"

„Du meinst ...!", schrie sie mit hoher Stimme. Doch plötzlich verwandelte sich ihr Gesicht in lächelnde Schönheit. „Entschuldige bitte! Manchmal geht irgendetwas in meinem Inneren mit mir durch, besonders im Gespräch mit Männern. Also, was meinst du zu meinem Vorschlag? Und wo sollten wir uns treffen?"

Er lächelte sie begütigend an, sie lächelte freundlich zurück. Er meinte: „Wenn wir das Steinkreismodell von Walter Diesing beibehalten, dann wären die nächsten Punkte der Königsstein bei Westerhausen oder der Großvater-Felsen bei Blankenburg. Sie gehören zu seinem gewaltigen Steinkreismonument, viel größer als Stonehenge. Beide bilden für uns allerdings ein Problem. Sie liegen zu dicht an einer Bebauung. Wenn dort unser magischer

Zustand einsetzt, laufen wir direkt in die Arme der ehrbaren Bürgerschaft, und das könnte unabsehbare Folgen haben."

„Wie ich dich kenne", meinte sie, nun wieder sehr entgegenkommend, „hast du bestimmt schon einen viel besseren Vorschlag. Vertraust du ihn mir an?"

„Hm!", machte Irenäus. „Es gibt eine ganze Menge an Varianten. Rings um Quedlinburg existieren einige recht verrückte Formationen, trotzdem würde ich vorerst darauf verzichten. Wenn wir uns der Umgebung zuwenden und nahe am Diesing'schen Plan bleiben, kämen wir zum sogenannten Hamburger Wappen. Kennst du das?"

Adelheid blickte ihn aus ihren blassblauen Augen an und schüttelte die graublonde Frisur.

„Das liegt in der Nähe von Timmenrode", erklärte er, „und ist für einigermaßen gute Wanderer auch zu Fuß zu erreichen. Vielleicht ist dieses Faktum wichtig. Wir würden uns dort in einem relativ geschlossenen Felsarial bewegen und uns möglicherweise nur wenig zerstreuen. Von unserem jetzigen Standort aus wäre es eine gute Stunde Wegs."

„Okay!", meinte die Frau. „Ich werde es mir ansehen. Bestimmt nehmen wir es."

„Soll ich es dir zeigen?", fragte Irenäus, weil er Lust verspürte, intensiver mit ihr zusammenzusein.

„Nö, brauchst du nicht! Ich finde das schon allein! Mach dir keine Umstände!", sagte sie diplomatisch und schaute auf ihre Armbanduhr. Eine Routinegeste? Dann richtete sie den Blick wieder auf ihn, ihr Gesicht wirkte nun merklich älter: „Wir werden beim nächsten Mal noch mehr Leute sein. Alles sehr zuverlässige Bekannte. Es wäre schön, wenn du dich etwas zurückhalten würdest, Irenäus?"

„Wie meinst du das?", erkundigte er sich, nun erstmalig ernsthaft erstaunt.

„Nun", knörgelte sie, sichtlich nach den richtigen Worten suchend. „Du hast beim letzten Mal etwas viele theoretische Erläuterungen gegeben. So genau wollen das die Leute gar nicht wissen. Sie wollen eigentlich nur erleben ..."

„Wer hat das gesagt?", fiel er ihr ins Wort. Diese Kindfrau begann, ihn zu nerven, bei all ihren Reizen.

„Niemand explizit", erwiderte sie, „aber ich habe es gefühlt. Und versuche auch bitte nicht, mit den Frauen im Rausch Sex zu machen. Das könnte zu schwerwiegenden Komplikationen führen."

Irenäus lachte laut auf: „Bist du eifersüchtig auf Vicky? Hat sie dir das erzählt? Möchtest du vielleicht an ihrer Stelle sein? Bitte schön!" Er wies mit der Hand zur Küchentür.

„Bist du betrunken?", wies sie ihn in hartem Tonfall zurecht. „Ich kann es mir mit dir gar nicht vorstellen. Aber ich möchte auch nicht, dass durch deine Gier ein Schatten auf unsere Zusammenkünfte fällt. Ich radele noch schnell zu diesem Hamburger Wappen. Ich melde mich während der Woche. Ansonsten bis zum Samstag! Ciao, Irenäus!" Mit diesen Worten sprang sie vom Tisch auf und ging zu ihrem Bike.

„Nun warte doch mal!", rief er und sprang ebenfalls in die Höhe. „Vielleicht könntest du noch ein paar mehr Worte zu deinem Problem fallen lassen!"

„Nö!", antwortete sie über die Schulter und radelte bereits vom Hof. „Für heute ist alles gesagt!"

Blöde Ziege! Irenäus war nun wirklich aufgebracht. Diese selbstherrliche Knörglerin verstand es tatsächlich, bei ihm den Knopf der Wut zu drücken. Sollte er sich überhaupt noch mit diesem Hexenzirkel abgeben? Möglicherweise lavierte er sich dadurch buchstäblich in Teufels Küche. Aufgeregt schüttete er den Rest Wein ins Glas und trank es in einem Zuge aus.

'Sie benutzt mich', regte er sich weiter auf, 'sie zehrt von meinem Wissen, um ihre Ziele durchzusetzen. Ich bin ihr Computer!' Er eilte ins Haus, um eine neue Flasche Rosé zu holen.

Als er wieder ins Freie trat, klapperte im Gebüsch eine Fahrradkette. Sie kommt zurück, schoss es ihm durch den Kopf und er erwog, ihr umgehend zu vergeben. Das Fahrrad schoss auf die Hoffläche. Die Fahrerin ließ es zu Boden fallen und rannte auf ihn zu. Mit einem wahren Hechtsprung warf sie sich ihm an die Brust: „Oh, Irenäus! Ich musste zurückkommen!" Ihre Lippen suchten hektisch seinen Mund.

Irenäus küsste sie und fühlte ihren straffen Körper unter dem kurzen, schwarzweißen Sommerkleidchen. Nach einer Weile schob er ihren Kopf ein Stück zurück: „Vicky, wo kommst du denn her?"

„Ich hatte Sehnsucht nach dir!" Sie trat einen halben Schritt von ihm weg. „Freust du dich wenigstens?"

„Ich freue mich, sehr sogar!", sagte er und nahm sie wieder in die Arme. „Ich bin nur total überrascht."

Sie rieb gefühlvoll ihre Beckenschaufel an seinem Unterleib und fuhr mit der Hand durch seine langen Zottelhaare. „Dann ist es ja gut! Nimmst du mich mit ins Bett? Ich glaube, dass ich nach der langen Fahrradtour eine kleine Entspannungspause benötige."

„Meinst du, wir schaffen diesen langen Weg?", flüsterte Irenäus und drehte sie mit dem Hintern zur Tischplatte. Mit einer schnellen Bewegung schob er die beiden Weingläser und die Roséflasche notdürftig zur Seite. Dann versetzte er ihr einen sanften Stoß, so dass sie auf den Brettern saß. Der Saum ihres Kleidchens rutschte sehr weit nach oben.Vicky spreizte für einen Moment die muskulösen Schenkel. Doch dann lachte sie und sprang vom Tisch: „Nein, nein! Bestimmt kommt gleich der Förster oder sonst wer. Das ist mir zu krass!" Schnell machte sie sich frei und lief ins Haus. Mit einem Seufzer des Vergnügens folgte er ihr.

In seinem giebligen Schlafzimmer konnten sie sich nicht schnell genug die Kleidung vom Leibe reißen.Als sie sich wieder voneinander lösten, brach bereits die Abenddämmerung herein. Vicky richtete sich im Bett auf und ließ gelassen die Blicke des Mannes auf ihrem dunklen Körper ruhen. Dann stellte sie eine ziemlich kontrastreiche Frage: „Von wem stammte eigentlich das zweite Glas, das auf dem Tisch stand?"

Er musste lachen: „Das hast du bemerkt? Wenige Minuten vor dir war deine Geschäftspartnerin bei mir."

„Oh!", flüsterte Vicky. „Du lässt wohl nichts anbrennen?"

„Nur keine Eifersucht", grinste Irenäus und streichelte den emporragenden Hintern der Frau. „Es ging um eine Besprechung." Ohne etwas zu unterschlagen, schilderte er die Begegnung.

„Dein Eindruck ist richtig", meinte Vicky nachdenklich. „Sie ist eine sehr seltsame Frau. Manchmal ist sie liebenswert, doch meistens benimmt sie sich wie ein Arschloch. Ich selber habe Bedenken wegen der kurzen Reihenfolge der Treffen, aber Franz ist auch dafür. Dann machen wir es eben …"

„A propos", fragte Irenäus. „Was hat dein Freund zu deiner späten Heimkehr gesagt?"

„Oh, das war auch sehr seltsam", meinte sie und rückte wieder näher an ihn heran. „Er hat gar nichts gesagt. Er hatte Magenschmerzen und war wohl selber spät zurückgekehrt."

Sanft schob sie den linken Oberschenkel zwischen seine Beine. Er ließ es sich zwar gefallen, aber ihn bewegte noch ein anderes Problem: „Was hieltest du eigentlich von Viktors Vater? Ich war verwundert über sein Auftauchen, aber auch über deine Reaktion."

Vicky zog den Oberschenkel wieder zurück: „Na, hör mal! Sollte ich ihm die Adresse von Adelheid geben? Sollte ich ihm von der Hexenmedizin erzählen? Wir sollten nicht so viel darüber quatschen."

„Hexenmedizin?", erkundigte er sich erstaunt. „Heißt das, Adelheid hat dem jungen Mann eine Dosis verpasst?"

„Möglich ist alles!", stieß sie hervor und nahm seinen Penis zwischen die Fingerspitzen. „Kannst du etwa schon wieder?"

Während sie sich auf ihn wälzte, hörten die beiden nicht, dass auf der Zufahrt ein Auto anhielt. Titus knurrte leise. Der Wagen fuhr wenig später weiter. Es war ein alter weinroter Opel …

XIV

Am Mittwoch kam Vicky ziemlich früh von der Arbeit. Franz schaltete den Computer ab und ging in die Küche. Er begrüßte sie mit einer vagen Umarmung: „Wie war dein Tag?"

„Anstrengend", erwiderte sie und ließ sich auf einen Stuhl fallen. Zu fragen, wie der seine war, unterließ sie wohlweislich. „Wie geht es deinem Magen? Sind die Schmerzen weg?"

„Ja, ja!", log er und rang sich ein Lächeln ab. „Ich möchte nochmal weggehen, Klärchen und Ruprecht besuchen. Sie müssten jetzt auch zu Hause sein. Meinst du nicht auch, dass die beiden ausgeflippt genug sind, um am Sonnabend mitzumachen?"

In Vickys Gesicht trat ein echtes Leuchten: „Das ist eine prima Idee, Franz! An die habe ich noch gar nicht gedacht. Die stehen der Sache bestimmt aufgeschlossen gegenüber."

„Das meine ich auch", sagte Franz. „Hast du was dagegen, wenn ich gleich losgehe?"

„Warum sollte ich?", meinte Vicky und erinnerte sich daran, dass sie den Mann früher nicht gern alleine ziehen ließ. Aber diese Zeiten waren nun vorbei. „Bestell ihnen schöne Grüße und sei trotzdem vorsichtig mit deinen Erklärungen. Manchmal täuscht man sich auch bei den Menschen."

„Ja, ja!", brummelte er wieder und zog eine leichte Jacke an. „Bis bald!"

Zwei Stunden später klopfte Franz verhalten an die Tür einer Wohnung in einem großen, sanierten Fachwerkhaus. Es dauerte einen Augenblick, dann öffnete sich die Tür, erst vorsichtig, dann eher schnell. Er freute sich, dass jemand zu Hause war. „Hallöchen! Das ist ja eine Überraschung! Hereinspaziert!", begrüßte ihn Adelheid. Sie trug einen beigen Pulli und einen rot bedruckten Rock. „Ich koche gerade Abendbrot. Was führt dich zu mir?"

„N'abend!", begrüßte sie der Mann verklemmt. „Ich möchte dich nicht stören."

„Nein, nein! Komm rein!", rief Adelheid mit hoher Stimme und gab ihm die Hand. Franz setzte zu einer Umarmung an, die sie sich freimütig gefallen ließ. „Was gibt es Neues?"

„Ich komme gerade von einem bekannten Ehepaar", erzählte er und taute dabei sichtlich auf. „Den beiden habe ich von unseren Treffen erzählt – natürlich mit der gebotenen Vorsicht. Sie waren begeistert und machen auf jeden Fall mit."

„Wunderbar!", trällerte die Frau. Ihre Brüste standen heute besonders aufreizend nach vorn. „Es wird also so sein, wie wir es uns vorgenommen haben. Am Samstag versammeln wir uns am Hamburger Wappen. Ich habe es Vicky bereits gestern gesagt. Wir wandern dorthin. Die anderen wissen ebenfalls schon Bescheid. Wir werden bestimmt mehr als zehn Leute sein."

„Woher kennst du diese Stelle eigentlich?", erkundigte sich Franz und versuchte, in den Topf zu schauen.

„Ich koche Rote Beete mit Zwiebeln und Kartoffeln", erklärte sie eifrig. „Magst du so was?"

„Oh ja!", antwortete er ernst.

„Irenäus hat mir den Tipp gegeben", erklärte sie und suchte Teller hervor. „Ich bin mit dem Fahrrad hingefahren und habe mir die Örtlichkeit angesehen. Es ist wirklich umwerfend. Der Mann hat ein Gespür für diese Dinge. Das muss man ihm lassen."

„Ist er mitgefahren?", erkundigte sich Franz wie beiläufig, aber seine Augen flackerten unstet.

„Nein, nein, das musste nicht sein!", sagte die Frau mit abgewandtem Gesicht und füllte die Teller.

Er verspürte das unwiderstehliche Verlangen, an ihren kleinen Arsch zu fassen. Aber gerade, als er seine Hand danach ausstreckte, drehte sie sich um und verteilte das Essen auf dem Küchentisch mit Sprelacart-Platte. Gehorsam nahm er ihr gegenüber Platz und löffelte die ziemlich fade Brühe.

„Ich glaube eher, dass er sich momentan mehr mit Vicky unterhält", ließ sie beiläufig fallen und aß hungrig ihre Mahlzeit. „Die beiden scheinen sich gut zu verstehen."

„Was treiben sie?", hakte er sofort ein. Seine Hormone gerieten augenblicklich in Wallung. „Haben die beiden etwas miteinander?"

„Ach, das glaube ich nicht." Adelheid ging zum Kochttopf. „Möchtest du noch etwas?"

„Nein, danke", sagte er und erhob sich hinter ihrem Rücken. Die Frau kratzte den Topf aus. Ihr Arsch prallte angespannt nach hinten. Franz schob seine große Pranke um eine der erotischen Wölbungen und presste ihren Körper mit leichtem Druck gegen den Herd. „Weißt du noch, wie schön es in dieser Nacht war, als wir beide nur noch allein am Feuer waren?"

„Franz, was soll das?“, rief Adelheid, ohne sich zu bewegen. „In der Nacht war überhaupt nichts …“

„Hast du es etwa vergessen?“, stieß er hervor. „Wir hatten wilden Sex miteinander. Bis zum Morgengrauen. Ich habe dich nach Hause gebracht.“

„Du spinnst doch!“ Adelheid war dem Kreischen nahe. Sie wand sich aus seinen Händen und stand mit glühenden Wangen vor ihm. „Niemals war etwas zwischen uns! Niemals!“

„Wir haben gevögelt! Es war wunderbar!“, sagte er und trat einen Schritt zurück. „Hast du das alles vergessen? Ich denke jede Stunde daran.“

„Geh jetzt!“, befahl sie und blitzte ihn trotzig an „Hau ab! Du nervst mich!“

Wütend starrte er sie an, dann drehte er sich um und ging zur Wohnungstür. Ohne sich umzublicken, schickte er sich an, die Wohnung dieser bescheuerten Frau zu verlassen. Er wollte sie nie wieder sehen.

„Franz!“, hörte er es hinter sich leise.

Widerwillig drehte er sich um. Adelheid hatte alle Hüllen fallen lassen. Nackt und weiß und mit großen Titten stand sie vor ihm und lächelte zaghaft.

XV

Es war schon wieder Sonnabend. Der Mai verging rasend schnell, und seine Abende dauerten immer länger. Lau und träge bewegten sich die frühsommerlichen Luftmassen durch das Harzvorland. Das Getreide wogte in sanften, grünen Wellen, und die unseligen Rapsflächen verwandelten sich von knallgelben Farbseen in riesige Karrees stumpfgrüner Biomasse.

Sie trafen sich im Südwesten am äußersten Zipfel der Quedlinburger Gemarkungsgrenze. Das Waldstück wurde Warnstedter Eichen genannt. Von dort aus breitete sich ein weiter Panoramablick ins Nördliche Harzvorland aus. Irenäus war von seinem Grundstück aus etwa zwanzig Minuten allein gewandert. Nun erwarteten ihn an dieser Stelle Karl Wabenmond und Marie. Die beiden lebten seit geraumer Zeit in einer lockeren Beziehung. Wahrscheinlich hielt diese Verbindung so kontinuierlich wegen einer Seltsamkeit: Die Frau gab nicht preis, wer sie war. Sie tauchte auf und verschwand wieder. Allen jagdlichen und detektivischen Künsten zum Trotze hatten es die beiden Männer noch nicht geschafft, den mysteriösen Lebenshintergrund dieser Frau zu erhellen. Inzwischen war das den Freunden auch ziemlich egal. Wenn Marie das so vernünftig fand, sollte sie ihren Willen haben.

„Hallo, mein lieber Irenäus!“, begrüßte sie ihn überschwänglich und warf sich an seinen Hals. Sie war eine ziemlich große Frau mit einer pastoralen Figur. Er fühlte den strammen Körper unter dem roten T-Shirt, welches sie immer trug. Er war versucht, den knackigen Hintern zu streicheln, der in eine Bluejeans gepresst war, unterließ diesen Akt der Freizügigkeit aber seinem Freund zuliebe. Üppige Lippen pressten sich kurzzeitig auf seinen Mund, und die langen kohlschwarzen Haare umschlossen ihre Gesichter. Trotzdem es erst Mai war, glänzte Maries Haut in einem satten Braun. Die schwarzen Augen blitzten lustig, als sie sich wieder zurücknahm.

Dann gab er Karl die Hand, der der Zeremonie grinsend zugesehen hatte. Die Hunde hatten sie zu Hause gelassen, denn das Ende der heutigen Nacht versprach, noch ungewisser zu werden als beim letzten Mal. Ohne zu verweilen, begaben sich die drei auf den Weg, der von hier an durch die Felder führte, dann vorbei an der früheren Müllkippe und schließlich bei der Timmenröder Teufelsmauer endete. Dabei handelte es sich um eine einmalige Felsformation aus hartem quarzigem Sandstein, die sich mehr oder weniger intensiv vor der gesamten Kante des Nordharzes erstreckte. Bei der Auffaltung der Alpen vor zig Millionen Jahren zerbrach die alte variszische Kontinentalplatte in gewaltige Schollen. Das nach Norden steil abfallende und nach Süden flacher auslaufende Gebirge bildet eine sogenannte Pultscholle. Nach Norden hin wurde die Landschaft, Sedimente eines ehemaligen Meeres, aufgewellt wie eine Tischdecke. Direkt vor der Pultscholle erhob sich die steilste, senkrecht stehende Gesteinsschicht, die heute als imposante Mauer aus der Landschaft ragt – eben die Teufelsmauer.

„Was hast du eigentlich mit uns vor, Irenäus?", fragte die Frau und schritt kräftig aus. „Karl erzählte mir irgendein wirres Zeug über Hexenmedizin."

„Wir werden in dieser Nacht ein wenig fliegen. Ich habe das schon ein paar Mal gemacht", erläuterte Irenäus und erzählte ihr eine ganze Reihe von Einzelheiten über das bisherige Geschehen. „Deshalb gehen wir auch zu Fuß, damit niemand auch nur auf die Idee kommt, in diesem Zustand Auto zu fahren."

„Wir könnten doch alle zusammen wandern", überlegte Karl laut. „Dann würde man sich schon vorher ein bisschen kennenlernen."

„Bewahre!", rief Irenäus in entsetztem Tonfall. „Deine soziale Ader in allen Ehren, aber es ist am besten, wenn wir uns so wenig wie möglich kennen. Für mich ist der Ausgang dieses Experiments völlig offen, und ich finde es unkritischer, wenn die Teilnehmer daran relativ anonym zusammenkommen und wieder auseinander gehen."

„Er ist eben ein Steppenwolf", meinte Marie. „Aber ich sehe das ganz genauso. Bei von der Öffentlichkeit nur wenig sanktionierten Handlungen fühlen sich die Teilnehmer viel freier und unbefangener, wenn sie ihre Anonymität weitgehend behalten können. Anders ist es, wenn man sich schon sehr lange kennt und eine echte Gruppe bildet."

'Sie kennt sich da profimäßig aus', registrierte Irenäus. Karl erwiderte: „Wenn sich die Teilnehmer aber fast gar nicht kennen, ist Tür und Tor für dummes Gequatsche oder gar Verrat geöffnet. Es ist sowieso nur eine Frage der Zeit, wann sich die Behörden für uns zu interessieren beginnen."

„Ich glaube, wir sollten das Gerücht vom Nahen des Weltuntergangs stärker in den Vordergrund stellen", überlegte Irenäus. „Ich halte das für ein plausibleres Argument als nur die Freude am Spaß oder einen Vermarktungsgedanken."

„Hauptsache, du glaubst selber daran", frotzelte die Frau und stieß ihn in die Seite. „Tust du das etwa?"

„Man kann sich immerhin in diesen Gedanken hineinsteigern", antwortete er. „Die uralten Kalender stellen es eindeutig fest."

Marie verzog ziemlich abweisend den Mund, und ihr Freund fragte: „Identifizierst du dich nicht etwas zu stark mit diesem Hexenspuk? Als Detektiv solltest du deinen mentalen Abstand bewahren! Lass uns lieber erforschen, ob der Tod dieses Viktors doch in irgendeiner Verbindung zu den beiden Hexen steht."

„Ich denke ziemlich viel darüber nach", entgegnete Irenäus, „aber ich wüsste nicht, wo der Verbindungspunkt liegen könnte. Bis jetzt scheinen alle die Medizin ohne gesundheitliche Komplikationen verkraftet zu haben, wenn wir einmal vom Sturz in den Luftschacht absehen."

In derartige Gespräche vertieft, erreichten sie nach weniger als einer Stunde den Ortsrand des Dorfes Timmenrode und wandten sich seitwärts in Richtung Westen. Sie durchquerten einige Streuobstwiesen und eine Kieferndickung und standen urplötzlich vor ihrem Ziel, dem Hamburger Wappen. Wie es Irenäus erhofft hatte, waren sie die Ersten.

„Wahnsinn!", flüsterte Marie andächtig. „Die Ausstrahlung ist gewaltig …!"

„Fühlst du etwas?", erkundigte sich Karl Wabenmond und stieg eine Felskante hinab in das Rondell zwischen den Felsen. Marie antwortete nicht und ging an eine der narbigen Kiefern. Sie legte die Arme um den Stamm, der die Spuren alter Axthiebe zeigte, und lehnte den Kopf an die knorrige Borke.

Wenn man die nötige mentale Sensibilität mitbrachte, wirkte diese Stätte mit starken Kräften auf die Seele ein. Ein Odem steinerner Energie ging von den umgebenden Felsen aus. Nach Süden fiel die Landschaft zum Harz hin leicht ab. Die Berge ragten im blauen Abenddunst in den wolkenlosen Himmel. Die nördliche Begrenzung des Kultplatzes wurde von zwei bizarren Sandsteinformationen dominiert, zwischen denen ein steiler, von alten Bäumen bewachsener Abhang hinunter zur Ebene führte.

Links ragten die namensgebenden Felstürme empor. Über einer senkrechten Quarzwand erhoben sich drei Steinzinnen. Entfernt erinnerte diese Struktur tatsächlich an das Wappenbild der Hansestadt. Rechts im Nordosten öffnete sich im gewölbten Felsen eine grottenähnliche Höhle. Das Besondere an ihr war, dass sie am anderen Ende in eine offene Galerie mündete, von der aus man sehr weit in das nördliche Harzvorland blicken konnte. Der Boden war mit feinem Sand bedeckt, das Rondell zwischen all diesen Formationen mochte etwas über hundert Quadratmeter groß sein und war mit Trockenrasen und einigen Büschen bewachsen.

„Wollen wir ein Feuer entzünden?", fragte die Frau und trat zu den Männern.

„Einen Moment noch", erwiderte Karl. „Es muss noch etwas dämmriger werden. Warten wir erstmal ab, wer sich alles einstellt zu unserer Hexenparty."

Sie sammelten trockenes Holz, und die Schatten wurden länger. Dabei machten sie sich mit der Örtlichkeit vertraut, die Männer ebenso wie Marie. Diese Kenntnis der Kultstätte und eine mentale Vertrautheit zwischen ihnen war es, was Irenäus mit seinem frühzeitigen Erscheinen vor Ort beabsichtigt hatte. Nach und nach trafen die anderen Leute ein. Es waren dieselben wie am Gesichtsstein, und zwischen ihnen bestand bereits eine gewisse Vertrautheit, aber es erschienen auch einige neue Gäste, die Irenäus alle nicht kannte.

Vicky erschien zusammen mit Franz und einem zweiten Paar, das sehr erstaunte Blicke in die Runde warf. Sie begrüßten alle Anwesenden, wobei Vicky es so einrichtete, dass Franz sie für einige Augenblicke nicht beobachten konnte. Ihre Hände wühlten sich in Irenäus' Hemd, und sie sandte ihm einen heißen, sehnsüchtigen Blick. Dabei flüsterte sie: „Hallo, mein Lieber!"

Die Sonne war inzwischen untergegangen. Alle anderen erschienen so, wie man es vereinbart hatte. Karl, der alte Praktiker, hockte am Boden und schichtete ein paar trockene Holzscheite auf einer bereits vorhandenen Feuerstelle. Irenäus und Marie hielten sich ein wenig im Hintergraund.

„Jetzt müsste der Auftritt der Oberhexe gleich erfolgen", flüsterte er ihr zu. „Ich glaube, ihr Ego benötigt dramatische Auftritte."

Und wie auf das Stichwort erschien am Rande der Wappensteine eine Gestalt, die langsam zum Rondell herabstieg. Marie neigte sich zu ihm: „Sie ist bestimmt schon lange hier und hat auch uns beobachtet."

„Da war ich mir von Anfang an sicher. Ich wollte Karl und dich nur nicht verunsichern", gab er leise zurück. In seinem Geist formte sich immer intensiver das Bild einer ganz bestimmten Personenstruktur. Die Frau besaß tatsächlich nicht sehr viel Energie, sie war schmal gebaut und schnell verwundbar, hielt kaum Kritik aus und wurde leicht depressiv. Diese schwachen Kriterien versuchte sie, durch ein raffiniert ausgeklügeltes Machtgebaren zu kompensieren. Macht konnte sie aber nur so lange ausüben, wie sich die anderen auf Grund einer bestimmten Attraktion davon vereinnahmen ließen. Sie besaß allenfalls eine Scheinmacht, keine echte Stärke. Vermutlich zog sie sich augenblicklich von Menschen zurück, die diesen Mechanismus durchschauten. Er folgerte daraus, erst einmal zu schweigen und sich das Brimborium anzuschauen.

Adelheid war nun innerhalb des Rondells angekommen. Als erstes fiel auf, dass sie sich die Haare in einem dezenten Rotton gefärbt hatte, wodurch sie schlagartig nicht mehr graumäusig wirkte. Erstmalig trug sie ein schwarzes Shirt und dazu einen Rock in einem feurigen Dunkelrot, der bis über die Knie reichte. Irenäus registrierte, dass heute Aussehen vor Kälteschutz rangierte.

Sie ging reihum und begrüßte die fast zwanzig Menschen, mal
umarmte sie sie vertraulich, mal gab sie ihnen artig die Hand. Karl Wabenmond, der gerade das Feuer entzündet hatte, umschlang sie theatralisch, als wäre er ein alter Freund von ihr. Zum Schluss erreichte sie Irenäus und Marie. Zuerst gab sie Marie die Hand und musterte sie dabei kritisch, dabei knörgelte sie: „Willkommen in unserem Kreis!"

„Ich bin Marie", sagte Marie und betrachtete die Kleinere mit einem – wie es Irenäus erschien – professionell abschätzenden Blick, „die Freundin von Karl."

Adelheid drehte sich schnell von ihr weg zu Irenäus hin. Sie wusste, dass ihr alle zusahen. Sie deutete eine Umarmung an und ließ sich einen Kuss auf die Wange hauchen. Leise sagte sie: „Hallöchen!"

Er erwiderte darauf nicht mit einem Gegengruß, sondern befand nur: „Du siehst heute sehr gut aus, Adelheid!"

„Danke!", hauchte sie und sprang schnell wieder in den Kreis der anderen.

Irenäus beobachtete während dieser Szene aus den Augenwinkeln, wie sich Vicky verhielt. Sie stand neben ihrem Freund und dem mitgebrachten Pärchen. Mit angespannter Miene verfolgte sie die Begrüßung, besonders angenehm fand sie den Auftritt ihrer Halbfreundin offenbar nicht.

Die Anwesenden standen nun abwartend neben dem flackernden Feuerchen. Adelheid hob in einer tänzerischen Pose die Arme über den Kopf und machte ein paar schwebende Schritte auf Vicky zu. Sie ergriff deren Hand und zog sie auf eine kleine grasige Erhebung. Dort umarmte sie die Dunkelgekleidete noch einmal kurz und fing an zu reden: „Seid gegrüßt, die ihr euch hier versammelt habt. Der Tag neigt sich seinem Ende zu, genau die richtige Zeit für eine weitere Feier mit unserem Elixier. Wir, meine liebe Vicky und ich, haben für euch nach uralten Rezepten eine magische Medizin gebraut. Die Grundlage dafür war Hexenwissen."

In einer temperamentvollen Ansprache, die sie bestimmt vorher geübt hatte, trug sie den anderen die Summe der fundamentalen Gedanken vor. Dabei vergaß sie nicht, in geschickter Weise die Idee des nahenden Kataklysmus einzuflechten. Sie betonte, dass es sich dabei durchaus nur um eine Möglichkeit handeln würde, dass aber der Einsatz alten Wissens und der Zusammenschluss zu einer geheimen Helfergemeinschaft im Fall der Fälle von lebensrettendem Nutzen sein könnte.

'Geschickt, geschickt', dachte Irenäus.

Sie flocht auch ein, dass sie sehr dankbar wäre, wenn das Wissen über dieses Treffen im Kreise der Anwesenden verbliebe und nicht nach außen weitergetragen würde. Sie schloss diese Rede, die im Übrigen in einem freundschaftlichen, nicht knörgelnden Tonfall gehalten wurde, mit dem Hinweis auf einen gewissen Unkostenbeitrag in Höhe von zwanzig Euro aufwärts, den man in ein von ihr dazu mitgeführtes magisches Gefäß werfen solle. Sie zog aus ihrem Rucksack eine uranrote Urne, die sie neben eine der alten Kiefern stellte. Das müssten die Freunde verstehen, denn Vicky und sie hätten einen nicht unerheblichen Aufwand mit der Herstellung der Hexenmedizin und der Vorbereitung der magischen Zirkel, außerdem wäre das ganze ohne sie beide natürlich gar nicht möglich. Sie schlug vor, bis Mitternacht mit der Zeremonie zu warten und bis dahin unbefangen zu plaudern. Leiser Beifall erscholl, den sie aber sofort mit einer Armbewegung abwürgte, denn man wollte schließlich nicht bis nach Timmenrode Aufmerksamkeit erregen.

Die versammelten Menschen hatten die Ansprache aufmerksam verfolgt. Unterbrochen wurde sie nur durch das ziemlich störende Husten und Niesen, das von dem Pärchen ausging, dass Vicky und Franz mitgebracht hatten. Dementsprechend zogen sich die unfreiwillig Störenden auch in den dunklen Hintergrund zurück. Irenäus folgte ihnen mit den Augen und nahm wahr, dass sie offenbar Irgendetwas einnahmen.

Inzwischen begann eine leise Unterhaltung, die nach und nach lebhafter wurde. Alles drehte sich um die Erfahrungen mit der Hexenmedizin, die bereits gemacht wurden oder den Neulingen noch bevorstanden. Marie gesellte sich zu Karl, während sich Irenäus auf einem ein wenig zurückgesetzten Felsbrocken niederließ. Heute, so beschloss er, würde er endgültig nichts zur Unterhaltung beisteuern. Das Alter der Menschen an dieser Kultstätte bewegte sich zwischen dreißig und fünfzig. Sie benahmen sich aufgeschlossen bieder, und er verspürte nicht den Drang nach näheren Bekanntschaften.

Natürlich drehte sich das Gespräch auch um die nahende Katastrophe. Die dünne Historikerin war ebenfalls wieder mit von der Partie und wartete mit ganz neuen Erkenntnissen auf. Danach wäre es möglich, dass der Eintritt in eine neue Sonne diesmal nicht durch Wasser oder Feuer ausgelöst würde. Nicht der südpolare Eisschild würde in den Pazifik rutschen, kein Asteroid schlüge ein und auch nicht die Magmablase unter dem Yellowstone Park wird explodieren. Viel wahrscheinlicher wäre eine Pandemie, eine unheilbare Krankheit, die mit rasender Geschwindigkeit die Menschheit ausrottet. Möglicherweise eine Grippe oder ein hämorrhagisches Fieber. Davor könnte man sich nur durch Isolation oder durch die frühzeitige Einnahme gewisser Alkaloide, pflanzlicher Gifte, schützen.

'Diese Idee ist ja noch brillanter als die von Adelheid', dachte Irenäus. 'Die prophylaktische Hexentherapie, um die Weltseuche zu überleben. Gratuliere, liebe Sylvia!'

Irgendwann setzte sich plötzlich Adelheid neben Irenäus, selbstverständlich mit zwanzig Zentimeter Sicherheitsabstand. Leise fragte sie: „Du steuerst ja heute gar nichts zum Gespräch bei. Gefällt dir irgendwas nicht oder geht es dir nicht gut?"

„Danke der Nachfrage!", erwiderte er leise. „Es geht mir gut. Aber du hast selbst gesagt, ich solle mich zurückhalten. Das habe ich mir zu Herzen genommen."

„So stringent habe ich das nun auch wieder nicht gemeint!“, zischte sie ihm ins Ohr. „Willst du mir ein schlechtes Gewissen machen? So etwas mag ich gar nicht!“

„Ich will dir gar nichts machen“, grinste er, und sein Gesicht erschien wie eine flackernde Teufelsmaske. „Ich verharre heute in Stille und basta. Ich glaube, du musst dich mental auf die Einnahme des Elixiers vorbereiten. Vorher solltest du dich mit niemandem streiten.“

„Dann beachte bitte auch die zweite Anweisung, die ich dir gegeben habe!“, knörgelte sie aufgebracht und erhob sich. Irenäus zog ein Fläschchen Unterberg aus der Hosentasche und schraubte die grüne Verschlusskappe ab. Die konnten ihn doch alle mal!

Wie es sich gehörte, achteten die anwesenden Leute auf die verrinnende Zeit. Kurz vor Mittenacht begannen die Gespräche zu verebben. Spannung breitete sich im Lager aus. Dann schlug in der Ferne eine Kirchturmuhr.

Adelheid und Vicky traten in die Mitte der Gemeinde. Beide hatten ihr strahlendstes Lächeln aufgesetzt. Vicky trug in beiden Händen das Holztablett, auf dem sich heute die kleinen Gläschen bereits drängten. Adelheid nahm eins nach dem anderen davon ab und verteilte das Getränk an die Stehenden. Dabei erzählte sie mit ihrem allerliebsten Lächeln: „Nun nehmt unsere wunder-

schöne Hexenmedizin. Wir werden uns bald in die Luft erheben und fliegen. Doch achtet auf eure Körper und meidet die Nähe Uneingeweihter. Wahrscheinlich werden wir jeder für sich an irgendeinem Ort erwachen. Ruht euch dann aus und sagt mir morgen Bescheid, wie es euch ergangen ist. Dies ist ein großes Treffen, und ich wünsche uns allen jede Menge Hexenglück!“

Bei diesen Worten stand sie vor Irenäus. Sie reichte ihm sein Gläschen und schaute ihn mit einem seltsam forschenden Blick an. Dann fuhr sie fort: „Das ist Irenäus Moll. Er hat schon mehrmals von unserem Elixier gekostet. Ihm verdanken wir diesen Versammlungsort. Möge er uns Glück bringen! Lieber Irenäus! Kannst du uns bereits sagen, wo wir uns beim nächsten Mal treffen?“

Er wollte nicht der totale Spielverderber sein, das wollte er der kleinen Oberhexe nicht antun. Deshalb nahm er sie bei der Hand, trat einen Schritt nach vorn und deklamierte: „Spontan, liebe Adelheid, fällt mir dazu ein: Volkmarskeller. Das ist ein sehr mystischer Ort. Er befindet sich etwa vier oder fünf Stunden Fußmarsch von hier. Dort ist es menschenleer, und der alte Diesing hat ihn ebenfalls als Kultstätte erwähnt. Vielleicht sollte man …"

„Am Himmelfahrtstag!", rief eine Frauenstimme. Er erkannte Sylvia. „Da wandern alle in der Landschaft umher. Man kann am nächsten Tage ausschlafen, und in der Nacht laufen bestimmt keine Leute mehr im Walde herum."

„Bravo!", schrie Adelheid mit hoher Stimme. „Das machen wir!"

„Aber es ist bereits in fünf Tagen", gab Irenäus zu bedenken.

„Trotzdem!", sagte Adelheid. „Danach ist Pfingsten, und da pausieren wir erstmal. Was sagt ihr? Wollen wir in fünf Tagen zum Himmel fahren?"

„Jaaaa!!!", riefen alle und hoben die Gläser.

„Dann ist es abgemacht! Trinkt nun, und seid glücklich!" Mit einem Zuge kippte sie ihr Elixier hinter. Soweit Irenäus es überblicken konnte, machten es ihr alle anderen nach. Auch er entschloss sich, die Prozedur noch einmal mitzumachen.

Er goss den geschmacklosen Inhalt in seine Kehle und schluckte. Adelheid warf sich ihm an den Hals und raunte leise: „Bist doch ein alter Magier! Danke!"

Dann wandte sie sich an alle: „Lasst uns nun ins Feuer schauen und ein wenig in Kontemplation fallen. Jeder sollte sich auf seine urpersönliche Erfahrung vorbereiten." Mit diesen Worten zog sie sich ein wenig in den Schatten zurück und setzte sich vor einen kleinen Busch.

Karl legte noch etwas Holz aufs Feuer, dann kamen er und Marie zu Irenäus, der immer noch auf seinem Felsbrocken saß. Karl grinste ihn etwas schief an: „Na, mein Freund, wo werden wir uns morgen früh wiedersehen?"

Die anderen hörten ihrem leisen Gespräch nicht zu. Irenäus flüsterte: „Hoffentlich nicht in der Notaufnahme."

„Aber wenn Schwester Marlies Dienst hat …", überlegte der Förster. Marie musste kichern, weil sie an den Fall der Minoischen Dame dachte. Damals hatten die beiden Männer nach einer stürmischen Katastrophennacht Rita in der Notaufnahme besucht. Marie selber transportierte die beiden im polizeilichen Golf, der ausschaute, als hätte er an der Rallye Moskau – Peking teilgenommen.

„Selbst dann würde ich lieber gesund und munter aufwachen", sinnierte Irenäus. Die zwei Freunde hatten sich neben dem Stein ins Gras gesetzt und wandten sich einander zu. Irenäus warf nach längerer Zeit einen Blick in Richtung Vicky. Sie saß mit gesenktem Kopf im Gras und hatte die Arme um die angewinkelten Knie geschlungen. Ihr Blödmann saß in kurzem Abstand daneben und flüsterte dem mitgebrachten Pärchen irgendetwas zu. Plötzlich hob Vicky den Kopf, als hätte sie seinen Blick telepathisch gespürt. Ihre schwarzen Blicke bohrten sich in seine Seele. Er sah, wie sie sich erhob und auf ihn zustrebte …

XVI

Das leise Rauschen des Ozeans wirkte sich wohltuend auf seine Seele aus. Diese wand sich am Übergang zwischen den Ufern des Wahns und der Rückkehr ins Sein. Er lag auf einem Teppich aus Pflanzen, winzige Blüten umsäumten sein Lager. Durch die Wipfel der Palmen fiel gleißendes Sonnenlicht. Vor ihm breitete sich das glasklare Wasser der Lagune aus. Morgendliche Reflexe tanzten darauf ihr fremdartiges Spiel. Mit leisem Plätschern tauchte eine Gestalt aus der Dünung. Zwischen spritzenden Tropfen kam die Frau auf ihn zu, ganz langsam. Es war eine sehr schöne Frau, und er fühlte, dass irgendetwas im unteren Körperbereich lebendig wurde. Sie besaß lange schwarze Haare und war völlig unbekleidet. Die dunkelbraune Haut kennzeichnete sie als Südseeinsulanerin, ebenso der kompakte, muskulöse Körper, die straffen Schenkel und die wippenden Brüste. Die Frau entblößte die strahlend weißen Zähne und sagte fremde Worte, die er nicht verstehen konnte. Sie kam immer näher und stand schließlich vor ihm.

Er lag immer noch auf dem Rücken und sah sie mit halb geöffneten Augen an. Sie lachte und sagte etwas, das er wiederum nicht verstand. Dann fiel sie über ihm auf die Knie. Ihr Unterleib rieb dort, wo er diese Lebendigkeit gefühlt hatte. Ein heißer Rhythmus begann, ihn zu vereinnahmen. Mit den Händen hielt er sich an ihrem prallen Arsch fest, während sein Mund ihre Brust suchte. Langsam drang ihr Stöhnen bis zu seiner Seele vor, und er fühlte sich sehr wohl. Ein milder Wind ließ die Palmen sich wiegen, und die Sonne stieg höher. Unbewegt lag die Oberfläche des Ozeans.

„Wo sind wir?“; fragte er nach dem Orgasmus.

„Keine Ahnung“, kicherte Vicky und ließ ihn nicht entschlüpfen.

Das andere Ufer lag unendlich fern. Trotzdem nahm er dort auf einmal eine Bewegung wahr. Ein Mann mit einer Angel.

„Scheiße!“, sagte Vicky und wälzte sich von ihm. Sie streichelte sein Gesicht und küsste ihn. „Lass uns aufstehen! Bist du wach?“

„Kann sein“, stöhnte er leise und versuchte, sich umzublicken. Mit Freude sondierte sein Großhirn, dass sich im direkten Umfeld etliche Kleidungsstücke verstreuten. Ohne den Angler am anderen Ufer zu beachten, erhob er sich splitternackt. Was konnte ihm dieser Maori schon abgucken? In Zeitlupe sammelte er einige Kleidungsstücke auf. Einige Zeit später steckte er in Hose und Hemd, an den Füßen zum Glück seine Tevas. Alles andere war unauffindbar. Aber es reichte nun auch …

„Man ahnt ja nichts Schlimmes!“, brüllte der Angler aggressiv über das Wasser. Irenäus erwiderte nichts. Er fragte sich nur, woher Maoris so gut Deutsch konnten. Die Frau wollte sich um die Aufnahme eines sachlichen Dialogs kümmern, aber er legte ihr schnell eine Hand über den Mund. Nur das nicht! Er war Morgenmuffel.

Langsam kletterten sie eine Böschung zwischen Kräutern und Palmen hinauf. Oder waren es Erlen?

„Wo sind wir, Irenäus?“, fragte die Südseeinsulanerin. „Ich muss bald zu Hause sein.“

„Woher soll ich das wissen?“, entgegnete er und beugte sich hinab, um ihr einen Kuss zu geben. „Ich wurde soeben mal gerade daran erinnert, dass ich Irenäus heiße.“

„Ach, Mann!“, stieß sie hervor. „Komm mal langsam zu dir! Es ist schon Vormittag. Du weißt doch hier Bescheid! Wo sind wir? Ich habe diese Gegend noch nie gesehen.“

„Na, in der Südsee, wo sonst!“, kicherte er blöde. „Wahrscheinlich sind wir diesmal um die halbe Welt geflogen. Wir werden eben immer besser.“

„Hör doch auf!“, schmollte sie, halb lachend. „Für die Südsee ist es hier viel zu kalt. Außerdem angeln hier blöde Leute, und aus dem Gestrüpp springen einen Zecken an!“

„Na, wenn es so ist“, meinte er und reckte den verschlafenen Körper. Mit wacheren Augen blickte er sich um, „würde ich sagen, dass wir uns an den Eggeröder Mühlenteichen befinden.“

„Und wo sind die bitte?“, erkundigte sie sich und wartete darauf, welche Marschrichtungszahl er vorgeben würde. Dabei streichelte sie seinen Hintern.

„Wenn ich recht erinnere“, dozierte er gewichtig, „zwischen Wienrode und Thale. Es handelte sich um eine Anstauung des Silberbachs. Früher trieb sein Wasser eine sehr romantische Mühle an.“

„Na, prima!“, rief sie. „Und wie kommen wir jetzt nach Hause?“

„Da lang!“, stellte Irenäus fest und begann, einen mit Kirschbäumen bewachsenen Abhang zu erklimmen. Die Richtung hieß Nord. Zehn Minuten später kamen sie auf einem Höhenzug aus Kalk an. Vor ihnen lag der Ort Timmenrode. Dahinter glänzte der Quarz des Hamburger Wappens in der Morgensonne.

„Weit sind wir aber nicht gekommen“, knurrte Irenäus.

„Aber viel besser als bis in die Notaufnahme, du Miesepeter“, trällerte die Frau und küsste ihn herzhaft.

Zwei Stunden später saßen sie an seinem Gartentisch. Titus umkreiste sie und stieß dabei ein lautes Freudengeheul aus. Frischer Nescafé und für jeden heiße Halberstädter Würstchen mit Brot von Bäcker Koch standen auf der Platte. Nachdem sie dieses Festmahl verschlungen hatten, kamen sie endgültig wieder in der Wirklichkeit an. Sie beide hatten das neueste Hexentreffen schadlos überstanden. Und was war mit den anderen Teilnehmern?

Irenäus gab dem Schwarzen ein halbes Bockwürstchen und sprach: „Euer Hexenelixier scheint den Sexualtrieb anzuregen.“

„Weiß ich nicht“, antwortete Vicky kauend. „Vielleicht ist das nur bei uns so. Bei anderen könnte es ganz andere geheime Wünsche enthemmen.“

„Ja, ja“, überlegte er. „Niemand hat bis jetzt wirklich darüber berichtet. Was sagt denn dein Franz dazu?“

„Mein Franz schweigt sich darüber aus“, erwiderte sie und verzog missgelaunt das Gesicht. „Und da du mir gerade mit der Erwähnung dieses Namens die Stimmung verdirbst: Ich muss schleunigst nach Hause!“

„Oh, schade!“ Er erhob sich und streichelte die schwarzen Haare. „Jetzt schon?“

„Es ist schon zehn durch“, stöhnte sie und schloss die Augen. Doch dann riss sie sie wieder auf. „Fährst du mich ein Stück?“

Auf dem Rückweg überlegte Irenäus, ob er am Forsthaus vorbeifahren sollte. Wie mochte es seinem Freund Karl gehen? Aber vielleicht störte er ihn ja erheblich. Titus wackelte unbestimmt mit dem schwarz behaarten Schädel und so fuhr er zu seinem Grundstück zurück.

Als erstes sah er auf dem sandigen Boden der Einfahrt eine Autospur, die nicht von seinem Daimler stammte. Irgendjemand war hier gewesen. Titus und er sprangen aus dem Mercedes Kombi und liefen eilig durch die Büsche auf den Hof. Dort stand kein unbekanntes Auto, das war also wieder abgefahren. Aber der Unbekannte hatte etwas zurückgelassen. Es war groß, grün und schnarchte leise.

Verkrümmt und kurz vorm Hinabfallen saß dort Karl Wabenmond auf einem Gartenstuhl. Was hatte das denn nun wieder zu bedeuten. Irenäus registrierte, dass er heute bereits einen sehr anstrengenden Tagesabschnitt absolviert hatte. Eigentlich wollte er ausschlafen, schließlich war Sonntag. Seufzend ging er zu seinem Freund und rüttelte ihn an der Schulter. Der verhaspelte sich beim Schnarchen, doch er wachte nicht auf. Fünfzehn Minuten später gab Irenäus auf.

Sollte er den Notarzt rufen? Müdigkeit befiel nun auch ihn. Eigentlich sah der Förster nicht wie kurz vorm Abkratzen aus. Also entschied er sich für moderates Abwarten. Auch er sollte vielleicht wenigstens einen kleinen Intelligenzschlaf halten. Gerade als er sich entschloss, endlich ins Bett zu gehen, fiel Karl vom Gartenstuhl. Wie in Zeitlupe sackte er hinunter auf den Boden, mit einem leichten Plop schlug sein Kopf auf dem Boden auf.

'Verdammt', dachte Irenäus und beugte sich über Karl. Der schlug nun die Augen auf und schaute ihn mit einem Blick aus einer anderen Welt an. Dann schickte er sich an, die Lichter wieder zu schließen. Das konnte Irenäus nicht zulassen. Er rüttelte den anderen derb an der Schulter und schrie: „Aufwachen! Aufwachen! Es ist schon Mittag!"

Karl drehte die Augen wieder auf und grunzte. Hervorbringen konnte er kein Wort. Irenäus rüttelte noch einmal, noch derber, dann hastete er in die Küche. Eilig griff er nach der Flasche Glenfiddich und eilte damit wieder auf den Hof. Der Förster hatte die Augen schon wieder geschlossen und brummte selig. Doch das ließ sein Freund nicht zu. Er packte den führerlosen Schädel und öffnete mit einem Griff in die Kieferpartie die Kauleisten. Dann schüttete er einen größeren Schluck Whisky zwischen die Zähne. Wirklich schade um das wertvolle Getränk!

Karl prustete und lief rot an im Gesicht. Wahrscheinlich war ihm ein Schluck in die Lunge gelaufen. Irenäus drehte ihn auf die Seite und ließ ihn etwas keuchen. Nachdem sich der Förster beruhigt hatte, griff er ihn unter die Achseln und hievte ihn wieder auf den Gartenstuhl.

Karl schlug die Augen auf und stammelte: „Gib mal noch einen!"

Irenäus füllte ein Glas und hielt es dem Mann an die Lippen. Dieser trank es gierig leer, dann hustete er wieder und sagte, nun schon etwas lebendiger: „Scheiße!"

„Schlaf nicht wieder ein!", befahl Irenäus und drehte sich um. „Ich koche dir schnell einen Kaffee."

Zum Glück war das Wasser im Kessel noch ziemlich heiß. Der Freund schlürfte das lauwarme Gebräu und kam langsam wieder auf die Beine. Das Erste, was er dann sagte, war: „Mann, oh Mann!" Danach erhob er sich schwankend vom Tisch, ohne dass Irenäus ihm dabei half. „Kannst du mir sagen, wie ich hierher komme?"

„Irgendwer hat dich mit einem Auto hergebracht", erklärte Irenäus hilfsbereit. „Ich weiß allerdings auch nicht wer. Ich war zu jener Zeit abwesend …"

„Abwesend!", flüsterte Karl abwesend. Dann hob er den Kopf: „Hast du was zu essen?"

„Oh, Mann! Erzähl lieber mal, was passiert ist!", forderte ihn Irenäus auf und holte dem Freund ein Stück Brot mit Wurst.

Karl aß gierig. Anschließend berichtete er: „Wir sind wundervoll geflogen. Nein, Irenäus, das muss man anerkennen, die Hexenmedizin ist Klasse. Und später war es auch wundervoll. Marie und ich lagen in einem riesigen Bett, umgeben von Grünpflanzen. Weihrauch wehte durch den Raum, an den Wänden hingen erotische Bilder. Wir tranken Sekt, bis die Morgensonne ins Zimmer fiel. Ich befand mich endlich in Maries Welt! Verstehst du?"

„Hast du mal aus dem Fenster geschaut, um zu sehen, wo dieses wundervolle Zimmer installiert ist?", erkundigte sich Irenäus lakonisch.

„Nicht wirklich! Ich kam gar nicht dazu", lachte der Jäger. „Aber ein bisschen habe ich doch mitgekriegt. Es war eine grüne Landschaft, die mich an die Heidberge erinnerte. Aber das kann ja nicht sein, dort gibt es kein Gebäude. Außerdem muss es ganz in der Nähe eine Straße gegeben haben, denn ich hörte ziemlich oft Fahrgeräusche."

Irenäus schenkte seinem Freund noch ein großes Glas von dem teuren Whisky ein. Dann fragte er: „Waren die Wände gelb gestrichen?"

„Ja!", bestätigte sein Freund und hielt sein Glas in der Schwebe. „Woher weißt du das?"

„Du warst im Yellowhouse!", klärte ihn Irenäus knallhart auf. „Marie könnte dort die Geschäftsführerin sein. Deshalb hält sie natürlich ihre Identität geheim."

„Du spinnst doch!", schrie Karl und schüttete das Getränk in einem Zuge hinter. 'Schade drum', dachte Irenäus, 'hätte ich ihm auch Pinselreiniger geben können.'

„Marie ist keine Puffmutter!"

„Ist doch egal!", beruhigte ihn der Freund. „Sie ist ein wunderbares Mädchen. Mir wird jetzt aber einiges klar! Erinnerst du dich, dass Rita an ihrem Geburtstag andeutete, sie kenne Maries Identität? Die beiden Frauen haben damals geheimnisvoll getan und uns nichts verraten. Natürlich weiß die Kriminalpolizei, wer in ihrem Wirkungskreis die Bordelle betreibt. Und nun rege dich nicht mehr auf. Ich schlage vor, wir lassen uns ihr gegenüber nichts anmerken. Sie ist richtig glücklich mit dir!"

„Oh je!", stöhnte Karl. „Wie soll ich damit leben? Vielleicht spinnst du aber doch nur. Wie bin ich zum Beispiel hierher gekommen?"

„Sie hat dir K.o.-Tropfen in den Sekt gemacht. So was gehört zu ihrer Standardausrüstung", erklärte ihm Irenäus. „Und dann hat sie dich hierher gefahren, damit dich jemand auffängt, falls es eine Komplikation gibt. Ist doch sehr fürsorglich!"

„Dieses Biest!" Karl schüttelte den Kopf und musste lachen.

XVII

Sie war ein kleiner lustiger Vogel und flog durch das helle Licht des Halbmondes. Unter ihr glitten Felder und Wälder und ab und zu ein Lichtlein dahin. Sie fühlte sich sehr wohl, in ihr pulsierten Wärme und Liebe. Aber sie war auch ein wenig einsam. Suchend schweifte ihr Blick in die samtdunkle Ferne. Plötzlich sah sie etwas! Das war ein anderer Vogel. Er sah viel größer aus als sie. Langsam näherte er sich. Freudig hüpfte ihr Herz in der Brust – und auch ein wenig bang.

Der andere Vogel besaß ein eisgraues Gefieder, das im Mondlicht wie silberfarbenes Metall schimmerte. Schweigend schob er sich immer näher an sie heran. Ihre Schwingen berührten einander, und diese Berührung wirkte sehr erregend. Doch andererseits löste sie auch wohlige Angst aus. So flogen sie lange dahin, schweigend, mal näher und mal ferner. Der Wind rauschte und der Mond sank zum Horizont herab. Als sie ihr Nest erreichten, graute der Morgen. Der große, eisgraue Vogel schloss sie in seine Schwingen und drang in sie ein.

Die Morgensonne schien. Adelheid war sofort hellwach. Neben sich nahm sie ein verhaltenes Stöhnen wahr. Sie lagen auf ihrer aufgeklappten Bettcouch. Der Vogel mit den eisgrauen Schwingen war Franz. Sie rückte ein Stück vom Körper des Mannes weg. Was hatten sie getan? In Adelheids Hirn kreisten wilde Gedanken. Sie hatte ihm doch vor wenigen Tagen gesagt, dass ihr Beischlaf ein bedauerlicher Ausrutscher gewesen war und dass sie keinesfalls vorhatte, ihre Freundin Vicky zu betrügen. Und nun lag er schon wieder hier. Das ging gar nicht!

Er stöhnte leise und krümmte sich zusammen. Was hatte er nur? Leise stand sie auf und trank ein Glas warmes Wasser aus der Leitung. Dann ging sie wieder zum Bett und rüttelte ihn an der Schulter: „Franz! Was ist los?"

Der Mann verstummte sofort und drehte sich schwerfällig auf den Rücken. Er war nackt. Als sie ihn so vor sich liegen sah, verging ihr alles. Welcher Teufel hatte sie nur geritten? Mit abgewandtem Gesicht forderte sie ihn auf: „Zieh dir mal was an, Franz!"

Brummend richtete er sich auf: „Wieso? Wir waren doch die ganze Nacht so. Es war schön!"

Seine Pranke fasste nach ihr. Entsetzt sprang Adelheid zurück: „Lass das! Du hast nicht die geringsten Rechte an mir! Damit das klar ist!"

„Schon gut!", knurrte er. „Ich muss sowieso erstmal eine Tablette nehmen. Ich habe ziemliche Schmerzen."

„Wieso?", erkundigte sie sich skeptisch. „Hast du Probleme mit dem Elixier?"

„Nein, nein!", meinte er und stand groß und unbekleidet vor ihr. Müde baumelte sein Penis herab. „Im Gegenteil, das Elixier lässt mich die Schmerzen vergessen."

„Was hast du?", fragte sie erneut. „Bist du krank?"

Er schaute sie einen Moment überlegend an und klaubte eine Tablette aus seiner Hose, die in einem Sessel lag. Dann sagte er: „Ich habe Magenkrebs. Vicky weiß das nicht. Ich hatte mir einiges von der Hexenmedizin versprochen, aber die scheint nichts zu bewirken."

„Mist!", erwiderte Adelheid und trat mehrere Schritte zurück. Sie konnte kranke Menschen nicht ausstehen und krebskranke schon gar nicht. Ständig litt sie selber unter der Angst, diese Krankheit zu bekommen. Niemand wusste, dass sie seit langem mit einer Cancerophobie Krieg führte.

Mühsam rang sie um Contenance: „Das tut mir leid! Trotzdem will ich jetzt gern allein sein. Gehst du bitte, wenn du dich angezogen hast."

Franz streifte die Sachen über und sah sie verwirrt an: „Mehr hast du dazu nicht zu sagen?"

„Im Moment nicht", antwortete sie und ging zur Wohnungstür. Als er an ihr vorüberging, setzte sie ein künstliches Lächeln auf und sagte „Ciao!" Als er sie zum Abschluss umarmen wollte, wich sie zurück.

Sie war allein. Nun befiel sie das ganz große Zittern. Irgendetwas war schief gelaufen.

XVIII

Sonntagmorgen, die Stadt war noch ziemlich leer. Langsam ging Franz auf Nebenstraßen zum Bahnhof. Das Schmerzmittel begann zu wirken. Erschöpft setzte er sich in der Grünanlage vor der Bahnhofsbrücke auf eine Parkbank. Die Sonne stand nahe dem neogothischen Bahnhofsgebäude, dessen Umfeld gediegen, aber ganz schön verwahrlost war. Alles gehörte irgendwelchen fernen anonymen Firmen. Verfall der Sitten. Eben!

Er war extrem deprimiert. Wie ihn diese Hexe abserviert hatte, das ging wirklich zu weit. Sie war herzlos und neurotisch bis zum Abwinken. Aber das war keine Entschuldigung mehr in diesem Alter. Im Rausch ließ sie sich ficken ohne Ende, und wenn sie wieder da war, behandelte sie ihn wie einen Aussätzigen. Blöde Ratte! Dabei war sie gar nicht gut gewesen. Vicky konnte das viel besser!

A propos Vicky, um die musste er sich auch mal wieder kümmern. Er spürte, wie sie ihm entglitt. Was trieb sie mit diesem Irenäus? Den konnte er gar nicht leiden. Der hatte sich in ihr wunderbares Hexenarrangement hineingedrängt, um ihm die Frauen abspenstig zu machen. Dreckskerl!

Wütend schlug er sich auf den Schenkel und atmete tief durch. Die Schmerzen waren jetzt erträglich. Früher gab es im Oberharz eine Krankheit, die wurde „Hüttenkatze" genannt. Die Arbeiter an den primitiven Schmelzöfen atmeten große Mengen an Schwermetallen bei der Erzverhüttung ein, Blei, Arsen, Zinn, aber auch Schwefel und Chlor. Viele von ihnen starben an einer Krankheit mit so heftigen Schmerzen, als zerreiße ein Tiger ihre Eingeweide. Er hatte das im Internet gelesen.

Franz hatte Angst. Große Angst, schlimme Angst. Die Opferung von Kater Fritzi hatte die Götter nicht versöhnt. Sie wollten mehr. Vielleicht ein Menschenopfer … Der Gedanke war neu. Er schlich sich aus seinem Unterbewusstsein wie ein schleimiges Monster ins Großhirn. Ein Menschenopfer …!

Die Götter kannten kein Erbarmen. Auf der Bahnhofsstraße, kurz vor der Brücke, hielt ein Auto. Es war ein armygrüner Daimler Kombi. Die Beifahrertür klappte. Eine dunkelhaarige Frau lief um das Fahrzeug herum zur Fahrerseite. Durch das herabgelassene Fenster küsste sie den Insassen mit großer Inbrunst. Ihr Hinterteil war nach hinten gewölbt und ragte fast bis zur Straßenmitte. Dann zog sie sich zurück, winkte noch einmal und lief über die Brücke in Richtung Süderstadt. Der Kopf des Mannes hinter dem offenen Fenster war deutlich zu erkennen. Gerade strich er die schulterlangen Zottelhaare nach hinten.

Franz hatte sich so gut es ging in die Bank verkrochen, damit er nicht gesehen wurde. So war das also! Er fühlte sich sehr allein. Vicky gab er einen Vorsprung von fünf Minuten, dann erhob er sich und begab sich ebenfalls auf den Heimweg. Er wusste jetzt, wen er opfern würde …

XIX

Drei Tage später. Jens fuhr mit dem Hightech-Trecker durch das Weizenfeld. Spur für Spur zog er seine Bahn durch das Meer grüner Halme. Die Maschine zog einen Tankanhänger, angefüllt mit einem modernen Giftcocktail, der alles tötete, was nicht auf den Namen Getreide hörte. Das musste sein. In der wohltemperierten Kabine des Traktors brauchte man nicht mal einen Mundschutz zu tragen, denn die eindringende Außenluft wurde gefiltert. Es ging gegen Mittag und war schon ganz schön warm im Freien. Hoffentlich würde es morgen auch so sein. Da war nämlich Himmelfahrt. Und da wollte Jens mit seinen Freunden eine Herrentagswanderung unternehmen, auf die er sich bereits sehr freute.

Sie würden von Warnstedt, ihrem Heimatdorf, nach Westerhausen laufen. Von dort zum Westerhäuser Kamel, auch Königstein genannt, einer alten Kultstätte. Nach einem zweiten feuchten Frühstück in freier Natur unterqueren sie den Motorway und laufen durch die Felder zur „Fischerhütte". Das war eine ganz schräge Vereinskneipe neben einem Teich voller Karpfen, mitten auf dem Acker. Da kamen zum Herrentag die seligen Wanderer aus allen Himmelsrichtungen zusammen. Es gab immer Gehacktesbrötchen, Bier und Kräuterschnaps. Wenn sie dann umlagen, kamen die Mädels mit ihren Autos und brachten sie nach Hause. So war der Plan.

Jens bekam Hunger. Noch eine Spur, dann langte er an seinem Rastplatz an. Er hatte mehrere solcher Rastplätze. Dort konnte sich der Trecker ausruhen, und er genehmigte sich ein Bier und ein Gehacktesbrötchen. Schließlich bewegte er sich nicht im öffentlichen Straßenverkehr. Neben dem alten Kiesgrubengelände reichten ausgedehnte Buschgruppen bis an die Ackerflächen, auf denen er herumkurvte. Eine Stelle war wie eine kleine Bucht am Meer, trocken, sonnig und zurückgezogen. Das war sein Rastplatz.

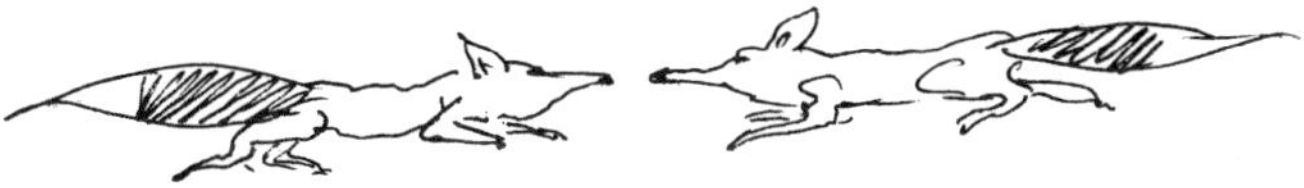

Als er den Traktor dort stoppte, sah er zwei Füchse mit flach gelegten Lunten in den Büschen verschwinden. Was suchten die dort am hellichten Tage, dachte er und stieg von der Maschine, Bierflasche und Brotbüchse in der Hand. Dann sah er dort etwas liegen, dunkel und ziemlich groß. Hatten irgendwelche Idioten dort ihren Müll entsorgt, auf seinem Rastplatz, ging es ihm ärgerlich durch den Kopf. Eilig näherte er sich durch den angrenzenden Getreidestreifen.

Jetzt nahm er zum ersten Mal diesen süßlich ekelhaften Verwesungsgeruch wahr. Was hatten die Arschlöcher dort hingeschmissen? Jens erreichte den Ackerrain und stolperte auf seine Trockenrasenfläche. Rechts und links standen Weißdornbüsche. Dann konnte er es nicht fassen! Dafür war sein Gehirn nicht ausgelegt.

Vor ihm am Boden lagen zwei Menschen, eng aneinandergeschmiegt. Ein gewaltiger Schwarm Fliegen stieg dunkel von ihnen auf wie eine Rauchwolke. Der Gestank umwehte ihn nun übermächtig. Es handelte sich um einen Mann und eine Frau, so viel sah er. Ihre Kleidung war teilweise aufgerissen, Fleisch schaute hervor, überall wimmelten weiße Maden.

Jens drehte sich entsetzt weg. In hohem Bogen spritzte das Gehackte vom ersten Frühstück in den jungen Weizen. Würgend hastete er zum Traktor. Er wagte es nicht, sich noch einmal umzusehen. Mit flatternden Händen suchte er sein Handy und rief die Polizei an.

XX

Heinz Schropel lenkte den kobaltblauen Golf in den Kreisverkehr westlich von Westerhausen und umrundete ihn in einer zweihundertsiebzig Grad Drehung in Richtung Warnstedt. Gleich nach der Brücke über den Zapfenbach bog er in die schmale asphaltierte Straße ein, die nach Timmenrode führte. Dieser Weg war für den Verkehr gesperrt, und nur Sünder benutzten diese wesentliche Abkürzung, auf der man ein bis zwei Liter Benzin sparte.

Rechts von diesem Wirtschaftsweg lagen Pferdekoppeln, Wiesen und ein kleines Torfmoor, das Helsunger Bruch hieß. Dahinter erblickte man in wenigen Kilometern Entfernung die Felsen der Timmenröder Teufelsmauer und erahnte zwischen den Bäumen die Zinnen des Hamburger Wappens, dass sich allerdings von Norden weniger markant präsentierte. Auf der anderen Straßenseite erstreckten sich eine Ackerfläche und dahinter das weiträumige Gelände einer aufgegebenen Kiesgrube, das später eine Müllkippe war und auf dem sich heute ein Recycling-Hof befand. Drumherum lagen größere verbuschte Gebiete, in die sich höchstens einmal ein Jäger verlief. In dem Getreidefeld vor diesem Dschungel stand ein Traktor mit einem Gift-Anhänger.

„Dort ist es", bemerkte Rita, die neben dem Hauptkommissar saß und eine Camel rauchte.

Eine Minute später hielt der Golf am Ackerrand. Bis zum Traktor mochten es gut hundert Meter sein. Es gab nicht die Andeutung eines Weges. Schropel sagte zu seiner Kollegin: „Das ist wirklich eine gute Stelle, um ungestort zu sterben."

Sie stiegen aus. Hinter ihnen hielt ein blausilberner Streifenwagen. Er wurde von einer Polizistin gefahren, die wie die meisten ihrer Artgenossinnen blond war, Variante blond gelockt. Sie trug eine Nickelbrille und war mit den beiden Kriminalisten gut bekannt. Der Uniformierte neben ihr war ein junger Hüpfer.

Nachdem sie sich begrüßt hatten, empfahl Rita der blonden Polizistin: „Am besten, ihr wartet hier, bis die Spurensicherung eintrifft. Wir sollten jetzt nicht alle durch den Acker latschen, sonst sehen die nichts mehr. Außerdem ist das sowieso nichts für dich. Zwei verweste Leichen!" Sie lachte kurz und die Polizistin grinste. Letztere neigte dazu, in derartigen Fällen ihren

Mageninhalt nicht bei sich behalten zu können. Dieser Situation hatte die Hauptkommissarin schon mehrmals beigewohnt.

Also gingen die beiden vorsichtig zur normierten Fahrspur im Feld. Der Boden zeigte ausschließlich die Reifenabdrücke von Traktor und Giftspritze. Bis zum Feldrand lag ein Streifen grünen Getreides zwischen ihnen, durch den sich möglicherweise jemand bewegt haben könnte. Vor dem Traktor stand der Fahrer, ein jüngerer Mann, und erwartete sie bereits. Sein Gesicht sah reichlich bleich aus, und er würgte hervor: „Es sieht fürchterlich aus. Ich gucke mir das nicht nochmal mit an."

„Brauchen Sie nicht", erwiderte Rita ernst, „aber warten sie noch einen Moment." Dann stapfte sie auf der Spur des Mannes durch das Getreide. Alsbald umwehte auch sie der Hauch des Todes. Das war immer wieder die Härte, sich so was anzusehen, aber es war für die beiden Kriminalisten nicht das erste Mal.

„Dort ist eine Spur", sagte Schropel. Tatsächlich sah man noch vage die geknickten Halme neben dem Ackerrain. Im lehmigen Boden dazwischen waren die Trittsiegel zweier Menschen zu erkennen. „Sieht ja aus, als wären sie zu Fuß hierher gekommen. Von Westen."

Die Hauptkommissarin stand nun dicht vor den beiden Toten. Abgesehen von Wildfraß und Verwesung lagen sie fast friedlich nebeneinander. Die Frau lag ein wenig verkrümmt auf dem Bauch, der Mann lag seitlich daneben und streckte den Arm wie zu einer schützenden Geste nach ihr aus. Rita hielt sich ein Taschentuch vor Mund und Nase: „Sie sind nicht gefesselt. Die Aufbrüche scheinen von Tieren zu stammen."

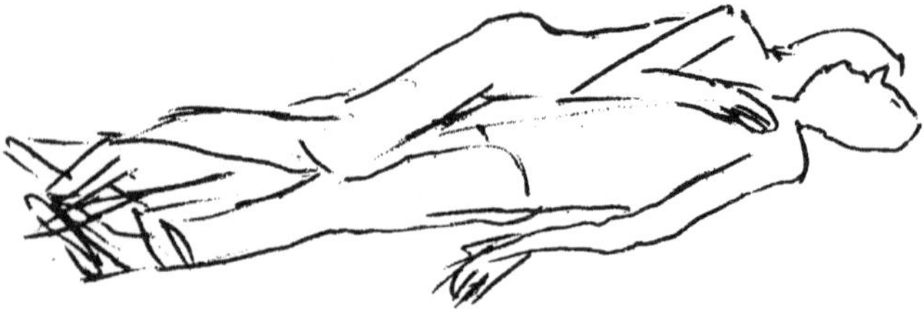

Heinz Schropel trat neben sie und beugte sich mit angeekeltem Gesicht hinab: „Drei bis vier Tage alt, würde ich sagen. Warten wir auf die Spurensicherung!"

Sie warteten am Traktor und beruhigten den geschockten Fahrer. Sie hörten sich seine Geschichte an und schickten ihn nach Hause. Gleich darauf hielt der dunkelblaue Mercedes-Bus der Spurensicherung am Wegesrand.

Eine gute Stunde später sagte der eine Forensiker: „Reichlich merkwürdig. Sie sind bis hierher gelaufen, nicht ganz geradlinig, aber wie es aussieht allein. Dann scheinen sie sich hier etwas herumgewälzt zu haben, und dann waren sie tot. Bis jetzt haben wir nicht die kleinste Einwirkung von Gewalt gefunden. Der Mann trägt Personalausweis und Geld bei sich. Er ist Quedlinburger. Die Frau hat einen Kugelschreiber und einen Zettel in der Hosentasche, auf dem etwas steht. Er ist stark durchfeuchtet vom Wildaufbruch. Das müssen wir noch entziffern."

Der zweite Spezialist hatte die Spur bis zum Wirtschaftsweg verfolgt. Jetzt trat er zu ihnen: „Die beiden sind nicht gerannt wie auf einer Flucht. Allerdings sind sie auch nicht zielstrebig geradeaus gelaufen, eher getaumelt. Vielleicht waren sie betrunken. Ob sie von der anderen Wegseite durch die Wiesen und aus dem Moor gekommen sind oder auf der Straße gingen und aus welcher Richtung sie dann kamen, wird nur noch schwer zu ermitteln sein. Wir lassen sie erstmal abtransportieren und geben Ihnen heute noch die Daten aus dem Personalausweis und vom Zettel der Frau. Stellen Sie sich bitte darauf ein, heute noch allerlei Arbeit zu bekommen. Herrentag fällt morgen bestimmt auch aus, Herr Schropel!"

Der Hauptkommissar grinste süßsauer: „Können Sie die Einwirkung von Gewalt bereits ausschließen? Haben Sie eine Spekulation zur Todesursache?"

„Ich sagte ja, es ist merkwürdig", erwiderte der erste. „Wie es aussieht, starben die beiden gewaltfrei. Ach ja, was wir noch fanden, ist eine Schachtel Tabletten."

„War es Selbstmord?", frohlockte Rita angesichts einer klaren Todesursache.

Der Forensiker lachte sie mitleidig an: „Leider nein, Frau Hauptkommissarin. Es handelt sich um ein Antiallergikum gegen Heuschnupfen, ein weitverbreitetes Medikament in dieser Jahreszeit."

Rita wurde hellhörig: „Allergie? Das hatten wir doch gerade bei diesem Viktor Germeyer! Sind die beiden vielleicht ebenfalls an einem allergischen Schock gestorben?"

„Das wird nicht einfach festzustellen sein", erklärte einer der Männer. „Dieser Viktor ist während eines allergischen Schockzustandes erstickt, weil seine Luftröhre zugeschwollen ist und er offenbar nur eingeschränkt handlungsfähig war. Die hier waren zu zweit, da ist so was extrem unwahrscheinlich. Man wird das nicht so leicht feststellen können, denn sie liegen schon mindestens seit der Nacht zum Sonntag hier und die Hälse sind ziemlich ramponiert, weil da die Füchse leichtes Spiel hatten."

Auf der Straße kam jetzt der Transporter für die sterblichen Überreste.

„Na gut!", sagte Rita. „Wir fahren dann erstmal, und sie rufen nachher an. Wann kommt eigentlich die Staatsanwaltschaft?"

„Soeben", meinte Schropel und zeigte zum Weg. „Dann müssen wir wohl doch noch einen Moment warten."

In Ritas brauner Lederumhängetasche düddelte das Handy. Sie zog es hervor und trat einige Schritte in den Acker zurück. Leise sprach sie: „Hasso! Sei gegrüßt! Was gibt es? – Du bist in Quedlinburg? – Ich habe gerade ganz viel zu tun. Trotzdem würde ich dich gern treffen. – Ja, ich muss sehen, ob ich Zeit habe. Vor mir liegen zwei Leichen. – Nein! Das darf ich dir eigentlich gar nicht sagen. – Ich kann dir jetzt nur sagen, dass ich dich gegen Abend anrufen werde. – Ich muss jetzt aufhören. Der Staatsanwalt kommt. Tschüss, auf Wiedersehen!"

Rita bewegte sich zu der Männergruppe zurück. Hasso war noch einmal nach Quedlinburg zurückgekommen. Er hatte seinen Sohn begraben, aber es ließ ihm keine Ruhe, ob dieser wirklich eines natürlichen Todes gestorben war oder nicht. In einem Nebensatz hatte er angedeutet, dass er neue Erkenntnisse besaß.

Rita verspürte Lust, sich mit diesem Typen zu treffen. Sie war in letzter Zeit viel allein gewesen, und ein psychischer Block verbot ihr, wieder mit Irenäus anzubändeln. Da konnte ihr etwas Ablenkung nicht schaden, nur wusste sie nicht, ob es ihre Zeit heute noch zulassen würde.

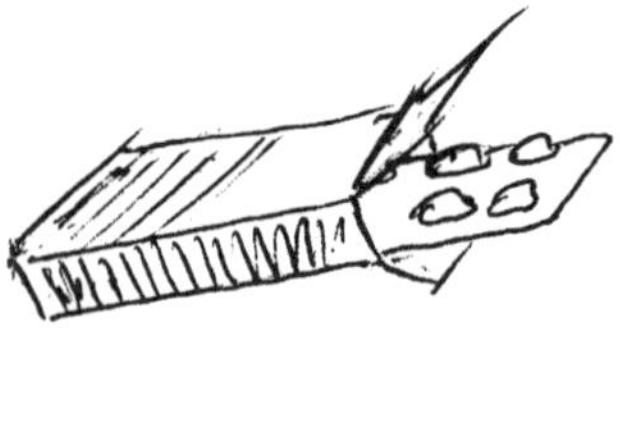

XXI

Das Begräbnis war vorüber, Viktor lag nun in einem kalten Grab. Schwarze Trauer und abgrundtiefe Einsamkeit drohten, Hasso zu überschwemmen. Sein Sohn war sein Einundalles gewesen, sein bester Freund und Partner im Betrieb und im Leben. Und nun würde er ihn nie wieder sehen. Das war zu hart.

Doch da schlummerte auch noch eine stille Wut im Vater. Er konnte nicht glauben, dass Viktor eines natürlichen Todes gestorben war. Irgendeine innere Stimme sagte ihm, dass in jener Walpurgisnacht etwas Schlimmes passiert war. Der Ort konnte nur jene Bar sein. Für ihn stand fest, dass die beiden Bardamen mehr wussten, als sie preisgaben. Nur, was wussten sie? Hing es mit ihnen zusammen oder mit jemandem anderen? Welche Rolle spielte dieser haltlose Privatdetektiv? Warum stand seine Büchertüte auf seinem Sohn? So blöd konnte man doch gar nicht sein, so etwas bewusst zu tun! Also war es wohl tatsächlich ein Versehen gewesen. Andererseits hatten sich die beiden vorher gesehen. Warum hatte dieser Irenäus das der Polizei verschwiegen? Weil er einen Filmriss hatte oder gab es da einen anderen Grund?

All diese Überlegungen veranlassten Hasso, noch einmal nach Quedlinburg zu fahren. Außerdem – und das gestand er sich freimütig ein – wollte er auch gern mit Rita zusammentreffen. Diese Hauptkommissarin hatte es ihm angetan, obwohl er sonst Bullen nicht ausstehen konnte. Ihre Art, sich ihm zu öffnen, brachte ihn sogar ein Stück über den Schmerz um Viktor hinweg.

Also rief er sie auch als Erstes an, als er am Mittwoch gegen Mittag in der Fachwerkstadt eintraf. Sie nahm tatsächlich ab, das war schon mal ein Zeichen der Sympathie, fand er. Natürlich war sie in einen neuen Fall verstrickt. Was hatte er auch erwartet? Aber immerhin wollte sie ihn sehen. Vielleicht! Wenn es sich ermöglichen ließ. Nun ja, es war zwar nicht optimal, aber doch ganz positiv. Er musste sich eben in Geduld üben.

Das fiel ihm schwer. Geistesabwesend tigerte er durch die Gassen der Stadt und wartete auf den Anruf von Rita. Der würde natürlich erst spät kommen, das hatte sie selbst gesagt. Nach dem achthundertsten Fachwerkhaus trank er ein Bier in einem kleinen Bistro am Straßenrand und fasste einen Entschluss.

Hasso brachte den Volvo Kombi auf dem Rasenstreifen vor Irenäus Molls Grundstück zum Stehen. Er war zwar an Adelheid Wörthers Haus vorbeigegangen, hatte aber nicht geklingelt. Diese Frau war ihm auf den ersten Blick introvertiert und unsympathisch erschienen.

Möglicherweise war es doch am klügsten, noch einmal den Privatdetektiv zu besuchen. Mal sehen, wie er heute drauf war. Sollte es sich wirklich um einen integren Menschen handeln und sollte er nicht gerade wieder high sein, gab er unter Umständen mehr Informationen preis als beim letzten Mal.

Wieder kam ihm der schwarze Menschenhund entgegengelaufen und verzichtete diesmal sogar aufs Bellen. Sein Herrchen saß auf dem Hof am gleichen Tisch wie beim letzten Mal und schrieb in einem Quartheft. Er beendete den Satz, hob den Kopf, ein Lächeln breitete sich auf seinem Gesicht aus und er stand auf: „Guten Tag, Herr Germeyer! Sind Sie immer noch in Quedlinburg oder schon wieder? Ich habe manchmal an Sie gedacht."

„Guten Tag, Herr Moll!" Hasso schüttelte ihm die Hand und empfand sofort wieder jene Sympathie der Gleichgesinnten. „Störe ich Sie gerade?"

„Nein, gar nicht!", sagte der andere. „Setzen Sie sich. Ich hole uns ein Glas Rotkäppchen Rosé trocken, ja?"

Er brachte zwei langstilige Designergläser mit farbigen Bildern von verschlungenen Damenkörpern und füllte sie mit der schäumenden Flüssigkeit. Dann hielt er Hasso sein Glas entgegen und sagte feierlich: „Auf Ihr Wohl, Herr Germeyer! Sie haben bestimmt eine schwere Zeit hinter sich. Darauf, dass sich alles zum Guten wendet!"

„Auf Ihr Wohl!", antwortete Hasso. Sie tranken. Dann fuhr er fort: „Habe ich Sie gerade bei der Schriftstellerei gestört?"

„Ich wollte sowieso eine Pause machen." Irenäus Moll lächelte und stellte das Glas ab. „Ich schreibe gerade etwas über die Menschen, die den Harz vor langer Zeit besiedelten. Sie lebten nicht in den Bergwäldern, sondern um das Gebirge herum. Die Lebensbedingungen waren abhängig vom jeweils vorherrschenden Klima. Vor über tausend Jahren befand sich unser Planet im sogenannten hochmittelalterlichen Klimaoptimum. Es war durchschnittlich warm, die Ernten waren gut, und viele Kinder überlebten nach der Geburt. Das war die Zeit, als Leif Eriksson mit seinen Drachenbooten bis zum Grünen Land und weiter nach Amerika segelte. Die nördliche Grenze des Weinanbaus lag in

Südschweden. Um 800 eroberte Karl der Große weite Gebiete in Europa für sein fränkisches Reich. In dieser Gegend hier lebten wehrhafte Sachsenstämme, die sich mit Schwert und Keule gegen die damit einhergehende Vereinnahmung durch das Christentum wehrten. Karl der Große, der in der christlichen Geschichtsschreibung allgemein als Heroe gefeiert wird, reagierte darauf mit drakonischen Strafen. Er war 46 Jahre lang an der Macht. Ich würde sagen, dass er eine besonders machtgierige Killermaschine war."

„Ein sehr interessantes Thema", erwiderte Hasso, „besonders, wenn man es unter derartigen Gesichtspunkten betrachtet. Für mich ist es immer wieder ein tiefes Rätsel, warum Menschen ständig ihresgleichen töten. Denkt man tiefer darüber nach, gibt es dafür keine einfache Lösung."

„Ganz meiner Meinung", erwiderte Irenäus. „Besonders seltsam sind die Begründungen für dieses die Weltgeschichte durchziehende Massenmorden. Eigentlich hält sich fast jeder Mensch für gut, außer vielleicht einigen anerkannten Psychopathen. Je anonymer jedoch die Waffensysteme werden, umso ausgefeilter werden die Begründungen für die Massaker. Wussten Sie zum Beispiel, dass seit dem Jahr 2004 allein in Pakistan von amerikanischen Drohnen zwischen 1.785 und 2.771 Menschen getötet wurden, je nach Untersuchungsbasis. Brave Familienväter bringen den satellitengestützten Tod aus amerikanischen Amtsstuben. Es trifft aus heiterem Himmel sogenannte militante Aufständische genauso gut wie die daneben stehenden Kollateralopfer. Das habe ich gerade in der neuesten Ausgabe einer seriösen deutschen populärwissenschaftlichen Zeitschrift gelesen. Dagegen war das wilde Morden fränkischer Heerscharen unter den sächsischen Heiden geradezu ein Fair Play!"

„Ein interessanter Vergleich", meinte Hasso ernst. „Konrad Lorenz kam der Ursache wohl schon ziemlich nahe. Der eher reaktionsträge Mensch besitzt gegenüber zum Beispiel Löwen oder Krokodilen nur schwache natürliche Waffen. Er kann schlagen, kratzen und beißen, aber selten stirbt dabei jemand. Deshalb war es evolutionär auch nicht notwendig, die Tötungshemmung beim Menschen so hoch zu setzen wie bei superschnellen Tieren mit starken Reißzähnen, stahlharten Pranken und tödlichen Giften. Erst wenn der Mensch zur Waffe greift, sei es ein Stein, Knüppel, Speer oder Pfeil und Bogen, endet der Kampf zumeist für einen Kontrahenten tödlich. Moderne Fernwaffen gestatten es dann sogar körperlichen Schwächlingen, ganze Menschengruppen auszulöschen. Man sollte also wieder dazu übergehen, die Feinde unbewaffnet in eine Arena zu stellen, wo sie ihr Problem mit ihrer Körperkraft lösen können."

„Charmante Idee!", rief Irenäus und versorgte beide mit neuem Sekt. „Und Sie wollen sicherlich mit mir noch einmal über Viktor sprechen?"

„Oh ja!", rief Hasso, verblüfft über den abrupten Themenwechsel, obwohl es sich im Grunde um ein verwandtes Problem handelte. „Mir lässt die Todesursache keine Ruhe. Keiner konnte mir bisher sagen, wie in so einem Falle ein allergischer Schockzustand eintreten kann. Durch Alkohol wird er jedenfalls nicht ausgelöst, sondern zumeist durch irgendeine spezielle Substanz, zum Beispiel Wespengift oder allergene pflanzliche Wirkstoffe. Vielleicht reizt es ja Ihre privatdetektivische Ader, diese Ursache herauszufinden, Herr Moll."

„Ach ja!", seufzte Irenäus Moll. „Sie rühren da bei mir an einem Problem, das mir schon seit Ihrem letzten Besuch im Kopf herumspukt. Könnte Viktors Tod etwas mit den Ereignissen in der Wipertidisco zu tun haben? Sie hatten damals natürlich das richtige Gespür. Es gab zwei Bardamen."

„Das habe ich auch bereits herausgefunden", fiel ihm Hasso aufgeregt in die Rede. „Ich habe diese Adelheid Wörther sogar aufgesucht, aber sie war absolut unkooperativ. Sie hat mich ste-

hen lassen, als ob ich sie belästigen würde. Eine sehr unangenehme Person! Aber wieso tut sie so was, und wieso leugnet die andere Bardame ihre Anwesenheit, wie neulich bei Ihnen auf dem Hof geschehen? Und Sie, Herr Moll, decken Sie diese Frauen? Was ist das Geheimnis?"

„Wissen Sie was, Herr Germeyer?", fragte Irenäus und verteilte den Rest des Rotkäppchen Rosé trocken auf die beiden Designer-Gläser. „Ich habe dieser Adelheid ein Versprechen gegeben, nicht mit Uneingeweihten über diese Dinge zu reden. Das betrifft nicht Ihren Sohn, sondern etwas ganz anderes. Wenn es wahrscheinlich wäre, dass Ihr Sohn ein Opfer dieser Frauen geworden ist, würde ich dieses Versprechen ignorieren, aber es gibt nicht den geringsten Hinweis auf einen derartigen Sachverhalt."

„Das hört sich aber sehr geheimnisvoll an", sagte Hasso und überlegte, wie er nun weiter vorgehen sollte. Ihm war klar, dass er mit Drohungen nichts erreichen würde. Moll würde einfach zumachen, und das wär es dann. „Ihnen ist sicher bewusst, dass sie mich mit diesen Andeutungen in einen noch tieferen Zwiespalt stürzen? Welches Geheimnis verbergen die beiden Frauen? Können Sie mich nicht in das Gelübde einbeziehen? Vielleicht wäre das eine Möglichkeit, der Sache näher zu kommen."

Irenäus wand sich auf seinem Stuhl und kraulte abwesend Titus' schwarze Mähne: „Sie sind wirklich ein angenehmer Typ. Deshalb erzähle ich Ihnen das überhaupt alles. Trotzdem stürzen Sie mich ebenfalls in einen Zwiespalt, in dem ich allerdings ohnehin schon bin. Könnten wir uns vielleicht darauf einigen, ohne die Hilfe Dritter Licht in den Fall zu bringen? Ich möchte die beiden Frauen nicht ohne triftige Gründe in eine prekäre Situation bringen. Ich glaube nicht an die These von einer Mitschuld am Tode Ihres Sohnes. Trotzdem existiert ein gewisses Restrisiko, das auch mir zu denken gibt. Ihren Sohn können wir nicht wieder lebendig machen. Verzeihung, aber es ist so! Deshalb würde ich gern noch einen Tag abwarten."

„Einen Tag?", fragte Germeyer ruhig. „Wieso gerade einen Tag?"

„Weil ich Ihnen morgen den Zugang zu einem wesentlichen Schlüsselerlebnis bieten könnte", erklärte sein Gastgeber, nachdem er noch einen Augenblick mit sich gerungen hatte. „Also, steigen Sie in das Gelübde ein?"

Hasso lachte befreit auf. In ihm reifte ein Plan. „Gern! Ich verspreche Ihnen, alles für mich zu behalten, solange nicht eindeutig der Tod meines Sohnes zur Disposition steht. Ist das okay?"

„Das ist okay", erwiderte Irenäus ebenfalls erleichtert, denn ihn plagte dieses Problem mehr, als er es sich selber zugab. „Ich vertraue hiermit auf Ihr Wort, Herr Germeyer! Also, die beiden Frauen haben Rezepte für uralte Elixiere entdeckt, sogenannte Hexenmedizin. Sie haben diese Trünke nachgebraut. Sie wirken! Das kann ich Ihnen sagen ...!"

„Ach, deshalb waren Sie an jenem Tage völlig high!", bemerkte Hasso. „Jetzt verstehe ich!"

„Inzwischen verkostet ein immer größerer Personenkreis diese Kreation", fuhr Irenäus fort. „Ich war dabei und kann Ihnen sagen: Alle haben es unbeschadet überlebt. Die Angelegenheit ist zwar spektakulär, aber bis jetzt noch harmlos. Niemand hat hinterher auch nur Kopfschmerzen gehabt. Dem Ganzen wurde inzwischen auch ein ideologisches Fundament gegeben. Lachen Sie nicht! Es geht um die mentale Vorbereitung auf den nahenden Übergang in die Sechste Sonne."

„Oh! Ich lache keineswegs, Herr Moll!", stieß Hasso hervor. „Das ist eine wirklich interessante Argumentation. Diesen Übergang wird es nämlich demnächst geben. Alle Zeichen sprechen dafür."

„Sehen Sie! Der Eintritt in die Welt des Übernatürlichen schützt uns möglicherweise", erzählte Irenäus und warf ihm zum ersten Mal einen seltsamen Blick zu. „Es wurde aber auch eine sehr praktische Theorie entwickelt: Wenn das Ende der Menschheit durch eine Pandemie ausgelöst wird, könnte Hexenmedizin vor den Erregern schützen ..."

„Das ist ja eine sehr interessante Hypothese!", begeisterte sich Hasso. „Und sie wäre sogar einleuchtend. Nur, was hat das alles mit Viktor zu tun?"

Irenäus blickte nachdenklich auf die leere Sektflasche. „Ich habe diese Frauen in der Walpurgisnacht kennengelernt, genau wie Ihr Sohn. Mir haben die Bardamen ihre Hexenmedizin verpasst. Ich hatte anschließend einen Filmriss, nicht etwa vom Alkohol. Danach fühlte ich mich glücklich und hatte Appetit auf mehr desselben. Was aber war mit Viktor? Hat er ebenfalls davon genommen? Ist das die Todesursache? Ich glaube das nicht. Ich bin auch erst nach meinem Versprechen mit dieser Problematik konfrontiert worden. Aber – ich bin mir nicht sicher."

„Haben Sie mit den Frauen schon darüber gesprochen?",

fragte Hasso. „Ich bin übrigens sicher, dass sie Viktor davon gegeben haben. Anders kann ich mir die Reaktionen der beiden nicht erklären."

„Es ist sehr wahrscheinlich", gab Irenäus unumwunden zu. „Ich habe nur mit Vicky darüber gesprochen. Sie ist die rationalere von beiden. Allerdings haben wir das nicht ausdiskutiert. Mit Adelheid bin ich übrigens nach Ihrem Gespräch mehrmals zusammengetroffen. Sie hat mir nichts davon erzählt. Diese Frau hat einen sehr eigenwilligen Charakter."

„Das ist ein Monster!", erwiderte Hasso leise und bestimmt. „Sie sollten sich vor ihr vorsehen!

Eine Frage habe ich aber noch. Was findet morgen statt? Sie sagten vorhin, ich solle noch einen Tag abwarten."

„Morgen ist das nächste Hexentreffen", antwortete Irenäus. „Es wäre gut, wenn Sie dort hinkämen. Ich könnte Sie einführen."

„Das geht nicht", meinte Hasso bestimmt. „Die beiden Frauen kennen mich und würden sofort Verdacht schöpfen. Wo findet das Treffen statt?"

„Bei Volkmarskeller, oberhalb des Klosters Michaelstein“, gab Irenäus Auskunft. „Kurz vor dem Dunkelwerden.“

„Und wo war das letzte Treffen?“

„Am Hamburger Wappen“, erwiderte Moll. „Das liegt dort drüben an der Timmenröder Teufelsmauer. Man kann es von hier aus fast sehen. Ich hoffe, Sie behalten das alles für sich. Es ist sonst nicht meine Art, Geheimnisse auszuplaudern. Ich tue es wegen Viktor und weil Sie mir sympathisch sind.“

„Fühlen Sie sich mitschuldig, Herr Moll?“, fragte Hasso.

„Nein!“, erwiderte der Schriftsteller mit entschiedener Stimme. „Mir hat Adelheid das Zeug beim ersten Mal auch gegen meinen Willen eingeflößt. Vicky war darüber ziemlich entsetzt.“

In diesem Moment düddelte Germeyers Handy. Es war bereits Abend. Mit einem Blick sah er, dass es Rita war. Er stand auf und entfernte sich ein Stück vom Tisch.

„Hast du Lust, dich mit mir in einer halben Stunde im Pub Nase zu treffen?“, fragte die Frauenstimme ohne Einleitung. „Das liegt am Carl-Ritter-Platz, diesem großen Parkplatz in der Innenstadt. Ich muss heute noch arbeiten, habe aber gerade eine Pause.“

„Ja, wunderbar!“, erwiderte Hasso und schaltete ab. Sie würde schon verstehen. Er ging wieder an den Gartentisch. „Ich habe noch einen Weg zu erledigen. Sie können ganz unbesorgt sein. Ich plaudere nichts aus. Das Treffen am morgigen Abend interessiert mich natürlich. Vielleicht sollte mich keiner zu Gesicht bekommen ...“

„Das wollte ich mit meinen Worten andeuten“, grinste Irenäus. „Ich kenne das Terrain. Man kann sich dort gut verbergen. Also, viel Glück!“

„Ich danke Ihnen!“, antwortete Germeyer bewegt. „Ich glaube, Sie haben mir sehr geholfen.“

Er kannte die Stadt inzwischen so gut, dass er ohne Probleme das Pub Nase erreichte. Im Untergeschoss eines Fachwerkhauses gab es sich durch einige farbige Reklamen zu erkennen. Daneben platzierte sich ein kleiner Biergarten mit vier Tischen. Hasso betrat das Pub und kam in einen abgedunkelten Raum, der auf Anhieb einen anheimelnden Eindruck auf ihn machte. Er befand sich in einem echten Irish Pub, wie er sofort feststellte, mit tausend liebevollen Accessoires an allen Ecken und Wänden. Rockige Musik tönte von einigen Bildschirmen, auf denen der Mitschnitt eines Konzertes lief.

„Hallo! Guten Abend!", sagte der Mann hinter dem langgezogenen Tresen und winkte ihm mit der Hand zu. Er grinste Hasso freundlich zu. Der grüßte zurück und blickte sich um. Eine Treppe führte in einen höher gelegten Raum, wo einige Leute Dart spielten. Leise drang ihr Lachen nach unten. Sein Blick glitt entlang der Theke, und er sah ganz hinten in einer ziemlich versteckten Ecke eine weitere Person sitzen, die ihm bereits mit lustigen grünen Augen entgegen winkte.

Das Grinsen des Wirtes wurde noch etwas breiter. Hasso schob sich zwischen einer Wand und den Barhockern am Tresen auf die Person zu. Rita saß auf einer Eckbank an einem winzigen Tischchen, dem verstecktesten Platz der gesamten Kneipe. Er stand vor ihr, beugte sich herab und gab ihr einen Kuss auf die Wange, einen Mundkuss wagte er nicht.

„Hallo, Rita!", sagte er dann leise. „Ist das dein Stammplatz?"

Die Frau blickte ihn belustigt prüfend an: „Ja, manchmal schon. Komm, setz dich zu mir!"

Hasso quetschte sich in die Ecke und fühlte kurzzeitig ihr Knie an dem seinen. Auch er musste ein wenig lachen: „Das ist aber schön, dass du da bist! Komme ich zu spät?"

„Nein!", kicherte sie. „Du kommst genau richtig. Ich befinde mich in einer Arbeitspause. Es geht bestimmt gleich weiter. Stell dich schon mal darauf ein. Ich hätte nicht gedacht, dich so bald

wiederzusehen."

„Ich dich schon", erwiderte er und bestellte ein Glas Sekt. „Ich bin aus mehreren Gründen schnell wieder nach Quedlinburg gekommen. Einer davon war auch, dass unser letztes Gespräch ein bisschen kurz war."

„Ja, das stimmt!", gab sie zu und blitzte ihn grün an. „Aber heute wird es bestimmt auch nicht üppiger. Bist du in Sektlaune?"

Steffen, der Wirt, stellte ihm soeben ein Glas schäumender Flüssigkeit unter die Nase.

„Nicht wirklich!", antwortete er und prostete ihr zu. „Aber ich habe gerade anderenorts einen Rotkäppchen Rosé trocken getrunken und da wollte ich nicht wechseln."

Rita nippte von dem Rotwein und fragte: „Du hast dich wohl schon recht gut eingelebt in der Stadt? Und ich dachte, du pilgerst durch die Straßen und wartest auf mich."

Er lachte: „Das habe ich auch! Aber dann reichte es für heute. Ich habe einem Privatdetektiv einen Besuch abgestattet, und bei dem gab es dieses Getränk."

Ritas Haare hingen lang und rostrot um ihr schlankes, längliches Pferdegesicht. Sie trug heute ein dunkelgrünes Shirt und Bluejeans. Sie strich die glatten Haare nach hinten und zog die dunkelroten Brauen kraus: „Du warst doch nicht etwa bei ...?"

„Doch, dort war ich", bekannte Hasso und wagte es, eine Hand begütigend auf ihren schlanken, leicht gebräunten Unterarm zu legen. Sie ließ es geschehen. „Wir haben uns noch einmal über Viktor unterhalten. An dem Montag vor meiner Abreise, nach unserem Treffen auf dem Münzenberg, habe ich diese Adelheid Wörther aufgesucht. Das ist eine völlig bescheuerte Person. Sie bejahte, sich mit Viktor an diesem Abend unterhalten zu haben, kann sich aber an den Inhalt des Gespräches nicht mehr erinnern. Ansonsten hatte sie keine Zeit und ließ mich auf der Straße stehen. Sie wirkte abweisend und sehr unfreundlich."

„Woher wusstest du, wo sie wohnt?", unterbrach ihn Rita erstaunt. „Das hatte ich dir doch gar nicht gesagt."

„Aus dem Telefonbuch, meine Liebe! So schlau bin ich auch noch", grinste er. Die Frau schlug sich mit einer spielerischen Pose an die Stirn. „Von Irenäus, der sich inzwischen erinnern kann, wollte ich noch einmal den genauen Ablauf wissen. Also, mein Sohn saß an der Bar. Auch Irenäus hat ihn nur flüchtig wahrgenommen. Er unterhielt sich mit Vicky, und Viktor sprach mit Adelheid. Nicht mehr und nicht weniger habe ich herausbekommen. Immerhin kennen wir nun den Handlungsablauf kurz vor Viktors Tod. Was den allergischen Schock ausgelöst hat, bleibt weiterhin im Dunkeln, sicherlich nicht der Alkohol. Der bewirkt zwar vieles, aber keinen allergischen Schockzustand."

„Vielleicht hat er irgendeine Droge genommen oder etwas gegessen, das er nicht vertrug?", überlegte die Hauptkommissarin. Ihr Blick senkte sich in den seinen. Sie wirkte etwas abwesend.

„Das hätte man bei der Obduktion eigentlich feststellen müssen", erwiderte Hasso, und seine Augen flatterten nervös. Er musste das Gespräch jetzt auf etwas anderes bringen, denn sie bewegten sich rapide dem verbotenen Sektor des Gelübdes entgegen.

Sofort wurde er von dieser Zwangslage erlöst. Das Handy der Kriminalistin düddelte. Sie warf ihm einen entschuldigenden Blick zu und hielt das Teil ans Ohr. Diskret erhob er sich und ging aufs Klo. An der Theke saßen jetzt auch andere Leute.

Hasso stand völlig allein am Pissbecken und ließ sich Zeit. Er überdachte die sich ihm abzeichnende Situation. Für ihn stand nach dem Treffen mit Irenäus Moll fest, dass es einen Zusammenhang zwischen Viktors Tod und der Verabreichung der Hexenmedizin gab. Er wusste nur noch nicht, wo der Ansatzpunkt lag. Auch wollte er für diese Erkenntnis nicht das Gelübde brechen. Was er Rita offenbart hatte, verstieß nicht dagegen, musste aber ausreichen. Mehr würde er nicht sagen. Er wollte diesen Fall nicht den Behörden überlassen, die er als seelenlos empfand. Dem Privatdetektiv wies er keine Schuld zu, der war seiner Ansicht nach selbst nur ein Opfer dieser beiden Hexenweiber. Bardame Vicky schien ebenfalls keine wirkliche Schuld zu tragen. Aber die zweite Bardame war ein Mensch, der sich daran aufgeilte, Macht über andere auszuüben. Hexenwissen gab Macht, etwas Besseres konnte dieser Frau gar nicht in die Hände fallen. Deshalb musste sie auch alles daran setzen, dass ihr keine uneingeweihte Person auf die Schliche kam. Hasso hielt es für vernünftig, an dieser Frau ein Gottesurteil zu statuieren. Sollten ihre Götter entscheiden, ob sie den Tod seines geliebten Sohnes verschuldet hatte oder nicht! Alles, was er dafür benötigte, stand ihm bereits zur Verfügung.

Nachdenklich kehrte er vom Klo zurück an Ritas Tischchen. Das Telefonat war beendet, und die Hauptkommissarin blickte in Gedanken versunken über das leere Rotweinglas. Als er sich zu ihr setzte, hob sie den Kopf und schaute ihn fragend an: „Nun, Hasso, ist dir beim Pinkeln eine neue Idee zugewachsen?“

„Ein wenig“, erwiderte er ausweichend. „Und was gibt es bei dir Neues? Musst du gleich gehen?“

„Nein“, sagte sie und bestellte noch einen Rotwein. „Es gibt zwar viele Neuigkeiten, aber heute werde ich davon nichts mehr abarbeiten.“

„Geht es um den neuen Fall?“, erkundigte er sich vorsichtig. „Oder darfst du darüber nicht sprechen?“

„Weißt du“, begann sie und sah ihm sehr direkt in die Augen. „Hier an diesem Tisch saß ich ziemlich oft mit Irenäus Moll. Wir haben viele Informationen ausgetauscht. Ich weiß nicht, ob ich diese Sitte mit dir fortführen sollte. Wenn man ständig mit dem Tod und mit Verbrechen konfrontiert wird, braucht man manchmal jemanden zum Erfahrungsaustausch oder einfach, um seine Gefühle zu halbieren. Das ging gut mit diesem selbsternannten Privatdetektiv.“

„Er fehlt dir“, stellte Hasso fest und gab das Zeichen für ein weiteres Glas Sekt. „Ich will auch gar nicht in seine Lücke springen. Aber vielleicht erzählst du mir trotzdem, was dich gerade bewegt.“

Rita lächelte ihn verschwörerisch an: „Das würde dir so gefallen! Du bist auch so ein Privatdetektiv. Ich spüre das schon eine ganze Weile. Deshalb frage ich auch nicht, was Irenäus dir sonst noch erzählt hat."

Hasso wiegte bedenklich den Kopf und schwieg.

„Ich werde es bestimmt noch früh genug erfahren", fuhr sie fort und nahm ihren Rotwein entgegen.

„Ich erzähle dir jetzt von meinem neuen Fall. Möglicherweise ist das sentimental, es könnte dich aber auch stimulieren."

„Zu was stimulieren?", hakte er nach, obwohl er es ganz genau wusste.

Rita ging auf diese Frage nicht ein: „Gestern wurden in der Feldflur zwei Tote gefunden, ein Paar. Soeben hat man mir die Daten übermittelt. Den Namen und die Adresse des Mannes kannte ich bereits. Zum Glück hat mir Heinz, mein Kollege, den Gang zu den Angehörigen abgenommen. Wir wechseln uns dabei ab. Verzeih, aber beim letzten Mal warst du der Betroffene. Dadurch haben wir uns immerhin kennengelernt."

Rita streichelte ihn, und er fühlte sich ihr sehr nah. Dann erzählte sie: „Die Leute hatten eine Firma in Quedlinburg. Sie hatten sich ein paar Tage Urlaub genommen, deshalb hat sie keiner vermisst. Die Leichen lagen ziemlich versteckt, so dass sie erst nach vier Tagen gefunden wurden. Der Zeitpunkt des Todes lag in der Nacht von Samstag zu Sonntag. Sie zeigten keine Spu-
ren von Gewaltanwendung. Ich habe sie selber gesehen. Sie lagen friedlich nebeneinander, als wäre der Tod sehr schnell eingetreten. Sie hatten keine Waffen bei sich und standen nicht unter Alkohol oder anderen konventionellen Drogen. Füchse hatten sie bereits ziemlich stark angefressen. Die haben in der Nähe einen Bau voller Junge. Ja, so ist das …"

„Ganz schön schrecklich", sagte Hasso leise und trank das halbe Sektglas leer. „Und weiter?"

„Du solltest das alles für dich behalten! Klar?", meinte sie, und die grünen Augen schauten fragend.

Er nickte und lächelte sie an: „Wozu soll mich diese tragische Story stimulieren?"

„Die Toten trugen ein Heuschnupfen-Medikament bei sich, genau wie dein Sohn", sagte die Hauptkommissarin leise und eindringlich. „Es war das gleiche Mittel. Die Forensiker haben bereits mit der Firma Kontakt aufgenommen. Die Verwandten haben bestätigt, dass die beiden ziemlich stark unter Heuschnupfen litten. Momentan wird noch untersucht, ob auch sie an einem allergischen Schock starben. Der Fall liegt nicht so einfach wie bei Viktor. Verzeih, aber er war ein frisch Verstorbener, die beiden dagegen reichlich ramponiert. Was also hat – falls die Vermutung zutrifft – in wenigen Tagen bei drei Personen diese Symptome hervorgerufen?"

Hassos Herz wurde zu Eis. Das Bild in seinem Hirn wurde immer präziser, aber der Schmerz war zu groß. Was interessierten ihn diese fremden Menschen? Er wollte sein Gottesurteil! Er schwieg.

„Wie ich dich kenne", sagte Rita, „hast du bestimmt etwas über dieses Medikament in Erfahrung gebracht und ebenfalls über den Heuschnupfen. Stimmt's?"

„Ein bisschen", gab er zu. „Allergien sind komplizierte Überreaktionen des Immunsystems. Alles, was in uns eindringt und fremdartig ist, löst im Körper eine Immunantwort aus, manchmal eine zu heftige. Gesteuert wird dieser Prozess durch Histamine. Wenn sie in zu großen Mengen ausgeschüttet werden, führt das zu Hautrötungen bis hin zu nekrösen Veränderungen des Gewebes. Vor allem aber auch zum Anschwellen der Schleimhäute und zur erhöhten Sekretabscheidung. Man schnupft und röchelt, die Nase ist zu, und die Bronchien rasseln. Das kann zu Asthma führen oder zu Neurodermitis. Manche Leute lassen sich desensibilisieren, andere nehmen Medikamente ein, die die Histaminproduktion stoppen. Ein allergischer Schock tritt auf, wenn der Körper einem starken Allergen ausgesetzt wird, gegen das er empfindlich ist, zum Beispiel einem Wespenstich. Normale Menschen reagieren darauf mit einem kurzen Schmerz und einer leichten Hautrötung, die schnell abklingt. Überempfindliche Personen entwickeln dagegen in wenigen Minuten eine überstarke Immunantwort. Die Haut rötet sich, der Kreislauf bricht zusammen, der Blutdruck sinkt auf sehr niedrige Werte, die Schleimhäute schwellen blitzschnell stark an, und sie bekommen keine Luft mehr. In der Regel ersticken sie, falls nicht sofort Hilfe vor Ort ist, in wenigen Minuten. Es ist ein kurzer, aber qualvoller Tod."

„Wow!", rief Rita impulsiv. „Weißt du das schon länger?"

„Mein Sohn war Allergiker, und wir wohnten auf dem Lande", gab er zurück.

„Wenn diese Leute ein Mittel genommen haben", fragte Rita, „wie konnten sie dann trotzdem sterben?"

„Vielleicht gerade deshalb. Irgendetwas hat die Hemmung der Histamine überkompensiert“, erwiderte Hasso zögerlich. Er wollte nicht zu viel preisgeben. Deshalb fragte er: „Wo wurden die Leichen eigentlich gefunden?“

Die Hauptkommissarin bemerkte das Manöver nicht, wahrscheinlich, weil sie nach diesem anstrengenden Tag schon sehr müde war. Gehorsam erklärte sie: „In der Nähe eines Recycling-Hofes zwischen Westerhausen und Timmenrode. Aber du kennst dich doch hier sowieso nicht aus.“

Er reagierte darauf nicht und wandte sich an den Wirt: „Haben Sie eine Karte der Umgebung, oder sogar eine Harzkarte?“

Steffen, so hieß der Wirt, wie er inzwischen erfahren hatte, schaute ihn nachsichtig an und kramte eine Karte hervor. Hasso bedankte sich, bestellte noch ein Glas Sekt und schlug das Papier auseinander. „Und wo war das nun?“

Rita verdrehte leicht genervt die Augen, doch dann schaute sie selber auf das bunte Bildchen: „Hier war es. Rosshöhe! Ich muss zugeben, dass ich diesen Namen selbst nicht kannte.“

Hasso konnte mit Mühe seine Erregung verbergen, als er wenige Zentimeter neben dem Fundort der Leichen den Begriff „Hamburger Wappen“ las. Dieser Hinweis war nun wirklich eindeutig. Für einige Sekunden befand er sich in einem Gewissenskonflikt. Das war kein Zufall mehr. Jetzt, in diesem Moment, konnte er den gesamten Hokuspokus auffliegen lassen. Doch er schwieg. Nicht wegen des Gelübdes, sondern um das Gottesurteil zu initiieren. Viktors Tod musste gesühnt werden!

Stattdessen sagte er: „Aha! Nicht weit entfernt vom Hamburger Wappen.“

„Eine uralte Kultstätte“, erklärte Rita gähnend und starrte auf ihren Notizblock. „Die Tote hatte noch einen Zettel bei sich. Darauf stand merkwürdigerweise …“

„… Volkmarskeller!“, entschlüpfte es Hasso unvorsichtigerweise.

„Hey!“, schrie Rita und war plötzlich hellwach. „Woher weißt du das?“

„Ich habe es auf deinem Zettel gelesen“, konterte Hasso geistesgegenwärtig. Das war knapp!

„Das kannst du doch nicht einfach machen!“, moserte die Hauptkommissarin und gähnte erneut. „Tut mir leid, ich bin todmüde. Ich zahle jetzt und gehe ins Bett. Kommst du mit?“

„In dein Bett?", fragte er und blickte sie prüfend an. „Ich habe morgen ein ziemlich straffes Pensum und muss früh aufstehen. Ich glaube nicht, dass das vernünftig ist."

„Vernünftig!" Sie verzog angewidert das Gesicht. „Bist du etwa ein Spießer? Mein Angebot war keine Aufforderung zum Vögeln, sondern für eine Übernachtung, weil ich dachte, du schläfst wieder in deinem unbequemen Auto. Also tschüss!!"

„Warte doch Rita!" Er überlegte es sich anders. „Ich bin alles andere als ein Spießer. Aber ich bin auch schon sehr lange allein. Du weißt kaum etwas von mir. Ich nehme dein Angebot an, falls es jetzt noch steht, aber nur, damit ich morgen keine Genickstarre habe." Er lachte verhalten.

Die Frau lachte zurück. Sie bezahlte die Zeche, und als er Einspruch erhob, legte sie ihm die schlanken Finger auf die Lippen: „Du hast bestimmt gerade viel Geld ausgegeben, und ich bin kinderlos und kriege das Geld aus der Steckdose! Kannst du noch fahren? Ich bin so müde, dass du mich zum Auto tragen musst."

Kurz vor Mitternacht verließen sie das Pub Nase. Hasso legte einen Arm um ihre Hüfte, und sie schmiegte sich an ihn: „Mit dem Tragen, das wird wohl nichts?"

„Da vorn steht mein Auto schon", lachte er. „Stell dir vor, es kommt ein Streifenwagen, und deine Kollegen sehen dich in meinen Armen schweben."

„Ach komm! Du bist bestimmt nur zu schlapp. Schwacher Bauer aus der Rhön!", reizte sie ihn.

Blitzschnell beugte er sich ein Stück herab und hielt die zappelnde Rita gleich darauf in seinen muskulösen Armen. Dann ging er weiter. Sie legte kichernd die Arme um seinen Hals: „Das ist wirklich sehr angenehm nach des Tages harter Arbeit."

Hinter ihnen surrte leise ein Automotor. Die beiden ließen sich davon nicht stören, Hasso hatte den Volvo fast erreicht. Langsam schlich der blausilberne Streifenwagen an ihnen vorbei. Die blondgelockte Polizistin mit der Nickelbrille grüßte aus dem Fenster. Dann sahen sie nur noch die sich entfernenden Heckleuchten. Rita presste den Kopf an seine Schulter und zitterte vor Lachen.

„Oh, Mann!", stieß sie endlich hervor. „Du bist ja wirklich ein Hellseher. Jetzt hat die Dienststelle endlich mal ein anderes Thema als immer diese langweiligen Delikte. Typisch Quedlinburg!"

XXII

Rita war an diesem Abend etwas wirr im Kopfe, das war ihr aber völlig bewusst. Nach so einem Tage befand sich das Gehirn eines normalen Menschen obligatorisch an seiner Belastungsgrenze. Auch eine erfahrene Kriminalistin sah nur selten oder vielleicht nie ein halbverwestes Paar, das angefressen im Grase lag, als wäre es im Schlaf oder gar beim Liebesspiel vom Sensenmann überrascht worden. Derartige Sinneseindrücke können ins Unterbewusstsein verbannt werden, wo sie dann herumspuken und irgendeinen Scheiß anrichten, oder das Bewusstsein neutralisiert den schädlichen Teil des Erlebten durch angenehme Erfahrungen im zeitlichen Nahfeld.

Sie hatte ausgesprochenes Glück. Genau zur rechten Zeit kam ein starker Mann, der ebenfalls ein tragisches Geschehen verarbeiten musste und der ihr gut gefiel. Sie führte ihn in ihre Mietwohnung, die zwei geräumige Zimmer und eine große Kuche besaß, dazu noch einen Balkon nach Süden, der jetzt im Finsteren lag.

Dort wurden sie durch das heulende Gebell Ottos begrüßt. Der hatte schon ziemlich lange auf sein Frauchen gewartet. Rita hielt nämlich einen Hund, der auch ein Relikt aus der gemeinsamen Zeit mit Irenäus war. Otto war eine sehr bizarre Mischung. Als Irenäus einmal nicht aufpasste, zeugte Titus mit der Rauhhaarteckelin von Karl Wabenmond, (die inzwischen bereits in den Ewigen Dackel-Jagdgründen auf Pirsch geht), einen Sprössling. Dieser besaß den Kopf eines Schäferhundes mit sehr lustigen Knopfaugen und den etwas zu groß geratenen Körper eines Teckels, schwarz mit stämmigen, krummen Läufen und sehr großen Pfoten. Er liebte sein Frauchen, aber auch seinen Vater Titus abgöttisch. Hasso wurde von ihm kaum beachtet, denn er war ein Konkurrent.

„Wollen wir noch einen Absacker trinken?", fragte sie ihn, denn ihr war heute irgendwie nach einem moderaten Rausch zumute. Ohne seine Antwort abzuwarten, fuhr sie fort: „Ich habe alles!"

Hasso sah sich in der Wohnung um und erwiderte: „Ich schließe mich dir bei der Auswahl des Getränkes an. Schön hast du es hier!"

Rita goss ziemlich viel guten, alten schottischen Whisky in zwei Gläser. Eins davon hielt sie ihm hin: „Hier! Und dann wird geschlafen. Morgen ist ein anstrengender Tag, das weiß ich jetzt schon. Zum Wohl, lieber Hasso!"

Der Mann stand vor ihr, ziemlich anders als Irenäus Moll und auch als Ewald, ihre letzte Versuchung mit fadem Ausgang. Dass sie sich nur immer in derart verrückte Außenseiter verguckte! Blödheit! Sein Gesicht war ganz schön faltig, die Haut noch stärker gebräunt als beim letzten Mal. Die Arme waren muskulös, die Hände schlank und geschmeidig. Etwas fragend blickten seine schwarzen Augen sie an. Auch die Haare waren schwarz, durchsetzt von weißen Fäden. Er sah ein bisschen aus wie ein Indianer.

„Zum Wohl, Rita!", sagte er leise. „Wunderbar, dass du da bist!"

Schweigend tranken sie das edle Destillat. Sie mussten jetzt die Frage der Schlafstatt klären, ging es Rita träge durch den Kopf. Der Scotch wirkte umgehend. Eigentlich wollte sie sich nur noch in seine Arme legen und schlafen, beschützt von seinem Indianerkörper. Sie sah, wie er das halbgeleerte Glas auf einen Tisch stellte. Dann trat er einen Schritt auf sie zu. Sie widerstand dem fast übermächtigen Gefühl, die Augen zu schließen. Stattdessen lachte sie ihn an. Mit einer sehnigen Hand griff der Mann ihren Hinterkopf, und dann schloss sie doch die Augen, als seine Zunge ihre Lippen massierten.

„Hast du ein großes Bett?", fragte er nach einigen Minuten.

„Ziemlich groß", antwortete sie und ging mit ihm ins nächste Zimmer. Das war nach Süden ausgerichtet. Hier stand der Schreibtisch vor einem Fenster, durch das noch einige Lichter der Innenstadt funzelten. Das war ihr Intimbereich. Im Eck befand sich ihr Lager, ein Doppelbett. Rita war einst Ehefrau gewesen, aber das war eine andere Geschichte, jetzt war sie Witwe. Das wussten nur wenige, unter anderem Irenäus Moll.

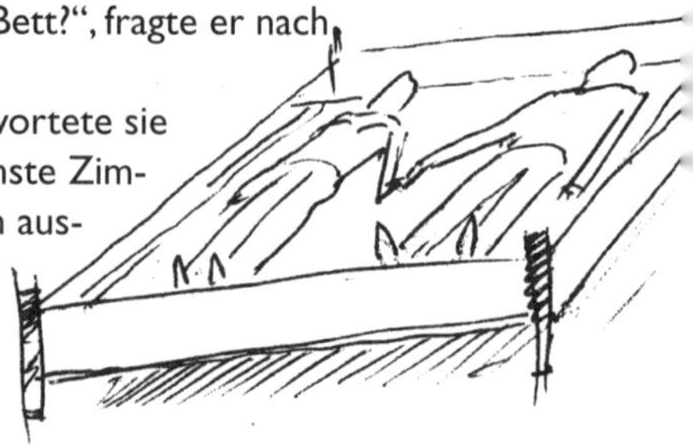

„Du kannst dich neben mich legen, aber ich werde sofort schlafen", sagte sie mit zärtlicher Stimme. „Manchmal braucht man jemanden neben sich. Ansonsten gibt es die gemütliche Couch im Salon."

„Dann bleibe ich hier", sagte Hasso. Er brachte die beiden Gläser und stellte sich vor das Balkonfenster. Der Mann schaut zu, wie ich mich ausziehe, dachte sie, ganz schön geil. Trotzdem war sie müde – fiel ihr gerade wieder ein. Sie zog das dunkelgrüne Shirt über den Kopf und schüttelte die Haare aus. Darunter hatte sie nichts an. Ihre Brüste waren nicht sehr groß, aber sehr schön. Sie schlug die Bettdecke zurück und zog ein weißes Seidenhemdchen an. Die Jeans warf sie über einen Stuhl, den Slip ließ sie an. Ola!

„Komm ins Bett!“, forderte sie ihn auf. „Die Nacht ist gleich um!“ Sie ließ nur noch ein Lämpchen brennen. Der Raum versank in warmer Dämmerung. Was würde er jetzt tun, schlich neblig durch ihr Gehirn. Sie trank den Rest Whisky. Es schmeckte nach Malz und nach Eichenholz und nach Torfmoor.

Der Mann blickte ernst drein, ließ die Hose fallen, zog das Hemd aus und kam auf der anderen Bettseite unter die Decke. „So was habe ich noch nie gemacht.“

„Du warst noch nie mit einer Frau im Bett?“, kicherte Rita. „Das glaube ich dir nicht.“

„Doch, natürlich!“, lachte er leise. „Aber noch nie so. Es ist so normal und doch wunderschön. Weißt du, was ich meine?“

„Ja, wir sind nur zwei Menschen, die nebeneinander liegen“, sagte sie. „Das geht auch. Und das macht sogar Spaß. Ich brauche gerade jemanden, der mich hält.“

„Ich auch“, flüsterte er und nahm sie in die Arme.

Dann war sie eingeschlafen.

Die Morgensonne schien streifend durchs Fenster. Sie warf einen Blick auf die leise tickende Uhr. Kurz nach sechs. Sie spürte keinen Kater, sondern fand sich recht munter. Neben ihr lag der Mann des vergangenen Abends auf dem Rücken und schnarchte ganz leise. Sie erinnerte sich, dass er um die fünfzig war. Manch ein Mann brauchte sein Maskottchen in diesem Alter nur noch zum Wasserlassen. Sie schmunzelte. Hasso besaß eine ziemlich lange Nase. Sie drehte sich auf die Seite, das Gesicht dem Schlafenden zugewandt. Ganz sacht ertastete ihre Hand seine Leistengegend. Er verschnarchte sich einmal und schlief weiter. Dann wurde sie fündig. Und wie! Ein heißer Schauer durchraste ihren Körper. Sie war schon seit vielen Monaten mit keinem Mann mehr zusammen gewesen.

Wie ferngesteuert schob sich ihr rechtes Bein über seine Schenkel, bis sie an ihrem Ziel anlangte. Schlief er noch? Seine Atemzüge liefen regelmäßig und monoton. Sanft umfasste sie den emporragenden Schaft und schloss verzückt die Augen. Der

Mann röchelte leise, aber sie hielt ihn fest im Griff. Mit leichtem Schwung kam sie kniend über ihn. Er sollte so lange wie möglich schlafen. Die Geilheit ließ langsam ihre Sinne schwinden. Sein Penis berührte nun ihren Bauchnabel. Sie hob den Unterleib an und schob sich ein Stückchen nach vorn. Da schlug er die kohlschwarzen Augen auf.

Schnell senkte sie den Unterleib. Er saß in der Venusfalle und konnte nicht mehr entkommen. Kräftige Finger umspannten plötzlich ihren Arsch und irgendwo arbeitete eine sehr eifrige Zunge.

Um neun saßen sie am Frühstückstisch, beide sehr zufrieden miteinander. Bis jetzt hatten sie das Thema „Heutiger Tag" tunlichst aus ihrer Konversation verbannt. Sehr viel Worte hatten sie sowieso noch nicht gewechselt, denn ihre Kommunikation erschöpfte sich eher auf stöhnender Ebene. Nun aber wurde es Zeit, der Härte des wahren Lebens ins Auge zu sehen. Und um dieses eherne Gesetz zu untermauern, ließen die Götter die Türglocke läuten.

„Oh je!", gab Rita von sich und erhob sich. „Wenn das nicht der Heinz ist …"

Und er war es: „Morgen Rita! Es gibt einige Neuigkeiten. Hat die Forensik gestern noch mit dir gesprochen? Ich glaube, wir sollten demnächst an die Arbeit gehen, auch wenn Vatertag ist. Machst du mir einen Kaffee? Es duftet schon so schön bei dir." Er versuchte, die kleine Nase in die Wohnung zu schieben.

Scheiße, schrie Rita innerlich, konnte das nicht noch eine Stunde warten? Mit einer geschmeidigen Bewegung schob sie sich hinaus ins Treppenhaus, wobei sie ihren Kollegen sachte zurückdrängte. „Heinz, das geht jetzt leider nicht. Ich glaube, wir sollten uns lieber in einer halben Stunde an einem Ort deiner Wahl treffen. Im Büro, in einem Café oder in einer Kneipe. Heute ist Himmelfahrt!"

„Was ist denn nun schon wieder los?", begehrte der Hauptkommissar auf. „Du bist nicht allein? Doch hoffentlich nicht schon wieder Irenäus? Ist er auf der Fährte? Da spiele ich nicht mehr mit, Rita!"

„Ist doch gut, Heinz! Reg dich nicht auf!", lachte Rita. „Es ist jemand anderes. Aber ich möchte noch einen Moment mit ihm allein sein. Wo wollen wir uns in einer Stunde treffen?"

„Weiß ich nicht!", knurrte der Hauptkommissar. „Ist mir auch egal!"

„Sei doch nicht so fantasielos!“ Rita streichelte seinen Arm. „Es ist herrliches Wetter. Wollen wir uns auf die Burg setzen? Wenn wir bei einem Glas Rotwein über die Stadt schauen, fällt uns bestimmt was ein.“

„Rotwein am frühen Morgen …“, moserte Schropel grimmig.

„… vertreibt Kummer und Sorgen! Bis gleich, lieber Heinz! Die Zeit läuft“, rief sie fröhlich und zwängte sich durch die Tür zurück in ihre Wohnung. Dort sagte sie zu Hasso: „Er war es. Ich muss bald aufbrechen. Was wirst du heute tun? Fährst du zurück in die Rhön? Es war sehr schön mit dir.“

„Mit dir ebenso“, lächelte er sie liebevoll an. „Wir müssen uns bald wiedersehen. Ja? Ich habe so eine vage Idee, der ich heute noch nachgehen werde.“

„Diese Idee verrätst du mir natürlich nicht?“, bohrte Rita und blickte tief in seine schwarzen Augen.

„Besser nicht. Die Idee ist zu vage“, sagte Hasso und hob die Kaffeetasse vors Gesicht.

„Du weißt etwas, das ich nicht weiß“, stellte sie resigniert fest. „Willst du es mir nicht sagen? Es wird auch deinem Sohn helfen, wenn wirklich etwas an deinen Vermutungen dran ist.“

„Meinst du, es ist etwas dran?“, stellte er die Gegenfrage.

„Du hast diesen Verdacht geäußert, Hasso! Er sitzt bei mir zumindest im Hinterkopf“, erklärte sie und blickte zu ihm auf, denn er stand jetzt vor ihr im Sonnenlicht. „Willst du mir nicht wenigstens sagen, wo du sein wirst? Du weißt es doch bereits!“

„Nein!“, sagte er und küsste sie sanft und sehr intensiv. „Einen Anhaltspunkt gibt es ja.“

„Meinst du die Allergie?“, fragte sie nach dem Kuss und sah sofort an seinem Gesicht, dass das die falsche Frage gewesen war.

„Ja, ja doch!“, gab er zur Antwort und wirkte bereits etwas abwesend, so als wäre er nur noch teilweise im Raum. „Ich ziehe jetzt in die Welt. Liebe Rita, es war ganz wundervoll mit dir! Ich danke dir von Herzen. Wir werden uns wiedersehen.“

Ohne weitere Umstände bewegte er sich zur Tür. Dort hielt er noch einmal inne. Rita war ihm nachgelaufen und umarmte ihn ein letztes Mal: „Mach bitte keinen Scheiß, mein Lieber!“

Er schüttelte den Kopf und strich ihr über die Haare. Rita rief: „Pass auf dich auf!“

Dann war er verschwunden.

Kurze Zeit später kraxelte sie den Aufgang des Quedlinburger Schlosses hinauf. Die Burg lag auf schräg geschichteten Sandsteinfelsen, und ihre fragile Bausubstanz stellte eine Goldgrube für Architekten und Baufirmen dar. Bröckelndes Gestein, berstende Mauern und schwammige Balken hielten ständig Denkmalpfleger und Aufsichtsämter in Atem.

Rita hielt sich hier gern auf, wenn es ihre Zeit erlaubte. Deshalb hatte sie auch spontan für den Himmelfahrtstag diesen Treffpunkt ausgesucht. Viele Gedanken rasten durch ihren Kopf. Die Beziehung zu Hasso würde keinen Bestand haben. Er war viel zu weit weg von ihr, sowohl räumlich als auch mental. Es war schön mit ihm gewesen, wirklich schön, aber letzten Endes hatten sie sich nur gegenseitig in stürmischer See beigestanden. Was aber hatte dieser Mann vor, was wusste er mehr als sie? Und was wusste Irenäus Moll mehr als sie? Irenäus stand ihr früher wesentlich näher als dieser Bauer aus der Rhön mit seinem angenehmen, alternden Körper. Irenäus war ein Mensch des Geistes und des Genusses, ein zynischer Theoretiker mit sehr menschlichem Kern. Eigentlich sehnte sie sich nach diesem Diogenes zurück. Sie sah ihn als Kyniker, als bekennenden Skeptiker der modernen Trallala-Gesellschaft. Auch er hätte zu Alexander dem Großen oder zu Angela Merkel sagen können, hätten sie vor seinem Fass gestanden: „Geht mir aus der Sonne!"

Hasso könnte sich als Fanatiker entpuppen, Irenäus war dagegen ein Freigeist. Vielleicht sollte sie ihr Ressentiment überwin-

den und ihn einfach einmal anrufen, ehe sie mit ihrem Kollegen zusammentraf. Sie griff zum Handy und wählte seine Nummer. Ziemlich aufgeregt wartete sie darauf, dass er abnahm. Diesen Gefallen tat er ihr natürlich nicht. Also war er nicht zu Hause, denn zu den widerlichen Menschen, die eine Nummer ignorierten, gehörte er nicht. Irenäus nahm immer ab, schon aus Neugier. Ein Handy besaß Diogenes natürlich nicht. Es war Herrentag, und er könnte sonstwo sein, dieser alberne Mensch. Sie schnaubte wie ein wütendes Pferd.

Heinz Schropel saß bereits an einem Ecktisch, direkt an der Schlossmauer. Von dem kleinen Biergarten des Schlosskrugs aus eröffnete sich ein weiter Rundumblick über die roten Ziegeldächer der Stadt zum Lehoffelsen und immer weiter zum Hakelwald und den fernen Abraumhalden der Braunkohle-Grube Concordia, die durch ihren spektakulären Hunger auf Einfamilienhäuser in den Schlagzeilen stand.

Der Hauptkommissar gab sich gelassen. Vor ihm standen zwei Schoppen Rotwein, ganz wie es seine Partnerin erwartete. Rita lachte ihn denn auch an und setzte sich ihm gegenüber: „Prost, Heinz! Auf Christi Himmelfahrt! Was hast du rausgekriegt? Sag es schnell!“

Die grauen Augen lächelten sie aus dem fahlen Gesicht belustigt an. Seit er eine fesche Freundin beim Umweltressort des Landeskriminalamtes hatte, trug Heinz Schropel Jeans und bunte Hemden. Rita saß in einem kurzen, grünen Kleidchen mit Fantasiemuster vor ihm und schaute ihn erwartungsvoll an.

„Ich habe bereits die wesentlichen Bekannten der Toten befragt“, erläuterte er. „Keiner hat einen blassen Schimmer. Es waren ganz normale Leute, fleißig und am öffentlichen Leben interessiert. Nur ihre Nachbarin wusste eine Idee mehr. Die Frau sagte am Nachmittag des Sonnabend zu ihr, dass sie an diesem Tag noch etwas ganz Verrücktes machen würden. Dann waren sie weg. Nicht mehr und nicht weniger. Ihre Autos stehen auf ihren heimischen Stellplätzen. Ziemlich merkwürdig. Sie müssen also entweder gelaufen oder mit einem öffentlichen Verkehrsmittel gefahren sein. Wohin, das ist hier die Frage.“

„Auf dem Zettel stand Volkmarskeller“, bemerkte Rita. „Sollten sie dort gewesen sein?“

„Zu Fuß? Das sind mindestens zwanzig Kilometer“, sagte Heinz und nippte am Rotwein. „Da wären sie nicht erst am Nachmittag losgelaufen, wenn überhaupt. Die Statur der Frau war auch nicht gerade für derartige Wanderungen ausgelegt.“

„Was du alles siehst!“, grinste Rita. „Vielleicht hat sie jemand mit dem Auto mitgenommen.“

„Dann müsste er sie entweder auf dem Hin- oder Rückweg am Fundort abgelegt haben, nachdem er sie entweder getötet hat oder sie im Auto gestorben sind. Oder er hat sie in der Nähe herausgelassen, und sie sind allein weitergelaufen, bis der Tod sie ereilte. Sehr unwahrscheinlich! Ich glaube eher, dass sie an einem viel näheren Ort waren, der noch relativ fußläufig erreichbar ist und dann auf dem Hin- oder Rückweg eine Krise bekamen. Ich würde diesen Volkmarskeller erstmal außen vor lassen und später unter Umständen anschauen. Das ist nur eine kleine Felsbove im Harz, wo ganz früher mal eine Einsiedlerin lebte. Wenig aufregend.“

„Okay! Es deutet sich aber noch eine andere Spur an“, erwiderte Rita. Sie musste dem Kollegen gegenüber loyal bleiben, auch wenn sie dabei ein ungutes Gefühl verspürte. Der Kriminalist zog erstaunt die Brauen in die Höhe. „Ich habe noch einmal mit dem Vater von Viktor gesprochen. Der Sohn ist bekanntlich an einem allergischen Schock gestorben. Die beiden Toten höchstwahrscheinlich auch. Gibt es einen Zusammenhang? Viktors Vater hat inzwischen herausbekommen, dass sich sein Sohn zuletzt in der Wipertidisco aufhielt, zusammen mit drei Personen."

Schropel starrte sie an: „Und wer waren bitte diese Personen?"

Rita zog eine leichte Grimasse: „Zwei Bardamen und ein Herr. Der Herr war – Irenäus Moll."

„Scheiße!", rief Schropel. „Der schon wieder! Ich denke, der hatte in der Nacht einen Filmriss."

„Hatte er wahrscheinlich auch", fuhr sie fort. „Fragt sich nur, wovon. Ich denke, wir sollten die beiden Damen aufsuchen. Sie sind unser einziger Anhaltspunkt."

„Dir ist klar, dass diese Verbindung sehr brisant ist?", fragte der Hauptkommissar und bestellte noch zwei Rotwein. „Und wie bist du an diese Information gekommen? War dieser Vater etwa heute Morgen ...?"

Diese Frage hatte Rita schon seit über einer Stunde befürchtet. Sie nahmen einen kräftigen Schluck von dem neuen, kühlen Rotwein: „Wir haben uns ziemlich lange unterhalten. Er hat dann bei mir übernachtet."

„In deinem Bett", konstatierte der Mann. „Ach, Rita ..."

„Hör mal!", erklärte sie ihm leicht bissig. „Ich bin eine junge Frau und habe einen Hormonstau!"

„Ist ja gut!", meinte er. „Und wo ist dieser Vater jetzt?"

„Keine Ahnung", knurrte sie. „Wir könnten uns aber den Bardamen zuwenden. Vielleicht sind die ja zu Hause, weil ihre Männer wandern."

Schropel blickte auf die Uhr: „Oh ja, es ist schon spät. Zwei Stunden gebe ich uns noch. Ich bin heute noch mit Helena in Magdeburg verabredet. Es ist schließlich Feiertag. Du könntest ja im Anschluss an die beiden Frauen deinen Ex-Freund befragen. Der freut sich bestimmt, wenn er dich mal wieder sieht!"

„Der ist nicht zu Hause. Ich habe schon angerufen", erwiderte Rita pikiert. „Und im Übrigen kannst du dir derartige Sprüche klemmen, wenn du mein Freund bleiben willst."

Schropel zahlte grinsend die Zeche. „Es war nur ein Scherz. Du warst eingeladen. Und jetzt nehmen wir uns diese Weiber vor. Hast du die Adressen?"

Doch es wurde nichts daraus. Beide Frauen waren nicht daheim. Rita und Heinz beschlossen, ihre Nachforschungen erst am nächsten Tage fortzusetzen. Bis zu diesem Zeitpunkt war noch sehr ungewiss, ob es sich überhaupt um eine Straftat handelte. Möglicherweise ermittelten sie in einem Phantomfall. Morgen würden sie die Frauen und Irenäus Moll sicherlich antreffen. Gefahr schien nicht im Verzug. Und so verabschiedeten sie sich voneinander. Der Hauptkommissar fuhr zu seiner Geliebten und seine Kollegin blieb allein zurück.

XXIII

Irenäus wanderte einsam, aber er genoss diese Einsamkeit. Sein Freund Karl Wabenmond und Marie wollten natürlich wieder beim Treffen der Eingeweihten mitmachen, aber eine andere Route dorthin nehmen. Das war Irenäus recht. Er brauchte Zeit zum Überlegen. Nach dem Frühstück war er zusammen mit Titus aufgebrochen. Bei einer solchen Tour wollte er nicht ohne Hund sein, auch wenn das in der Nacht möglicherweise zu Komplikationen führen könnte.

Der Himmelfahrtstag war sonnig und warm. Bis zum Hamburger Wappen nahm er den gleichen Weg wie vor wenigen Tagen. Dann ging er auf der Teufelsmauer bis zum Großvater, einem markanten Felsturm mit Aussichtsplattform für Schwindelfreie. In der gleichnamigen Gaststätte war um diese Zeit wahrlich der Teufel los! Viele Männer und allerlei Frauen feierten bierselig den Herrentag. Auch Irenäus ließ sich natürlich nicht lumpen. Er hatte bereits zehn Kilometer zurückgelegt und kam sich völlig unterhopft vor.

Vom „Großvater“ aus durchquerte er einen Zipfel des Blankenburger Schlossparks und bog in das Tal des Braunen Sumpfes ein. Der Name Brauner Sumpf deutet auf die gewaltigen Eisen-

erzvorkommen hin, die in dieser Region im Boden schlummern. Auf dieser Wanderung kreisten seine Gedanken träge und unermüdlich um das hexistische Geschehen, in das seine Seele in zunehmenden Maße eingewoben wurde. Besäße die Beschäftigung mit der Hexenmedizin nur eine Komponente der Fremdartigkeit, so hätte er sich wissbegierig hingegeben, aber sein Verstand sagte ihm, dass da wilde Gefahren lauerten, die mit Unheil und Tod eng zusammenhingen. Er schätzte Hasso Germeyer als einen durchaus klugen Pragmatiker ein, der nicht einfach irgendeiner fixen Idee nachging, auch wenn sein Schmerz momentan überwältigend wirkte. Deshalb nahm er dessen Verdacht auch ernst. Gab es in jener Nacht eine Rückkopplung zwischen Viktors Heuschnupfen und der Verabreichung des Elixiers? Warum hatte die moderne Rechtsmedizin diesen Zusammenhang dann nicht festgestellt? Wussten die beiden Frauen bereits mehr darüber, als sie zugaben?

Es bestand die Gefahr, dass es – falls eine Korrelation existierte – weitere Komplikationen oder gar Todesfälle geben würde. Wie weit konnte er da noch mitgehen, ohne in ernsthafte

Schwierigkeiten zu geraten? Irgendwie spielte er bereits die Rolle eines selbsternannten V-Mannes, doch das bescherte ihm alles andere als Immunität. Wann würden die Behörden ohnehin auf ihr Treiben aufmerksam werden oder auch nur die neugierige Spießerschaft? Das war doch nur eine Frage weniger Tage …

Am Nachmittag erreichte er den Sägemühlenteich. Inzwischen taumelten kaum noch singende Herren und Damen durch die sonnige Landschaft. Am Ufer des kleinen Staugewässers stand eine einsame Bank. Schon von weitem sah Irenäus darauf eine vereinzelte, scheinbar in Gedanken versunkene Person sitzen. Ein dunkel eingefärbter Strohhut verdeckte das Gesicht, trotzdem wusste Irenäus sogleich, um wen es sich handelte. Sollte er sich darüber freuen?

„Hallöchen!“, rief Adelheid und sandte ihm ein strahlendes Koboldlächeln entgegen, als er sich auf vielleicht zwanzig Meter genähert hatte. „Ich wusste, dass du hier entlangkommst.“

„Hallo!“, erwiderte er. „Wartest du schon lange?“

„Nö! Wie kommst du darauf, dass ich warte?“, fragte sie und bot ihm die ein wenig gebräunte Wange zum Begrüßungskuss. „Es ist hier wunderschön, und ich habe eine kleine Rast eingelegt. Dabei habe ich über den heutigen Abend nachgedacht und natürlich auch an dich.“

„Ist schon gut! Bis dahin haben wir noch viel Zeit“, lächelte Irenäus. Bei der Frau musste man jedes Wort auf die Goldwaage
legen. Er zog eine Flasche „Regent“ aus dem Rucksack und öffnete sie. Ohne weiteren Kommentar stellte er zwei Gläschen auf die Bank und goss Rotwein ein. Adelheids Äuglein verdrehten sich ein wenig, als er ihr das Getränk bot, aber sie lehnte nicht ab. Still tranken sie den noch kühlen Wein. Dann klimperte die Frau mit den blassen Wimpern und fragte: „Hast du immer solch ein Gedeck dabei?“

„Immer!“, antwortete er lakonisch.

Bald darauf brachen sie auf. Irenäus gab sich schweigsam, und Adelheid trabte neben ihm her. Das Braune-Sumpf-Tal endet an einem Steilhang, auf dem die Rübelandbahn einen der steilsten Schienenstränge Deutschlands erklimmt. Beim Aufstieg strauchelte die Frau und fiel Irenäus in die Arme. Er hielt sie im letzten Moment an ihrem kleinen Hintern auf und verharrte in dieser Stellung. Ihm bereitete das Vergnügen, aber Adelheid riss sich wütend aus seiner Hand. Danach schwiegen sie wieder, bis sie den Wanderweg zum Eggeröder Brunnen erreicht hatten. Das war keine lange Zeit, denn sie mussten nur das Gelände des ehemaligen Haltepunktes „Braunesumpf" überqueren.

„Ich würde gern noch etwas mit dir besprechen", ließ nun Adelheid die Katze endlich aus dem Sack. Er hatte schon lange geduldig darauf gewartet. „Ich weiß nicht recht, wie es mit unseren Treffen weitergehen soll."

„Wo liegt der Grund?", fragte er. Sie liefen auf einer Fahrspur zwischen Fichten, er links, sie rechts.

„Nun", knörgelte sie und blickte ihn aus den Augenwinkeln an, „es gibt bestimmte zwischenmenschliche Verwerfungen. Wenn sich diese Probleme vertiefen, breche ich die Treffen ab."

„Liegt es an mir?", wollte Irenäus wissen.

„Nein!", erwiderte Adelheid. „Deine Liaison mit Vicky ist zwar nicht gerade förderlich, aber daran liegt es nicht. Die Reaktionen der Menschen im magischen Zustand sind nicht kontrollierbar."

„Das ist aber a priori so, liebe Adelheid", grinste er. „Schließlich befindet sich ein magischer Zustand nicht innerhalb der bürgerlich denkbaren Bandbreite des Spektrums. Deshalb war ja in alten Zeiten Hexenwissen derart verpönt."

„Damit habe ich aber nicht gerechnet," sie riss hektisch einen Zweig ab. „Ganz konkret werde ich von Franz bedrängt. Sexuell! Wenn ich das auf den Rest der Gemeinschaft extrapoliere, könnte das auch bei anderen Teilnehmern passieren und zu einer Katastrophe führen."

„Da hast du wohl recht", erwiderte Irenäus. „Die Hexensabbate, wie sie überliefert werden, mündeten unweigerlich in sexuellen Orgien. Im magischen Zustand werden nun einmal Wünsche enthemmt, und das lässt sich kaum ändern. Einige werden das schön finden und andere nicht. Wir stoßen hier an die gleichen Grenzen wie im Mittelalter."

„Aber was sollen wir tun?", rief Adelheid mit hoher Stimme. „Uns geht es doch um den Schutz vor den Folgen des Weltuntergangs!"

„Wir haben allesamt eine Lebensvorgeschichte", erklärte er. „Die lässt sich nicht einfach wegwischen. Wenn du mich fragst, befinden wir uns in einer sehr spießbürgerlichen Gesellschaft, die kaum Berührungspunkte mit der Welt der frühen Altvorderen hat. Ich weiß nicht, ob wir diese Kluft überbrücken können."

„Was können wir da tun?", fragte die Frau. Heute trug sie ein dunkelgrünes Sweatshirt und einen langen, dunkel gemusterten Rock, dazu ihre Wanderstiefel. „Ich würde gern weitermachen."

„Dann machen wir doch weiter“, versuchte er, sie zu beruhigen. „Vielleicht sollten wir keine neuen Leute in die Gruppe bringen, sondern erstmal Stabilität erreichen. Wenn sich ein zuverlässiger Stamm gebildet hat, kann es immer noch Zulauf geben. Mich bewegen, ehrlich gesagt, seit einiger Zeit ganz andere Probleme.“

„Was denn?“ Sie blickte ihn entnervt an.

Irenäus überlegte, wie weit er bei dieser neurotischen Person gehen konnte. Vorsichtig begann er: „Kannst du dir vorstellen, dass Hexenmedizin zu negativen Reaktionen im menschlichen Körper führen könnte. Ich meine, möglicherweise vertragen einige Leute das Elixier nicht.“

„Das glaube ich überhaupt nicht!“, regte sich die Frau auf. „Es ist eher umgekehrt. Das Elixier bringt Glück und Leistungskraft. Spürst du das nicht? Genauso haben es auch Hildegard von Bingen und Adelheid von der Sommerschenburg beschrieben! Wäre nicht dieses Pech mit dem unseligen Franz, wäre auch ich restlos glücklich.“

'Sie spinnt doch', dachte Irenäus bei sich und sagte: „Das glaube ich gern. Nur, trifft das für alle zu? Was denkst du zum Beispiel über den Tod dieses Viktors, der in der Walpurgisnacht bei dir an der Bar stand? Dem hast du doch das Elixier verabreicht, oder?“

„Was erzählst du da?“, fuhr sie ihn mit verbissenem Gesicht an. „Ich weiß von keinem Viktor, und verabreicht habe ich auch niemandem etwas!“

Wenn ich jetzt mit Viktors Vater anfange, dachte Irenäus, fühlt sie sich in die Enge getrieben. Dann wird sie irrational reagieren. Das ist nicht anzustreben. Also erkundigte er sich: „Und was gibt es über die Teilnehmer des letzten Treffens zu berichten? Haben sie sich alle gemeldet?“

Adelheid war sichtlich erleichtert und sandte ihm ein Lächeln: „Alle waren begeistert! Es gab nur Danksagungen! Ansonsten würde ich heute keine Wiederholung starten. Ein Paar hat sich nicht gemeldet, aber das waren sowieso komische Leute, die Franz mitgebracht hatte.“

„Waren das die beiden, die neben ihm und Vicky standen?“, fragte Irenäus und erinnerte sich an seine Beobachtung. Die beiden hatten im Hintergrund irgendetwas eingenommen. In seinem Kopf wollte sich ein Gedanke formen …

Doch da schrie Adelheid: „Wir sind am Ziel! Dort liegt der Eggeröder Brunnen!“

XXIV

Hasso Germeyer stellte den weißen Volvo Kombi auf dem Parkplatz des Schaubergwerks „Büchenberg" ab. Er hatte sich vorher eingehend mit den Örtlichkeiten vertraut gemacht. Von hier aus waren es etwa drei Kilometer Fußmarsch bis Volkmarskeller. In der Nähe des Ziels gab es eine Ansammlung von Häusern, die Eggeröder Brunnen hieß. Dorthin hätte er auch fahren können, aber dort wäre sein Fahrzeug gewiss irgendjemandem aufgefallen. Sein Nummernschild gehörte nicht in diese Gegend, und vielleicht würde sein Auto die ganze Nacht über dort stehen. Zu Fuß war er flexibler und konnte sich sehr schnell unsichtbar machen. Wer weiß, was in dieser Nacht geschah.

Am späten Nachmittag erreichte er Eggeröder Brunnen. Die Häuser aus der DDR-Zeit waren offenbar alle bewohnt. Am Eingang zu dieser Enklave gab es ein buntes Hinweisschild zur Erklärung der Wege deutscher Kaiser und Könige, die hier vorbei zur Pfalz Bodfeld, zur Elbingeröder Pfalz, zum Kloster Michaelstein oder nach Goslar zogen. Am letzten Haus stand ein LO in Armeegrün und mit Hoheitszeichen der DDR auf der Tür, ein leichter Transporter der Nationalen Volksarmee, der ihm aus der Rhön noch gut in Erinnerung war. Von dort aus waren es nur

noch wenige hundert Meter bis Volkmarskeller. Er musste jetzt vorsichtig sein, damit er nicht einer bekannten Person geradewegs in die Arme lief. Aber alles ging gut. Er erreichte die Klosterteiche mit einer Sitzgruppe am Rande, ließ diese jedoch ohne Beachtung und kam drei Minuten später an dem unscheinbaren Treppchen an, das hinauf zur Ruine des uralten Klosters führte.

Hasso hatte sich inzwischen kundig gemacht und wusste, dass an diesem Orte ein Heiligtum des Gottes Odin verehrt wurde. Christliche Missionare im Gefolge Karls des Großen ersetzten Odin durch den streitbaren Erzengel Michael. So wurde ein Odinstein zum Michaelstein. Damit aber nicht genug. Der heroische Odin, Symbol stolzer Selbstsicherheit, musste ersetzt werden durch Symbole der Duldsamkeit und Entsagung. Um dies volkswirksam zu arrangieren, baute man den Mythos der frommen Jungfrau Luitbirg auf. Diese Frau wartete dreißig Jahre lang auf einen Mann, der ihr die Treue versprochen hatte und in irgendeinem Krieg verschollen ging. Luitbirg vegetierte als keusche, gottgefällige Frau in einer nassen Felsenhöhle, fastete, hielt Nachtwachen, genoss nur Brot mit Salz und Kräutern, sonntags höchstens einmal Hülsenfrüchte oder kleine Fische. Als diese beklagenswerte Frau dann endlich zugrunde gegangen war, soll ihr kriegerischer Verehrer zu allem Überfluss doch noch heimgekehrt sein. Zu spät!

Bischof Thiatgrim von Halberstadt soll diese Höhle mit großem Gepräge geweiht haben. Ein Kloster entstand dort, das alsbald der Äbtissin von Quedlinburg geschenkt wurde, aber nicht allzu langen Bestand hatte, weil es ins Tal verlegt wurde, dorthin, wo es heute noch steht, das Kloster Michaelstein.

Luitbirgs Felsenhöhle nannte man später Volkmarskeller, es ist ein geräumiger Unterschlupf mit zwei Ausgängen. Darüber befinden sich die Mauerreste der früheren Klosterkirche. Und dorthin zog es Hasso. Vorsichtig pirschte er sich näher. Seine Sorge war unbegründet, er war der erste Ankömmling. Allerdings konnten jede Minute weitere Menschen hier eintreffen. Bedächtig sondierte er die Höhle, die voller alten Laubs aus dem vergangenen Jahr lag. Das Innere erhielt genügend Licht von beiden Eingängen.

Er nahm ein weiteres in den Stein gehauenes Treppchen und erreichte das obere Plateau. Hier bildeten niedere Mauerreste mehrere Areale, in denen sich offenbar des öfteren Menschen aufhielten und kleine Feuer entzündeten. Auf einer Seite grenzten die Ruinen an einen einige Meter abfallenden Steilhang. Diese Stelle war nicht ungefährlich für berauschte Menschen. Das Ganze wurde eingeschlossen von lichtem Gestrüpp und sehr alten Weißbuchen. Er fand alsbald einen Flecken, der sich ausgezeichnet als Versteck eignete. Von hier aus konnte man die Stätte überblicken, ohne selbst Gefahr zu laufen, entdeckt zu werden.

Inzwischen war es kurz vor acht Uhr, und Ende Mai war die Sonne noch nicht untergegangen. Hasso hörte ein Geräusch aus Richtung Felsenhöhle. Mit einer langsam fließenden Bewegung machte er sich unsichtbar. Was er erwartet und erhofft hatte, geschah in diesem Augenblick.

Adelheid Wörther, das Subjekt seiner Abneigung, betrat die Bühne des Schicksals. Sie war allein. Ihre Haare waren heute rostrot gefärbt. Mit konzentriertem Gesicht trat sie in den von Steinen eingefriedeten Bereich. Prüfend blickte sie nach allen Seiten. Dann hob sie die Handflächen in Kopfhöhe und verneigte sich in jede Himmelsrichtung. Sie drehte sich einmal im Kreis und setzte sich dann auf einen Sockel aus grasbewachsenem Stein. Dort verharrte sie, dem Beobachter das Profil zugewandt, den Blick nach Westen gerichtet, wo golden die Abendsonne unterging.

XXV

Als Irenäus und Adelheid vor den Häusern von Eggeröder Brunnen standen, zeigte er ihr den Weg zum Volkmarskeller, der davor nach rechts in den Klostergrund abbog. Er wusste, dass sie allein sein wollte, um sich für ihren Auftritt als Hohepriesterin vorzubereiten. Für ihn stand inzwischen fest, dass diese Frau nach Macht strebte. Derartiges Verhalten war ihm in dieser Form noch nicht begegnet, deshalb empfand er sowohl Interesse als auch Unbehagen. Er drehte eine kurze Runde auf dem einzigen Weg der Enklave. Auch er sah den LO und die Hinweis-Tafel der Kaiser und Könige.

Nach etwa einer halben Stunde erreichte er die Mönchsteiche unterhalb Volkmarskeller. Er ließ sich auf einer Bank der ziemlich verwitterten Sitzgruppe nieder und harrte der Dinge, die da kommen würden. Von Adelheid fehlte momentan jede Spur, und das war auch gut so. Er öffnete eine Flasche Bier aus seinem Rucksack und nippte daran. Titus, dem dieser Ausflug sichtlich Spaß machte, stöberte am Rande des oberen Teiches nach unsichtbaren Beutetieren.

Es war bereits acht Uhr durch, und die Schatten der Bäume verschmolzen zu einer einheitlichen Düsternis. Irenäus vernahm Frauenstimmen aus Richtung Klostergrund. Das war der nur wenige Kilometer lange Weg von Blankenburg über das Kloster Michaelstein zu diesem Ort. Vicky, Sylvia, Hannelore und noch einige andere Personen näherten sich mit nicht zu überhörendem Stimmenlärm. Zwischen ihnen und Irenäus schimmerte dunkel das Wasser des Teiches. Nur Vicky kam über den Wandersteg zu ihm, die anderen winkten ihm zu und schlugen den Weg zum eigentlichen Treffpunkt ein. Irenäus fand diese Wendung der Dinge ausgezeichnet.

„Hallo! Da bist du ja!", stöhnte Vicky in sein Ohr und gab ihm einen Kuss auf den Mund. „Bist du der erste? Warum sitzt du hier so allein?"

„Ich warte auf euch!", grinste er und zog sie neben sich auf die Bank. „Was gibt es zu berichten?"

„Wir sind mit dem Bus nach Blankenburg gefahren und dann hierher gelaufen", gab sie Auskunft. „Ich wäre furchtbar gern mit dir zusammen die ganze Strecke gewandert, aber als ich dich angerufen habe, warst du schon unterwegs, und allein hatte ich keine Lust."

„Und wo ist dein Franz?", fragte Irenäus und streichelte ihr linkes Knie.

„Der hat verrückt gespielt", antwortete sie und sah ihn mit großen dunklen Augen an. „Er wollte nicht mit mir und nicht mit den anderen laufen. Irgendetwas tut ihm weh. Er fährt mit dem Auto. Ich habe es schon lange aufgegeben, etwas dagegen einzuwenden. Soll er machen, was er will …"

„Ich freue mich, dass du bei mir bist", sagte er und streichelte sie verhalten. „Ich glaube, dass wir heute aufpassen müssen. Ich habe eine seltsame Vorahnung. Franz liegt auf der Lauer. Adelheid hat Angst vor ihm …"

„Wieso das denn?", unterbrach ihn die Frau.

„Er hat sie sich genommen", erwiderte er knallhart und beobachtete Vickys Gesicht. Doch die machte nur eine verächtliche Grimasse. Darüber freute er sich. „Aber du kennst hoffentlich ihren Charakter. Im nichtmagischen Zustand weist sie ihn ab und ist empört. Andererseits weiß auch Franz mit an Sicherheit grenzender Wahrscheinlichkeit über uns beide Bescheid. Außerdem gibt es noch ein drittes Problem, dass ich dir nicht vorenthalten möchte, denn du bist mir nah, und ich will dich nicht im Dunkeln stehen lassen."

„Oh, Irenäus, mein Lieber!", flüsterte sie. „In was haben wir uns denn da nur hineinlaviert?"

„Hab keine Angst!", versuchte er sie zu beruhigen. „Das dritte Problem besteht darin, dass der Verdacht aufgekommen ist, die Hexenmedizin sei nicht ungefährlich. Viktors Vater war gestern bei mir. Er gibt keine Ruhe. Vielleicht spinnt er, vielleicht auch nicht. Bis jetzt ist alles gut gegangen. Ich hoffe, dass es auch heute so sein wird."

„Ich habe Angst", stöhnte Vicky leise. „Sollten wir nicht einfach abhauen. Noch hätten wir die Zeit."

„Das ist nicht meine Art", erwiderte Irenäus und drückte sie kurz an sich. „Ich vertraue auf die Götter und darauf, dass sie mich rechtzeitig warnen."

„Dich vielleicht!", seufzte sie unglücklich. „Aber was wird aus mir und den anderen?"

Er suchte im Geist nach einer klugen Antwort, aber in diesem Augenblick kamen aus Richtung Eggeröder Brunnen mehrere neue Ankömmlinge, die sich sofort auf sie stürzten und mit Fragen bombardierten. Irenäus kannte niemanden davon, einige waren zwar schon am Hamburger Wappen dabei gewesen, aber auch dort hatte er sich nicht um sie gekümmert. Eigentlich konnte er mit Ansammlungen von Menschen nicht viel anfangen. Wahrscheinlich war heute für ihn das letzte Hexentreffen, zumindest in einem derartigen Rahmen. Trotzdem scherzte er ein wenig mit den Neuankömmlingen und verwies sie zum eigentlichen Treffpunkt auf der anderen Seite des Teiches.

Die Dämmerung senkte sich zunehmend herab, der Zeitpunkt der Zeremonie nahte.

Plötzlich standen Karl und Marie vor ihrer Sitzgruppe. Marie umarmte ihn und Vicky überschwänglich. Karl sagte: „Hallo! Habt ihr keine Lust, euch in die Menge zu stürzen?"

„Noch nicht!", erwiderte Irenäus. „Wir sind heute nicht so in Stimmung. Aber erzähl mal, woher ihr gerade kommt."

Karl lachte: „Ach, ich weiß es auch nicht so recht. Mein Auto steht weit weg von hier in irgendeinem Wald. Ich glaube, das finden wir niemals wieder. Und wieso seid ihr nicht in Stimmung? Ist irgendetwas Negatives passiert?"

„Es ist nur eine Stimmung", versuchte ihn Irenäus zu beruhigen. „Die beiden Hexen haben Probleme mit ihrem Franz, und ich hatte noch einmal Besuch von Viktors Vater. Er ist davon überzeugt, dass der Tod seines Sohnes mit der Hexenmedizin zu tun hat. Er kennt nur nicht den tieferen Zusammenhang und ich auch nicht. Ich habe Adelheid nicht von dem Besuch erzählt, aber von dem Verdacht. Sie hat darauf mit vollendeter Ignoranz reagiert. Bis jetzt ist ja auch noch nichts passiert. Trotzdem sollten wir vorsichtig sein."

Marie schaute nachdenklich vor sich hin. Dann hob sie den Kopf: „Und? Was schlägst du vor, Irenäus?"

„Es gibt drei Möglichkeiten", antwortete dieser mit einem leichten Anflug von Theatralik in der Stimme. „Wir können einfach abhauen, jetzt sofort! Wir können die Versammlung sprengen. Und wir können mitmachen. Ich plädiere momentan, allerdings ein wenig verhalten, fürs Mitmachen. Falls ihr diesen Entschluss billigt, sollten wir bald zum Ort der Zeremonie gehen. Es ist gleich stockfinster."

„Ich bin für Variante drei!", erwiderte Karl entschieden. „Jetzt sind wir einmal hier. Es gibt aber noch eine vierte Variante …"

In diesem Augenblick unterbrachen zwei Neuankömmlinge seine Rede. Sie stolperten mit einer Taschenlampe bewaffnet den Weg herab und traten dann direkt an die Sitzgruppe.

Der eine fragte mit einem leichten Akzent: „Sind wir hier richtig beim Hexentreffen?“

Der andere lachte: „Ach, das sind ja Karl und Irenäus!“

Das waren nun einmal Menschen, die die beiden Genannten kannten. Alois und Peter saßen auch hin und wieder im Pub Nase, außerdem kannte man sich von der Behörde. Es gab eine lustige Begrüßung, und Variante vier versickerte im Geplätscher der Unterhaltung. Gemeinsam stiegen sie das Treppchen zum Volkmarskeller hinauf und erklommen die Anhöhe mit der Kirchenruine. Hier loderte bereits ein mäßiges Feuer, und die Menschen sprachen im Flüsterton miteinander. Etwas mehr als eine Stunde trennte sie von der Mitternacht.

Adelheid kam aufgeregt zu ihnen: „Vicky, Irenäus, wo seid ihr denn? Ich habe euch überall gesucht! Die Begrüßung der Anwesenden muss bald vorgenommen werden!“ Dann senkte sie die Stimme und zischte: „Wo ist dieser verdammte Franz? Habt ihr ihn nicht mitgebracht?“

„Ich weiß nicht, wo er ist und ob er überhaupt kommt“, gab Vicky leise zurück. „Vielleicht haben wir Glück. Auf mich ist er auch nicht gut zu sprechen. Außerdem hat er irgendein Problem.“

Adelheid drehte sich weg und wies an: „Du solltest mir bei der Begrüßung helfen, Vicky! Kommst du mit ins Zentrum? Und Irenäus, du solltest dich zumindest in Bereitschaft halten! Du bist doch der Chefberater.“ Und sie sandte ihm ein Lächeln, das seine
Erwiderung zwischen Gaumen und Zunge ersticken ließ.

Vicky folgte ihr mit angespanntem Gesicht zum Feuer. Es mochten durchaus dreißig Personen oder sogar mehr anwesend sein. Langsam verstummten die Gespräche, und es breitet sich erwartungsvolles Schweigen aus. Irenäus hielt Titus dicht bei sich und umkreiste den Platz um ein Drittel, weil er nicht direkt am Zugang des Gevierts stehen wollte. So besaß er einen besseren Überblick und war den beiden Frauen näher. Karl und Marie hatten sich auf einen Mauerrest gesetzt, der sich bereits im Schatten befand. Die Menge drängte sich um das Feuer, dessen Unterhaltung ein unbekannter Mann übernommen hatte. Die von Irenäus geschätzte Zeit betrug eine halbe Stunde vor Mitternacht.

Adelheid trat auf eine freie Stelle am Feuer. Sie hielt sich besonders gerade und hielt die Hände in einer waagerechten Schwebe, fast segnend.

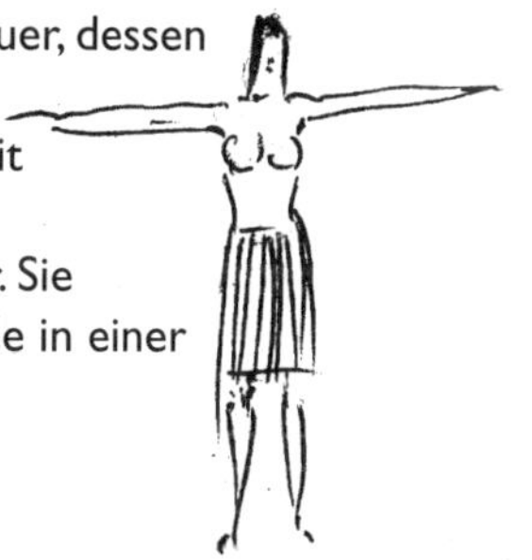

„Freunde!“, sprach sie mit fester Stimme, ohne zu knörgeln. Wie sie das nur macht, dachte Irenäus.

„Ich denke, dass wir nun alle anwesend sind. Deshalb möchte ich euch herzlich begrüßen. Ich freue mich darüber, dass wir uns wieder vermehrt haben. Aber ich möchte euch auch noch einmal ans Herz legen, dass unsere Treffen nicht ganz unspektakulär sind. Deshalb erwarte ich von jedem – und das im Interesse aller hier Versammelten – unbedingtes Stillschweigen. Was wir hier tun, ist nicht verboten, aber es gibt viele kleinkariert denkende Menschen, deren Missgunst wir uns nicht unbedingt aussetzen müssen.“

In diesem Moment sah Irenäus einen Schatten, der leise auf den Versammlungsplatz huschte. Er registrierte ebenfalls, dass Vicky zusammenzuckte und Adelheid eine Sekunde lang ihre Rede unterbrach. Der letzte Ankömmling war Franz.

XXVI

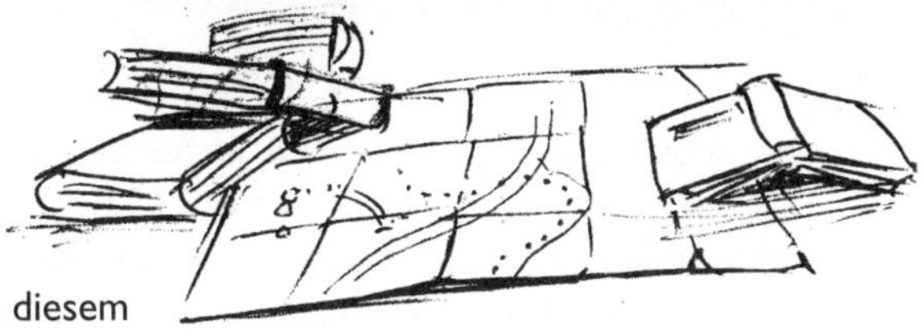

Rita kam an diesem wunderschönen Himmelfahrtstag auf keinen grünen Zweig. Am Morgen war noch alles herrlich gewesen, aber dann trübte sich ihre Stimmung immer mehr ein. Sie fühlte sich einsam und verlassen. Warum war dieser verflixte Hasso einfach abgequalmt, und wo hielt sich ihr Möchtegern-Detektiv heute auf. Zwei völlig ungeklärte Fragen.

Rita ging in ein Café, sie spazierte durch die Stadt, sie ging nach Hause, sie rief Hasso an – ohne Erfolg, sie rief Irenäus an – ohne Erfolg. Sie langweilte sich, und sie war traurig. Diese Stimmung übertrug sich auf Otto, der mit hängenden Ohren neben ihr saß und sich nach seinem Vater sehnte, weil er mit dem auf Jagd gehen wollte.

Die eigentliche Ursache ihrer deprimierten Stimmung war aber in einer Gedankenkette begründet, deren Existenz sie zwar beständig wahrnahm, die sich aber nicht an die Oberfläche ihres Bewusstseins holen ließ. Das war quälend. Es gab da etwas, das sie nicht zusammenbrachte, obwohl sie bereits mit der Nase darauf gestoßen worden war. Es hing mit Hasso zusammen und mit den drei Toten und mit den beiden Bardamen und mit Irenäus. Aber was war es?

Gegen Abend fasste Rita einen Entschluss. Sie rief Otto und setzte sich in den kobaltblauen Dienstgolf, der noch vor ihrer Haustür stand. Dann fuhren sie zu Irenäus' Grundstück. Das Eisentor klemmte, aber es war nicht verschlossen. Ohne Hemmungen liefen Otto und sie auf den Hof. Er sah verlassen aus. Sie rief. Keine Antwort. Er war also noch immer weg.

Vorsichtig drückte Rita die Klinke der Haustür. Sie war unverschlossen. Dieser leichtsinnige Kerl! Suchend sah sie sich in der Küche um. Gemäßigte Unordnung. Eine neue Freundin schien er nicht zu haben oder sie war eine Schlampe. Auf dem Küchentisch lagen zwei Bücher und eine Harzkarte. Sie nahm die Papiere und ging nach draußen, denn die Dämmerung setzte ein.

Es handelte sich um das Werk von drei Anthropologen, das hieß „Hexenmedizin – Die Wiederentdeckung einer verbotenen Heilkunst" und um ein Büchlein eines gewissen Walter Diesing „Der Himmel auf Erden – Sinn und Bedeutung der neolithischen Kultstätten von Blankenburg, Heimburg, Benzingerode, Westerhausen, Quedlinburg, Helsungen, Timmenrode und Thale". Letzteres war geöffnet und lag verkehrt herum. Sie besah es sich näher und ihre Augen krallten sich an eine Textpassage: … Luitbirg vegetierte in der Nähe des Bielsteins in der kalten und nassen Felsenhöhle, die später Volkmarskeller genannt wurde … Rita warf einen Blick auf die Harzkarte. Es war eine Karte des gesamten Gebirges, aber offen lag das Gebiet zwischen Quedlinburg und dem Brocken. Volkmarskeller, das war das Wort, das Hasso meinte, als er ihr am Morgen sagte: „Einen Anhaltspunkt gibt es doch …" Sie war vielleicht ein dummes Mäuschen, schalt sie sich innerlich. Fieberhaft suchte sie Volkmarskeller. Das verfließende Abendlicht arbeitete gegen sie. Doch dann fand sie den Namen auf der Karte, westlich von Blankenburg. War Irenäus dorthin gelaufen? Sein Daimler stand auf dem Hof, der Hund war nicht da. Sie schaute noch einmal auf die Karte und dabei zuckte es gewaltig in ihrem Hirn! Sie benötigte kein Lineal. Die geodätische Gitternetzlinie zwischen Quedlinburg und Volkmarskeller lief genau durch das Grundstück von Irenäus Moll – und durch die Roßhöhe! Dort lagen die Leichen des Paares. War das noch ein Zufall?

Für sie ergab sich ein völlig neues Raster: Walpurgisnacht – Viktor – Irenäus – die Bardamen – Hasso – das tote Pärchen – Volkmarskeller – Hexenmedizin. In welches Debakel hatte sich dieser Idiot wieder hineingestürzt?

Fasse dich, Rita!, befahl sie sich. Konzentriert zappte sie auf ihrem Handy die Telefonnummern der Bardamen und rief beide an. Keine hob ab. Dann rief sie Germeyers Handy an. Keine Reaktion.

Was sollte sie tun? Verzweifelt blickte sie auf die Karte. Die geodätische Linie! Wo war dieser verfluchte Suffkopp eingekehrt? Es war fast dunkel, aber sie sah es doch, das Gasthaus „Großvater". Schneller! Sie wählte die Nummer. Es dauerte ewig.

„Ausflugslokal 'Großvater'! Aber wir haben bereits geschlossen", meldete sich endlich eine barsche Frauenstimme.

Rita meldete sich sofort mit Name und Dienstgrad: „Es ist sehr wichtig! War heute eine männliche Person bei Ihnen, ziemlich groß, in den Fünfzigern, lange, angegraute, dunkle Haare mit einem schwarzen Altdeutschen Schäferhund? Ich weiß, dass heute viele Männer bei Ihnen waren, aber versuchen Sie bitte …"

Die Frau am anderen Ende unterbrach sie kichernd: „Meinen Sie vielleicht Irenäus Moll? Der war bei uns. Hat er was ausgefressen?"

„Sie kennen ihn?“, entschlüpfte es Rita.

„Na, er hat doch ‘Das Steinkistengrab’ geschrieben. Ein Wahnsinnsbuch! Und da kommen sogar wir drin vor!“, rief die Frau am anderen Ende.

„Er hat nichts ausgefressen“, beruhigte sie Rita. „Ich muss nur wissen, wo er sich möglicherweise aufhält. Er besitzt wichtige Informationen.“

„Wahnsinn!“, rief die Frau begeistert. „Er hat mich nach dem genauen Weg ins Braune-Sumpf-Tal gefragt.“

Rita quälte ihre Augen und fand den Namen auf der Karte: „Wo wollte er hin? Hat er den Ort Volkmarskeller erwähnt?“

„Nein!“, sagte die Frau in verschwörerischem Ton. „Aber er sprach über den Eggeröder Brunnen und der liegt ja gleich daneben.“

„Fantastisch!“, ermutigte sie Rita. „Und wann war das?“

„Na, so am Nachmittag. Die meisten waren schon weitergezogen“, gab die Frau bereitwillig Auskunft. „Sind Sie seine Freundin?“

„Könnte man so sagen!“ Rita musste lachen. „Vielen Dank! Sie haben mir sehr geholfen.“

Inzwischen war die Dunkelheit endgültig über sie hereingebrochen. Rita überlegte nicht lange.

Der kobaltblaue Golf war zwar alt, aber er besaß ein Navi. Und dieses Gerät verriet ihr nun, wie sie zum Eggeröder Brunnen gelangte. Das war sehr umständlich! Für wenige Kilometer benötigte sie über eine Stunde Fahrzeit. Mitternacht war bereits vorüber, als sie den Weiler erreichte. Sollte sie den Rest des Weges laufen oder fahren? Sie wusste es nicht. Und niemand anders wusste, wo sie eigentlich war. Sie handelte gerade im totalen Alleingang. Am Wanderschild „Volkmarskeller 800 Meter“ drehte sie den Golf mit dem Gesicht zur Freiheit. Das hatte sie von Irenäus gelernt. Niemals darf ein Auto so geparkt werden, dass man in einer Gefahrensituation erst noch wenden muss. Diese Zeit könnte einem am Ende fehlen – oder auch gleich am Anfang!

Hastig verstaute sie das Handy in der Tasche ihres Blousons und ergriff die Taschenlampe. Dann rannten Otto und sie den Waldweg hinab, der in den Klostergrund führte.

XXVII

Es war eine ziemlich finstere Nacht. Dadurch wurde man einerseits im Waldesdunkel von den anderen nicht wahrgenommen, andererseits konnte man sich aber selbst ohne Lampe kaum bewegen. Hasso hatte sehr geduldig auf seine Stunde gewartet. Er schaute mit an, wie die Priesterin – so nannte er sein potentielles Opfer – immer neue Menschen empfangen hatte. Sie besaß ein gewisses Charisma, das er ihr neidlos zugestand. Als es im Wald immer dunkler wurde, schlich er sich eine Strecke näher an die Ruinenstätte. Irgendwann sah er auch Irenäus Moll eintreffen, zusammen mit der zweiten Bardame. Und er sah, dass kurz vor Mitternacht noch ein Mann zu der Gruppe stieß, der sich wie ein Raubtier benahm und dessen Augen im Widerschein des Feuers merkwürdig flackerten. Sein Instinkt sagte ihm, dass er sich vor diesem Menschen vorsehen musste.

Hasso konnte die Rede der Priesterin gut verstehen. Sie sprach von dem nahenden Übergang der bestehenden Welt in die Sechste Sonne und darüber, dass das verabreichte Elixier einen Schutz vor dem Tode durch eine unbekannte Seuche werden könnte. Mit psychopathischer Redekunst pries sie das Eli-

xier als einmaliges Wundermittel an. Sie zog ihre Partnerin Vicky in den Fokus des Geschehens, was dieser nicht sonderlich zu behagen schien.

Schließlich, um Punkt Mitternacht, kredenzte sie allen Anwesenden in vielen kleinen Gläschen die Hexenmedizin. Hasso war gespannt, was nun geschehen würde. Zuerst einmal passierte gar nichts. Die Leute blieben sitzen, manche sprachen leise. Dann jedoch wurden die Bewegungen diffuser, einige sangen leise archaische Liedfragmente. Nach und nach standen sie auf und verließen den Platz, so als könnten sie plötzlich im Dunkeln sehen. Hasso konnte sich dieses Phänomen nicht anders erklären, als dass dieses Elixier den Menschen die Gabe bescherte, sich wie am Tage durch den finsteren Forst zu bewegen. Mit schlafwandlerischer Sicherheit verließen die Leute einzeln oder in Gruppen den Platz. Das Feuer brannte langsam herunter, spendete aber vorerst noch genug Licht.

Nun kam alles darauf an, dass er mit der Priesterin allein sein würde. Die Frau hatte sich nach der Einnahme der Hexenmedizin an den Stamm eines großen Baumes gelehnt und die Augen geschlossen. Dort verharrte sie regungslos. Hasso hatte genau gesehen, wie sie das Glas vor aller Augen geleert hatte.

Er musste sich in Geduld üben. Mittlerweile erschien ihm sein Unterfangen kaum ausführbar, die erforderlichen Voraussetzungen konnten nur auf wunderbare Weise eintreten. Doch die Götter schienen sich auf seiner Seite zu befinden. Ziemlich spät setzten sich Irenäus Moll und diese Vicky in Bewegung. Sie machten nun kein Hehl mehr daraus, ein Paar zu sein. In einer Schattenecke hockte noch der dunkle Mann, der als letzter das Rondell betreten hatte. Er erhob sich wie ein Tier und schlich den beiden hinterher. Die Zusammenhänge begriff Hasso nicht, sie waren für ihn aber auch nicht von Wichtigkeit.

Allerdings trat nun eine wesentliche Veränderung ein. Die Priesterin erwachte aus ihrer Starre und erhob sich vom Boden. Sie unternahm zwei tastende Schritte zum Feuer und rief dem Mann mit bebender Stimme nach: „Weißer Vogel! Warte auf mich!"

Das konnte Hasso nicht zulassen. So schnell er konnte, tastete er sich in das Geviert der Ruine hinab. Die Frau hatte die Arme nach dem Verschwundenen ausgestreckt und stand wie verloren neben der Glut. Irgendetwas schien in ihr zu widerstreiten. Sollte sie hinwegeilen oder zurückbleiben? Dies war die Zeitspanne, die Hasso benötigte.

Er wollte sie nicht von hinten überwinden. Deshalb schlug er einen kurzen Bogen und befand sich zwischen ihr und dem Ausgang der Kultstätte.

Die Priesterin hob überrascht die Augenbrauen und intonierte mit merkwürdig tragender Stimme: „Oh, schwarzer Vogel! Woher kommst du, und was hast du mit mir vor?"

Hasso reagierte sehr schnell und sprach: „Ich komme zu dir aus den Weiten des Universums, um dir ein Körnchen zu geben, damit du gespeist würdest."

„Ein Körnchen?", sang die Priesterin verträumt. „Ist es ein Körnchen der Weisheit, schwarzer Vogel?"

„Es ist ein Körnchen der Weisheit", erwiderte Hasso und hielt bereits eine Tablette des Medikaments zwischen den Fingern. „Die Götter schicken dir dieses Körnchen durch mich, um dir zu danken und dir Macht zu geben."

„Die Götter …!", murmelte sie und wich vor ihm zurück.

„Komm!“, lockte er. „Ich bin nur deinetwegen durch das Universum hierher geflogen, um dir den Lohn der Götter zu überbringen. Öffne den Mund. Ich lege dir das Körnchen der Weisheit auf die Zunge.“

Er stand jetzt sehr dicht vor ihr. Sie lehnte mit dem Rücken an der Buche, vor der sie bis vor kurzem gesessen hatte. Mit riesigen Augen starrte sie ihn an. Dann, endlich, streckte sie eine lange schmale Zunge hervor. Es war wie in einem Märchenfilm. Fast hätte Hasso gezögert. Diese Person machte in diesem Augenblick einen allzu hilflosen Eindruck. Doch dann legte er mit einer schnellen Handbewegung die Pille auf ihre feuchte Zunge. Ohne mit der Wimper zu zucken, schluckte die Priesterin das Medikament.

„Ich danke dir, schwarzer Vogel!“, flötete sie mit kindlicher Stimme.

„Ich habe nur den Willen der Götter ausgeführt“, sagte Hasso und strich ihr über die kalte Wange. „Für meinen Sohn Viktor!“ Dann drehte er sich um und lief schnell über den kleinen Trampelpfad, damit er diese Frau nicht mehr sehen musste.

Egal, was nun geschehen würde, er wollte nicht Zeuge sein.

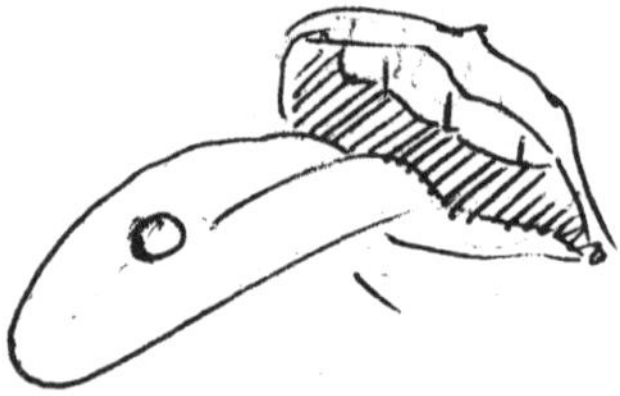

XXVIII

Die Hüttenkatze rumorte in ihm, obwohl er ein starkes Schmerzmittel eingenommen hatte. Ein Arzt hatte zu ihm gesagt, der Tumor wäre inoperabel, damit müsse er sich abfinden. Aber Franz fand sich nicht ab und suchte nach einer letzten Chance. Die Angst zerfraß das Gehirn. Er war schon immer ein eifersüchtiger und ziemlich unausstehlicher Mensch gewesen, das hatte ihm Vicky oft genug gesagt. Aber jetzt musste er nur noch an sich denken. Wenn Schul- und Hexenmedizin versagten, dann konnten ihm nur noch die Götter selbst helfen. Er musste sie durch ein Opfer für sich einnehmen. Er hatte Fritzi geopfert, doch das war nicht genug gewesen, es war nur ein Kater. Er musste das Liebste geben, das er besaß: Vicky!

Am frühen Abend stellte er den weinroten Opel Kadett in der Nähe des Eggeröder Brunnen im Wald ab. Langsam schlich er sich zwischen den Bäumen zum Volkmarskeller. Bald sah er, dass Adelheid und dieser fiese Typ, der seine Frau besprang, schon anwesend waren. Die Hexe interessierte ihn nicht mehr. Sie war nur eine Episode im Rausch gewesen, ein dummes kleines Biest, das mal einen richtigen Mann in sich haben wollte.

Etwas anderes war es mit diesem Irenäus Moll. Er wusste noch nicht genau, ob er den auch mit opfern sollte. Wäre das den Göttern recht oder sahen sie darin eine Untat? Das war eine sehr heikle Frage. Der Mann saß neben dem oberen von mehreren Fischteichen an einem alten, schwärzlichen Eichentisch, aufgestellt für Wanderer. In sich gekehrt, starrte er ewig lange vor sich hin. Nicht viel anderes tat auch Franz.

Doch dann kam endlich Vicky mit einigen anderen Leuten. Sie tat natürlich das, was er erwartet hatte, sie lief zu diesem Mann, herzte ihn und setzte sich daneben. Eigentlich könnte er doch beide den Göttern zum Opfer bringen, beschloss Franz. Er war zu weit entfernt, um ihr angeregtes Gespräch verstehen zu können, aber irgendwann setzten sie sich in Richtung Versammlungsplatz in Bewegung. Franz kannte das Arial gut, denn er hatte es sich bereits vor zwei Tagen genau angesehen. Ein Menschenopfer wollte gut geplant sein!

Franz wollte erst im allerletzten Moment auf der Bühne des Geschehens erscheinen, dann, wenn ihm keiner mehr reinquatschen konnte, am besten während der Zeremonie. Und das gelang ihm auch. Möglichst ohne Aufsehen zu erregen, schlich er in das Rund der Versammelten. Die Oberhexe sprach gerade vom Weltuntergang und von ihrer glorreichen Hexenmedizin. Sie sah ihn und Vicky sah ihn ebenfalls. Das war nicht zu ändern. Er wollte anwesend sein und setzte sich auf ein dunkles Plätzchen im Hintergrund.

Nach Mitternacht verteilte Adelheid die Gläschen mit dem Elixier. Als letztes kam sie bei ihm an. Franz nahm einen kleinen Glasbecher vom silbernen Tablett. Er blieb stumm.

Dabei zischte sie ihm zu: „Bitte benimm dich heute! Lass mich in Frieden, selbst wenn ich dich rufe!“

Er blieb weiterhin stumm. Seine Gedanken konzentrierten sich bereits auf einen ganz anderen Punkt der nahen Zukunft. Heimlich schüttete er den Trank auf den Waldboden. Als bald darauf alle euphorisch tranken, hob er ein leeres Glas. Dann übte er sich in Geduld. Was nun geschah, hatte er inzwischen öfter gesehen. Dadurch stumpfte die Empfindung ab. Diese raffgierige kleine Hexe führte das Zeremoniell viel zu oft durch, dadurch flachte der Effekt ab, aber das interessierte ihn nicht mehr wirklich.

Wie zu erwarten gewesen, verließen die Menschen in somnambulen Zustand den Kultplatz. Er wusste, dass das Elixier die Fähigkeit besaß, das Sehvermögen stark anzuheben, so dass man

wie durch ein Nachtsichtgerät in der Finsternis wahrnehmen konnte. Ihm fehlte heute diese Fähigkeit, aber er hatte eine kleine Lampe dabei.

Außerdem trug er ein großes Obsidianmesser bei sich. Er wusste, dass es die Götter nicht litten, wenn man mit Stahl tötete. Diese scharfe Steinklinge, kunstvoll befestigt an einem geschnitzten Eichenholzschaft, baute er damals in der astroarchäologischen Gruppe. Das war schon lange her, aber das Messer hatte immer auf seinen Einsatz gewartet.

Fast als letzte verließen Vicky und dieser Mann das Areal. Sie gingen langsam und eng umschlungen, als gäbe es ihn gar nicht. Das war ein tiefer Schnitt in sein vergiftetes Herz. Er ließ ihnen einen kurzen Vorsprung, dann bewegte er sich in die gleiche Richtung. An einem Stirnband trug er eine winzige LED-Lampe, die er jetzt benutzte. Im allerletzten Moment hörte er, dass Adelheid etwas hinter ihm herrief. Die konnte er nun gar nicht brauchen. Hastig wandte er sich um, doch da tauchte von irgendwoher ein schwarzer Schatten auf und stellte sich ihr in den Weg. Wer war das? Franz überlegte, ob dieser unerwartete Sachverhalt für ihn Bedeutung haben könnte, doch er verwarf diesen Gedanken und eilte seinen Opfern nach.

Während dieser kurzen Unterbrechung waren die beiden bereits ein gutes Stück davongeschwebt. Franz holte sie erst in der Nähe der beiden Mönchsteiche wieder ein. Diese Teiche waren aufgestaut. Zwischen ihnen verlief eine Fahrspur, die gleichzeitig der Wanderweg vom Eggeröder Brunnen in den Klostergrund war.

Dort, wo dieser kleine Damm begann, erreichte er die beiden. Sie waren stehen geblieben und umschlangen sich, wobei sie unverständliche Worte stammelten. Franz stand einen Meter dahinter. Er atmete tief durch. Einen Menschen hatte er noch nie getötet. Aber es musste sein. Er liebte diese Frau, aber sie war zutiefst illoyal. Und der Mann war ein verfluchter Ficker. Er musste sie beide haben.

Der Schein seiner LED tanzte auf ihrem Rücken. Im Rausch bemerkten die Verliebten das nicht. Aber Franz wollte sie nicht von hinten töten. Er wollte ihr Gesicht dabei sehen. Er legte eine Hand auf ihre Schulter und riss sie mit einer kräftigen Bewegung herum. Vicky taumelte und ließ den Mann los. Mit geweiteten Augen stand sie vor ihm. Lautlos. Der andere Mann stand dahinter und versuchte sie zu halten. Seine Augen blickten über ihre Schulter. Irgendwie sahen sie nicht derart weggetreten aus wie die der Frau.

'Er hat die Hexenmedizin nicht eingenommen', zuckte es Franz durch den Kopf. In derselben Sekunde durchstieß das Obsidianmesser bereits ihre Bauchdecke und durchtrennte die Aorta. Vicky stieß einen seltsamen Schrei aus, der an die Klage eines großen Vogels erinnerte. Der andere Mann wollte sie auffangen, aber da raste der Obsidian bereits gegen ihn.

In diesem Moment blitzten mehrere Lichtquellen auf.

XXIX

Karl Wabenmond und Marie nahmen den Trunk von Adelheids Tablett. Karl hatte sich inzwischen für die Variante vier entschlossen. Marie setzte er darüber nicht in Kenntnis. Das war zwar etwas gemein, aber er wollte diese wunderbare Frau noch einmal im Rausch auskosten. Andererseits hatte ihm das, was Irenäus ihm gesagt hatte, zu denken gegeben. Vor allem aber beunruhigte ihn das späte Auftreten von Franz. Den Typ hatte er bis jetzt zweimal miterlebt und hielt ihn für einen äußerst gefährlichen Psychopathen. In dieser Gemengelage stand für ihn frühzeitig fest, dass er bei klarem Verstand bleiben musste. Er verspürte nicht die geringste Lust, im Flugrausch zum Opfer völlig abgedrehter Menschen zu werden. Dazu zählte er mit Gewissheit diesen Franz, aber auch Adelheid, und außerdem lief noch irgendwo Vater Germeyer herum, wie Irenäus ihm angedeutet hatte.

Als ihm die Hohepriesterin das Gläschen gab, nahm er es freudestrahlend entgegen. Anschließend, bei der gemeinsamen Zeremonie, trank er davon nur etwa einen Milliliter, also ein Zehntel der Hexenmedizin. Das hielt er für ein leichtes Stimulans, aber vielleicht beging er damit auch einen Fehler. Den Rest kippte er über die Schulter und spürte die Feuchtigkeit durch das Jägerhemd sickern. Dann wartete er.

Marie schmiegte sich in seinen Arm und stöhnte leise vor sich hin. Sie streichelte seinen Oberschenkel und Karl stellte sich die Frage, wo er sich mit ihr verlustieren könnte. Sein geübtes Auge hatte bereits registriert, dass es hier nur feuchte und steinige Plätze gab, auf denen sich das Liebesspiel mit einer erfahrenen Frau nicht gerade gut durchführen ließ. Irenäus war hier offenbar bei der Kultstättenplanung ein empfindlicher Lapsus unterlaufen.

Der Platz um das Feuer leerte sich ziemlich schnell. Maries Lippen klebten an seinem Mund, sie zog ihn in die Höhe und wollte mit ihm davonfliegen. Auch er fühlte nun intensiv gewisse Details ihrer Anatomie und ergab sich willig ihrem Drängen. Plötzlich interessierten ihn andere Menschen und deren Probleme nicht mehr. Aber er wusste jetzt um einen trockenen Platz für die Liebe: Volkmarskeller! Sollte niemand anders darauf kommen, dann würden sie beide diese Bove belegen. Gemeinsam schwebten sie den

Hang hinab und tauchten unter in der Finsternis der Höhle. Er konnte noch so gut denken, dass er die mitgebrachte Wolldecke auf dem trockenen Laub ausbreitete. Zwei Sekunden später war er nicht mehr imstande, sich vor Marie zu retten. Fiebrig suchend, tastete die Frau an seinem Körper.

Doch gerade jetzt geschah etwas. Der Schein eines zitternden Lichtes fiel durch den breiten Höhleneingang. Sofort erwachte Karls Jagdinstinkt, und er versuchte, Einzelheiten zu erkennen. Alles ging rasend schnell. Ein Mensch mit einer Stirnlampe schlich den Hang hinab. Kurzzeitig wandte er den Kopf Volkmarskeller zu, so als sei er nach jemandem auf der Suche. Das genügte! Es war das hassverzerrte Gesicht von Franz. Als er sich wieder wegdrehte, fiel der Lichtspot auf seine Hand. Ohne Hexenmedizin hätte es Karl wohl gar nicht wahrgenommen, aber unter deren bewusstseinserweiterndem Einfluss sah er das große Schlachtemesser aus Stein.

Sofort schwante ihm Schreckliches. Mit einer kräftigen Bewegung warf er Marie von sich. Doch diese fauchte wie ein geblendeter Uhu und schlug ihre Krallen in seinen Leib. Still rangen sie einen Moment, dann hatte er sich befreit und eilte der Erscheinung nach. Marie kreischte hinter ihm her.

Karl hielt die Taschenlampe in der linken Hand, allerdings abgeschaltet, weil er einigermaßen sehen konnte. Er sprang das kurze Steintreppchen zum Wanderweg hinunter und verharrte, um die Lage zu sondieren. Es machte sich nun bezahlt, dass Hexenmedizin nicht nur zur Flugempfindung oder sexuellen Ekstase verhalf, sondern auch andere Eigenschaften eines Menschen beflügeln konnte. In Karl brach der Jäger durch und damit Wachsamkeit und Wildheit.

Der Übergang zwischen den beiden Teichen befand sich in wenigen Metern Entfernung. Dort funzelte das Licht von Franz' Lampe. In seinem Schein tauchten die Gesichter von zwei weiteren Personen auf. Zu seinem Entsetzen erkannte Karl, dass es Irenäus und Vicky waren. Karl begann zu laufen. Dabei ging ihm durch den Kopf, wie er sich jetzt verhalten sollte. Was hatte Franz mit den beiden vor? Der Förster schoss zwar fast täglich Tiere, aber den Kampf mit Menschen probte er nur selten, noch dazu mit bewaffneten Irren.

Doch dann wurde er jeglicher Zweifel über sein Tun enthoben. Aus wenigen Metern Entfernung sah er den Mann zustechen. Vicky sank mit einem wilden, klagenden Schrei auf die Knie.

Gleich darauf griff Irenäus an. Karl wusste sofort, dass der gegen den Irren keine Chance haben würde. Gerade als Franz mit dem Schlachtemesser zum finalen Stoß ausholte, erreichte Karl die Kämpfenden. Er hatte inzwischen die Lampe eingeschaltet, der Lichtkegel tanzte wild durch die Szenerie. Alles dauerte nur Sekunden.

Wie konnte er diesen Typen kriegen, raste es dem Jäger durch den Kopf. Zuerst musste er ihn entwaffnen, das war unbedingte Regel Nummer Eins. Anschließend würde man weitersehen.

Irenäus wehrte den ersten Stoß ab, aber nur unvollständig. Irgendwo traf ihn die Waffe.

Karl blieb nun nichts anderes übrig, als seine Taschenlampe zu opfern, das war ein ziemlich großer Stab aus Metall. Wer fasst schon gern mit der bloßen Hand in eine frisch geschärfte Messerklinge?

Der Irre holte zum zweiten Mal mit seinem Messer aus. Irenäus schien durch eine Verletzung irritiert. Er würde den nächsten Angriff nicht überstehen.

Im Kampf gegen ein Messer besaß Karl keine Erfahrung. Die eintrainierten Griffe der Polizei waren ihm fremd. Deshalb schlug er die Stablampe mit voller Wucht gegen das Messer. Ein schepperndes Geräusch erklang. Die Lampe erlosch und er empfand das ziemlich sichere Gefühl, dass er sein Ziel erreicht hatte.

Im selben Moment flammte in unmittelbarer Nähe eine weitere Lichtquelle auf. Eine Stimme rief etwas, doch das verstand Karl nicht. Eine mörderisch harte Faust traf gerade seine rechte Gesichtshälfte. Unmittelbar im Anschluss flimmerten rotierende Milchstraßen vor seinen Augen. Ein beißender Schmerz breitete sich in seinem Schädel aus. Er taumelte, ohne zu fallen.

Wenige Sekunden später kehrte jedoch sein Geist ins Diesseits zurück. Das laute Klatschen von Wasser war zu vernehmen und Spritzer trafen sein Gesicht. Irgendjemand drückte ihm eine strahlende Lampe und ein Handy in die Hände. Eine Stimme, die ihm seltsam bekannt vorkam, rief: „Gib mir Licht!"

Karl leuchtete in die vorgegebene Richtung. Von den Kämpfenden war nichts mehr zu sehen. Das Wasser des unteren Teiches brodelte. Vom Damm aus stürzte sich gerade ein schlanker, dunkler Körper mit einem vollendeten Hechtsprung in das grün sumpfige Gewirr.

Es schien eine Frau zu sein.

XXX

Leise vor sich hinfluchend, eilte Rita den geschotterten Forstweg hinab, der zu diesem Keller führen sollte. Volkmarskeller. Sie war sicher, dort gähnende Finsternis anzutreffen. Aber sie wollte es wissen! Neben ihr dackelte Otto in freudigem Lauf. Ihm gefiel dieses Abenteuer. Der Schein ihrer Taschenlampe zeigte die Fahrspur und zu beiden Seiten feindliche Wildnis, links erhob sich ein felsiger Steilhang und rechts erahnte man ein düsteres Tal, in dem ein Bächlein plätscherte.

Von der Karte wusste sie, dass sie alsbald ein paar Teiche finden würde, bei denen sich der Weg gabelte. Dicht dabei befand sich, wenn sie Glück hatte, das Ziel ihres nächtlichen Irrsinns. Sie war bereits eine Weile gelaufen. Schweiß bedeckte ihren Körper. Auf einmal näherten sich von vorn irgendwelche Wesen. Es schurrte im Schotter, es seufzte und sang, Fetzen einer unbekannten Sprache wehten ihr entgegen. Es konnten nur Menschen sein, die sich ihr gerade näherten. Rita beschloss, nicht in Erscheinung zu treten. Zum Glück fand sie sofort eine Nische im Gestrüpp, in die sie und der brave Otto sich abducken konnten. Die Lampe schaltete sie aus. Sie verharrte. Ihre Augen gewöhnten sich an die Dunkelheit. Doch nicht so sehr, denn in zwei Minu-
ten langte die Schar auf der Höhe ihres Busches an. Es handelte sich um vier bis fünf Personen, die ohne jegliche Beleuchtung den Weg hinaufliefen. Dabei gurrten und schwatzten sie in so seltsamer Weise, wie Rita es noch nie gehört hatte. Vage sah sie, dass einige von ihnen mit den Armen ruderten, als würden sie fliegen. Und wenn Rita es nicht besser gewusst hätte, wäre sie tatsächlich auf die Idee gekommen, dass diese Leute fliegen. Zwei von diesen Wesen blieben vor ihrem Gebüsch stehen und zeigten lachend auf sie und Otto. Das konnte gar nicht sein, denn sie hockten in völliger Finsternis. Otto knurrte, und die Wesen schwebten schnell und lamentierend von dannen.

'Oh, was war da vor ihr nur los?', dachte die Kriminalistin und kehrte auf den Weg zurück. Sie war vielleicht einhundert Meter vorangekommen, da ertönte ein Schrei. Es war kein gewöhnlicher Schrei. Es war ein Schrei in höchster Not, ein Todesschrei. Rita löschte sofort wieder das Licht. In diesem Moment sprang sie ein schwarzer Körper an, laut winselnd. Gleichzeitig jaulte Otto freudetrunken auf. Fast hätte Rita vor Schreck die Fassung verloren. Dann wusste sie: Das war Titus! Er hatte sie bereits entdeckt. Sein Herrchen musste ganz nah sein. Ihr Instinkt hatte sie nicht betrogen. Doch der Hund benahm sich sehr ungewöhnlich. Winselnd zog er sich vor ihr und Otto zurück. Rita verstand. So schnell sie konnte, rannte sie hinter Titus her, bis sie merkte, dass sie bereits an den Teichen angekommen war.

Vor ihr leuchteten Lampen, und es schallte dumpfes Stimmengewirr. Sie versuchte, die Situation zu erfassen. Ihre Position befand sich zwischen zwei Wasserflächen. Auf dem Damm befanden sich vier Personen. Die eine, scheinbar weiblich, sank langsam zu Boden. Ein großer, ihr unbekannter Mann stach mit einem Messer auf einen anderen Mann ein. Zu ihrem Entsetzen stellte sie fest, dass es sich bei diesem anderen Mann um Irenäus handelte, ihren Irenäus! Er schien bereits verletzt. Ein Dritter sprang hinzu und schlug dem Unbekannten die Waffe aus der Hand, ein urtümlich geformtes Messer. Unschwer war zu erkennen, dass dieser Dritte im Normalzustand auf den Namen Karl Wabenmond hörte.

'Was machten diese beiden Chaoten gerade wieder für einen Scheiß?', kreischte es in Ritas Schädel.

Jetzt hieb der kräftige Unbekannte auf Karl ein. Sie konnte den Schlag über mehrere Meter Entfernung hören. Der Förster taumelte nach hinten. Offenbar waren die beiden Freunde dem Unbekannten nicht gewachsen. Die Frau am Boden brach jetzt zusammen, sie schien schwer verletzt zu sein. Rita sandte über ihr Diensthandy einen automatischen Notruf höchster Dringlichkeit ab.

Eine neue Entwicklung der Dinge ließ sie nicht länger zögern. Der Unbekannte und Irenäus verklammerten sich in einem wilden Gerangel, dann stürzten sie in den unteren Teich. Da jetzt nur noch ihre Taschenlampe brannte, wusste sie gar nicht, wohin sie zuerst leuchten sollte.

Mit einem todesmutigen Sprung setzte sie zu Karl Wabenmond, der sich gerade wieder stabilisierte, und drückte ihm ihre Lampe und das Diensthandy in die Hand.

„Gib mir Licht!“, schrie sie ihn an, in der Hoffnung, dass er es kapierte. Irenäus war in Gefahr! Plötzlich erfasste sie wahnsinnige Angst um diesen geliebten Scheißkerl. Auch bei ihr begannen sich nun, die Sicherungen zu verabschieden. Ohne sich erst noch zu entkleiden, stürzte sie sich mit einem Hechtsprung in die trüb gurgelnde Brühe.

Glücklicherweise konnte man sich auf den Förster verlassen. Als sie auftauchte, erfasste ein Lichtfleck bereits die Köpfe der beiden ringenden Männer. Es stand nicht gut um ihren Freund. Der Unbekannte war zweifellos wilder als Irenäus. Von hinten versuchte er, dessen Hals zu umklammern. Irenäus wand sich zwar hektisch, aber seine Chancen standen schlecht. Rita musste nun ihr Tun abwägen. Sie kannte die Zusammenhänge des Geschehens nicht. Trotzdem schätzte sie die Lage derart ein, dass sie mit drei Kraulstößen auf die Männer zuschnellte. Sie sah den Kopf von Irenäus, der gerade aufgab. Sie sah die würgenden Hände des anderen und seine brutalen Augen.

Noch mit dem Schwung ihrer Schwimmbewegung rammte sie dem Unbekannten über die Schulter von Irenäus hinweg die ausgestreckten Zeige- und Mittelfinger der rechten Hand in die Augen. Sofort ließ dieser mit einem lauten Brüllen von seinem Opfer ab und sank rückwärts in das Dunkel des Teiches.

Irenäus Kopf sank unter Wasser. Blasen stiegen auf. Rita ergriff seine langen Haare und zog den schweren Sack wieder an die Luft. Der hatte zum Glück das Bewusstsein noch nicht verloren. Prustend klammerte er sich an sie und kotzte schlammiges Wasser um sich. Alles stank nach schwefligen Sumpfgasen.

Sie registrierte nun endlich, dass der Teich nur wenig mehr als einen Meter tief war. Mit aller Kraft dirigierte sie Irenäus ans Ufer. „Nimm dich mal zusammen!", schrie sie ihn an. Karl streckte ihnen von oben einen Arm entgegen. Gemeinsam bugsierten sie den betagten Recken zurück auf den Wanderweg. Manno, war das anstrengend!

Karl Wabenmond war völlig außer sich: „Rita! Komm schnell! Die Frau stirbt mir unter den Fingern weg!"

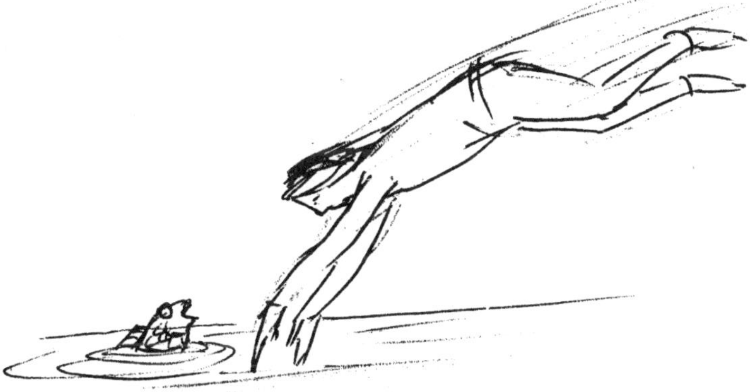

XXXI

Am Anfang war das Moor. Alles bestand aus faulig riechendem Schlamm. Er bekam keine Luft mehr, weil auch sein Mund aus Schlamm bestand und seine Luftröhre und seine Lunge. Dann zog und zerrte man an ihm. Er versuchte verzweifelt, dieses ganze Moor auszukotzen. Und plötzlich konnte er die Augen wieder öffnen. Er lag im Dunkeln. Der Hals tat weh, und seine Flügel klebten am Körper. Er vermochte sie nicht zu bewegen. Oder waren das Arme?

Ein Lichtlein brannte. Vor ihm geisterten Personen. Sie kümmerten sich nicht um ihn. Er hatte auch nur ein kleines bisschen von der Hexenmedizin zu sich genommen. Noch rechtzeitig war ihm klar geworden, was sein Freund mit der Variante Vier meinte. Bedächtig stützte er sich auf einen Arm, um irgendwie in eine andere Lage zu kommen, vielleicht sogar aufzustehen. Der Arm tat auch ziemlich weh.

„Irenäus!", sagte eine Frauenstimme, die er längere Zeit nicht mehr vernommen hatte. „Bist du wieder beisammen? Komm schnell her!"

„Ich bin doch da", lallte er und fühlte es zwischen den Zähnen knirschen. In seinem linken Ohr saß eine Kaulquappe – oder

so was.

„Vicky stirbt!", rief nun die Stimme seines Freundes Karl eindringlich.

'Was machen die alle hier?', dachte Irenäus noch für drei Sekunden. Dann schaltete plötzlich sein Oberbewusstsein wieder in die höchste Ebene. Er erinnerte sich daran, wie dieses verdammte Arschloch auf Vicky und ihn eingestochen hatte. Sehr schnell richtete er sich auf alle Viere. Auch die anderen knieten auf der Dammkrone.

Nun konnte es Irenäus sehen: Seine liebe Vicky lag auf dem Boden. Ihr Bauch zeigte nach oben, das Gesicht war kreideweiß. Überall lief das Blut in Strömen. Die Frau sagte leise unverständliche Worte.

„Wir können nichts machen", sagte Karl in diesem Augenblick. „Er hat die Aorta durchtrennt. Sie könnte nur gerettet werden, wenn sie direkt auf einem OP-Tisch läge. Verabschiede dich, Irenäus! Schnell!"

Irenäus blickte jetzt wieder voll durch. Alle Schmerzen und Widrigkeiten waren verflogen. Heißer Schmerz brandete in ihm auf. Er kroch herbei und beugte sich über Vicky. Auch ihm war klar, was die Stunde geschlagen hatte: „Vicky, meine Liebe, es war wunderschön mit dir!“ Sanft küsste er die fahlen Lippen. „Ich werde dich nie vergessen!“

Mühsam schlug die Frau die dunklen Augen auf und hauchte: „Mein lieber Irenäus! Ich habe auf dich gewartet, auf diesen Kuss! Danke für die Zeit! Nun fliege ich nach Hause …!“

Die Augen schlossen sich wieder. Der schlanke Körper sackte förmlich in sich zusammen. Schluchzend ergriff Irenäus ihre Hand und presste sie wortlos. Die Hand war bereits eiskalt und blutleer.

„Sie ist tot“, konstatierte der Förster und wischte sich verstohlen über die Augen.

„So ein Mist!“, rief Rita. Sie wurde von Irenäus erst jetzt wahrgenommen. Wie kam die denn hierher? „Der Notarzt ist noch meilenweit von hier entfernt. Und der erste Streifenwagen wird auch frühestens in fünfzehn Minuten hier sein. Wie müssen etwas tun! Dieser Mann schwimmt immer noch im Teich. Vielleicht springt er aber auch gleich jeden Moment aus dem nächsten Gebüsch und stürzt sich auf uns. Wir müssen uns auch um den kümmern!“

„Vergiss ihn!“, sagte Karl mit aggressivem Unterton. „Der ist voll neben der Spur. Wir können heilfroh sein, wenn du ihn erledigt hast. Ich suche jedenfalls nicht nach ihm.“

„Oh, Männer!“, schrie Rita. „Kanntet ihr den etwa?“

„Das war Franz“, antwortete Karl unwillig. „Der Hexenmeister.“

„Hexenmeister?“, schrie Rita leicht hysterisch. „Was hat das denn zu bedeuten? Was treibt ihr hier eigentlich? Seid ihr alle durchgeknallt?“

Taumelnd richtete sich Irenäus jetzt in den Stand auf. Vicky lag zu seinen Füßen, still und reglos. Leise sagte er: „Das ist eine lange Geschichte. Die Geschichte der Hexenmedizin.“

„Diesmal werdet ihr nicht …!“, begann Rita gerade mit schneidender Stimme. Da wurde sie durch einen erneuten klagenden Schrei unterbrochen. Dieser Schrei hörte sich wie ein verzweifelter Hilfeschrei an. Die grobe Richtung lag bei Volkmarskeller.

„Wer ist denn das nun noch?", fragte die Kriminalistin frustriert.

„Es hat sich fast angehört …", begann Karl und richtete sich ebenfalls auf.

„… wie Adelheid!", beendete Irenäus den Satz. „Hat er die etwa auch getötet?"

„Wenn sie es war, dann lebt sie noch!", rief Karl und lief bereits um den oberen Teich herum. Da er immer noch die einzige Taschenlampe in Händen hielt, blieb den beiden anderen nichts weiter übrig, als hinterherzulaufen.

„Hast du mich aus dem Sumpf gezogen?", fragte Irenäus die Hauptkommissarin.

„Ja doch!", knurrte sie und sah ihn nicht an. „Das ist mein Job!"

„Ich danke dir!", nuschelte Irenäus. „Du hast mir das Leben gerettet. Kann das sein?"

„Möglich!", erwiderte sie und sprang hinter Karl die Felsstufen zu Volkmarskeller empor. Verwirrt blieb sie vor den Eingängen der Höhle stehen, die sie noch nie gesehen hatte.

Jetzt erklang wieder dieser Hilfeschrei, diesmal bereits sehr leise und in höchster Not. Er endete in einem gruseligen Röcheln.

„Es kommt von oben!", meinte Karl bestimmt. „Kommt! Hoffentlich hat sie dieser Irre nicht am Wickel. Dann können wir uns für einen Kampf bereit machen."

„Das glaube ich nicht", antwortete Irenäus. „So schnell kann er aus dem Moor nicht dort hoch gekommen sein. Vielleicht gibt es noch einen zweiten Wüterich?"

„Hasso!", flüsterte Rita entsetzt und raste den Weg zur Feuerstätte hinauf. „Bestimmt hatte er es auf diese Adelheid abgesehen. Dass ich da nicht gleich draufgekommen bin!"

Irenäus zog es vor zu schweigen. Auch ihm dämmerte bereits das ganze Ausmaß des Debakels. Sein Arm schmerzte sehr, und mühsam bewältigte er hinter den beiden anderen die kleine Steigung.

Die Feuerstelle war nur noch ein rot glimmendes Glutbett. Die Kultstätte lag leer und einsam vor ihnen. Zumindest auf den ersten Blick. Irgendwoher musste der Schrei ja gekommen sein. War es wirklich Adelheid gewesen, die ihn ausgestoßen hatte? War Hasso bis hierher vorgedrungen, um sich für Viktor zu rächen? Er, Irenäus, hatte dem Mann den Ort des Treffens verraten. Er machte sich Sorgen.

Karl und Rita eilten bereits in das von Mauerresten umgrenzte Areal. Das Licht der Taschenlampe tanzte hektisch umher. Irenäus war nicht ganz bei der Sache. Die Schmerzen in seinem linken Arm wurden immer heftiger. Er konnte die Gliedmaße kaum noch heben, geschweige denn gebrauchen. Im Ärmel des Hemds fühlte es sich feucht warm an. Gut, er war von oben bis unten völlig durchnässt, aber im Ärmel war es anders.

„Verdammt!", sagte Rita und sank zu Boden. Karl warf neues Holz auf die Glut, das nicht sofort zündete. Trotzdem sah es auch Irenäus und vergaß seinen Arm wieder.

Zwischen Feuerstelle und der großen Weißbuche lag ein Körper. Das war Adelheid. Karl leuchtete sie an. Die Frau lag auf dem Rücken, die Arme seitwärts ausgebreitet, die Hände umkrallten Grasbüschel. Das zierliche Gesicht war kaum wiederzuerkennen. Zerzaust breiteten sich die langen Haare aus. Der Hals und das Gesicht sahen bläulich und aufgedunsen aus. Der Mund war so weit geöffnet wie bei der Person in Edvard Munchs Gemälde „Der Schrei". Die Augen starrten extrem weit aufgerissen. Es sah grausam aus.

„Sie ist tot", stellte Rita mit belegter Stimme fest. „Wir sind zu spät gekommen."

„Vielleicht können wir sie wiederbeleben!", rief Karl und kniete sich neben sie. Aber er merkte schnell, dass hier jede Hilfe zu spät kam. Der Hals der Frau war noch hart und zugeschwollen.

„Ich befürchte, so sieht ein allergischer Schock aus", sagte Rita. „Der Tod kommt qualvoll, aber schnell. Sie ist erstickt."

„Ich bin vor ein paar Stunden noch mit ihr gewandert", stöhnte Irenäus, der hier nicht denselben Schmerz spürte wie bei Vicky.

„Und ich habe heute Morgen vielleicht mit ihrem Mörder gefrühstückt", stammelte Rita leise. Verständlicher fügte sie hinzu: „Waren das die beiden Bardamen aus der Wiperti-Disco?"

„Du weißt das alles?", fragte Irenäus erstaunt. „Ja, das waren sie. Wahrscheinlich muss man doch zur Hexe geboren sein, sonst nehmen einen die Götter nicht ernst."

„Lass die Sprüche!", schimpfte Rita. „Erzähl mir lieber, wieviele Personen heute anwesend waren. Eure Hexenmedizin scheint bei bestimmten Menschen einen allergischen Schock auszulösen. Diese Adelheid ist möglicherweise bereits das vierte Opfer. Die ersten drei nahmen ein gewisses Medikament ein."

„Drei?", erkundigte sich Irenäus aufgeregt. „Ich denke, diese Hypothese existiert nur für Viktor?"

„Inzwischen haben wir auch ein totes Paar gefunden“, sagte Rita mit ziemlich scharfer Stimme. „Bei denen scheint es sich ebenfalls um einen allergischen Schock zu handeln. Gab es in der Nacht von Samstag zu Sonntag auch so ein Treffen?“

Die Männer nickten.

„Wo?“, fragte die Hauptkommissarin.

„Am Hamburger Wappen“, brummte Irenäus.

„Oh, Scheiße!“, fluchte die Frau. „Da hätten wir auch selber drauf kommen können!“

„Hasso hat es gewusst“, konnte sich Irenäus nicht enthalten zu bemerken.

„Waaaas?“, schrie Rita. „Oh, Gott! Dieser elende Blödmann!“

„Warum hast du nicht mich benachrichtigt?“, erkundigte sich Irenäus vorwurfsvoll. „Dann wäre das hier vielleicht nicht passiert.“

„Was meinst du, was ich seit heute früh versuche?“ Jetzt verlor Rita die Beherrschung. „Aber der große Herr Privatdetektiv verachtet ja Handy-Träger!“ Selbst im Finsteren sah man ihre Augen grün und zornig funkeln.

Trotz der ernsten Sachlage musste Irenäus grinsen. So gefiel ihm die Frau wieder. Warum hatte er eigentlich so lange nichts von ihr wissen wollen …

Ein Autohupen unterbrach diesen Dialog. Erschrocken sahen sich die drei an. Ein Fahrzeug? Was war das? Sie befanden sich in der tiefsten Nacht. Sie ließen die Tote liegen und eilten auf den kleinen Trampelpfad, von dem aus man in die Teichniederung blicken konnte. Die Scheinwerfer eines Fahrzeugs strahlten zwischen den Bäumen von dorther, wo sich die Wanderwege teilten. Wer war das?

„Vorsicht!“, kommandierte Rita. „Es könnte einer der beiden Männer sein, der zurückgekehrt ist!“

„Dieser Franz bestimmt nicht!“, knurrte Karl.

Im nächsten Moment rief eine Männerstimme, die sie alle drei identifizieren konnten: „Rita! Wo bist du?“

„Wie kommt der denn hierher?“, stöhnte Irenäus, und schlagartig meldeten sich wieder die Schmerzen in seinem linken Arm.

„Das möchte ich auch mal wissen“, stieß Rita verdutzt hervor. Dann rief sie in die Dunkelheit: „Ich bin hier! Die kleine Treppe rauf! Rechts!“

Ein Lichtkegel kam ihnen entgegengefunzelt. „Ich kenne das! War schon mal hier!“

Die Kriminalistin ging dem Licht ein paar Schritte entgegen, wahrscheinlich, um den voraussichtlichen Schock bei dem Ankömmling abzumildern. Dafür zogen sich Karl und Irenäus einige Schritte zurück. Jetzt würde das Theater erst richtig losgehen!

„Heinz!“, flötete Rita ihm entgegen. „Ich denke, du bist in Magdeburg?“

„Helena ist an die Ostsee gefahren!“, schimpfte ihr Hauptkommissar Schropel zur Begrüßung entgegen. „Ohne mich! Und du? Was treibst du hier mutterseelenallein? Ich bin der erste, weil ich gerade auf der B6n war, als dein dringlicher Ruf durchkam. In ein paar Minuten wird die ganze Armada hier sein. Was ist los?“

„Es gibt mehrere Tote“, belehrte ihn Rita, „und bis vor kurzem war hier der Teufel los. Außerdem – ich bin nicht ganz allein …“

Schropel erspähte hinter ihr das Licht der Taschenlampe. Dann entdeckte er die beiden Männer. Gleich darauf verlor zur Abwechslung er die Contenance: „Nein! Das kann nicht wahr sein! Ich dachte, das wäre für immer vorbei! Ich drehe gleich um und fahre wieder. Nein!“ Alle fühlten in diesem Augenblick, dass der Hauptkommissar die Einmischung der beiden selbsternannten Privatdetektive schon immer regelrecht gehasst haben musste. Wahrscheinlich hatte er sich das nur Rita zuliebe nicht übermäßig stark anmerken lassen. Inzwischen wiegte er sich offenbar in der Sicherheit, dass diese Episode des Lebens für immer der Vergangenheit angehörte. Da war die Enttäuschung entsprechend groß, da alles fröhliche Urstände zu feiern schien.

„Fang gar nicht erst an, Schelte auszuteilen, Heinz!“, blockte Karl, der die Lage exakt erfasste, den bevorstehenden Zickenalarm mit dem Hauptkommissar im Keime ab. „Auch wenn es gerade ganz friedlich aussieht, haben wir hier drei Tote. Irenäus und ich sind ziemlich schwer verletzt, irgendwo läuft noch ein Rächer im Wald herum und außerdem mindestens dreißig Leute, die fliegen können. Einige davon drohen dabei abzustürzen, wenn sie Pech haben.“

„Er hat recht, Heinz!“, rief Rita dazwischen. „Aber wieso seid ihr schwer verletzt?“

Wortlos ließ der Jäger den Spot über Irenäus fallen. Der lehnte bleich an einem Baum. Das dunkle Hemd war über und über mit verkrustetem Blut besudelt.

„Irenäus!“, schrie die Frau entsetzt. „Hat er dich mit dem Messer …? Du musst sofort ins Krankenhaus! Zeig her! Wo bist du getroffen?“

„Es geht mir schon besser", erwiderte Irenäus mit leiser Stimme. „Karl hat auch einen vollen Hammer abgekriegt. Unsere Körper waren nur mit Adrenalin überschwemmt, aber das lässt nun nach. Erzähl erstmal Heinz den Sachverhalt, ehe die anderen alle kommen. So lange halten wir noch durch." Er lächelte sie matt an. Ein bisschen Schauspielerei war dabei, denn erstaunlicherweise fühlte er sich wesentlich besser als vor einer halben Stunde.

„Na, na!", schimpfte Rita mütterlich, doch dann drängte sie den mental ausgebremsten Schropel: „Von wo bist du eigentlich gekommen, Heinz?"

„Na, über Eggeröder Brunnen, vorher Abfahrt Heimburg. Wieso ist das interessant? Erzähl mir lieber was!", brabbelte ihr Kollege.

„Warte!", sagte die Hauptkommissarin hastig. „Bist du zwischen den Teichen gefahren?"

„Ja doch! Den Wanderweg von dort nach hier. Wieso ist das wichtig?", fragte Heinz Schropel und kam wieder auf Touren.

„Dann bist du ja über die Leiche gefahren", kriegte sich Rita nicht wieder ein. „Die liegt mitten auf dem Damm!"

„Da liegt keine Leiche!", erwiderte Schropel genervt.

Genau in diesem Moment war die Chance verpasst, den Hauptkommissar aufzuklären. Zwischen den Bäumen begann es zu glitzern und zu funkeln. Als hätten sie sich verabredet, kamen alle zugleich, nicht mit Lalü Lalü, aber mit angeknipsten Blaulichtern. Da sich an dieser Stelle zwei Forststraßen kreuzen, kamen die Fahrzeuge aus verschiedenen Richtungen, je nachdem, ob die Fahrer sich auf ihre Navis oder ihre Ortskenntnis verließen und von wo aus sie aufgebrochen waren. Im Handumdrehen erglänzte der Wald wie der Quedlinburger Weihnachtsmarkt.

„Also, wenn die eine Leiche nicht mehr da ist, dann zeig mir mal schnell die andere!", meinte Schropel. „Liegt sie dort oben? Und Sie, meine Herren, müssen noch einen Moment warten!" Damit meinte er die beiden angeschlagenen Recken.

„Geht hinunter und lasst euch verarzten! Bitte!", sagte Rita. „Und passt auf, dass nicht alle Spuren verwischt werden!"

„Sind wir dazu autorisiert?", fragte Irenäus. Er fühlte sich zunehmend besser.

„Haut endlich ab!", keifte Schropel. „Sonst ist der Staatsanwalt eher an der Leiche als wir!" Er schlug, ohne auf Rita zu achten, den Weg zur Kultstätte ein. Die Frau sprang ihm mit leisem Gezeter hinterher, ob es Flüche oder Fassungslosigkeit waren, ließ sich nicht genau ausmachen.

„Komm!“, meinte Karl. „Mein Kopf schmerzt gar nicht mehr so furchtbar wie vorhin. Mal sehen, wer heute Notarzt ist.“

Nebeneinander schritten sie auf die versammelte Meute zu. Nach all den verrückten Fällen, die sie in den letzten Jahren (fast allein) aufgeklärt hatten, nahmen sie das Drumherum gelassen.

Schropels Wagen war ein Renault Laguna Coupé, der auf eine Weise mitten im Wege stand, dass niemand daran vorbei kam. Davor standen eine ganze Menge Leute in Polizeiuniformen, in weißen Leinenanzügen mit orangenen Westen und in Zivil. Offensichtlich herrschte Ratlosigkeit.

„Na prima!“, moserte Karl, und Irenäus wusste, dass er den Notarztwagen und den Krankenwagen meinte, die beide genau auf der Dammkrone standen, mitten im Tatort. Irgendwie stimmte es Irenäus sehr froh. Vicky war offenbar wirklich nicht mehr da. Was hatte das zu bedeuten? Hatte der Irre überlebt und sie weggetragen? Aber wohin? Oder war ein Wunder geschehen? Seit Irenäus mit der Hexenmedizin in Berührung gekommen war, glaubte er mehr denn je an paranormale Phänomene.

Alle Gespräche verstummten, als man der beiden Helden Gewahr wurde. Viele Augenpaare richteten sich auf sie. Die Situation erinnerte ein wenig an eine Kriminalkomödie aus den Sechzigern des vorigen Jahrhunderts, zum Beispiel „Unser Boss ist eine Dame“, fiel Irenäus trotz des Ernstes der Lage spontan ein. Sie blieben in kurzer Entfernung vor der Ansammlung stehen. „Guten Morgen!“, sagte Irenäus brav, und Karl brummte etwas Ähnliches. Eine derart pittoreske Vorstellung hatten sie schon lange nicht mehr erlebt.

Nach einigen Sekunden wurde die Regie von einer Frau übernommen. Sie trug kein Fellkostüm im Panther-Look. Sie war groß, rothaarig, und ihre Brüste ließen ihre Jeansjacke offen stehen. Mit einem wichtigtuerischen Unterton sagte sie: „Morgen! Wer sind Sie bitte? Wir befinden uns hier in einem dringenden Einsatz. Wenn Sie etwas zu sagen haben …“

„Im Augenblick nur wenig“, antwortete Irenäus, dem die Lust zum Sprechen vergangen war. Manche Behörden benehmen sich so, dass man keine Kommunikation mit ihnen pflegen möchte.

„Hauptkommissar Schropel und seine Kollegin schicken uns mit der Bitte, ihnen auszurichten, dass Sie keine Spuren zerstören sollen …“

„Sagen Sie mal", kollerte die Frau, „was sollen diese Frechheiten?"

„Dort auf dem Damm, wo der Notarztwagen steht, lagen bis vor wenigen Minuten noch eine Tote und große Blutlachen", fiel ihr Irenäus in die Rede. Die Beamten umdrängten ihn und Karl drohend. „Wir konnten dort nicht auf Sie warten, weil wir versuchten, die andere Frau dort oben zu retten. Leider ist sie uns unter den Händen erstickt. Und wenn Sie uns nicht bald medizinisch versorgen lassen, haben Sie gleich noch zwei Leichen mehr."

Die große Frau, bei der es sich um eine Staatsanwältin zu handeln schien, richtete nun erstmals den Lichtfleck auf das von oben bis unten mit Blut durchtränkte Hemd von Irenäus, auch sein Arm und das Gesicht sahen schwarzbraun besudelt aus. Erschrocken rief sie: „Oh, Sie haben ja etwas abbekommen! Der Notarzt kommt schon." Dann wurde sie sofort wieder amtlich. „Zuvor sagen Sie beide mir aber erst noch Ihre Namen!"

„Irenäus Moll", antwortete Irenäus und lächelte sie provokant an.

„Oh je!", entfuhr es der Frau. „Sie sind dieser Mensch, der sich überall einmischt. Dann nehmen Sie sich mal in acht! Wir beide werden noch ein Pärchen, das sage ich Ihnen!"

„Keine so schlechte Idee!", schmunzelte Irenäus.

Die Frau ignorierte diese weitere Frechheit und stellte fest: „Und dann ist das bestimmt Karl Wabenhonig! Habe ich recht?"

„Nicht ganz!" erwiderte der und machte ein leidendes Gesicht. „Karl Wabenmond! Aber wenn wir uns jetzt bitte in ärztliche Obhut begeben dürften. Wir laufen Ihnen ja nicht weg!"

„Ich übernehme Sie!", sprach eine andere Frau in Weiß-Orange mit silberner Leuchtschrift „Notärztin" zu ihnen. Sie hatte blonde Haare, und ihr Gesicht erinnerte ein wenig an Marlene Dietrich. „Können Sie laufen?"

„Gerade noch", stöhnte Karl und machte einen etwas krummen Rücken, so als fiele er gleich in sich zusammen.

„Fahren Sie die Krankenwagen bis hinter den Damm zurück! Und lassen Sie die beiden nicht laufen!", befahl nun die große Staatsanwältin. Dann rief sie den anderen zu: „Wir gehen dort hinauf! Und dieser Schropel soll mal seine Zuhälter-Karre aus dem Wege fahren! Spinnt der ein bisschen!"

Irgendwie begann diese Frau, Irenäus zu gefallen. Eine innere Stimme ermahnte ihn jedoch: Lass dich grundsätzlich nie mit Justizbeamten ein! Richter, Lehrer und Pfarrer wollen immer Recht haben. Das gilt auch für die weiblichen Exemplare dieser Spezies.

Anders war das mit Notärztinnen. Die blonde Medizinerin lud die beiden Männer lustig, aber etwas widerstrebend ein, sich in den blütenweißen Rettungswagen zu begeben. Irenäus roch wie ein ungewaschener Molch und unter ihm bildete sich immer noch eine kleine Pfütze. Karl befand sich in einem einigermaßen besseren Zustand, aber auch von ihm rieselte beständig das Laub aus Volkmarskeller. Erst jetzt sah man, dass bei ihm eine Gesichtshälfte sehr mitgenommen wirkte, gelbbraun glänzte die Schwellung.

„Können Sie das Hemd noch ausziehen?", fragte die Ärztin zuerst Irenäus und legte dabei schon mit Hand an. Fassungslos murmelte sie: „Das muss doch fürchterlich wehtun."

Der Oberkörper war praktisch vollständig mit geronnenem Blut verschmiert. Er wagte kaum hinzusehen, fühlte allerdings fast keine Schmerzen mehr. Der Stich des Obsidianmessers hatte das Herz verfehlt, die Waffe war dann an den Rippen abgeglitten und zwischen Brustkorb und linken Arm eingedrungen. In der Brustmuskulatur und am inneren linken Oberarm waren tiefe Einschnitte, mindestens ein großes Gefäß musste verletzt sein. Die hübsche Ärztin holte eine Schale mit einer desinfizierenden Flüssigkeit und säuberte diese Stellen. Rosiges Fleisch kam zum Vorschein. Blut floss keines.

Die Medizinerin richtete ihre Veilchenaugen auf Irenäus und sagte mit gepresster Stimme: „Wie viele Tage laufen Sie schon mit dieser Wunde herum? Sie müssten längst verblutet sein!"

Irenäus krauste verdutzt die Stirn und stammelte: „Wieso? Ist es so schlimm? Ich habe den Stich vor vielleicht einer Stunde abgekriegt. Die Blutlache müsste noch zu finden sein, falls nicht zu viele darüber gefahren sind."

„Wollt ihr mich verarschen oder euch vor der Justiz drücken?", fuhr die Frau die Männer drohend an. „Da spiele ich nicht mit. Die Wunden sind weitgehend verheilt. Besser geht's nicht! Was ist los?"

„Keine Panik!", versuchte Irenäus sie nach der Gebrauchsanweisung von Douglas Adams zu beruhigen. „Ich verstehe das jetzt selber nicht. Jedenfalls verarschen wir Sie nicht, oder glauben Sie, ich laufe tagelang mit so einem Hemd herum?"

Die hübsche Ärztin blickte skeptisch, aber das Argument schien sie zu beeindrucken: „Sie wollen mir also ein Wunder aufschwatzen? An so was glaube ich nicht. Ansonsten bin ich gutgläubig, deshalb schaue ich mir jetzt Ihren Freund an. Tun Sie mir nichts?“

„Sie sehen zu viele Krimis!“, grinste Irenäus charmant.

Sie grinste zurück und tastete dann Karls Gesicht ab. Mit hochgehievten Brauen fragte sie ihn: „Und wann haben Sie diese Blessur bezogen?“

Karl tat, als überlege er: „Etwa fünf Sekunden später. Ich habe dem Irren nämlich das Messer aus der Hand geschlagen, damit er nicht nachstechen konnte. Aber er war etwas stärker als ich.“

„Ihr spinnt doch beide!“, rief die Frau verunsichert. „Das Hämatom ist auch bereits im Abklingen.“

„Es gibt für alles eine Zeugin“, erklärte Irenäus ruhig, denn er merkte, dass die Frau kurz vor einer Panik stand. „Rita hat alles gesehen, ich meine, die Frau Hauptkommissarin. Sie werden ihr gleich begegnen. Für uns kommt diese Diagnose ebenso überraschend. Es kann nur mit der Hexenmedizin zusammenhängen.“

„Hexenmedizin?“, wiederholte sie verzweifelt. „Das wird ja immer schlimmer! Hören Sie doch mal auf!“

Zum Glück wurde sie in diesem kritischen Augenblick von einem Rettungssanitäter erlöst, der den Kopf in den Innenraum streckte: „Helvi! Die wollen, dass du da hochkommst und den Tod der Frau feststellst!“

Ein befreites Lächeln breitete sich über ihr Gesicht aus: „Okay, ich komme! Ja, und Sie beide sind wohl der erste mysteriöser Fall in meinem Leben. Nur, in diesem Wagen können …“

„Kein Problem! Uns hat es auch sehr erfreut, dich kennenzulernen, Helvi! Mach's gut!“, rief Irenäus galant und richtete sich flatschend auf. Wo er gesessen hatte, prangte ein mooriger Abdruck auf dem weißen Flies.

„Wir setzen uns auf die Sitzgruppe dort“, fügte der Förster hinzu und versuchte, mit der Hand die trockenen Blätter zu zerstreuen. „Ist sehr gemütlich dort. Bis bald, Helvi!“

Sie stiegen aus und winkten ihr noch einmal zu. Versonnen sah sie den Männern einige Sekunden nach.

„Oh, ist das eine furchtbare Nacht!“, stöhnte Irenäus sentimental, als sie auf der Sitzgruppe saßen. „Die arme Vicky! Ich hatte sie so gern und jetzt ist sie tot.“

„Wer weiß", sinnierte Karl. „Sie ist nicht mehr da, und unsere Wunden sind verheilt. Nur die arme Adelheid ist garantiert gestorben."

„Das Bild wird mir nicht so bald aus der Seele gehen", klagte sein Freund. „Diese Frau war eine Dämonin, aber diesen Tod konnte ihr keiner wünschen. Ihre Knörgelei wird mir fehlen. Sie war noch so jung …"

„So alt wie ich", stellte Karl trocken fest. „Jedenfalls hast du dafür jetzt Rita wieder."

„Vielleicht!", bemerkte Irenäus. „Ich muss sagen, sie gefällt mir in dieser Nacht ausnehmend gut."

„Siehst du!", meinte Karl und schaute versonnen über den vielleicht zwanzig Meter breiten Teich zum anderen Ufer, wo die meisten Fahrzeuge standen. „Siehst du das gleiche wie ich?"

Ja, alle gehen gerade zum Volkmarskeller, wollte Irenäus antworten, aber da stupste ihn etwas gegen das Bein. Seine linke Hand, die auf einmal wieder funktionierte, glitt reflexartig nach unten. Sie landete in einem haarigen Untergrund. Völlig perplex sagte er: „Titus, mein Lieber, dich habe ich ja total vergessen. Entschuldige! Das war die Reizüberflutung. Wo warst du denn die ganze Zeit?" Verhalten wedelte der Schwarze mit der Rute und miekste bekümmert.

„Er hat ein schlechtes Gewissen", erklärte Karl. „Immerhin hat er dich nicht vor dem Irren gerettet und lauter tote Frauen schlagen einem Hund auch auf's Gemüt. Aber vielleicht kommen wir auf meine letzte Frage zurück, bevor der Zeitpunkt vorüber ist. Wollen wir …?"

„Ja! Ich habe auch keine Lust mehr. Wie laufen wir?", antwortete Irenäus.

„Am besten durch den Klostergrund", überlegte sein Mitstreiter. „Dann sind wir in einer Stunde in Blankenburg. Und von da aus müssen wir weitersehen."

Irenäus erhob sich bereits und gab Titus ein Signal. Der Altdeutsche überwand sein schlechtes Gewissen ziemlich schnell. Am Ufer des unteren Teiches fand sein Herrchen zufällig den Rucksack wieder, den niemand beachtet hatte. Geduckt schlichen sie sich an den parkenden Autos vorbei und verschwanden wenig später im Dunkel des Tals.

XXXII

Die ersten Vögel begannen mit dem Morgenkonzert, als sie das Gebiet des Klosters Michaelstein durchquerten. Mönche hatten vor langer Zeit eine Kaskade von Teichen angelegt, in denen es von Karpfen und Forellen wimmelte. Massen von Menschen flanierten Tag für Tag in diesem malerischen Gelände. Mehrere Restaurationen warben um ihre Bewirtung. Im Morgengrauen des Brückentages nach Christi Himmelfahrt begaben sich allerdings nur einige Graureiher an die ungestörte Arbeit.

Kurz nach halb fünf erreichten die Männer und Titus die Bushaltestelle am Kreisverkehr vor dem Kloster. Sie waren alle drei reichlich erschöpft. Nach einem Blick auf eine Tafel wussten sie, dass der erste Bus in zwei Stunden fahren würde.

Konsterniert ließ sich Karl auf eine Bank fallen: „Wahrscheinlich wird er uns gar nicht mitnehmen, so wie du aussiehst und dann der Hund …“

„Wollen wir laufen?“, fragte Irenäus leise und sah, dass der Schwarze auf die Bank sprang und sich zusammenrollte.

„Nee!“, knurrte Karl. „Was schleppst du da eigentlich in deinem Rucksack herum?“

„Oh!“, machte Irenäus und schlug sich selbstkritisch an die Stirn. Dann hielt er plötzlich zwei Flaschen Hasseröder in Händen. Karl verdrehte wortlos die Augen. Sein Freund drapierte die Mostrichgläser auf der Bank, aus denen er noch vor kurzem mit der armen Adelheid getrunken hatte. Dann setzte auch er sich. Schweigend schlürften sie das Getränk, das ihnen nach dieser Nacht wie flüssiges Manna erschien.

„Mir fällt gerade etwas ein“, begann Irenäus und blinzelte überirdisch. „Hast du das Handy mit?“

Wortlos grabbelte Karl in seinen Taschen und wurde fündig: „Wen willst du anrufen um diese Zeit?“

„Rita!“, erwiderte Irenäus. „Sie müsste irgendwann hier in der Nähe vorbeifahren, wahrscheinlich bald.“

„Puh!“, machte der Förster und schloss die Augen.

Stockend wählte der andere, der sich mit derartigen Gerätschaften nicht so gut auskannte.

„Was ist los?", meldete sich die Hauptkommissarin. „Karl, wo seid ihr? Seid ihr jetzt endgültig abgedreht? Die haben hier alle Kopf gestanden, nachdem die Notärztin erzählt hat …"

„Augenblick mal! Ich bin nicht Karl", unterbrach Irenäus ihren Redefluss. „Bist du allein?"

„Irenäus, du Scheißkerl!", schrie es am anderen Ende. „Seid ihr wahnsinnig geworden?"

„Bist du allein?", fragte er noch einmal eindringlich.

„Ja, ich bin allein! Aber was spielt das für eine Rolle?", schrie Rita weiter. „Ich will gerade nach Hause fahren, nachdem ich mir eine Standpauke nach der anderen anhören durfte. Wenn ich dich kriege, dann gnade dir deine Gaia oder wer auch immer!"

„Ach, liebe Rita, du hast mir das Leben gerettet", schmeichelte er. „Du könntest uns haben, wenn du allein kommst."

„Willst du eine Kriminalbeamtin korrumpieren?", schrie sie ohne Pause. „Es wird ja immer besser!"

„Liebe Rita!", beschwor Irenäus die Wütende. „Liegt dir denn nichts an der Aufklärung des Geheimnisses? Nimm uns mit nach Quedlinburg, und du hast einen himmlischen Ermittlungsvorsprung. Aber ohne uns auszuliefern."

„Du bist der größte Sackgänger, den ich kenne!", sagte sie, schon etwas ruhiger. „Wo seid ihr?"

„An der Bushaltestelle vor Kloster Michaelstein", flüsterte er. „Ich vertraue dir!"

„Arschloch!" Rita schaltete ab.

Irenäus lehnte sich auf der Bank zurück und trank versonnen das Glas aus. Neben ihm schnarchten die beiden Gefährten. Sein Kopf fiel zur Seite, und er stimmte in das Konzert ein.

Hart wurde an seiner kranken Schulter gerüttelt. Eine Frauenstimme sagte: „Oh, Mann, seid ihr bescheuert!"

Titus stieß neben ihm einen entnervten Beller aus, als sein begeisterter Sohn im Tiefschlaf auf ihn sprang, um zu spielen. Nur Karl schnarchte seelenruhig weiter. Doch auch dies währte nur noch wenige Sekunden, dann hörte man es klatschen und Maries Stimme: „Du hast mich einfach vergessen!"

Jetzt hielt es Irenäus doch für ratsam, die Augen aufzuklappen. Ein Paar grüne und ein Paar braune Lichter blitzten wütend zurück.

„Los, steigt ein!“, befahl Rita. Der Höhepunkt ihrer Wut schien überschritten. „Ihr habt Glück, dass gestern Herrentag war, sonst hätten sie euch schon.“

Laut sangen die Vögel, aber ein Blick zur gerade aufgehenden Sonne zeigte an, dass die Hauptkommissarin etwas übertrieb. Gehorsam setzten sich die vier männlichen Wesen auf die Rückbank des kobaltblauen VW Golf. Dort schliefen sie auf der Stelle wieder ein.

„Idioten!“, brummte Rita und fuhr los.

„Du sprichst ein großes Wort gelassen aus!“, strapazierte Marie das in neuester Zeit in Vergessenheit geratene Klassikerwort. Darin erschöpfte sich das Gespräch, denn beide Frauen waren ebenfalls todmüde.

Am Forsthaus ließ die Kriminalistin Karl Wabenmond und seine Freundin aussteigen. Der Förster bewegte sich wie ein Schlafwandler auf den Ort zu, an dem er das nächste Bett vermutete.

Irenäus öffnete nur kurzzeitig ein Auge, die Hunde gar keins. Seufzend fuhr Rita durch den Wald zum nächsten Grundstück. Dort drückte sie zweimal auf die Hupe und sagte: „Das war's! Wir sind da!“

Erschrocken fielen die Hunde übereinander. Auch der Mann schreckte auf und räkelte sich: „Rita, wo kommst du denn her?

Das ist aber schön!“

„Lass den Scheiß!“, blitzte die Frau zornig grün. „Steig aus und schlaf weiter! Bestimmt wirst du heute noch befragt.“

Er räkelte sich noch einmal, dann sagte er: „Nur wenn du mit mir frühstückst. Ich lade dich ein zu allem, was du magst.“

Sie schaute durch die Frontscheibe, ohne ein Wort zu erwidern.

„Bitte komm!“, bettelte Irenäus. „Bestimmt hast du viele Fragen. Ich habe schon lange auf dich gewartet. Es ist genau die richtige Frühstückszeit.“

„Blödmann!“, knurrte Rita und stieg aus, worüber sich die Hunde heftig freuten. Zugegeben, es war alles wie früher …

Drinnen warf Irenäus die Kochmaschine an, einen großen Herd mit einer gusseisernen Platte. Er benutzte zuerst trockenes Kiefernholz und legte darauf Eichenscheite. Den Wasserkessel und den Eiertopf stellte er auf die geschmiedeten Herdringe. Rita deckte im Freien den Tisch. Plötzlich wurde ihm siedend heiß: „Ich glaube, ich bin zu dreckig! Voller Schlamm und Blut.“

Zum ersten Mal musste die Frau lachen: „Lass es! Ich sehe genauso aus. Immerhin habe ich dich aus dem Teich gezogen."

Und so setzten sie sich schlammverkrustet an den Gartentisch. Irenäus fühlte sich glücklich, außer wenn seine Gedanken zu Vicky abdrifteten. Beide verspürten sie an diesem Morgen keine Lust, über die Nacht zu reden. Wahrscheinlich würde das noch früh genug stattfinden. Nach einigen Tassen starken Kaffees und allerlei kulinarischen Köstlichkeiten lehnte sich die Frau zurück und blitzte ihn schelmisch an: „So, jetzt bin ich satt. Nun können wir baden. Hast du vielleicht eine Badewanne? Lass schon mal Wasser hinein. Ich muss noch telefonieren. Dienstlich."

Irenäus wusste zwar nicht ganz genau, was sie meinte, aber er fügte sich klaglos. Kurz darauf saß er in der großen blauen Badewanne und ließ warmes Wasser ohne Ende laufen. Genüsslich schrubbte er das alte Blut ab. Die fast verheilten Wunden juckten ein bisschen.

Nach einiger Zeit öffnete sich leise die Tür. Rita kam. Sie war bereits entkleidet. Vorsichtig streckte sie eins der langen, schlanken Beine ins Wasser. Ihre Behaarung schwebte vor seinem Gesicht. Langsam senkte sie den Unterleib ins Wasser, das Gesicht ihm zugewandt. Sie beugte sich vor und tauchte die straffen, nicht sehr großen Brüste ein. Dann richtete sie sich wieder auf und sagte, verführerisch lächelnd: „Ab Mittag geht's weiter. Bis dahin haben wir noch ziemlich viel Zeit."

Dann gab sie ihm den viele Monate überfälligen Versöhnungskuss, und er fühlte unter Wasser eine sehr köstliche Vereinnahmung.

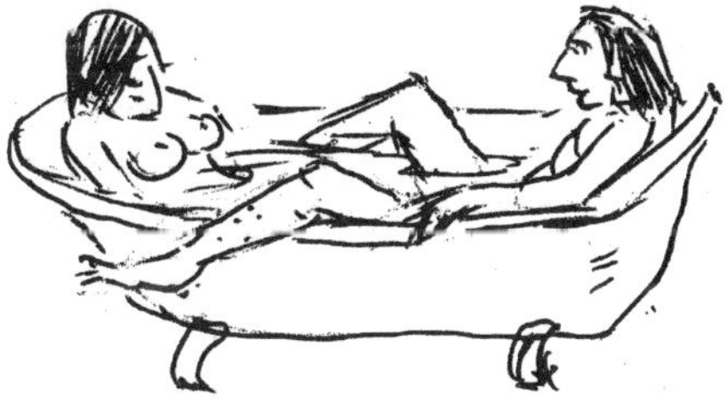

Als sie eine Weile später im Bett lagen und nicht schlafen konnten, strich sie mit ihren sensiblen Fingern über die frischen Narben. Ihre Augen leuchteten grün in der höher steigenden Sonne. Jetzt musste sie das Thema doch anreißen: „Es ist wirklich unglaublich! Ich habe mich dazu entschlossen, nichts von dir zu hören. Eigentlich müsste ich den Fall sofort an Schropel übergeben, andererseits interessiert er mich auch ungemein. Wenn ich allerdings nichts weiß, bin ich weniger beeinflusst. Wie ich dich kenne, wirst du sowieso sehr wortkarg bleiben."

Irenäus lächelte ein wenig und sah sie schweigend an.

„Mich würde nur diese mysteriöse Wundheilung interessieren", sprach sie weiter. „Die Notärztin war völlig außer sich. Sie meinte, dass du längst hättest verblutet sein müssen oder zumindest das Bewusstsein verloren haben. Sie hielt das alles für Betrug. Ich sagte ihr, dass ich den Dolchstoß gesehen hätte, woraufhin sie immer wieder den Kopf schüttelte, als wolle sie diese Erkenntnis nicht hineinlassen. Wir haben ja schon etliche verrückte Dinge erlebt, mein Lieber, aber wie ist das mit euren Verletzungen zu erklären. Sagst du es mir?"

Irenäus stieß einen wohligen Seufzer aus und tätschelte ihren muskulösen Arsch: „Leider weiß ich nicht viel mehr als du. Es liegt sehr nahe, den Effekt auf die Wirkung der Hexenmedizin zurückzuführen. Weder die beiden Hexen noch die anderen Leute – die sowieso nicht – kannten wahrscheinlich das wahre Anwendungsgebiet des Elixiers. Es ist anzunehmen, dass es weniger um den Rausch ging, als vielmehr um die Heilung schwerer oder tödlicher Wunden. Das war die eigentliche Macht der Hexen. Wir haben dieses Zeug wieder mal als völlig bekloppte Menschen der Moderne entsprechend unseren degenerierten Vorstellungen angewendet. Ich weiß ebensowenig über den Her-

stellungsprozess. Das hat dir doch Hasso bestimmt alles erzählt …" Er blickte sie forschend an.

Sie schüttelte demonstrativ seine Hand ab: „Nichts hat er erzählt, gar nichts! Das war ja das Blöde! Ich habe ihn vorhin angerufen. Angeblich war er gerade zu Hause aufgewacht und beim Anziehen. Er hat zwar kein Alibi für letzte Nacht, aber wir werden ihm auch schwer seine Anwesenheit nachweisen können. Übrigens, damit du es jetzt schon weißt: Wir haben in Adelheid Wörthers Rucksack keine Spur von Hexenmedizin gefunden, dafür aber eine angerissene Packung des Antiallergikums! Hatte auch sie Heuschnupfen?"

„Mit Sicherheit nicht!", erwiderte Irenäus und schob die Hand wieder an den bewussten Ort. „Ich bin mit ihr ziemlich weit gewandert. Obwohl, völlig ausschließen kann ich es natürlich nicht. Bei vielen Leuten kriegt man das heute gar nicht mehr mit. Ich könnte nicht beschwören, dass sie allergiefrei war. Hm! Jedenfalls scheint sich die archaische Hexenmedizin nicht mit dem modernen Medikament vertragen zu haben. Dumme Sache

… Übrigens, was ich deinem Hasso zum Vorwurf mache, ist, dass er mich am Mittwochabend nicht über die beiden Toten informiert hat."

„Er ist nicht mein Hasso", raunzte Rita und ließ die Hand liegen. „Er hätte das tun können. Ich habe diesen Zusammenhang zu diesem Zeitpunkt leider noch nicht geahnt. Mist!"

„Er wollte nicht, dass du ihm zuvorkommst", stellte Irenäus fest. „Deshalb musste Adelheid dran glauben und Vicky vielleicht auch. Hast du eigentlich sofort eine Fahndung nach ihm rausgegeben?"

„Bin nicht dazu gekommen", nuschelte Rita und schaute ihn nicht dabei an. „Aber diesen Franz und seine Partnerin haben wir überall gesucht. Fündig sind wir bis jetzt nicht geworden. Es ist, als hätten sie sich in Luft aufgelöst."

Er meinte, sie in Bezug auf Hasso zu verstehen, und fuhr fort: „Ich bin mir bis jetzt nicht im Klaren, was bei diesem Franz im Kopfe saß – ob es Eifersucht war …"

„Oh, du Einfaltspinsel!", höhnte sie schwach und zog sich von ihm zurück. „Ich muss jetzt gehen. Sollten die Kollegen hier eher eintreffen und mich in deinem Bett sehen, wäre das nicht gerade besonders amüsant. Außerdem hast du dann Zeit, dich noch etwas zu sammeln." Sie zog sich bereits mit spitzen Fingern die dreckigen Klamotten an. Dann gab sie ihm einen Kuss und ermahnte: „Und dass es dir nicht einfällt, dich vorher mit Karl abzusprechen!" Dann war sie verschwunden.

Zehn Minuten später sprach sich Irenäus mit Karl ab, den er erst aus den Federn klingeln musste.

XXXIII

Man holte ihn nicht, sondern man forderte ihn kurz vor Mittag telefonisch auf, unverzüglich auf der Dienststelle zu erscheinen. Irenäus war damit einverstanden und stand bald darauf einigen Personen gegenüber, die etwas von ihm wissen wollten. Es handelte sich dabei um die sehenswerte Staatsanwältin, die das Gespräch leitete, einen wesentlich zugänglicheren Heinz Schropel als noch in der vergangenen Nacht, eine im Hintergrund verweilende Rita und einen Unbekannten, der sich später als Spezialist für medizinische Forensik entpuppte.

Irenäus führte vor der Versammlung aus, dass ihn in der Walpurgisnacht zwei Frauen, dem Amte inzwischen bekannt, mit einem uralten Elixier bekannt gemacht hätten, dass eine recht merkwürdige psychoaktive Wirkung besaß. Er und einige andere Leute, die er samt und sonders nicht kannte, hatten sich an gewissen Orten getroffen, nur dreimal, wohlbemerkt, und noch einmal von dieser sogenannten Hexenmedizin gekostet. Allen war es danach gut gegangen, nachdem die Phase der in der Literatur beschriebenen Flugträume vorüber gewesen war. Dass es

einen Zusammenhang zwischen diesem mittelalterlichen Gebräu und irgendwelchen Allergien geben könnte, hatte erst der Vater des verstorbenen Viktors erwogen, der ihn aber nur ganz kurzzeitig kontaktiert hatte und den er nicht wirklich ernstgenommen hatte. Im übrigen schreibe er gerade an einem Buch über die vorkarolingische Besiedlung des Harzes, und da war es für ihn natürlich schon allein fachlich von Interesse, mit derartigem Wissen Bekanntschaft zu machen. Beim Herausfinden diverser anderer Teilnehmer an diesen Treffen könne er leider auch nicht behilflich sein, da ihn diese Menschen absolut nicht interessiert hätten, und das war ja wohl nicht verboten, er sei nun mal ein introvertierter Typ.

Die Staatsanwältin blieb bei diesem Verhör erstaunlich cool. Sie kam nicht auf seinen Ruf als Privatdetektiv zu sprechen, und vor allem glaubte sie einfach nicht an Hexenmedizin. Irenäus wollte ihr da auch nur insofern auf die Sprünge helfen, als er ihr erklärte, dass die beiden Bardamen ja eigentlich in der Historischen Bibliothek Quedlinburg gearbeitet hatten. Möglicherweise fanden sie das Rezept dort. Die Frau kam auf die Frage der Mitverantwortung zu sprechen. Die lehnte Irenäus kategorisch ab. Mitverantwortung für was? Die Gerichtsmedizin konnte ja nicht einmal einen Zusammenhang zwischen Hexenmedizin und dem Medikament nachweisen. Sie hatten schließlich keinen Methylalkohol getrunken, sondern irgendeinen Sud, der in andere geistige Gefilde führte und dessen Verkostung alle gut überstanden hatten. Vielleicht sollte man den Arzneimittel-Hersteller haftbar machen. Die Staatsanwältin verdrehte erstmals die Augen.

Schließlich war Adelheid Wörther, die Initiatorin des Ganzen, an ihrer eigenen Hexenmedizin erstickt. Die andere Bardame war ermordet worden, allerdings war ihre Leiche verschwunden, ihr verrückter Gefährte ebenfalls. Die Polizei suchte die Wälder rund um Volkmarskeller immer noch erfolglos ab. Andererseits waren er und Karl auf sehr mysteriöse Art und Weise geheilt worden, was außer Zweifel stand. Die Staatsanwältin müsse sich damit abfinden, dass hier Wissen am Werke war, von dem sie keine Ahnung hatte. Hexenwissen. Hier stieß die Frau zum ersten Mal an ihre Grenzen.

Interessanter waren die anschließenden Einlassungen des Wissenschaftlers, der bis dahin schweigend zugehört hatte. Er unternahm den Versuch, das Ganze auf rationale Füße zu stellen. Eine Schnellanalyse der Reste in den Gläschen, die bereits in den frühen Morgenstunden erfolgt war, hatte gezeigt, dass es sich um verschiedene wohlbekannte Substanzen handelte, die als Alkaloide und Wirkstoffe in allen möglichen Kräutern vorkamen. Nicht mehr und nicht weniger. Dieser Cocktail war, so lautete die negative Botschaft, im Prinzip nicht rekonstruierbar. Falls die beiden Frauen eine alte Medizin nachgebraut hatten, waren sie wahrscheinlich Opfer eines seltenen Zufalls geworden. „Oder des Willens der Götter“, warf Irenäus ein. Die Staatsanwältin verdrehte die Augen. Rita blickte ernst drein und schwieg. Die Wirkung des Elixiers war zwar halluzinogen, aber vor allem galt sie einer extremen Stärkung des Immunsystems, mutmaßte der Forensiker. Als Wundheilmittel war dies segensreich, bei Allergikern trat es jedoch gegen den Histaminhemmer ins Feld und überkompensierte diesen, was einigen Personen zum Verhängnis wurde. Im Großen und Ganzen schloss er sich Irenäus Molls Argumentation an, zum Ärger der Staatsanwältin. Sollte allerdings jemand um diesen Mechanismus gewusst und ihn gezielt eingesetzt haben, dann handelte es sich um Mord.

Da Rita schwieg, schwieg Irenäus ebenfalls …

Ehe man an Hasso Germeyer denken konnte, dessen Part im Geschehen die Hauptkommissarin offenbar tatsächlich unter den Tisch fallen ließ, warf Irenäus, der sich eine derartige Diskussion natürlich nicht entgehen lassen wollte, den neuen Aspekt der Örtlichkeit ein. War es denkbar, dass sich die Wirkung der Hexenmedizin nur an ganz bestimmten Plätzen entfaltete, die die Altvorderen kannten und an denen feinstoffliche Konzentrationsprozesse mit den Inhaltsstoffen des Elixiers interagierten? Darauf verzog der Mediziner schmerzlich den Mund, und die Staatsanwältin erhob sich. Immerhin fragte der Mann noch, wie es denn dann um die Wiperti-Disco stünde, selbst wenn die anderen Orte Kultstätten gewesen waren. Das sei doch einfach, konterte Irenäus, denn wo der Heilige Wigbert verehrt wurde, ballt sich selbstverständlich das geistige Feld, unabhängig davon, ob der Erwählte christlicher oder heidnischer Natur ist.

Danach durfte Irenäus nach Hause gehen. Mit flammendem Blick und herausgedrückten Brüsten verkündete ihm die Staatsanwältin, er möge sich in Bereitschaft halten. Irenäus drückte zum Abschied fest ihre Hand und sah ihr dabei tief in die Augen.

Wider Erwarten erreichte weder ihn noch Karl jemals eine Aufforderung zum Ermittlungsgespräch. Doch damit nahmen die

Merkwürdigkeiten kein Ende. Nach einigen Tagen stieß es den Freunden seltsam auf, dass dieser Fall nicht durch die Presse ging. Tote nach Experimenten mit mysteriöser Hexenmedizin, das wäre doch ein deutschlandweiter Reißer gewesen! Stündlich fürchteten sich die beiden Helden vor dem Auflaufen der Presse-Teams aus Nah und Fern. Doch absolut nichts geschah.

Rita ließ ebenfalls tagelang nichts von sich hören, und Irenäus wollte sie nicht stören. Eines Abends jedoch hielt der kobaltblaue Golf vor seinem Tor. Verlegen lächelnd kamen Otto und seine Herrin auf den Hof getrabt. Still gab ihm Rita einen Kuss.

Irenäus war freudig überrascht, konnte sich aber nicht die Frage verkneifen: „Was ist passiert mit der Hexenmedizin?“

„Hexenmedizin? Was ist das?“, lächelte sie müde. „Der Fall wurde sofort eingestellt. Anweisung von ganz oben. Man möchte in unserem Staat auf gar keinen Fall eine neue Hexendebatte haben! Die Toten starben auf Grund einer unbekannten Arzneimittelunverträglichkeit. Das kommt bei Allergikern leider immer wieder vor. Der Pharmakonzern lehnt eine Entschädigung ab, aber das ist eine andere Geschichte. Adelheids Vater und ihre Schwester haben das mit Trauer zur Kenntnis genommen. Vicky und Franz wurden nicht gefunden, sie sind nicht in ihre Wohnung zurückgekehrt. Dort wurde ebenfalls nichts gefunden, sie wurde freigegeben. Ja, und Hasso Germeyer hat sich von mir für immer verabschiedet – die Distanz ist zu groß, welche auch immer. Ich glaube, man hätte ihm letztendlich keinen Mord nachweisen können, selbst wenn es gelungen wäre, seine Anwesenheit in jener Nacht zu beweisen. Er hat den Tod dieser Adelheid sehr geschickt inszeniert, falls es denn so war. Wir werden es wohl nie erfahren, und Hasso Germeyer ist genug bestraft. Lassen wir es dabei bewenden.

Übrigens: Hast du eigentlich eine Badewanne? Ich bin wieder da, und mir ist kalt!!"

Epilog

Ein wunderschöner Sommer zog seine Bahn, und es begann, Herbst zu werden. Die Geschehnisse um die Hexenmedizin bewegten zwar noch die wenigen Betroffenen, aber ansonsten war die Weltgeschichte scheinbar längst weitergezogen. Die Wohnungen der Bardamen waren ordnungsgemäß durchsucht worden – ohne Ergebnis. Das Durchkämmen des Waldes rund um Volkmarskeller war erfolglos geblieben – Gott sei Dank. Ansonsten galt Ritas letzte Aussage, und sie wollte nicht mehr über dieses Thema sprechen.

Heimlich dachte Irenäus noch oftmals an diese kurze, aber sehr intensive Erfahrung zurück. Er war dabei dem Wissen der Altvorderen näher gekommen denn je, näher als bei der Konfrontation mit den Odinisten oder bei den Abenteuern im Dunstkreis der Minoischen Dame. Doch daran ließ sich nichts ändern, dachte er resigniert.

Eines Tages, die Blätter wurden bereits bunt, gingen Titus und sein Herrchen, nachdem sie das Postauto gehört hatten, zum Briefkasten. Sie entdeckten darin eine etwas abgegriffene Postkarte. Erstaunt und neugierig schaute Irenäus zuerst auf das Bild. Es handelte sich dabei um eine Ansicht der Dorfkirche von Ditfurt, einem Nachbardorf an der Bahnstrecke zwischen Quedlinburg und Halberstadt.

Interessiert drehte er das Stück Papier herum. Auf der Rückseite prangte die neueste Bienen-Briefmarke der Deutschen Post, geschwärzt von einem Stempel des Briefzentrums. Darunter stand in etwas krakeliger Schrift seine Adresse. Auf dem eigentlichen Schriftfeld der Postkarte befand sich ein eigenartiges graues Muster, das er nicht definieren konnte.

Damit gab sich Irenäus natürlich nicht zufrieden. Er legte die Karte vorsichtig auf den Gartentisch, holte seine Lesebrille und dazu eine Lupe. Als er beide Sehhilfen zum Einsatz brachte, fand er das, was er vermutet hatte. Das graue Muster war eine winzige Computerschrift, kleiner als die Fußnote zur Info Service-Telefonnummer auf der Rückseite der Hasseröder Flasche, die vor ihm ebenfalls auf dem Tisch stand.

Mit anwachsendem Glücksgefühl entzifferte er die kryptische Botschaft. Sie lautete folgendermaßen:

Liebster Irenäus, es dauerte eine Weile, bis ich einen vertrauensvollen Deutschen fand, dem ich ein neues Leben schenkte und diese Botschaft anvertraute. Ich werde, auch wenn das theatralisch klingt, ewig an dich denken. Ich habe jene Nacht überlebt und Franz auch. Er hatte mir verschwiegen, dass er Magenkrebs hatte. Dich und mich wollte er den Göttern opfern, aber eigentlich nur mich, sein Liebstes. Trotzdem halfen sie ihm nicht. Er

starb bald darauf fern der Heimat. Den Trunk hatte er in jener Nacht nicht eingenommen.

Jedenfalls weiß ich nun, dass wir das Elixier viel zu hoch dosiert haben. Als Karl die Variante Vier erwähnte, wusste ich sofort, was er meinte. Wir haben wahrscheinlich alle gemogelt und nur ungefähr ein Zehntel getrunken, weil wir einigermaßen klar im Kopf bleiben wollten. Das aber kam zufällig der wirksamsten Dosis am nächsten. Der Hexentrip ist nur eine Folge der Überdosis!

Das Elixier ist eine echte Wundermedizin und heilt sehr viele Krankheiten. Vom Tode erwecken kann es einen allerdings nicht, und es verträgt sich nicht mit bestimmten modernen Arzneimitteln!

Adelheid war zwar klug, aber nicht pfiffig. Deshalb hat sie nie auf die ursprünglichen Unterlagen geachtet, die ich ständig bei mir trug. Sie waren zu wertvoll, um zu Hause zu liegen. Jetzt ruhen sie sicher an einem anderen Ort unseres Planeten. Ich bin tatsächlich zur Hexe

geworden und helfe vielen Menschen und Tieren. Die sogenannte moderne Welt ist für Hexenmedizin noch nicht reif genug. Sie werden sie nicht tolerieren, weil ihnen das Wissen um die Wirklichkeit hinter der Wirklichkeit fehlt. Adelheid hätte sie gewiss vermarktet, aber das hätte leicht ins Fiasko geführt. So meine ich!

Ich habe für dich eine ausreichende Menge des Elixiers dort versteckt, wo wir uns einander zum ersten Mal hingegeben haben. Nutze es bis zum 23. Dezember! Ich bin sicher, dass wir uns danach auf der Erde wiedersehen werden. Ich küsse dich unendlich, deine V.

P.S. Außerdem wollte ich dir sagen – falls du es noch nicht selbst bemerkt hast, dass das Elixier am besten an magischen Orten wirkt. Und die gibt es überall!

Irenäus wischte eine Träne aus dem Auge.

Dann las er die Postkarte noch mehrere Male.

Endlich rief er Titus und holte einen Spaten aus dem Schuppen. Gemeinsam machten sie sich auf den Weg. Es war gar nicht weit.

Ende

Quitilinga History Land.

ISBN: 978-3-86289-140-5, 10,00 Euro

Eine sehr reiche, alte Dame und ihre Tochter beschließen, der Stadt Quedlinburg ein fantastisches Geschenk zu machen – das Projekt Quitilinga History Land. Diese bronzezeitliche Erlebniswelt soll Touristenströme anlocken und die marode Stadtkasse auffüllen. Doch hinter verschlossenen Türen wächst die Ablehnung durch Rat und Bauverwaltung. Der Projektmanager Alexander Markoviz soll mit einer Geld-Zuwendung eine entscheidende Wendung herbeiführen.

Ein Unfall geschieht, eine vermoderte Leiche wird im Wald gefunden, und die Malerin Dunja will in die Anderswelt umsiedeln. Die hübsche Witwe Iris Katzengold bittet den Schriftsteller Irenäus Moll um Hilfe. Wie passt alles mit allem zusammen?

Odins Fluch. Ein neuer Fall für Irenäus Moll

ISBN: 978-3-938380-46-8, 10,00 Euro

Odinisten versuchen, in Quedlinburg die germanischen Götterkulte neu zu beleben. Loki, Freya, Hel und Ragnar streifen durch die Stadt. Ein spektakulärer Einbruch im Domschatz und der Diebstahl einer Bergkristallflasche mit einem Tropfen Milch der Jungfrau Maria sorgen für Aufregung. Auch Irenäus Moll kann sich dem nicht entziehen, denn er wird zum Thor erwählt, und in seinem Haus befindet sich das Diebesgut. Der Privatdetektiv erwacht.

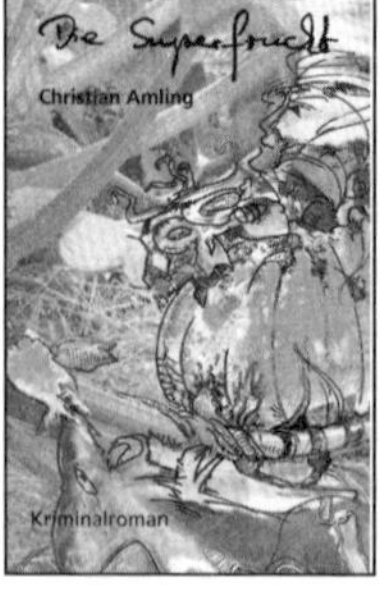

Die Superfrucht

ISBN: 978-3-938380-62-8, 9,90 Euro

Dem weltfremden Professor Jan Tackert und seiner Assistentin Olivia Braun gelingt in einem Quedlinburger Institut die Züchtung einer Pflanze mit außergewöhnlichen Eigenschaften. Diese „Superfrucht" erregt Aufsehen und stört die Interessen mächtiger Feinde. Die Professorengattin Annette beginnt derweil eine Romanze mit dem Hüter der Wälder. Doch rätselhafte Verbrechen setzen dem ein jähes Ende. Privatdetektiv Irenäus Moll muss wider Willen diesen gefährlichen und undurchsichtigen Fall lösen.

Der Koffer der Pandora

ISBN: 978-3-938380-81-9, 9,90 Euro

Geheimnisvolle Umweltdaten, ein unbekannter Toter in den Felswänden des Harzes, eine sterbenskranke junge Adlige, ein skrupelloser Waldbesitzer. Killer, die den Koffer der Pandora in ihren Besitz bringen wollen. Irenäus Moll gerät an seine Grenzen, aber es führt kein Weg zurück.

Das Geheimnis der minoischen Dame

ISBN: 978-3-938380-96-3, 9,90 Euro

Raubgräber öffnen ein Hünengrab. Dabei machen sie eine Entdeckung und bringen eine Lawine mysteriöser Ereignisse ins Rollen. Eine wunderschöne minoische Statuette, ein Familiengeheimnis, das mit allen Mitteln gewahrt werden soll, Scheintote in einer Gruft auf einem uralten Friedhof bei Quedlinburg …

BergERZ. Die Rache der Ariadne

ISBN: 978-3-86289-005-7, 9,90 Euro

Die Metall-Expertin Wanda Uhland erfährt von einer antiken Statuette aus BergERZ. Eine Revolution der Werkstoffkunde könnte den Besitzer dieser Legierung reich und berühmt machen. Auch Philip Westermann von der TU Magdeburg begehrt das Relikt. Ariadne – so heißt das Objekt der Begierde – besitzt Irenäus Moll …

Der hunnische Tyrann

ISBN: 978-3-86289-031-6, 9,90 Euro

Laurin bewohnt als Aussteiger eine Bergbaubrache im Harz. Eines Tages lernt er, gemeinsam mit seinem ehemaligen Knastgefährten Siggi, die Straßenmusikantinnen Swenja und Nanzi kennen, die aus einer ehemaligen Sowjetrepublik kommen. Die Frauen wollen Laurin und Siggi zu einem Attentat verleiten. Das Ziel: Ihr Staatschef – der hunnische Tyrann! Irenäus Moll kommt ihnen durch Zufall auf die Spur. Seine Geliebte, die Hauptkommissarin Rita, jagt währenddessen den Mühlgraben-Ripper.

Die Höhlenfrau

ISBN: 978-3-86289-069-9, 10,00 Euro

Die Anthropologin Ginger bezeichnet sich als „Höhlenfrau“. Während sie in Quedlinburg auf ihren Freund Kurt, den Bodyguard der Kanzlerin, wartet, lernt sie zwei Männer kennen: Irenäus Moll und den etwas verrückten Ingenieur Anton, der im Münzenberg ein sagenumwobenes Höhlensystem entdeckt haben will. Kurz darauf ist Ginger spurlos verschwunden. …

Das Steinkistengrab

ISBN: 978-3-86289-073-6, 14,99 Euro

Tam ist eine schwerreiche Frau. Zusammen mit Lilly, der Pilotin ihres Privat-Jets, besucht sie eine Lesung des Privatdetektivs und Fantasy-Autors Irenäus Moll. Er liest über den Recken Krrrsan, dessen Überreste von Archäologen in einem Steinkistengrab gefunden wurden. Doch Tam nimmt diese Geschichte ernst. Sie meint, dass man Wirklichkeit kaufen kann und will den magischen Stirnreif aus Mammut-Elfenbein besitzen. Bei diesem wahnwitzigen Unterfangen geht sie über eine Leiche und viele Ruinen. Bald müssen sich Irenäus Moll und der Förster Karl Wabenmond mit dem Fall befassen, der sie auch in die Szene der Mittelalter-Märkte führt. Spätestens bei einem Schneesturm auf dem Brocken merken die beiden Detektive, dass keineswegs alles nur „Fantasy“ ist …

Das schwarze Pferd

ISBN: 978-3-86289-108-5, 10,00 Euro

Das schöne Hexlein gilt als Computer-Genie und gibt auf seiner Webseite „Hexenline“ gute Ratschläge für jede Lebenslage. Die beiden Gymnasiasten Hacki und Plasma versuchen sich gern im Knacken fremder Computer. Es kommt zu einem Wettbewerb. Das Mädchen stellt die Aufgabe: Wem gelingt es als Erstem, den Zentralcomputer des Rappbode-Talsperrensystems in seine Gewalt zu bringen und zum Beweis eine ganz kleine Flutwelle nach Quedlinburg zu schicken?